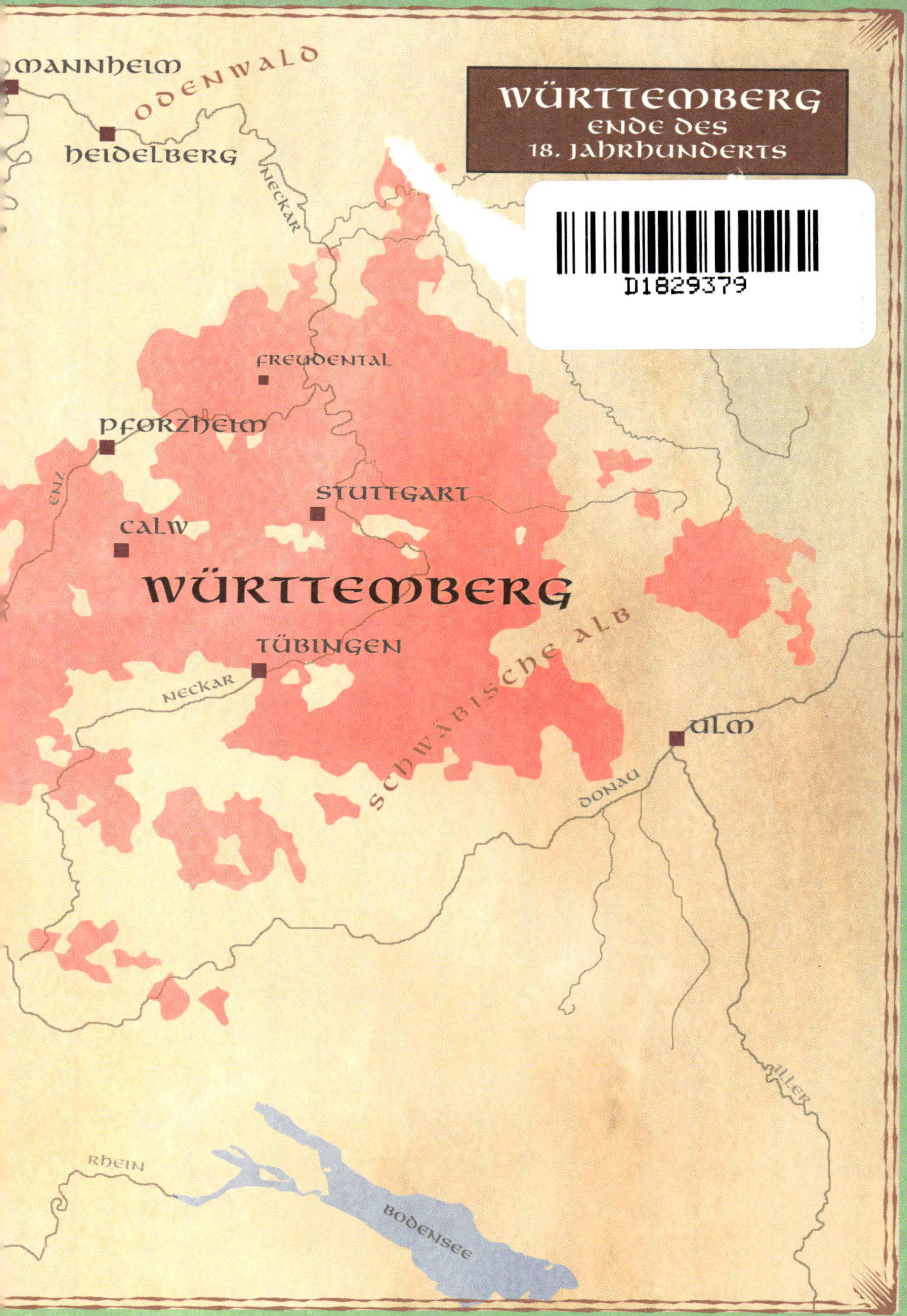

reinhard borner, wipperfürth

Andreas Venzke
Unter Räubern

Andreas Venzke

Unter Räubern

Roman

Boje

Mit Illustrationen von
Tina Dreher

MIX
Papier aus verantwortungsvollen Quellen
FSC
www.fsc.org
FSC® C014496

Dieser Titel ist auch als E-Book erschienen

Originalausgabe

Umschlaggestaltung: Guter Punkt, München
Umschlagmotiv: © Natalia Le Fay; shutterstock/Mark Poprocki; Thinkstock/Nikita Tiunov
Satz: Dörlemann Satz, Lemförde
Gesetzt aus der Adobe Caslon
Druck und Einband: GGP Media GmbH, Pößneck

Printed in Germany
ISBN 978-3-414-82380-9
5 4 3 2 1

Sie finden uns im Internet unter: www.boje-verlag.de

Inhalt

Die Flucht 7
Die Verwandlung 71
Der Coup 131
Die Umkehr 197
Der Prozess 249

Die Flucht

Der Holzmeier war ein Arschloch! Sebastian tat alles weh. So lange hatten sie noch nie exerziert: *Vorwärts! Und links! Und geradeaus, zwei drei! Rechts schwenk, drei vier! Und halt!* Sie waren eingespannt wie Kutschpferde und mussten sinnlos Runden drehen. Und Oberst Holzmeier machte es jeden Tag noch schlimmer. Immer stärker zog er als Aufseher an der Stuttgarter Carlsschule die Zügel an, der »Hohen Carlsschule«, wie sie seit einigen Jahren hieß.

Sebastian kam es so vor, als könnte er gar nicht mehr den Kopf drehen. Bei jeder Bewegung, ob nur leicht hierhin oder dorthin, tat's irgendwo weh. Der Holzmeier konnte ihn nicht leiden, so viel war klar. Oder der konnte es einfach nicht leiden, dass Sebastian versuchte, selbst zu denken, wie Lehrer Abel das wollte – oder dass er gern las und Bücher mochte, so was Weibisches! Vielleicht war das wie eine Bedrohung für Holzmeier.

Sebastian war trotzdem nicht müde. Es war zwar schon halb zehn und also eine halbe Stunde nach Schlafenszeit, aber es würde noch eine Stunde hell sein, noch eine lange Stunde. Da konnten die

Aufseher in dem langen Schlafsaal mit seinen fünfzig Betten alle Vorhänge zuziehen – es fiel doch noch genügend Licht in die einzelnen Abteile. Wann hatte man schon so viel Zeit für sich, außer im Schlaf? Es gab Freiheit, wenigstens im Kopf, dachte Sebastian, und auf dem Papier – wenn man schreiben konnte –, wenn man was zu schreiben hatte –, wenn man was zu sagen hatte!

Und wenn man aufpasste und geschickt war, konnte man sich auch bei anderen Gelegenheiten seine kleinen Freiheiten verschaffen: Johann war hergeschlichen und saß nun bei ihm auf dem Bett. Sebastian hatte das niedrige Gitter zu seinem Abteil geschlossen. So hatten sie immerhin das Gefühl, für sich zu sein. Auch in anderen Betten wurde noch geflüstert. Wenigstens das ließen die wachhabenden Offiziere zu, auch wenn sie von ihren Schlafplätzen am Ende des langen Saals immer mal wieder riefen: »*Silentium!* Schlafen! Ruhe jetzt!«

Sebastian lächelte Johann an und griff vorsichtig in seine Matratze, wo das Laub inzwischen zu Staub zerbröselte. Erst im Herbst würden sie die Matratze neu füllen. Er fingerte darin herum wie ein Wiesel, das in ein Mäuseloch kroch. Endlich bekam er das Papier zu fassen. Das würde er nie in der Kommode verstecken, die jeder in seinem Schafabteil hatte. Die wurde immer mal wieder durchsucht, auch heimlich, das wusste jeder. Sebastian zog das Papier hervor und hielt es sich vor die Augen wie eine Schatzkarte. Es war ein Schattenriss seiner Mutter. Viel mehr hatte er nicht von ihr.

»Sebastian, hör mal auf damit!«, sagte Johann. »Sie kann dir auch nicht helfen!«

»Ob sie an mich denkt?«

»Klar! Ich geh jetzt noch was trinken.«

»Wenn sie wüsste, was der Holzmeier, dieses Arschloch, und der Herzog … was das für welche sind!«

»Das weiß sie. Aber sie will nur dein Bestes! Und jetzt muss ich mal …«

»Wenn ich plötzlich bei ihr vor der Tür stände!«, flüsterte Sebastian. »Sie würde Augen machen!«

»Sie würde sich vielleicht eher vor Angst in die Hosen machen – vor Angst um dich! Sie würden dich nämlich als Erstes bei ihr suchen – und dann gehst du direkt in den Karzer!«

»Trotzdem abhauen!«, flüsterte Sebastian mit der Hand vor dem Mund. »Das hätte schon einen Sinn, so wie der Schiller.«

»Ach, hör auf zu träumen!«, sagte Johann ziemlich laut, als plötzlich ein Geräusch vor dem Gitter zu hören war. Sofort steckte Sebastian den Schattenriss in die Matratze.

Beide hielten den Atem an und lauschten. Es war im Saal ziemlich still geworden. Sie konnten nie sicher sein, ob nicht ein Aufseher gerade umherschlich und nach dem Rechten sah. Sie hatten zwar keine Angst vor ihnen und ertrugen alle Backpfeifen wie eingeschirrte Esel, aber Johann war nicht in seinem Abteil. Das war ein besonders schlimmes Vergehen.

Sie sahen sich lange an, ehe Johann ausatmete und sagte: »Ist nichts! Sind wir jetzt wirklich mal leise und gehen schlafen! Ich muss aber vorher unbedingt noch …«

Als Sebastian wieder nach dem Scherenschnitt fingerte, verdrehte Johann die Augen und stand leise auf. Wer nachts noch mal rausmusste, um zu pinkeln oder auch nur um was zu trinken, wollte keinen unnötig stören, vor allem keinen Aufseher. Es konnte sein, dass die einen nicht gehen ließen, gerade wie es ihnen gefiel – oder dass man sich deswegen erst rechtfertigen musste.

Sebastian sah müde zu, wie Johann die paar Schritte zum Gitter machte, es aufzog und mit Schwung den Vorhang zur Seite schlug. Da stand Carl Eugen vor ihm, der Herzog höchstselbst.

»Was machen Sie denn …?«, fragte Johann und schwieg sofort.

Carl Eugen stand im Nachthemd vor ihm. Darüber hatte er seinen Uniformrock gezogen. Johann lachte los. Sebastian grinste und grinste immer mehr: Der Herzog sah aus wie ein vertrottelter Alter, der in der Nacht herumirrte und nicht mehr nach Hause fand.

»Was erlaubt Er sich?«, schrie Carl Eugen, als er die Fassung wiedergefunden hatte.

Sofort erschien einer der Aufseher, ausgerechnet Oberst Holzmeier, und haute Johann links und rechts eine runter. Sogar Sebastian spürte, wie weh das tat. Im Saal wurde es unruhig. Johann ballte die Fäuste und presste sie sich an den Körper.

»Welch ein Benehmen!«, schrie der Herzog, und Johann sagte leise: »Ich muss trinken. Ich verdurste.«

»Verdursten!«, schrie der Herzog weiter. »Welchen Vokabulars bemächtigt Er sich im Angesicht Seines Vaters?«

»Ein Bedürfnis, Sire, ein starkes Flüssigkeitsbedürfnis!«

Carl Eugen stand da mit hochrotem Gesicht und redete plötzlich ganz wirr: »Verdursten! Hier bei uns? Wo alle versorgt sind, für alle gesorgt, keine Sorgen, nichts als Sorgen, immer Sorgen …«

Da stellte sich Oberst Holzmeier neben ihn, griff ihn unter den Arm und führte ihn ganz sachte einige Schritte weiter, und noch einige Schritte. Im Saal war es mucksmäuschenstill.

Johann schlüpfte schnell in sein Schlafabteil. Sebastian hielt sich den Mund vor Lachen. Es dauerte nicht lange, bis im Saal einige Jungen zu flüstern wagten, dann zu reden, dann sogar Rufe auszustoßen: »So ein Spion!«

»Unser Vater!«

»Unterdrücker!«

Alle erkannten, dass der Herzog nicht mehr im Raum war, aber auch die Aufseher nicht. Die Geräusche im Saal schwollen an wie ein sich mächtig aufbauendes Gewitter. Dann donnerte es und es war die Stimme von Holzmeier: »*Silentium!* Noch ein Laut von einem von euch, und derjenige bekommt die Rute!«

Augenblicklich schwiegen fünfzig Jungen so sehr, dass von draußen das Plätschern des Brunnens zu hören war.

Sebastian lag weiter wach und lauschte. Er horchte, ob nicht ein Eleve auf dem Weg zu ihm war. Davor hatte er Angst. Gegen manche konnte er sich allein nicht wehren. Zwei oder drei gab es, denen machte es mindestens so viel Spaß wie dem Holzmeier, ihn zu demütigen.

Bald hörte er, dass alle fest schliefen, jedenfalls die allermeisten, auch die Aufseher. Bei denen wusste man eigentlich immer am sichersten, dass sie schliefen, weil sie fast alle schnarchten. Aber gerade dann waren einige Jungen in ihren Abteilen hellwach. Manchmal schlichen sich bestimmte Jungen sogar in andere Betten. Alle wussten, was die machten. Sebastian war das aber nicht geheuer. Einmal war auch zu ihm ein Junge gekommen, aber er hatte ihm eine geknallt. Zum Glück! Seitdem wurde er in Ruhe gelassen.

Als die Uhr zwölf schlug, horchte er besonders aufmerksam. Den Schlag der Glockenuhr am querstehenden Mitteltrakt der Schule, dem *Corps de Logis,* konnte man besonders gut ausnutzen. Und tatsächlich hörte er in ihrem Klang ein anderes Geräusch, ein schleichendes. Er ging zum Vorhang und lugte hindurch: Es war Johann, der hinausging, um Wasser zu trinken. Erst als nichts anderes mehr als das ferne Schnarchen der Aufseher und das Plätschern des Brunnens zu hören war, schlief Sebastian ein.

Nach dem Frühstück stand Unterricht an, wie es der Zufall wollte, bei Holzmeier. Alle saßen kerzengerade auf den Bänken, die ohne Lehne waren, damit die Eleven auch auf diese Weise genug Spannung hatten, um den Ausführungen der Lehrer zu folgen. Eleven mussten sich die Jungen zwischen zwölf und achtzehn nennen lassen. Eleven, das waren die Musterschüler von Carl Eugen, junges Menschenmaterial, das er nach seinem Willen formte. Das war der Sinn der Carlsschule, das hatte Sebastian längst verstanden.

Es wunderte ihn an diesem Morgen gar nicht, dass Holzmeier sofort ihn drannahm, um ihn bloßzustellen. Aber da war er an den

Falschen geraten. Zwar plusterte sich Holzmeier vor ihm wie ein Gockel auf und schlug sich mit der Rute in die Hand, aber das schreckte Sebastian nicht. Er hatte die Vokabeln und die Formen intus. Er wusste, dass ihm Holzmeier deswegen nichts konnte.

Sebastian hatte seine Freude daran, Holzmeier auflaufen zu lassen. Hochkonzentriert stand er vor dem Lehrer. Er kannte den Ablauf.

»*Wollen!*«, sagte Holzmeier, als wäre es ein Befehl zum Strammstehen. »Indikativ Präsens!«

»Von wo?«, fragte Sebastian unschuldig.

»Von wo was? *Ich will!* Los! Marsch!«

»Sie wollen, Sire? Was bitte?«

Holzmeier starrte Sebastian zuerst ungläubig an, ehe er plötzlich mit den Armen fuchtelte und rief: »*Ich will!* Ich will die Konjugation von *wollen,* und zwar Indikativ Präsens Singular!«

»*Volo, vis, vult*«, antwortete Sebastian und nahm sich Zeit, zwischen den Wörtern eine Pause zu machen, als müsste er überlegen. Aber er kannte die Formen, obwohl sie unregelmäßig waren.

»Plural!«, sagte Holzmeier und klopfte mit dem Stock auf den Tisch. »Schneller!«

Sebastian sprach die Worte schneller aus, machte aber weiter Pausen, als müsste er überlegen.

Holzmeier drehte sich kurz von ihm weg, als würde er ihn in Ruhe lassen, machte aber plötzlich einen Schritt auf ihn zu und schrie fast: »Konjunktiv Präsens Singular!«

Sebastian konnte nichts passieren. Er spielte nun sein Spiel weiter und fragte: »Wovon?«

»Davon! Von … äh … von *wollen. Ich würde wollen!* Weiter! Zack, zack!«

»Du würdest wollen!«

Holzmeier hob drohend den Stock. »Will Er mich zum Besten halten? Latein! Los!«

Sebastian sagte ruhig und ziemlich schnell: »*Velim, velis, velit.*«

Der Lehrer sah ihn von unten aus schmalen Augenschlitzen an und rief dann: »Plural!«, wobei er sich aber plötzlich umdrehte und den Eleven Gottfried ansprach. Der stand sofort auf, starrte aber wortlos zur Tafel.

So tobte er sich dann an dem aus, der zu denen zählte, die es immer abbekamen, wenn einer wie Oberst Holzmeier seine Wut ableiten musste. Gottfried fielen nicht mal die Pluralformen von *sein* ein. Bei manchen schaltete allerdings das Denken aus, wenn sie fürchten mussten, bestraft zu werden. Der Eleve bekam dann »seine Tatzen«, wie Holzmeier das nannte: mit der Rute zehn Schläge auf die Finger, die er vor sich auf die Bank halten musste.

Bei Gottfried tat Sebastian das aber nicht leid. Der war nicht nur dumm, sondern auch noch hinterhältig – einer von den Eleven, denen nicht zu trauen war! Manchen Eleven wollte man ja gern helfen und eingreifen, aber … Nein, dachte Sebastian, auch das wollte man nicht mehr. Sie waren einfach schon zu abgestumpft.

Johann blieb seltsamerweise verschont. Vielleicht hatte Holzmeier keine Lust auf eine Auseinandersetzung mit Johann. Der machte es ihm nämlich schwer. Johann würde die Vokabeln vielleicht sogar wissen und die dann mit Absicht ganz langsam sprechen. Sebastian hatte das ja von ihm gelernt. Nur blieb Johann meistens auf halbem Weg stecken. Trotzdem kam er immer noch ein bisschen weiter und es war schwer, den richtigen Moment der Strafe zu erwischen, zumal die nichts bewirkte: Johann ertrug die Schläge, als gehörten sie zum Vokabelabfragen dazu. Er war als Eleve inzwischen schon zu erwachsen. Holzmeier verunsicherte das: Es passte nicht mehr zum Verhältnis von Lehrer und Schüler. Johann hätte man eigentlich zum Duell herausfordern müssen, dachte Sebastian.

Alle Eleven waren müde, auch weil es in dem Klassenraum warm und stickig war.

Holzmeier musste sich aber in seiner Autorität wohl noch einmal spüren. Er stellte sich vor die Klasse wie ein kleiner König. Er wippte auf den Zehenspitzen auf und ab, wie um noch größer zu erscheinen. Er wippte so lange, bis sich niemand auch nur noch räusperte.

»Würzen wir zum Abschluss unser Latein ein wenig mit Geografie: *Acceperunt multae urbes provinciae et populi singularia epitheta.* Martin! Übersetzen!«

Holzmeier wollte anscheinend keinen Ärger mehr. Deswegen nahm er Martin dran, seinen besten Schüler.

Trotzdem fragte Martin nach: »Bitte noch einmal den Satz!«

Holzmeier verdrehte die Augen und wiederholte den Satz so langsam, dass schon das wie eine Quälerei schien.

Martin übersetzte, ohne zu stocken: »Es haben viele Städte, Landschaften und Völker besondere Beiwörter angenommen.«

Holzmeier atmete durch, wahrscheinlich weil der schwierigste Teil der Übung geschafft war. Nun musste er nur noch das einfachste Schülerwissen abfragen. Er drehte sich mit dem Rücken zur Klasse und rief in den Raum: »Beginnen wir mit den Städten, als da wären: Rom, die heilige!«

»Roma sancta!«, murmelten fast alle aufstöhnend.

»Florenz, die schöne!«

»Florentia pulchra!«

»Mailand, die große!«

»Mediolanum magnum!«

»Kommen wir nun zu den Landschaften, als da wären: Das glückliche Arabien!«

Holzmeier drehte den Rücken zur Klasse und blieb so stehen. Es schien, als wollte er sich selbst beweisen, wie sehr er seine Eleven unter Kontrolle hatte. Sebastian kam er vor wie ein Schäfer, der seinen Hund abrichtete.

Viele Schüler fingen aber sofort an, Grimassen zu schneiden, während sie die Antworten in den Raum riefen.

»*Arabia felix!*«

»Das trockene Mauretanien!«

»*Mauritania sicca!*«

»Die bergige Schweiz!«

»*Helvetia montosa!*«

Immer mehr Schüler gähnten oder legten sogar den Kopf auf den Tisch, während die übrigen umso lauter riefen, als müssten sie die anderen in ihrer Müdigkeit oder ihrem Übermut schützen.

»Kommen wir nun zu den Völkern: Die abergläubigen Perser!«

»*Persae superstitiosi!*«

»Die Menschenfleisch fressenden Hottentotten!«

»Haha! *Hottentottae carnem humanam devorantes.* Haha!«

Alle kannten Holzmeiers Witze.

»Die eitlen Franzosen!«

»*Galli vani!*«

»Die dummen Badenser!«

»*Badensi stulti!*«

Holzmeier drehte sich mit einem Lachen um. Das aber erfror ihm sofort im Gesicht, als er sah, wie seine Eleven herumlümmelten. Alle schreckten augenblicklich hoch, doch ausgerechnet Martin nicht, der übergeschnappt in die Klasse rief: »*Suebi avari!*«[*]

Da erst sah er, dass Holzmeier sich umgedreht hatte, und fuhr zusammen.

Der sagte zu ihm, als hätte sein bester Schüler ihm persönlich die Ehre abgegraben: »Auch du, Martinus? Das gibt ein Billett!«

Seine Stimme zitterte. Er war nicht nur enttäuscht, sondern auch offensichtlich müde und erschöpft.

Holzmeier ließ aber noch eine Stelle aus Cäsars *Bellum Gallicum* vortragen, aus dem Exkurs über die Germanen, was er mit Vorliebe tat. Zwei andere, gute Schüler mussten abwechselnd vorlesen und

* Die geizigen Schwaben

übersetzen: »*Ihr ganzes Leben besteht aus der Jagd und der Beschäftigung mit dem Krieg. Von Kindheit an gewöhnen sie sich daran, sich anzustrengen und abzuhärten. Diejenigen, die am längsten ohne geschlechtlichen Verkehr bleiben, werden am meisten gelobt. Denn sie glauben, dass dadurch der Wuchs gefördert und die Kräfte und Muskeln gestärkt werden. Dagegen zählt es zu den schändlichsten Dingen, vor dem zwanzigsten Lebensjahr Bekanntschaft mit einer Frau zu haben. Es gibt auch keine Möglichkeit, diese Sache zu verbergen. Sie baden nämlich gemeinsam in den Flüssen und sind sonst fast nackt, weil sie als Kleidung nur Pelze oder kleine Fellstücke benützen.*«

Doch während Holzmeier diese Passage sonst eigenartig auskostete, sich die Hände rieb und sich mit der Zunge immer wieder über die Lippen fuhr, blieb er diesmal ganz ruhig.

Es fiel auch kein Wort zum Abend vorher. Der Rest des Vormittags ging überraschend friedlich vorüber.

Zur Mittagszeit heizte die Sonne mit aller Kraft ein. Höher hätte sie nicht stehen können, weder an diesem Tag noch zu dieser Jahreszeit. Unter ihr standen Sebastian und alle Eleven, schon seit einer halben Stunde, und zwar auf dem großen staubigen Mittelhof der Carlsschule. Im Hof gab es keinen Schatten.

Sebastian zitterten die Knie. Er konnte sich in der Hitze kaum noch auf den Beinen halten, und er war hundemüde. Außerdem hatte er Angst vor Carl Eugen. Es war Mittagsappell, und der Herzog höchstselbst würde wieder aus seinem angrenzenden Schloss kommen und sehen, ob sie alle so stramm standen, wie er das wollte. Und er würde wissen, vor welchem Abteil sie ihn am Abend zuvor als Spion erwischt hatten.

Den Kopf voller Gedanken stand Sebastian da allein in seinem blauen Uniformrock mit der weißen Hose, dazu den schlackernden Stulpenstiefeln, in denen sich gerade der Schweiß sammelte wie in einem Waschtrog, auf dem Kopf einen Zweispitz mit Federbusch wie ein Fasan. Das Schlimmste aber waren der aufgepflanzte Zopf und die Schläfenlocken, nicht einmal die muffige Perücke. Die hatte man sowieso immer zu tragen und konnte sie vielleicht noch mögen. Am meisten machten ihm aber diese verkleisterten Löckchen zu schaffen. Die baumelten am Hals herum wie Staubwedel. In was für lächerlichen Klamotten sie doch steckten! Wenn ihn einer aus dem richtigen Leben so gesehen hätte … Aber hier sah sie niemand, sie waren auf der Carlsschule eingesperrt wie in einem Gefängnis. Immer wieder dachte Sebastian an seine Eltern. Seine Mutter hatte geweint, als sie ihn dem Herzog in die Hand gaben. Sie hatte auch schon geweint, als der Vater angekündigt hatte, dass es für Sebastian das Beste sei, auf die Carlsschule zu wechseln.

»Es gibt keine bessere Ausbildung als diese Eliteschule«, hatte er gesagt und mit der Hand über seinen dicken Bauch gestrichen. »Da wird er Buchhalter oder Jurist, dann kann uns nichts mehr passieren. Die Buchhalter verwalten das Geld, und die Juristen die Gesetze. Die sind immer fein raus.«

Die Mutter hatte aber gestöhnt: »Aber wir sehen ihn dann gar nicht mehr!«

Doch das hatte die Mutter nur einmal gesagt, danach nie wieder, vielleicht aus Rücksicht auf ihren Sohn. Ob es seinen Eltern wirklich bewusst war, fragte er sich, dass sie ihn während der gesamten Schulzeit nicht mehr zu Gesicht kriegen würden? Ein Schwesterchen mit dem Namen Christine war in der Zwischenzeit zur Welt gekommen, aber wie sie aussah, wusste er nicht. Der Vater sollte mittlerweile ziemlich graue Haare haben. Eigentlich erlaubte der Herzog seinen Eleven nur, die Eltern zu sehen, wenn einer von ihnen starb – und vielleicht noch nicht mal das. Denn dem Klaus hatte er nicht erlaubt, seinen Vater zu sehen, obwohl der im Sterben lag. »Tröst Er sich«, hatte er zu ihm gesagt, »*ich* bin Sein Vater!«

Was für ein abgehobener, selbstgefälliger, seelenloser Mensch, dachte Sebastian. Er hatte nur Verachtung für den Herzog übrig, diesen Zyniker! Diesen Ausdruck hatte er an der Carlsschule nicht erst im Philosophieunterricht gelernt.

Trotzdem hatte er es vielleicht noch gut. Er wusste wenigstens, dass er seine Eltern sehen würde, wenn er aus dieser Erziehungsanstalt heraus wäre. Darauf hatte er sich immer gefreut, eigentlich vom ersten Tag an. Inzwischen wusste er aber auch, dass sich seine Eltern nicht freuen würden, wenn er die Carlsschule verließ. Denn er würde die Carlsschule nicht auf normalem Weg verlassen.

Andere Jungen hatten es vielleicht noch schwerer, so wie Johann. Seine Eltern lebten nicht mehr. Seinen Vater hatte er nie kennengelernt. Und als seine Mutter ihn dem Herzog auf der Carlsschule überlassen musste, weil der das einfach befahl, war sie ein Jahr später gestorben. Johann redete eigentlich nie davon. Vielleicht war es für ihn deswegen sogar leichter. Schließlich wartete niemand auf seine Rückkehr, niemand freute sich auf ihn. So war Johann hart gegen sich selbst geworden und er hatte gelernt, sich durchzusetzen.

Sebastian hatte Durst. Er hatte schon seit einer halben Stunde Durst, seit sie auf dem Hof standen, in Reih und Glied. Er sah Flecken vor sich, die hin- und hersprangen. Seine Zunge hing ihm im Mund wie ein altes Stück Leder. Mit seinem Blick versuchte er dem Monument in der Mitte des Hofes auszuweichen, was aber ein aussichtsloser Kampf war. Unübersehbar hatte sich Carl Eugen darauf als Statue abbilden lassen, unter sich verschiedene Darstellungen von Tugenden, eine davon die Dankbarkeit.

Endlich kam er selbst, höchstpersönlich. Und er kam tatsächlich vorgefahren, vielleicht von der Rückreise von irgendeinem Lustschlösschen. Man hörte das Klappern der Pferdehufe auf dem Pflaster vor der riesigen Schule. Wenn der Herzog nicht zu Fuß von seinem Schloss herüberkam, beschirmt von zwei Günstlingen, kam er stets in einer seiner Kutschen angefahren. Angeblich besaß er Dutzende davon, manche davon mit vergoldeten Nymphen und Grazien geschmückt. Die Kutschen waren immer sechsspännig, am besten achtspännig. Was für ein Anblick!

An besonderen Tagen, wenn Gäste die Errungenschaften seiner Schule bewundern sollten, fuhr er direkt in den Hof. Vor seiner Karosse ritten dann Trompeter vorweg, die es schafften, gleichzeitig mit aller Kraft zu blasen, ohne dass die Pferde scheuten. Dazu dröhnten das Hufgeklapper und das Drehen der eisenbeschlagenen Räder von Mauer zu Mauer. Das war ein Spektakel! Man machte fast unwillkürlich »Oh!« und »Ah!«. Die Eleven hatten dann die Gebäudeseite wie eingepflanzte Bäume zu säumen. Wenn die Kutsche hielt, dauerte es immer noch eine ganze Weile, ehe sich die Wagentür öffnete, dass man sich fragte, ob etwas nicht stimmte. Stieg der Herzog dann aus, machte keiner einen Mucks, auch nicht die geladenen Gäste.

Endlich, dachte Sebastian, als er ihn kommen sah: Endlich ließ er sich blicken, der falsche Vater, der mit seinen Kindern machen konnte, was er wollte. Der Herzog bewegte sich so langsam, als müsste er sich bei jedem Schritt überlegen, wie er den Fuß zu setzen hatte. Neben ihm gingen zwei Offiziere, einer davon Holzmeier, der auf ihn einredete.

Carl Eugen war alt geworden, alt und aufgedunsen, obwohl er versuchte, sich mit seiner feinen Kleidung in Form zu halten. Unter dem Uniformrock trug er eine breite Schärpe, die sich stramm über seinem dicken Bauch spannte. Der Herzog ging langsam, wie um noch besonders zu betonen, dass ein Herrscher Eile nicht nötig hatte. Er ließ sich zuerst von allen Offizieren der Schule begrüßen, mit Handkuss. Holzmeier, der befehlshabende Oberst, forderte dann die Kompanie der Soldatenschüler auf, strammzustehen.

Carl Eugen ergriff das Wort. Alle schwiegen, aber keiner hörte zu. Sie hatten das schon hundertmal gehört:

Es ging um Elite, Auswahl, Anstand, Pflicht, Gehorsam und um die Besten, und das lautete immer geschraubt wie: »… nachdem es seiner regierenden herzoglichen Durchlaucht gnädigst gefällig gewesen …«, oder: »… dass ein Eleve sich gänzlich den Diensten des herzoglichen württembergischen Hauses widme …«, oder: »… dass allen Gesetzen und Anordnungen des Instituts auf das Genaueste nachzuleben geflissen sei …«

Sebastian sah wieder die Flecken vor sich, die wie Kühe über eine Wiese zogen. Carl Eugen redete so lange, dass immer mehr Kühe zu sehen waren. Sebastian achtete auf seine Knie, dass sie nicht zusammenklappten. Manchmal machten sie eine seltsame Bewegung, als würde ihm jemand von hinten in die Beine treten. Er riss sich zusammen und die Knie wurden wieder steif. Dann schmerzten sie aber erst recht.

Endlich kam der letzte Akt der Inszenierung: Carl Eugen schritt die Reihe der Eleven ab. Immer wieder machte er halt und sprach auf einen Jungen ein. Keiner antwortete mit mehr Worten als »Jawohl!«, »Zu Befehl!« und »Ganz wie Sie wünschen!«.

Als die Reihe an Martin war, kamen dem die Tränen. Holzmeier selbst redete aber schnell auf den Herzog ein. Der lachte dann und schlug Martin wie aufmunternd auf die Schulter.

Sebastian sah Carl Eugen auf sich zukommen wie eine Schlange, die witternd ihre Zunge ausfährt. Er wünschte sich, dass sie an ihm vorbeikriechen würde. Das tat sie aber nicht.

Dem Herzog zitterten die Lippen vor Anspannung, als er zu Sebastian sagte: »Habe ich Ihn nicht schon einmal ermahnt, dass Er seine Schläfenlocken ordnungsgemäß befestige?«

»Jawohl!«

»Und warum befolgt Er meine Mahnung nicht?«

»Zu Befehl, Sire!«

»Ich habe Ihn etwas gefragt!«

»Wie Sie meinen, Sire!«

Plötzlich hatte Sebastian das Gefühl, alle Kühe auf der Weide würden sich niederlegen. Sie knickten alle in den Knien ein.

Sebastian kam wieder zu sich, als ihm Holzmeier einen Eimer Wasser ins Gesicht schüttete. Er sah sich verwirrt um und dachte an seine Schläfenlocken. Aber Carl Eugen war schon gegangen.

»Was erlaubt Er sich?«, schrie ihn Holzmeier an. »Kann Er sich nicht zusammenreißen? So muss Er ja wohl nicht in die Knie gehen, wenn Ihn unser Landesvater anspricht!«

Sebastian hörte, wie die anderen Eleven lachten. Er hörte auch Johann ein wenig lachen, aber so, wie sie das im Unterricht bei einem Witz von Holzmeier taten: Haha!

Johann sagte immer, er würde sich auf seine Art gegen den Herzog wehren. Er ließ sich einfach nicht unterkriegen. Man musste seine Drohungen und Strafen einfach von sich abprallen lassen.

Aber Sebastian konnte das nicht. Es traf ihn tief im Inneren, wenn ihn der Herzog, ein Aufseher oder einer der Jungen mal wieder öffentlich bloßstellte. Das Gefühl, sich nicht wehren zu können, machte ihn ganz krank. Es fraß ihm von innen die Eingeweide auf. Er müsste einen anderen Weg finden, damit man ihn nicht mehr so behandeln würde. Darüber dachte Sebastian wieder nach, während er sich das Wasser aus dem Gesicht wischte und zur Kleiderkammer ging. Die nasse Perücke mit den klebrigen Schläfenlocken hielt er in der Hand wie ein vollgesogenes Aufwischtuch.

Er gab sie dem Oberst Brandstetter, der für die Kleiderkammer zuständig war. Der verzog keine Miene, als Sebastian auch seine verschmutzte Hose ablegte. Die hatte er eigentlich selber zu reinigen, aber Brandstetter händigte ihm eine andere, frisch gewaschene Hose aus und murmelte nur, dass er die so schnell wie möglich, und sauber, zurückgeben müsse.

Als Sebastian »Danke!« sagte und die Hacken zusammenschlug, lächelte Brandstetter auf einmal und fügte hinzu: »Nachdenken, das ist wichtig!«

Oberst Brandstetter war anders als Holzmeier, der dem Herzog mit Haut und Haaren ergeben war. Brandstetter hatte manchmal Verständnis für die Schüler. Sebastian tat das gut.

Nun stand wenigstens der Höhepunkt des Tages an: das Mittagessen. Doch vorher musste Sebastian noch einen Umweg zur Toilette machen, die in einem der Seitenflügel untergebracht war. Sie bestand aus einem großen Balken mit zwei Löchern und darunter, in einer tiefen Grube, die Reste der menschlichen Verdauung. Alle versuchten so schnell wie möglich, ihr Geschäft zu machen, um dann wieder an die frische Luft zu kommen.

Als Sebastian mit hängendem Kopf die Toilette betrat, saßen dort Peter und Gottfried auf dem Balken. Sebastian wollte draußen warten.

»Nicht so schnell!«, rief Peter, sprang auf und packte Sebastian, ohne sich abgeputzt zu haben. »Warte mal, Freundchen!«

Sebastian wollte Peters Griff abschütteln, aber der hielt ihn nur noch fester. Peter war einer der stärksten Jungen.

»Was gibt's?«, fragte Sebastian schnell.

»Was es gibt?«, sagte Peter und nun stand auch Gottfried auf und stellte sich vor ihn. »Du hast uns beim Scheißen gestört, das gibt's.«

»Lasst mich in Ruhe!«, rief Sebastian.

Da schlug ihm Gottfried so in den Bauch, dass ihm die Luft wegblieb und ihm schlecht wurde.

»Musst du uns vor unserem gütigen, herzenslieben, anständigen Vater so blamieren!«, zischte Gottfried und schlug ihm wieder in den Bauch.

»Das kostet dich vierzig Kreuzer!«, flüsterte ihm Peter ins Ohr.

Sebastian dachte daran, dass es bei Strafe verboten war, Geld zu besitzen.

»Ich habe kein Geld«, keuchte er und versuchte sich aus Peters Griff zu befreien.

Wieder wollte Gottfried zuschlagen, als ihm Peter jedoch die Hand festhielt. Gottfried ließ los.

»Bis morgen Abend kriegen wir von dir vierzig Kreuzer!«, sagte Peter ruhig und kam ganz nah an sein Gesicht, »sonst …«

Da flog die Tür auf und Johann stampfte herein.

»Sebastian, wo bist du?«, rief er und blieb sofort stehen und atmete tief ein und zog die Schultern zurück. »Was ist hier los?«

Johann schaute vom einen zum anderen, ehe er Gottfried in die Augen sah.

»Nichts!«, sagte der und grinste und rief dann mit Blick auf Peter: »Wir gehen jetzt!«

»Ihr bleibt!«, sagte Johann und stellte sich vor Sebastian. Er griff sich an den Oberarm, wie um da seine Muskeln zu bändigen.

»Was gibt's?«, fragte Gottfried.

»Was es gibt?«, sagte Johann. »Gleich gibt's was auf die Ohren. Was habt ihr mit dem da gemacht?«

»Nichts!«, antwortete Peter schnell, als ihm Johann sofort eine knallte.

Peter wich zurück wie ein geprügelter Hund.

»Was wollten die von dir?«, fragte Johann Sebastian. »Komm, sag's mir!«

»Vierzig Kreuzer«, antwortete Sebastian.

Sofort knallte Johann Peter noch eine. Er drehte sich zu Gottfried, und der wich zurück.

Johann blieb stehen und tat und sagte gar nichts mehr. Dann zog er sich plötzlich die Hose herunter und setzte sich auf den Balken. Dabei sprach er nur ab und zu etwas und machte immer wieder übertriebene Geräusche der Anstrengung.

»Ich warne euch! … Lasst den in Ruhe! … *Ah!* … Der hat es schwer genug … *Uh! Ah!* … Und jetzt geht und lasst mich in Ruhe scheißen!«

Während Gottfried und Peter die Flucht ergriffen, zögerte Sebastian noch.

»Danke!«, sagte er zu Johann.

Der aber entgegnete: »Und jetzt geh auch!«

Draußen sah Sebastian, wie in der Ferne Holzmeier mit Gottfried und Peter redete. Die beiden waren bekannt dafür, für Unfrieden zu sorgen. Sie hatten schon in der Arrestzelle gesessen.

Als Sebastian auf dem Weg zum Speisesaal an Holzmeier vorbeigehen musste, sah der ihn nur abschätzig an, ließ sich grüßen und sagte nichts. Sebastian hätte gerade heulen können.

Zum Mittag gab es Mehlsuppe wie schon zum Frühstück, aber immerhin mit einem zwei Finger dicken Stück Käse. Danach endlich Ausgang, ehe das Exerzieren folgen würde.

Der Spazierweg führte aus dem Schulgebäude hinaus, am herrschaftlichen Holzgarten entlang und weiter durch die herrschaftlichen Talwiesen. Die Hitze schien alles zu lähmen, aber für Sebastian war es die Zeit für ein wenig Freiheit. Er ging neben Johann und sie redeten leise, wie das alle taten.

»Kann es sein, dass es immer nur uns erwischt, immer uns beide?«, fragte Sebastian auf einmal.

Johann sah sich vorsichtig um. Erst nach einer Weile sagte er: »Das Gras steht hoch. Es hält den Boden feucht.«

»Ist dir das noch nicht aufgefallen, wie oft wir ein Billett zugesteckt kriegen, und immer von Holzmeier?«, fragte Sebastian weiter, der sich in der Natur nicht auskannte. Er kannte eigentlich nur die Carlsschule. »Der kann uns doch auf den Tod nicht ausstehen. Was haben wir dem nur getan?«

Johann antwortete wieder nicht. Da fasste sich Sebastian in seine Uniform und zog einen Zettel hervor.

»Wieder der Scherenschnitt?«, fragte Johann.

»Nein, Schiller«, antwortete Sebastian und sah sich nun auch um wie ein Dieb.

»Soll dieses Blatt echt von Schiller sein?«, fragte Johann und gähnte.

»Ja, das hat mir der Oberst Brandstetter so gesagt«, antwortete Sebastian leise und schaute auf das Papier in seiner Hand, als wäre es etwas Magisches. »Der Brandstetter, der hält zu uns – glaube ich zumindest –, er hat es in einem Haufen Papier gefunden, sagt er, als im Sekretariat mal wieder ausgemistet wurde. Für den war das bestimmt auch was Besonderes, sonst hätte er es nicht da rausgezogen. Das mit dem Schiller wird die Schule wahrscheinlich für immer verfolgen. Wo der sich jetzt wohl rumtreibt?«

»Ach, wahrscheinlich doktert der jetzt an irgendwelchen neuen Dramen herum, so was wie *Die Räuber*«, sagte Johann und fing an, an einem Stück Brot herumzunagen. »Mann, hier hat man immer Hunger! Was sollte denn das für eine Suppe sein? Lehmiges Waschwasser! Auf jeden Fall ist der Schiller wohl aus Württemberg raus. Aber wie soll er woanders unterkommen? In Deutschland sitzt doch noch in jedem kleinen Flecken Land so ein Fürst und lässt den Leuten ins Hirn kacken, dass sie nicht richtig denken können.«

Sebastian strich über den Zettel, wie man eine Katze streichelt. Er las leise und mit Ehrfurcht, als hätte er die Bibel vor sich: *»Nein, ich mag nicht daran denken! Ich soll meinen Leib pressen in eine Schnürbrust und meinen Willen schnüren in Gesetz. Das Gesetz hat zum Schneckengang verdorben, was Adlerflug geworden wäre. Das Gesetz hat noch keinen großen Mann gebildet, aber die Freiheit brütet Kolosse und Extremitäten aus. Sie verpalisadieren sich ins Bauchfell eines Tyrannen, hofieren der Laune seines Magens und lassen sich klemmen von seinen Winden.* – ›Verpalisadieren‹ – Was heißt das denn?«

»Keine Ahnung! Kommt vielleicht von Palisade, also von Schanze oder Verschanzung. Verschanzen! Das heißt das.«

»Sich ins Bauchfell eines Tyrannen verschanzen? Häh? Die Kriecher und Streber verstecken sich bei einem Tyrannen, muss das wohl heißen. Ob der Schiller das später noch geändert hat?«

»Mann, ist das gestelzt!«, sagte Johann laut, obwohl sie leise zu sprechen hatten. »Das versteht ja keine Sau. Der schreibt überhaupt so gestelzt: ›*Die Freiheit brütet Kolosse und Extremitäten aus!*‹ Na ja, klingt vielleicht gut, doch. Das würde ich dem Herzog auch gern sagen.«

Sebastian sah sich vorsichtig um und steckte das Blatt wieder in die Uniform. Johann sah ihn an, lachte kurz und schaute sich wieder um. Sie gingen schweigend weiter.

Doch plötzlich blieb Johann stehen und nickte zu einer Eiche am Wegesrand.

»Schau mal! Nein, ich glaub es nicht: Sieht aus wie Kaiserlinge, drei Stück, vier!« Johann starrte zum Boden unter der Eiche, als läge dort ein schönes Mädchen im Gras. »Kaiserlinge, das sind die besten!«

»Wovon redest du?«, fragte Sebastian.

Er sah ebenfalls zu dem Baum und sah in seinem Umriss plötzlich Holzmeier mit dem Hals so breit wie der Kopf, den dürren Ärmchen und einem Bauch wie ein Fass.

»Pilze!«, sagte Johann laut. »Kaiserlinge! Du kennst dich wirklich nicht aus. Neulich lagen die beim Koch. Ich hab's genau gesehen. Aber der hat die wohl selbst gegessen.«

»Der Koch hat mir auch schon eine Standpauke gehalten, nur weil ich mal in seiner Gegenwart an einem harten Stück Brot kaute«, murmelte Sebastian.

Johann sah ihn verstohlen an. Plötzlich lächelte er und sagte: »Vielleicht hast du recht: In letzter Zeit hast du oft einen drangekriegt, ich wohl auch, aber nicht so oft. Aber andere auch – andere kriegen auch ständig einen dran. So ist das hier, leider!«

Sebastian dachte daran, dass Johann eine Bestrafung oft wie eine Mutprobe hinnahm. Er würde das auch gerne so können wie sein Freund, aber er litt einfach unter seinem Gerechtigkeitssinn. Über jede Strafe machte er sich wer weiß wie viele Gedanken, und er konnte sich nicht gut wehren.

Wer auf der Carlsschule gegen die Regeln verstieß, der bekam ein Billett. Und Regeln gab es so viele wie Tage im Jahr: Beim Wecken sofort aus dem Bett, nicht singen, keine Lieder pfeifen, keine Bücher lesen, schon gar keine Romane, nicht lärmen, beim Essen nicht reden, keine Privatgeschäfte machen, alle Medizin ohne Murren nehmen, im Unterricht klar und deutlich sprechen, nicht mit der Feder klecksen – auf alles hatte man zu achten.

Ein Vergehen wurde auf einen Zettel geschrieben und dieses Billett musste der Eleve beim Appell im Knopfloch tragen. Der Herzog kam, sah es, las es und bestimmte dann die Strafe.

Johann sprang schnell zu dem Baum und hatte flugs vier schöne Kaiserlinge vom Boden gelöst. Sebastian wusste, was Johann damit vorhatte: Sie in der Küche gegen eine Tasse Milch tauschen. Johann machte manchmal solche kleinen Geschäfte.

Sebastian sah die Pilze fast nur wie Steine. Er dachte an das Stück von Schiller: *Die Räuber*. Mit zwei anderen Jungen redete er manchmal darüber, denn ihnen hatte Schiller immer wieder davon erzählt. *»Die Freiheit brütet Kolosse und Extremitäten aus«*, murmelte er leise. Für ihn brütete sie eigentlich nur die Flucht aus.

Als sie schnell weitergingen, flüsterte er Johann zu: »Das ist ein Menschenschinder, der Holzmeier, fast noch mehr als der Herzog. Das ist seine Natur.«

»Ich habe noch ein halbes Jahr«, sagte Johann plötzlich wieder ziemlich laut. »Noch ein halbes Jahr, dann habe ich es hinter mir. Dann kann der mich mal, der …«

In diesem Moment sprach Holzmeier sie laut von hinten an.

»Stehen bleiben, ihr beiden! Was ist in einem halben Jahr, Eleve Johann? Was hat Er dann hinter sich?«

»Die Anstalt, Herr Oberst!«

»Will Er frech werden?«, schrie Holzmeier mit rotem Gesicht. »Will Er sich beschweren? Passt Ihm etwas nicht?«

»Nein, Herr Oberst!«, sagte Johann.

»Ihm passt also etwas nicht? Was denn?«

»Nein, Herr Oberst! Ja, Herr Oberst!«

»Was denn also?«

»Alles, alles passt …«

»Das kann Er ja dann morgen seinem Vater erklären!«, schrie Holzmeier. »Und warum ist Er überhaupt vom Weg abgekommen? Was hat Er da?«

»Kaiserlinge, Herr Oberst!«

»Kaiser- was?«

»Kaiserlinge! Pilze!«

»Das sehe ich selber. Soso, Kaiserlinge! Fürstlinge sind Ihm wohl eine Nummer zu klein? Haha! Gib Er sie mir!«

Holzmeier nahm die Pilze mit spitzen Fingern und sah sie sich genau an.

»Was will Er damit?«, fragte er plötzlich.

Johann starrte Holzmeier nur an. Sein Gesicht zeigte, dass er kurz davor war loszuprusten.

»Was will Er damit?«, fragte Holzmeier schärfer.

Johann lächelte und sagte: »Essen, Herr Oberst!«

Holzmeier sah ihn mit zusammengekniffenen Augen an und rief dann: »Und jetzt: Weitergehen! Das Billett gibt es beim Abendessen.«

Wieder sah Holzmeier auf die Pilze in seiner Hand. Plötzlich schüttelte er den Kopf und warf sie in die Wiese.

Johann mahlte mit den Zähnen. Auch Sebastian hatte das Gefühl, vor Wut zu platzen. *Sein Vater!*, wiederholte er innerlich. So musste man den Herzog anreden. Lächerlich! Allerdings war Carl Eugen tatsächlich der Vater von einigen Schülern. Das war allgemein bekannt. Er bestellte auf seinen Festen junge Frauen zu sich, zum Vergnügen. Und diesen Jungen erzählte man nie von ihrem Vater. Die hatten es eigentlich am schwersten. Sie wurden von den anderen geschnitten.

Die Wut der beiden baute sich erst ab, als wieder exerziert wurde, wie jeden Nachmittag. Da blieb kein Platz für schwere Gedanken und Gefühle. Man musste aufpassen wie ein Schießhund, ja alle Befehle richtig auszuführen. Sonst gab es wieder Strafe. Es hieß: *zehn Schritt vor, rechts schwenk, traben, halt, schwenk links, strammstehen – jawohl, Herr Oberst!*

Es gab keinen Ausweg. Jeder Tag hielt die Schüler gefangen. Sebastian fühlte sich inzwischen so, als ob jede Stunde mit den Ketten rasselte, jede Minute.

Am nächsten Tag nahm wieder der Herzog persönlich den Mittagsappell ab. Johann hätte Angst davor haben müssen, aber er sagte: »Der soll spüren, dass er mir nichts kann. Ich habe nichts Böses getan.«

»Sei vorsichtig, Johann«, ermahnte ihn Sebastian. »Sei bloß vorsichtig!«

»Bin ich! Bin ich immer. Ich riskiere hier nichts mehr. Trotzdem: Kriechen werde ich vor dem nicht.«

Wieder strahlte die Sonne vom wolkenlosen Himmel wie ein Ofen. Johann konnte aber die Hitze gut vertragen, bestimmt besser als der fette Herzog, dachte Sebastian. Vor allem stand er mit ihm am Ende der Reihe und noch zwei andere Eleven trugen ein Billett im Knopfloch. Das konnte dauern. Da wäre der Herzog am Ende vielleicht zu erschöpft für einen weiteren seiner gefürchteten Ausbrüche.

Carl Eugen gab sich offensichtlich wieder große Mühe, an jedem seiner Eleven etwas auszusetzen. Es war auch fast unmöglich, an den Stiefeln nicht irgendwo Staub zu haben, auf der Hose einen Fleck, an der Hutfeder einen Riss.

Dem ersten Billettschüler haute er nur eine runter. Er ersparte sich eine weitere Bestrafung, obwohl der Schüler den *Werther* von Goethe besaß und heimlich weitergegeben hatte.

Der zweite Eleve erhielt vier Stockschläge. Carl Eugen selbst führte sie aus. Das war für die Übrigen immer eine große Belustigung, obwohl keiner auch nur grinsen durfte. Der Herzog ließ sich dazu von dem Oberst Holzmeier seine Reitgerte bringen. Der Schüler musste die Hose herunterlassen und bekam die Gerte übergezogen. Holzmeier schien das selbst zu gefallen. Er verzog bei jedem Schlag das Gesicht, als würde er in ein Zuckerstück beißen. Auch Sebastian und Johann hatten diese Strafe schon erlebt. Es tat eigentlich nicht *so* sehr weh, und der Schmerz verging schnell. Sebastian hatte das sogar schon Spaß gemacht. Er dachte, so konnte man dem Herzog und auch dem Holzmeier mal den Arsch zeigen.

Es verging viel Zeit, bis Carl Eugen mit einem Gesicht voller Schweißperlen Johann das Billett aus dem Knopfloch zog.

»Pilze! – Was lese ich hier?«, sagte der Herzog erstaunt.

Plötzlich stand Holzmeier neben ihm und flüsterte ihm zu.

»Er hat Pilze mitgenommen, Kerl!«, fuhr er Johann an. »Will Er unsere Eleven vergiften?«

Johann schwieg. Sebastian wusste, dass er sich nicht einschüchtern ließ. Aber auf diesen Vorwurf war er wohl nicht gefasst.

»Weiß Er nicht, wie gefährlich Pilze sind?«, fragte der Herzog und wischte sich den Schweiß mit den Rüschen an seinem Ärmel ab.

Johann starrte den Herzog an, dann Holzmeier. Der hob auf einmal den Finger und zeigte auf Sebastian.

»Und der da!«, sagte er laut. »Der hätte mitgemacht!«

»Das ist ja unglaublich«, rief Carl Eugen und schüttelte sich, sodass der Schweiß aus seinem Gesicht auf den Boden tropfte. »So etwas geht hier vor, gegen alle Vorschriften, wo doch für Essen gesorgt ist, wo Wir doch für alles sorgen, wo Wir doch als euer Vater alles für euch tun, wo Wir Uns Tag und Nacht für euch aufopfern, damit etwas Ordentliches aus euch wird, damit ihr Kerle von echtem Schrot und Korn werdet, damit ihr ein Quäntchen von Wissen unter eure hohle Schädeldecke bekommt, damit ihr nicht Hunger leiden müsst und der Faulheit frönt wie all das Gesindel da draußen! Er da, weiß Er etwa nicht, was es mit Pilzen auf sich hat!«

»Doch«, stammelte Johann, »ich weiß …«

»Aha, Er weiß und gibt es auch noch zu! Und der Knabe neben Ihm, der war doch gestern schon auffällig.«

Carl Eugen wischte sich nun mit dem ganzen Ärmel den Schweiß aus dem Gesicht. Einige Zeit lang schwieg er und klopfte sich nur mit der Gerte in die Hand.

Dann sagte er kurzatmig, aber laut zu Holzmeier: »Die beiden mit Essensentzug für drei Tage in die Arrestzelle, ab sofort!«

Holzmeier ging zuerst zu Sebastian und zog ihn am Arm aus der Reihe, als müsste er einen Ast vom Baum abbrechen.

»Komm Er!«, rief er, als hätte er einen Dieb *in flagranti* geschnappt.

Auch Johann zog er so aus der Reihe. Bei ihm musste er richtig fest ziehen, denn Johann war stark wie ein Bär.

Holzmeier trieb die beiden vor sich her zur Kleiderablage und sagte die ganze Zeit kein Wort. Sebastian ballte die Fäuste. Was hatte er denn getan?

Als er wie Johann die Uniform abgelegt hatte und in einfacher Kluft steckte, führte Holzmeier sie wie Verbrecher wieder über den großen Hof hin zur Arrestzelle. Und als sie an Carl Eugen vorbeigingen, rief er immer wieder: »Nun los! Bewegt euch schon! Das habt ihr davon. So geht's einem!« Und genau neben Carl Eugen setzte er scharf hinzu: »Mit Essensentzug!«

Holzmeier schloss die schwere Tür des Karzers ab und rief noch: »Hier hilft euch keiner, auch der Brandstetter nicht oder der Abel, der den Schiller angestiftet hat.«

Der Schlüssel drehte sich knarrend im Schloss, und Sebastian spürte, wie es in seinem Mund nach Tränen schmeckte.

Johann sagte jedoch: »Es ist nicht so schlimm. Drei Tage. Das schlafen wir doch am Stück runter!«

Sebastian antwortete nicht. Er hätte schluchzen müssen, aber das wollte er nicht.

»Was sollte denn das mit dem Brandstetter und dem Abel?«, fragte Johann.

Sebastian konnte vor Wut nicht sprechen. Er dachte an Abel, Jakob Friedrich Abel. Der war der beliebteste Lehrer unter den Eleven, ein kleiner Mann mit ganz großem Geist. Abel wollte, dass die Menschen sich zum Besseren entwickelten, und zwar jeder einzelne, und das sollte möglichst aus eigenem Antrieb geschehen. Dazu musste man denken. Eigenständig denken – und das ausgerechnet an der Carlsschule! Aber Carl Eugen wollte nun mal auch die fähigsten Erzieher an seiner Schule. Das war die Konsequenz. Abel stand nicht vorn am Pult und paukte den Lehrstoff runter. Er ging durch die Reihen und verwickelte die Schüler in Streitfragen. Da musste man sich wegducken, wenn man nicht selbst denken wollte. Aber genau das wollte Abel: dass sie den eigenen Verstand einschalteten und selbst zu Erkenntnissen kamen! Dass sie selbst dafür sorgten, als Mensch immer besser zu werden! Sebastian hatte Abel sogar einmal nach Schiller gefragt, und der war bei der Frage nicht zusammengezuckt, sondern hatte laut gesagt: »Ich hoffe, er wird seinen Weg finden.«

»Eifersüchtig«, sagte Sebastian, als er sich wieder gefasst hatte. »So einer wie Holzmeier kann dem Abel einfach nicht das Wasser reichen. Deswegen!«

»Stimmt!«, sagte Johann nur, fasste sich in seine Jacke und hielt grinsend ein Stück Brot in der Hand. Er brach sich etwas davon ab und hielt es auch Sebastian hin. Der winkte ab. Johann hatte immer seine Essensverstecke. Er hatte eigentlich ständig Hunger, mehr als andere. Jedoch war er auch stärker als die meisten anderen. Er hatte Muskeln wie ein Stier. Er brauchte mehr Futter. Sebastian hingegen hatte manchmal das Gefühl, er könnte nur von Luft leben.

Es war wirklich nicht so schlimm, dachte Sebastian bald, in der Zelle zu sitzen und immer wieder die Augen zu schließen. Der Karzer als Strafe war immer ein Thema: Im Sommer war es darin ganz angenehm kühl. Nur in der Nacht hörte man immer irgendwelche kratzenden und nagenden Geräusche, manchmal sogar unter der Pritsche. Im Winter dagegen war es in der Zelle wirklich schlimm. Da war die Kälte die größte Strafe.

Die beiden verstanden nicht, was wirklich passiert war. Johann versuchte immer wieder zu erklären, dass er Kaiserlinge genau kannte, dass das Blätterpilze waren, die man überhaupt nicht verwechseln konnte, wenn man sie einmal kennengelernt hatte. Mit dem leuchtenden gelbroten Hut, feucht wie Holzmeiers Arsch, wie Johann sagte, und der Holzkopf hatte sie bestimmt mit dem Fliegenpilz verwechselt, wobei sie doch eine Delikatesse waren, und so selten, mit einem köstlichen Geschmack, mit dem kein Steinpilz mithalten konnte.

Sebastian hatte davon keinen blassen Schimmer. Er dachte nur immer wieder daran, dass er den Holzmeier nicht mehr ertragen konnte, dass er die ganze Carlsschule nicht mehr ertragen konnte.

Dann wurden sie ruhig und sagten sich, dass es ihnen gar nicht so schlecht ging. Endlich hatten sie mal Zeit, über alles zu reden, über das Leben, die Zukunft … und über die Flucht. Irgendwann war dieses Wort aufgekommen: Flucht! Alle Jungen dachten daran, wegen ihres Elends und schon wegen Friedrich Schiller. Seine Flucht gehörte zur Carlsschule wie Holz zum Feuer.

Sebastian sagte: »Der Schiller ist geflohen. Der hat es richtig gemacht.«

Johann zog den rechten Ärmel seiner Jacke hoch und spannte am Oberarm die Muskeln an. Sebastian wusste, wie sehr es ihm gefiel, stark zu sein.

Johann erwiderte: »Was hat er nun davon? Wo muss er sich jetzt rumtreiben? Bei fremden Leuten, ohne Familie, ohne Geld, ohne Heimat, ohne Freunde, ohne …«

»Aber in Freiheit!«

»Aber was kann er sich dafür kaufen? Er ist doch nur abgehauen, weil sein Stück … wie hieß das noch, *Die Räuber* … weil das in Mannheim am Theater Erfolg hatte und weil ihm dann der Herzog das Schreiben verboten hat. Dabei war er doch Mediziner und hatte sein Auskommen.«

»Mediziner? Feldscher war er, Militärarzt, unterste Stufe. Zu mehr hat seine ganze Ausbildung hier nicht geführt. Da kann ich schon verstehen, dass ihm die Literatur heilig war.«

Johann schob auch am anderen Arm den Ärmel hoch und ließ die Muskeln spielen. In dem wenigen Licht sah er von einem Arm zum anderen und sagte: »Nur saß er doch stundenlang in den schummrigsten Kaschemmen und hat dieses Kartenspiel gespielt, Manille, und hat gesoffen und geraucht. Dagegen war dann seine Flucht wirklich was Besonderes.«

»Wie hat er das toll organisiert! Während Carl Eugen ein Riesenfest gibt, in unvorstellbarer Pracht, mit Dutzenden Opern- und Ballettaufführungen für Hunderte von Adeligen, mit Tausenden Hirschen für die Jagd, Zehntausenden Lampen auf Schloss Solitude, nimmt Schiller Reißaus!«

»Mach dir nichts vor, Sebastian! Er ließ sich aus der Stadt kutschieren! Das hätten wir auch gekonnt. Er war ja nicht mehr an der Carlsschule und hatte in Stuttgart eine eigene Wohnung. Er musste doch nur zusehen, dass er möglichst seinen ganzen Krempel aus der Stadt rauskriegt. Es ging für ihn und seinen Freund, den Andreas Streicher, ja nur darum, frech zu sein, nämlich in eine Kutsche zu steigen und am Stadttor die Wache zu übertölpeln. Für uns wäre das viel gefährlicher.«

»Aber das schaffen wir auch!«, rief Sebastian plötzlich.

»Hör auf!«, sagte Johann schnell und krempelte seine Ärmel wieder herunter.

Die beiden schwiegen.

Sebastian ließ der Gedanke an die Flucht des bekannten Mitschülers nicht los: Ein Jahr war das her und wirkte immer noch nach. Der Name »Schiller« existierte an der Carlsschule offiziell nicht mehr. Trotzdem war es damit wie mit einer starken Glut, die man mit dicken grünen Zweigen abzudecken versuchte. Für Sebastian brannte das immer wieder neu. Zwar wollte Johann davon nichts wissen, weil er nur noch ein halbes Jahr vor sich hatte. Sebastian aber war erst siebzehn. Er konnte das alles nicht länger ertragen. Diese Schule würde ihn zugrunde richten!

»Sie sind schneller als du«, sagte Johann. »Sie haben Pferde.«

»Ich besorge mir auch eins«, erwiderte Sebastian.

»Du kannst aber nicht reiten.«

Sebastian starrte an die Zellenwand, als könnten sich die Steine unter seinem Blick auflösen.

Der ganze nächste Tag zog sich wie endlos hin. Aber am frühen Abend während der Essenszeit drehte sich plötzlich der Schlüssel im Schloss. Niemand sprach. Dann stand Holzmeier in der Zelle. Er sagte kein Wort und leuchtete nur mit der Laterne alles aus. Er sah Sebastian an, der mit dem Blick auswich – dann Johann, der viel größer war als der Lehrer. Johann kniff die Augen zusammen und starrte in dem fahlen Licht zurück, ohne einen Muskel zu bewegen. Holzmeier wartete wohl nur darauf, bei einer falschen Bewegung oder einem falschen Wort zuzuschlagen.

Als er und Johann sich wie Kampfhunde fixierten, räusperte sich Sebastian.

Da drehte sich Holzmeier plötzlich zur Tür und sagte, ehe er ging: »Von mir aus könntet ihr noch länger brummen!«

Johann und Sebastian sahen sich an und grinsten. Sebastian kam es so vor, als hätten sie einen Sieg über Holzmeier errungen, als hätten sie ihm die Möglichkeit genommen, sie noch weiter zu schikanieren.

»Der hat es echt auf uns abgesehen«, sagte Sebastian seltsam fröhlich. »Mann, setzt der uns unter Druck! Aber jetzt hast du's dem gegeben!«

»Das wird sich noch rächen, fürchte ich«, sagte Johann und grinste gar nicht mehr.

Früh am nächsten Morgen drehte sich wieder der Schlüssel im Schloss. Sebastian und Johann hatten schlecht geschlafen. Ihr Magen knurrte nun abwechselnd, so laut wie draußen noch der Kauz schrie.

Wieder trat Holzmeier ein, an seiner Seite ein Aufseher mit einer Laterne in der Hand.

»Man weiß ja nie«, sagte Holzmeier zu dem Aufseher.

Sebastian sprang auf und trat zur Seite. Johann tat das auch, aber lächelnd.

»Hüte Er sich, mein Lieber!«, schrie ihn Holzmeier an. »Und jetzt mal auf die Seite mit euch beiden! Dahin! Und sonst keinen Schritt!«

Als die beiden sich vor die Wand stellten, sagte Holzmeier laut zu dem Aufseher: »Was stehen Sie hier herum? Leuchten Sie!«

Der Aufseher wusste nicht, was er machen sollte. Er hielt die Laterne mal hierhin, mal dorthin. Sebastian und Johann sahen sich fragend an. Auch der Aufseher runzelte die Stirn.

Holzmeier suchte in jeder Ecke der Zelle, fand aber nichts. Plötzlich fasste er sich an die Stirn, als hätte er die Lösung zu einer schweren Aufgabe gefunden. Er griff sich Johanns Jacke von der Pritsche. Zufrieden schnaufend suchte er die Taschen durch und zog dann ein Stück Brot hervor.

»Hah!«, rief er laut. »Was haben wir denn hier? Wem gehört die Jacke?«

»Mir«, sagte Johann.

»Und was haben wir da?« Er hielt das Stück Brot in der Hand

wie eine Goldmünze und lachte dabei so, als hätte er einen Schatz gefunden.

Als Johann schwieg, sagte plötzlich der Aufseher: »Das ist eine Kruste Brot, Herr Oberst.«

»Halten Sie sich da raus!«, blaffte Holzmeier ihn an. »Das wollte ich von ihm hören, von dem ungezogenen Kerl hier. Gibt es denn keinen Respekt mehr? Keinen Anstand? Kein Benehmen? – Nun, dann schauen wir doch mal bei seinem Freund!«

Sebastian musste nach Luft schnappen, als Holzmeier auch seine Jacke nahm und die Taschen durchsuchte. Schon hielt er das Papier von Schiller in der Hand.

»Was ist das?«, schrie er. »Eine Geheimbotschaft? Ein Kassiber? Sprich Er!«

»Dichtung!«, sagte Sebastian leise.

»Will Er mich zum Besten halten? Dichtung! Soso! Dichtet Er? Dann schauen wir doch mal!« Er wandte sich an den Aufseher: »Leuchten Sie, Mann, leuchten Sie!«

Der Aufseher hielt die Laterne, sah zur Decke und Holzmeier las: *»Stelle mich vor ein Heer Kerls wie ich, und aus Deutschland soll eine Republik werden, gegen die Rom und Sparta Nonnenklöster sein sollen.«*

Er ließ das Papier sinken und stand da mit offenem Mund. Dann murmelte er wie zu sich selbst: »Also doch: Verrat! Aufruf zum Umsturz! Wer hat das geschrieben?«

»Schiller, Herr Oberst!«

»Will Er mich endgültig … will Er?«

Holzmeier haute Sebastian mit der linken Hand eine runter, was er aber kaum spürte.

»Also von wem? Sag Er!«

Er kam so nah, dass Sebastian roch, wie er aus dem Mund nach Wein stank.

»Brandstetter hat es mir gegeben!«, sagte Sebastian.

Holzmeier stand wieder starr da und konnte mit dieser Antwort offensichtlich nichts anfangen. Dann lachte er ganz übertrieben wie jemand, der plötzlich einen Witz verstand, und rief: »Einen weiteren Tag Arrest für Diebstahl und Aufruhr!«

Er drehte sich um, sah aber noch einmal auf das Papier in seiner Hand. Da lief über sein Gesicht ein Grinsen, als wäre der Teufel in ihn gefahren. Er riss das Papier in der Mitte durch, drehte es und riss es wieder durch. Dann steckte er es ein und murmelte: »Mal sehen, was Brandstetter dazu sagen wird.«

Als die Tür abgeschlossen wurde, kam es Sebastian so vor, als hätte man ihm einen Freund genommen. Er musste plötzlich weinen.

Johann sagte aber sofort: »Hör auf mit so was! Spinnst du!«

Nach einem weiteren Tag in der Zelle hielt sich Johann längst den Bauch vor Hunger. Sebastian sagte immer wieder, dass er das dem Holzmeier nie verzeihen würde.

Johann wollte davon nichts mehr wissen. Er klagte darüber, wie langsam die Zeit verging. Am Mittag kämen sie frei. Dann dürften sie doch hoffentlich noch zum Essen.

Sebastian legte sich auf seine Pritsche und verschränkte die Arme hinter dem Kopf. Er hatte das Gefühl, in nichts als einen schwarzen Abgrund zu starren.

Als sich endlich wieder die Tür knarrend öffnete, blieb Sebastian auf seiner Pritsche liegen. Der Oberst Brandstetter stieß ihn an und sagte wie ein Vater: »Komm, Junge, es ist vorbei. Es ist gut.«

Er fasste ihn zusammen mit Johann unter der Achsel, hielt sich dann aber die Nase zu.

»Uh!«, rief er. »Ich glaube, ihr müsst euch erst mal waschen.«

Im Freien hielten sie sich die Hand vor die Augen, so sehr blendete die Sonne. Sie drang warm durch die schmutzigen Kleider. Ein schönes Gefühl. Beide tranken an dem einen der beiden eisernen Brunnen zuerst das frische, kühle Wasser. Sebastian sah, wie Brandstetter immer wieder besorgt zu ihm hinsah. Das tat ihm gut. Er lächelte.

Als sie sich wuschen, schlug seine Stimmung endlich um. Das Waschen machte so viel Spaß, dass sie beide kaum das Juchzen unterdrücken konnten. Auch Brandstetter grinste. Sebastian wusste: Er war einer von denen, die als Maschine noch eine Seele hatten.

Sie liefen schnurstracks zum Essenssaal.

Dort richteten sich alle Blicke auf sie. Eine große Unruhe entstand. Sogar »Bravo!« und »Hoch!« war ein paarmal zu hören. Aber sofort zischten die Aufseher um Ruhe. Niemand durfte beim Essen sprechen.

Sebastian wusste vor Aufregung gar nicht, wohin er blicken sollte. Johann schaute nur auf die Essensausgabe und machte Zeichen, dass sein Teller ganz voll gemacht werden sollte. Die Suppe schmeckte fad und abgestanden, sie war auch kaum heiß. Aber Johann aß seinen Teller sofort leer. Ein anderer Schüler schob ihm seinen halb vollen Teller hin und das tat dann auch Sebastian. Ihm reichten ein paar Löffel Suppe. Wieder zurück im Leben, hatte er das Gefühl, etwas hätte sich gewandelt. Er fühlte sich nun ganz entschlossen.

Auf dem Spaziergang durfte er nicht neben Johann gehen. Erst vor der Musterung am Abend konnte er ihn kurz ansprechen.

»Kommst du mit?«, fragte er ihn mit heiserer Stimme.

»Wohin?«

»Weg!«

»Was?«

»Flucht!«

»Nein! Du spinnst!«

Sebastian drehte sich um und nestelte weiter an seiner Perücke, um sie in Form zu bringen. Er war drauf und dran, sie auf den Boden zu schmeißen und draufzutreten. Aber dann puderte er sie doch wieder ein und zog sie sich über die Haare. Die hatte er ziemlich lang wachsen lassen, was für ihn ein Zeichen von Protest war. Dann eben allein, dachte er trotzig, dann würde er eben allein fliehen!

Die nächsten Tage liefen ab wie ein Uhrwerk. Sebastian redete nicht mehr mit Johann und auch sonst ließ man die beiden in Ruhe. Sie befolgten die Regeln und bekamen keine Schwierigkeiten. Morgens um fünf war Aufstehen, danach Musterung, Rapport, Frühstück mit dünner Suppe, von sieben bis elf Unterricht, anschließend das Säubern der Uniform und die Musterung, mal mit dem Herzog, mal ohne ihn, um eins endlich das Mittagessen, gefolgt von dem üblichen Spaziergang, von zwei bis sechs wieder Unterricht, dann endlich eine Stunde Freizeit bis sieben, dann wieder Musterung und Rapport, um halb acht Abendessen, danach bis um neun ins Bett.

Sebastian war ganz wortkarg geworden. Er hatte nur noch einen Gedanken: seine Flucht. Immer wieder ging er sie im Kopf durch, brach aber auch immer wieder ab. Überall sah er Hindernisse, die kaum zu überwinden waren. Wie sollte er allein über die Stadtmauer kommen? Wie konnte er so schnell wie möglich die Landesgrenze erreichen? Wo lag die überhaupt?

Sebastian fühlte sich wieder so allein und hilflos wie vor zwei Jahren, als er mit seinen Eltern im Winter zur Carlsschule gefahren war. Seine Mutter konnte kaum sprechen, so musste sie die Tränen zurückhalten. Er war derjenige, der ihr immer wieder gut zugeredet hatte: Die Mutter sollte sich keine Sorgen machen. Er war groß! Er war stark! Und dann lag er in der Nacht frierend im Bett und kam sich vor wie ein Straßenköter, den keiner wollte und der von allen einen Tritt bekam.

Immer wieder dachte er an Johann, der plötzlich so fern von ihm war …

Sebastian spürte ganz deutlich: Er wollte auf zu neuen Ufern. Einem Lehrer hörte er in diesen Tagen im Unterricht besonders zu: Abel. Der war ein anderer Typ Lehrer. Der glaubte daran, dass sich alle zu was Besserem entwickeln konnten, dass in jedem Menschen die Fähigkeiten dazu angelegt waren. Manchen ging das zwar auf den Geist, dieses Selbstdenken, weil man so im Unterricht erst recht aufpassen musste. Immerhin war es einfacher, seine Vokabeln zu lernen und die aufzusagen, wenn's drauf ankam. Trotzdem machte sein Unterricht Spaß.

»*Gewissen!*«, wiederholte Abel einmal, als spräche er mit sich selbst. »Wie man das als Vokabel so dahinsagt.«

»Verzeihen Sie«, sagte der betreffende Schüler, »aber *Gewissen* ist doch die richtige Übersetzung von *conscientia*.«

»Haben Sie schon einmal das Wort genau betrachtet, wie man es eigentlich übersetzen müsste?«

»Wenn Sie so fragen: Nein!«

»Dann tun Sie es doch mal! Wie setzt sich das Wort zusammen, also das lateinische?«

Der Schüler überlegte nur kurz und sagte: »*Mit-Wissen* müsste das eigentlich heißen.«

»Sehen Sie!«, sagte Abel nachdenklich. »*Mitwissen,* das wäre im wörtlichen Sinn besser übersetzt, denn unser *Ge-Wissen* ist ja sowieso nur eine Neuschöpfung. *Mitwissen* würde bedeuten, dass auch jemand anders Bescheid weiß, dass man also mit seinem Gewissen nicht allein ist. Dann ist freilich das Wort nur die äußere Form. Was es eigentlich meint – nun ja, das würde hier den Rahmen sprengen.«

Zwar stöhnten einige bei solchen Gelegenheiten leise auf oder zogen Grimassen, um Abels nachdenkliche Mimik nachzuäffen, aber doch waren alle bei der Sache. Die Zeit verging wie im Flug.

Es ging Abel um die Entwicklung des Menschen, zum Beispiel um die Frage, ob ein Räuber an seinem Schicksal selbst schuld sei.

Abel meinte, dass jedes Kind den Keim jeder großen Tugend und jedes großen Lasters in sich trage. Aber worauf kam es dann wohl an, wollte er wissen. Die Antwort leuchtete allen ein: Es hing nur von der äußeren Lage ab, ob jemand ein Brutus oder ein Catilina werden sollte, wie er sich ausdrückte. Alle verstanden, was er meinte: Die Umwelt machte, ob jemand gut oder böse wurde.

Jemand fragte, was denn zu tun wäre, wenn die äußere Lage an sich schlimm sei. Alle lachten, auch Abel. Er hatte die Anspielung verstanden. Nur sagte er dann: »Wer in der Kindheit richtig geführt worden ist, der sollte später in der Lage sein, den eigenen Verstand zu gebrauchen. Allerdings gehört nun mal auch der Mut dazu, sich seines eigenen Verstandes zu bedienen.«

»Wo soll der Mut aber herkommen?«, fragte ein Schüler.

Abel schwieg plötzlich eine ganze Weile, ehe er sagte: »Der Mut lässt sich nicht aussperren. Er ist in jedem Menschen angelegt.«

Dann wechselte er das Thema.

Sebastian kam es fast so vor, als hätte Abel seine Gedanken behandelt: Wie wichtig es wäre, sich Ziele zu setzen und die durch eigenes Nachdenken und Entscheiden zu erreichen! Sebastian hatte längst ein neues, eigenes Ziel gefunden, und er konnte gar nicht genug darüber nachdenken, wie er es erreichen konnte.

Eine ganze Woche war vergangen, als wieder Musterung und Rapport anstanden. Diesmal blieb der Herzog auf einmal vor Johann stehen und sah ihn an, wie ein Bauer einen alten Klepper ansah, der für keine Arbeit mehr zu gebrauchen war. Es war zu offensichtlich, dass sich Johann nicht mehr richtig um seine Uniform kümmerte. Er hatte schließlich nur noch ein halbes Jahr bis zu seiner Entlassung im Winter. Johann hatte schon vor Wochen gesagt, dass es ihn nicht mehr kratzte, wenn seine Hose am Knie einen Riss hatte, wenn sich am rechten Schuh der Absatz löste, wenn an einem Ärmel ein Knopf fehlte oder die Perücke ein Mottenloch hatte.

»Ihm fehlt ein Knopf«, sagte der Herzog.

Johann schlug die Hacken zusammen und grinste ganz fein. Jedenfalls meinte Sebastian das aus dem Augenwinkel zu sehen.

Er sagte schnell: »Wie Sie wünschen, Sire!«

»Was Wir wünschen? Wir wünschen Ordnung, Kerl! Trete Er vor!«

Johann musste drei Schritte nach vorn machen. Plötzlich war auch Holzmeier bei ihm. Die beiden gingen um Johann herum wie um ein Weinfass, ob das noch überall zusammenhielt. Immer wieder zeigte Holzmeier auf Dreck und Flecken und Löcher in Johanns Uniformrock. Er sagte dazu Sätze wie: »Und wenn man ihm was sagt …«, »Er hört nicht!«, »Weiß alles besser!«

Am Ende hatte Carl Eugen über zehn Malheurs an seiner Uniform festgestellt und rief streng, sodass alle es hören konnten: »Von oben bis unten, von hinten bis vorn, Unordnung, Disziplinlosigkeit, Anarchie! Und wenn man ihm was sagt, hört er nicht und weiß alles besser! – Oberst Holzmeier!«

Der Oberst eilte zu ihm wie ein Hund, der lecker zu fressen bekam. Er hielt schon die Gerte in der Hand. Doch streckte er sie nicht vor, sondern strich vorsichtig darüber, als hätte er Angst um sie. Carl Eugen verstand und rief: »Zehn Streiche auf den nackten Po, aber kräftig!«

Holzmeier leckte sich die Lippen, als stünde plötzlich das beste Essen vor ihm. Sebastian kannte Johann gut genug, um zu wissen, dass er standhaft bleiben würde. Denn es würde nun richtig wehtun. Carl Eugen schien eher aus Spaß zu schlagen, aber bei Holzmeier war es blutiger Ernst. Johann blieb aufrecht stehen und starrte Holzmeier direkt an. In dessen Augen war die Vorfreude zu sehen, aber auch eine Angst.

»Was wartet Er, Elev?«, rief der Herzog.

Johann zog die Hose herunter und hielt Holzmeier sofort sein Hinterteil entgegen. In die Stille drang Raunen und Lachen.

Carl Eugen hob den Kopf und ließ den Blick von Eleve zu Eleve wandern. Dann war es wieder ruhig.

»Also los!«, rief er Holzmeier zu. »Walten Sie Ihres Amtes!«

»Los!«, sagte Holzmeier heiser zu Johann.

Johann blieb aufrecht stehen.

»Los jetzt, runter!«, zischte ihm Holzmeier zwischen den Zähnen zu. »Oder Er wird hier keine ruhige Stunde mehr haben.«

Da bückte sich Johann so langsam, als müsste er in einem Theaterstück eine gute Vorstellung abgeben. Bei den Schlägen, die mit viel Pause und mit großer Härte kamen, gab er keinen Laut von sich. Aus einigen Striemen quoll ein wenig Blut. Ihm zitterten deutlich sichtbar die Hände, als er sich endlich die Hose hochziehen durfte und sie vorsichtig über den Hintern zwängte.

Am Abend gab ihm Oberst Brandstetter eine Salbe mit den Blüten der Ringelblume. Johann wollte sich nicht helfen lassen, als er sich damit vorsichtig den Hintern einrieb.

Er sagte nur: »Muss ich in dieser Nacht auf dem Bauch schlafen!«

Als die Eleven am nächsten Tag wieder auf dem Spaziergang unterwegs waren, sagte Johann plötzlich zu Sebastian: »In vierzehn Tagen, am Mittwoch, ist Neumond. Und dann ist mein Arsch wieder heil. Nicht mal eine halbe Wegstunde von hier liegt bei Weißenhof ein Pferdegestüt. Ein Pferd klauen wir, du hintendrauf. Dann haben wir viel Vorsprung.«

Da schlug ihm Sebastian so auf die Schulter, dass jeder andere aufgeschrien hätte. Doch Johann sah ihn nur an und grinste.

Nun gab es dann nichts mehr zu zaudern: Eine Flucht hatte ihre eigenen Gesetze. Die Zeit verging wie im Flug und war bis auf die letzte Minute mit den Vorbereitungen ausgefüllt.

Am Mittwoch lagen sie hellwach auf ihren Pritschen und hörten angespannt auf die Silentiumrufe und das Abnehmen aller Geräusche. Sebastian schlich zuerst zu Johann ins Abteil, wo sie ruhig auf dem Bett sitzen blieben und warteten. Erst machten sie nur Handzeichen, dann flüsterten sie auch. Alles war bereit.

Eigentlich war nicht viel Planung nötig gewesen. Sie hatten nicht viel mitzunehmen, weil sie kaum etwas besaßen. Kleidung war noch das Wichtigste: In ihren Uniformen durften sie nicht unterwegs sein. So hatten sie in wenigen Tagen nach und nach Kleider gestohlen, vom Gärtner eine Lederhose, vom Schmied eine Weste, die für Johann trotzdem reichlich groß war, Schuhe vom Sattler, weil der die seinen am besten in Schuss hielt.

Das Schlagen der Uhr zur Mitternacht war das vereinbarte Zeichen. Zu der Zeit schliefen alle so, dass auch das schlimmste Schnarchen der Aufseher niemanden weckte.

Als der erste Gong ertönte, erhoben sie sich wie Marionetten und nahmen ihre Siebensachen. Dicht hintereinander schlichen sie aus dem Schlafsaal und machten die gleichen Schritte, rechts, links, rechts, links. Im Hof war es wirklich dunkel, doch ließ das Sternenlicht noch die Umrisse von Schule und Schloss erkennen. Sie schlichen schnell zur Werkstatt, wie Spatzen, die sich etwas vom Tisch stibitzten und sich immer wieder umsahen. Dort hoben sie eine Leiter von der Wand. Sebastian fühlte sich damit sofort sicherer, als würde sie die beiden verbinden. Im Gleichschritt eilten sie zu der Gebäudereihe, die den nördlichen Hof zum Schloss abgrenzte. Dort mussten sie über das niedrige Dach steigen, wofür die kurze Leiter gerade ausreichte. Johann saß als Erster oben. Er zog Sebastian zu sich hoch und die Leiter nach. Dann sprang er einfach auf der anderen Seite hinunter. Sebastian wollte hinterher, als Johann mit unterdrückter Stimme rief: »Die Leiter!«

Sebastian sah hinter sich und erschrak: Stand da in der Ferne nicht Brandstetter? Er konnte sich vor Schreck nicht rühren und starrte immerzu in die Dunkelheit. Stand der Lehrer nicht dort und sah sich immer wieder um?

»Sebastian!«, zischte Johann.

Er drehte sich um, griff die Leiter, ließ sie hinab und stieg daran hinunter, die Knie zitternd.

»Brandstetter!«, flüsterte er Johann heiser zu.

Mit der Leiter zwischen sich liefen die beiden wie um die Wette, immer in Sichtweite der Ludwigsburger Straße nach Norden, hin zum Schlossgarten. Geschützt von akkurat geschnittenen Hecken machten sie an einem Rosenbeet endlich halt und schnauften sich aus.

»Da stand der Brandstetter!«, sagte Sebastian atemlos. »Aber er hat nichts gemacht!«

»Du spinnst!«, murmelte Johann, sah sich um, und weiter ging's.

Bald waren sie an der Stadtmauer, liefen sie ab, um eine gute Stelle zu finden. Wie schrecklich hoch sie war!

Dann nahmen sie sich ein Herz und lehnten die Leiter an. Johann nahm die Sprossen behände wie ein Eichhörnchen. Von der letzten Sprosse aus erreichte er den Wehrgang und zog sich mit einem Ruck hinauf, stützte sich auf die Arme und schwang die Beine hoch. Dann griff er nach Sebastian, der ebenfalls gut hinaufkam. Die Leiter blieb stehen. Sebastian sah auf der anderen Seite hinunter und ihm schwindelte. Auf der Seite war es noch höher.

Johann zauderte nicht. Er lief voraus die Mauerkrone entlang, bis unter ihnen Büsche zu sehen waren, und ließ sich an der steilen Wand hinab. Er steckte die Füße und Hände in Spalten und Schießscharten, aber irgendwann konnte er sich nicht mehr halten und sprang. Er landete im Busch und stand gleich wieder auf.

»Mach es so wie ich«, rief er Sebastian zu. »Und halt den Körper nah an der Mauer, wie eine Spinne!«

Sebastian schob sich Stück für Stück hinab wie eine Katze auf Mäusejagd. Als auch er sich nicht mehr halten konnte, schrie er leicht auf und lag schon mit Johann auf dem Boden. Der hatte versucht, ihn aufzufangen.

»Was ist?«, fragte Johann. »Tut's weh?«

»Nein«, sagte Sebastian, fühlte an sich und biss die Zähne zusammen.

»Dann los!«

Sie mussten schnell sein, weil die Leiter zurückgeblieben war. Eine Wache vom Ludwigsburger Tor oder ein herzoglicher Gartenbediensteter oder gar ein Liebespaar würde sie bald finden.

»Über uns steht der Nordstern!«, sagte Johann beim Laufen. »Wir folgen ihm und halten das Schloss hinter uns. Dann sind wir richtig.«

Sebastian war Johann so dankbar. In der Carlsschule hätte er sich nie vorstellen können, wie wichtig ihm sein Freund auf der Flucht sein würde. Aber was konnte er sich schon vorstellen, außer das beschränkte Schulleben in Stuttgart …

Bald standen sie an der Koppel. Auf dem angrenzenden Hof brannte kein Licht, nur zwei Hunde bellten immer wieder mit tiefer Stimme.

Johann machte Sebastian Zeichen, sich nicht zu bewegen. Er sah sich die Pferde genau an. Das Bellen hörte auf.

Als Sebastian immer aufgeregter zu seinem regungslosen Freund sah, flüsterte der: »Der Schwarze dort hinten, der Rappe, der trägt ein Halfter. Den hole ich. Wenn ich mit ihm komme, machst du das Tor auf. Dann wieder zu.«

Johann stieg in die Koppel. Sebastian hörte die Pferde mit den Hufen scharren und ging zum Tor. Er musste lange suchen, ehe er die richtige Stelle fand, um es zu öffnen.

Da schnaubte schon ein Pferd neben ihm. Johann saß darauf. Er ritt durch das Tor und Sebastian beeilte sich, hinterherzukommen. Das Pferd war riesig, aber Johann zog ihn entschlossen zu sich hoch.

Sebastian hätte schreien können vor Freude. Alles lief wie am Schnürchen. Sie hatten auch wirklich ein gutes, kräftiges Pferd erwischt, und Johann konnte reiten wie ein Postkurier. Am Anfang war es gar nicht leicht, sich an ihm festzuhalten, weil sie auf dem nackten Pferderücken hin- und herrutschten. Doch fühlte Sebastian sich bald ganz sicher. Er spürte, wie ihn manchmal angenehm ein Schauer durchlief. Er genoss jeden Augenblick. Die Nachtluft strich als warmer Wind an ihnen vorbei, das Pferd ließ sie seine Kraft spüren, es schnaubte kaum und atmete gleichmäßig. Wie von Geisterhand gezogen, ritten sie in ruhigem Trab dahin.

Als es hinter ihnen dämmerte, kam ihnen bald der erste Bauer entgegen. Sebastian schrie ihm ungestüm einen Gruß zu, ehe Johann nach der nächsten Biegung stoppte. Er sah sich um und sagte: »Bis hierher!«

Dann rutschte er vom Pferd.

»Wie? Bis hier?«, fragte Sebastian und blieb ungläubig sitzen.

Der Rappe bäumte sich ein wenig auf, aber Johann hielt ihn am Halfter.

»Steig ab!«, sagte er nur.

Sebastian schob umständlich ein Bein zurück, drehte sich und plumpste dann wie ein Sack zu Boden.

Johann gab dem Pferd einen Klaps. Es lief los, hielt an und schaute nach den beiden. Johann fuchtelte mit den Armen und rief: »Los! Lauf los!«

Als Sebastian ihn immer noch anstarrte, sagte Johann: »Wir müssen zu Fuß weiter. Es wird hell. Zwei auf einem guten Pferd ohne Zaumzeug und Sattel sind zu auffällig. Komm!«

»Und das Pferd?«

»Es findet den Weg zum Stall.«

Die beiden schulterten ihre Reisetaschen und los ging's. Vom Weg aus konnten sie unter sich in die Landschaft sehen. Alles lag friedlich vor ihnen. Die Wiesen dufteten, die Sonne fing an, alles auszuleuchten. Unter sich sahen sie auch den Rappen, der wirklich ganz schwarz war und den Weg zurückzockelte.

Sie eilten weiter, oft im Gleichschritt. Manchmal sangen sie, was das Gehen leichter machte. Immer mehr Bauern begegneten ihnen, oder sie sahen sie schon auf den Feldern arbeiten, meistens mit einer Sense in der Hand. Das Wetter passte genau, um Heu einzufahren. Das haufenweise geschnittene Gras duftete wunderbar. Wenn sie einen Bauern trafen, gingen sie langsamer und taten so, als seien sie auf einer Wanderung, grüßten nur und sprachen unter sich über irgendeinen Quatsch, nur um nicht in ein Gespräch verwickelt zu werden.

Immer weiter ging es, den Blick auf den Weg gerichtet und immer wieder in die Ferne schweifend. An einer Biegung blieb Johann plötzlich stehen und zeigte unter sich in die Landschaft: Dort hatten zwei Reiter, die Uniformen trugen, ihre Pferde angehalten. Zwischen sich hielten sie den Rappen.

Johann zeigte zu einem kleinen Wäldchen oberhalb des Wegs. Sie rannten das kurze Stück dorthin und duckten sich ins Gebüsch, wie Eidechsen im Unterholz. Die beiden Männer mit ihren Pferden waren nicht mehr zu sehen. Doch dauerte es nicht lange, da ritten sie schon auf dem Weg an den beiden vorüber, den Rappen an einem Seil hinter sich. Johann presste vor Anspannung die Lippen zusammen.

Sie folgten weiter dem Weg, von dem sie wussten, dass er zur Grenze führte. Einmal sahen sie die uniformierten Reiter tatsächlich noch, wenn auch ein Stück entfernt, wie sie aus dem Sattel auf einen kahlköpfigen Bauern einsprachen, der aber nur mit den Schultern zuckte.

Sie mussten auf der Hut bleiben! Beide hatten sie nun das Gefühl, dass jeder, der ihnen entgegenkam, sie misstrauisch ansah. Es war, als wüsste plötzlich die ganze Welt Bescheid.

Schnell liefen sie an dem Feld vorbei, auf dem gerade der kahlköpfige Bauer angekommen war und seine Sense schliff. Zu ihrer

Überraschung winkte er ihnen aber zu und rief sogar: »Viel Glück! Nach Pforzheim müsst ihr! Ins Badische! Adieu!«

Die beiden sahen sich erstaunt an: Pforzheim! Davon hatten sie schon gehört, aber nicht, dass es ihr Ziel sein könnte. War Schiller nicht nach Mannheim gegangen? An diese Stadt hatte Sebastian gedacht. Aber er kannte sich nicht aus.

Drei andere Bauern sahen aber gar nicht freundlich aus. Sie grüßten nicht zurück, als sie an ihnen vorbeigingen.

Auch als Johann sich noch einmal zu ihnen umdrehte und rief: »Grüß Gott und einen schönen Tag!«, antwortete keiner der drei.

Sebastian sah, dass sie stattdessen untereinander flüsterten. Wie auf Kommando legten beide einen Schritt zu.

Gerade als Sebastian sagte: »Die waren mir nicht …«, gab ihm Johann einen Stoß und schrie: »Pass auf!«

Sebastian stürzte zur Seite, fing sich aber schnell und sah, wie einer der Bauern neben ihm ins Leere griff. Noch ehe der sich besonnen hatte, rannten sie, so schnell sie konnten, davon. Der Bauer gab die Verfolgung schnell auf.

Als sie in Sicherheit waren, schnauften sie sich aus. Sebastian rief ganz laut »Danke«, wie um den Spuk von sich abzuschütteln.

»Glück gehabt«, sagte Johann. »Es war nur so ein Gefühl. Ich habe den eigentlich gar nicht gehört, oder erst im allerletzten Moment. Mann, gegen die drei hätten wir keine Chance gehabt!«

Beide sahen sich immer wieder verstohlen um, ob die Bauern nicht doch hinter ihnen herliefen. So wie die drei da in der Ferne standen, schienen sie genau das vorzuhaben. Aber der Abstand war schon zu groß geworden.

»So geht es nicht mehr«, sagte Johann. »Auf diesem Weg sind wir nicht sicher.«

»Aber die Bauern können doch den Herzog auch nicht leiden«, entgegnete Sebastian. »Ich dachte, die halten eher zu uns.«

»Denen stand ins Gesicht geschrieben, woran die gedacht haben, als sie uns sahen.«

»Woran denn?«

»Na, an eine Belohnung! Das werden von uns die beiden Soldaten erzählen: ›Da kommen zwei den Weg entlang, einer älter, einer jünger, einer blond, einer braun, einer kräftig, einer schmal. Die sind ausgebrochen. Liefert die ab! Dann kriegt ihr Geld dafür!‹«

»Da hast du wohl recht«, sagte Sebastian kleinlaut. Er dachte daran, wie leichtgläubig er manchmal war.

»Nein, ich habe bestimmt recht! Deswegen hat der eine Bauer uns Pforzheim zugerufen. Damit wir den üblichen Weg verlassen. Wir sind doch blöd! Folgen dem einen Weg, auf dem sie nur auf uns warten müssen! – Komm!«

Als der Weg einen Wald erreichte, nutzten sie die Gelegenheit und schlugen sich ins Gehölz. Johann steuerte auf einen umgestürzten Baumstamm zu, setzte sich und suchte das letzte Stück Brot heraus, das sie noch bei sich hatten. Sebastian zauberte aus seiner Reisetasche ein Stück Wurst hervor, das er beim letzten Abendbrot in der Schule eingesteckt hatte. Er gab es Johann, der kaum Danke sagen konnte, so schnell hatte er es verschlungen.

Bald hatte sie der Wald so verschluckt, dass ihnen unheimlich wurde. In der Mittagshitze verstummten fast alle Geräusche. Kein Bach war zu hören, kaum mal das Rascheln einer Amsel, Maus, Eidechse, hin und wieder das Klopfen eines Spechts, der seiner Arbeit anscheinend nur widerwillig nachging. Sebastian schreckte hoch, wenn sie auf einen trockenen Zweig traten. Das Knallen und Knacken hörte sich manchmal wie Schüsse an. Immer wieder blieben sie stehen und lauschten, ob nicht ein menschliches Geräusch zu hören wäre. Seltsam, dachte Sebastian, wie man die Stimme eines Menschen fürchtete und sie sich doch herbeisehnte.

Der Weg stieg an und wurde beschwerlicher. Meistens ging Johann voraus, schmalen Wildpfaden folgend. Immer wieder mussten sie sich bücken und sogar am Boden kriechen, wenn Brombeersträucher umgestürzte Bäume überwucherten. Vor allem wuchs der Farn so hoch, dass sie oft nur ein paar Schritt weit sehen konnten.

Einmal zeigte Sebastian auf Johanns Unterarme, von denen das Blut in feinen Strömen lief wie von einem Bild, wenn der Maler die Farbe zu nass auftrug. Aber Johann lachte nur und zeigte seinerseits auf Sebastians Arme: Die sahen nicht viel besser aus.

Mit seinem Stock drosch Johann immer wieder auf den Farn wie auf feindliche Krieger ein. Beide hatten sie sich von einer Weide einen frischen Ast abgeschnitten. Schon bei dem Gedanken an Wildschweine oder wilde Hunde fühlten sie sich damit sicherer.

»Wenigstens haben wir die Gewissheit, dass uns der Herzog hier nicht auf den Fersen ist«, sagte Sebastian.

Johann schnaufte zurück: »Das mag sein. Aber wir kommen auch kaum voran. Außerdem brauchen wir was zwischen die Zähne.«

Der Hunger machte sich in der Tat bemerkbar. Da kamen sie an ganzen Matten von Preiselbeeren vorbei und fingen an, sie zu pflücken, erst mit einer Hand, dann mit beiden Händen.

Aber nach einer Weile sagte Johann laut: »Ach komm, weiter! Das hält uns zu sehr auf. Davon wird nur ein Vögelchen satt.«

Sebastian machte es nichts aus, nichts zu essen. Immerhin stießen sie immer wieder auf Quellen. Sie tranken dann so viel Wasser, dass ihnen der Bauch gluckerte. Sebastian fühlte sich danach sogar satt, nur drückten ihm inzwischen die Füße in den Schuhen. Die Arme taten kaum weh, nur die Haut war aufgekratzt, aber das Brennen ließ immer schnell nach. Das bisschen Blut spülten sie an den Quellen ab. Johann aber fluchte: »Wir brauchen was zu futtern, verdammt!«

Plötzlich sahen sie eine Lichtung vor sich. In der Ferne blökte hier und da ein Schaf und tatsächlich sahen sie bald eine ganze

Herde vor sich. Sie schauten genau hin und erkannten den Schäfer unter seinem breiten Filzhut im Gras, neben sich seinen Hund, dazu auch einen Esel, der fast bewegungslos dastand. Der Schäfer hatte es sich unter einer mächtigen Ulme bequem gemacht. Immer wieder schob er sich etwas zu essen in den Mund.

Johann sagte leise: »Komm, gehen wir zu dem! Der weiß ja wohl von nichts. Wir sagen, wir hätten uns verirrt und müssten nach Pforzheim. Das müssen wir ja auch.«

Als Johann schon loswollte, hielt ihn Sebastian zurück.

»Und was sagen wir, was wir hier machen?«, fragte er.

»Wie meinst du?«

»Na, warum wir uns hierher verirrt haben?«

»Pilze suchen«, sagte Johann. »Hier wachsen die besten Pilze.«

Sobald sie auf die Lichtung traten, fing der Hütehund an zu bellen und rannte auf die beiden zu. Der Schäfer erhob sich und sah zu ihnen hin. Immer näher kam der wolfgroße Hund … sie nahmen ihre Stöcke und hielten sie mit Fäusten fest.

Ein scharfer Pfiff des Schäfers hielt den Hund auf. Er bellte nur aus Leibeskräften. Wieder pfiff der Schäfer, zweimal nun, und der Hund trottete zu ihm zurück. Immer wieder drehte er sich knurrend zu den beiden um. Sie folgten.

Der Schäfer trank schnell einen letzten Schluck aus seiner Flasche, packte sein Essen zusammen und steckte alles in einen Beutel. Er hob seinen Stock und sah daran hoch und runter, wie um zu prüfen, ob an dem Holz nichts gebrochen wäre. Der Stock war ein ordentlicher Knüppel, an dem sich der Schäfer hochzog wie an einem Pflock.

»Wer seidn ihr?«, rief er. »Macht jo koine Dummheite! Ich warn euch! Der do, mein eichener Freund, lässt en Schädel knacke wie e Nussschal.«

Johann hob den Kopf und sagte: »Wir sind auf dem Weg zurück nach Pforzheim und …«

»Pforzheim?«, unterbrach ihn der Schäfer.

»Ja, und wir …«

»Und do gehta hier nach Vaihinge, Lausbube, in eure verschlissene, zerrissene Klamotte? Was habtan vor?«

»Wir suchen Pilze!«, sagte Sebastian und sah schnell an sich hinunter.

»Pilze?«, fragte der Schäfer drohend. »Was für Pilze? Kriecht ma dafür in de Brombeere rum? Oder warum habta die Arme verkratzt? Was tischtn ihr mir für Gschichte uf? Ich werd euch …«

»Pilze«, sagte Sebastian. »Kaiserlinge.«

»Pforzheim liegt doch in der Richtung!«, unterbrach ihn Johann und zeigte über die Lichtung hinweg. »Ich habe mir schon gedacht, dass wir uns verlaufen haben. Aber dahinten, wo wir waren, bei den Fichten, wachsen Steinpilze, dachten wir zumindest …«

»Harro, auf!«, rief plötzlich der Schäfer seinem Hund zu, der sich sofort drohend aufstellte und knurrend die Ohren anlegte. »Ich will euch was sage: Gsindel, des seid ihr! Plündert die Leut aus! Wahrscheins seid ihr Bälger von de Räuber, die hier die Gegend usicher mache – wie des Mädl, des mich heut Morge um den Finger wickle wollt. Wie en Geischt war die plötzlich erschiene. Sogar Harro hat se net bemerkt. Des isch doch oine von euch, odder? Odder?«

Sebastian wich vor dem Schäfer zurück. Johann blieb stehen.

»Pforze isch ganz woanerschd«, zischte der Schäfer. »Fichte wachse hier net, bloß Tanne, und Pilze habe bei derre Hitz seit Tage koine meh gsehe, Kaiserling sowieso no nie.«

Der Schäfer hob wieder seinen Knüppel. Sebastian sah schnell zu Johann. Auch der packte seinen Stock und kniff die Augen zusammen. Sebastian dachte, dass es Zeit wäre, die Beine unter die Arme zu nehmen, als plötzlich alles ganz schnell ging: Johann verpasste mit einem schnellen Schlag dem Hund einen Hieb, dass der aufheulte und sich unter dem Esel zusammenkrümmte. Der blieb stehen, als wäre nichts geschehen. Als sich der Schäfer erschreckt zu seinem Hund drehte, gab ihm Johann einen Stoß und zog ihm blitzschnell seinen Beutel vom Arm. Der Schäfer stieß gegen den Esel und trat auf den Hund, der wieder aufheulte. Der Esel blieb unbeirrt stehen.

»Los!«, schrie Johann Sebastian zu, der mit weit aufgerissenen Augen wie angenagelt dastand. Aber plötzlich bewegten sich seine Beine, als müsste er über Feuer laufen. Die beiden liefen die Lichtung hinab, gegen die Sonne, und brachen im Wald durch das Unterholz wie die Rehe. Erst als sie über einen Baumstamm klettern mussten, sahen sie sich um. Keuchend gingen sie weiter und weiter. Sie fanden eine Fläche, die mit Moos bewachsen war, und ließen sich fallen wie in ein Himmelbett.

Erst nach einer Weile sagte Sebastian: »Mann, hast du dem den Beutel geklaut!«

»Klar hab ich das! Was macht der uns an, als ob wir Verbrecher wären! Hast du keinen Hunger?«

»Doch!«, sagte Sebastian, obwohl das nicht stimmte. Er war viel zu aufgeregt, um Hunger zu haben. Alles Mögliche ging ihm durch den Kopf: dass sie sich zwar verteidigt, aber auch gestohlen hatten, dass man eigentlich keinem Menschen trauen konnte, dass sie mit dem Flickwerk ihrer Kleider bestimmt nicht wie Studenten aussahen. Wie um sich abzulenken, zupfte er aus seiner Hose all die Brombeerstacheln, die sie sich eingefangen hatten.

Aber dann kam mit Macht der Hunger. Viel fanden sie nicht in dem Beutel, nur wenig Brot, dafür aber ein gutes Stück Käse und ein großes Stück Schinken, an dem sie lange zu kauen hatten. Außerdem befand sich in der Flasche des Schäfers noch ordentlich Wein. Johann trank das meiste davon. Sie spürten bald die Wirkung und grinsten und lachten … bis ihnen vor Erschöpfung die Augen zufielen.

Sebastian wachte als Erster wieder auf, aber nicht, weil er genug geschlafen hatte. Er hatte das Gefühl, jemand fasste in seine Jacke. Er schlug die Augen auf und über ihm wich flink ein Mädchen zurück, oder eher eine junge Frau. Sie hatte pechschwarze Haare und ebenso schwarze Augen.

»Was machst du da?«, fragte er überrascht, als auch Johann aufwachte und sich aufrichtete. Er packte die Frau am Arm. »Gib das her!«

Sie reichte ihm sein Messer und lachte.

»Du hast es verloren«, sagte sie.

Johann sprang auf und sah sich um. Er schob sein Messer in die Scheide und steckte es tief in seine Reisetasche.

»Bist du allein?«, rief er. »Wer bist du?«

Die junge Frau nickte nur leicht und sagte: »Allein«, als hätte das keine Bedeutung. Sie sah Sebastian an und lächelte. Er hatte das Gefühl, ihr Blick würde ihm bis ins Herz dringen.

Sie hatte sehr braune Haut, wie eine Bäuerin, die den ganzen Tag auf dem Feld arbeitete. Ihre Hände waren voller Risse und Schwielen, wobei die Finger aber lang und schmal waren. Sie trug Kleider so bunt wie das Gefieder eines Fasans, mit leuchtend roten und grünen Stoffteilen, die alle wie Flicken aufgenäht waren. In diesen Farben war auch das Kopftuch, das ihr langes Haar kaum zusammenhalten konnte. An ihrem Hals schimmerte golden eine Kette.

»Wer bist du?«, fragte auch Sebastian und seine Stimme überschlug sich. Er hatte noch nie eine Frau gesehen, die so schön und besonders aussah.

»Dennele«, sagte sie, »und ihr wollt über die Grenze.«

»Dennele?«, fragte Johann misstrauisch. »Was ist das für ein Name?«

»Sie suchen euch.«

Sebastian konnte den Blick kaum von ihr lösen. Auch Johann blieb schweigend stehen und sah sie an.

Plötzlich zog Dennele ein Stück Brot aus einer Falte in dem wallenden Rock, den sie trug. Johann nahm es und bot Sebastian auch davon an, der aber ablehnte.

Während Sebastian die Frau weiter anstarrte, als käme sie aus einem Zauberland, stellte Johann ihr genaue Fragen, wo sie herkam, was sie in der Gegend machte, woher sie von ihnen wusste.

Aber Dennele war wie ein Fisch, der sich nicht fassen ließ. Sie sei achtzehn Jahre alt, habe weder Vater noch Mutter, lebe allein im Wald und nähre sich von diesem und jenem. Sie wisse genau, dass der Herzog Carl Eugen hinter den beiden her sei; sie seien aus Stuttgart geflohen, aus einer Kaserne, und sie müssten eingefangen werden und dafür büßen. Sie wisse aber einen geheimen Weg über die Grenze, den sonst keiner kenne.

Zum Schluss erklärte sie noch, wobei sie seltsam die Augen niederschlug, es sei eine ordentliche Belohnung auf die beiden ausgeschrieben.

Johann stand da mit verschränkten Armen und atmete tief ein. Dann sagte er plötzlich: »Also führst du uns!«

Sebastian starrte ihn an und verstand erst nicht.

»Was gebt ihr mir dafür?«, fragte Dennele und sah nur Johann geradeaus an.

»Ich habe einen Gulden. Das ist alles, aber das ist viel Geld. Wir müssen den wechseln. Du kannst nicht alles haben.«

Dennele sagte darauf nichts und sah nur in den Himmel, als ob Johann gar nicht anwesend wäre.

»Na gut, wir werden sehen«, sagte Johann und suchte in einer Innentasche seiner Jacke.

Sebastian war überrascht. Auf der Carlsschule durfte niemand Geld haben, obwohl alle heimlich ein paar Münzen besaßen. Aber ein Gulden, eine Münze sogar aus Gold! Das war viel Geld. Das waren sechzig Kreuzer, wusste er. Damit konnte man sich ganz neu einkleiden.

Johann suchte weiter und noch einmal. Dann suchte er auch in seiner Reisetasche, obwohl sogar Sebastian wusste, dass er darein nie Geld stecken würde.

»Der Gulden ist weg!«, sagte er leise und sah Dennele mit zusammengekniffenen Augen an.

Sie drehte nur den Kopf zur Seite und blickte zu Sebastian, als hätte er damit zu tun.

»Gut!«, sagte Johann schließlich. »Also wir haben nichts. Nur mein Messer. Das hattest du ja schon.«

»Gib es mir!«, sagte Dennele und stand auf, als wollte sie gehen.

Johann fasste in seine Reisetasche und behielt Dennele im Blick. Er zog das Messer hervor und streckte es ihr entgegen wie ein Stück Fleisch, nach dem ein Hund schnappen würde.

Sie zog es langsam zu sich heran und betrachtete es wie ein Schmied, ob es auch gut gearbeitet war. Dann pfiff sie anerkennend und steckte es ein.

Dennele stellte sich auf die Seite und wartete, bis Sebastian und Johann ihre Schuhe angezogen hatten. Sebastian schmerzten die Füße, weil das Leder seiner Schuhe hart wie Holz war. Er machte die ersten Schritte mit gequältem Gesichtsausdruck. Dagegen wirkte Dennele wie eine Königin, die ihn verachtend anschaute, als wäre er nur einer ihrer unzähligen Bewerber. So kam es ihm zumindest vor. Trotzdem merkte er, wie gern er in ihrem Blick versank. Innerlich verfluchte er den Schuster.

Dennele ging voran. Sie ging nicht schnell, aber zielstrebig. Nie blieb sie an Brombeersträuchern hängen und schaffte es auch über jeden Felsen. Daran hinderte sie nicht einmal ihr weiter Rock. Sie säumte ihn zusammen und hielt ihn beim Laufen mit einer Hand fest.

Bald erreichten sie einen schmalen Weg, der mit Steinplatten ausgelegt war, aber immer nur dort, wo Wasser von den Hängen herunterlief, als kleiner Bach oder nur als Rinnsal. Hin und wieder mussten sie über einen abgebrochenen Ast steigen. Es war klar: Der Weg war kaum begangen und für Wagen nicht geeignet, höchstens für Esel und Maultiere. Dennoch kamen sie schnell vorwärts. Dennele blieb immer wieder stehen und horchte und sah aufmerksam in die Ferne. Dabei sagte sie nie etwas, und auch Sebastian und Johann sahen sich nur wortlos an.

Plötzlich zog sie Sebastian am Arm, dem gleich ganz heiß wurde, und alle drei verkrochen sich im Gebüsch. Dennele hielt den Finger vor den Mund und sie wagten kaum zu atmen. Es dauerte eine Weile, ehe das Geklapper von Hufen zu hören war. Ein Mann ritt auf sie zu, sein Hund neben sich, ein schwarzes Ungetier mit einem Nacken wie ein Stier. Der Mann trug einen Uniformrock, im Gürtel einen Degen. Er trällerte Lieder vor sich her und rief zwischendurch immer wieder nach dem Hund. Der blieb plötzlich stehen. Er legte die Ohren an und zog die Lefzen hoch. Knurrend kam er auf ihr Versteck zu. Aber der Mann pfiff energisch und rief: »Rex, lass das Wild in Ruh!«

Der Hund lief sofort zurück und trällernd ritt der Mann weiter.

Johann atmete durch und sagte: »Mit dem wären wir aber fertiggeworden.«

Dennele sah ihn an wie einen kleinen Jungen, der keine Ahnung hatte, wovon er sprach.

»Mit dem Hund?«, fragte sie.

»Mit dem Mann.«

»Nein«, rief sie empört. »Mit dem bestimmt nicht. Mit dem ist nicht zu spaßen. Mit dem Hund auch nicht.«

»Woher weißt du das?«, fragte Sebastian überrascht. »Kennst du den?«

»Los! Noch ein Stück den Weg lang!«, entgegnete sie nur und ging wieder voraus.

Mürrisch machte sich auch Johann auf den Weg. Er warf Sebastian einen Blick zu, der eindeutig war: Ihm passte es nicht mehr, hinter so einer wildfremden Frau herzuziehen, die nichts von sich erzählte.

Dennele ging nun schneller, als würde sie von etwas angezogen. Sebastian fing an, laut zu sprechen, wie um dagegen anzukämpfen, von ihr wie ein Hund an der Leine mitgezogen zu werden.

Auch Johann machte mit: »Ich möchte gern mal wissen, wo wir genau sind. Wo gehen wir überhaupt hin? Wie weit ist es noch bis zur Grenze? Hallo, hallo, du, Dennele, wo willst du eigentlich hin? Was machst du hier? Wieso kennst du dich in dieser Gegend so aus? Hallo!«

Dennele ging noch schneller. Sebastian stöhnte, weil er das Gefühl hatte, seine Füße würden in Eisenschuhen stecken. Johann fing an zu fluchen und machte von hinten ein paar große Schritte auf Dennele zu, um sie anzuhalten.

Wie aus dem Nichts tauchte da plötzlich ein Mann auf. Sebastian konnte sich nicht erklären, wo er hergekommen war. Am Wegesrand wuchsen nur schmale Bäume.

Der Mann hatte tiefschwarze Haare wie Dennele und war elegant gekleidet, jedenfalls, wenn man nicht so genau hinsah. Das Jackett war zu groß für ihn, das lederne Wams war an zwei Stellen geflickt und die Hose an den Knien abgeschabt. Er schaute kurz auf Sebastian und Johann, ehe er, ohne ein Wort zu sagen, Dennele eine Ohrfeige gab.

Sebastian hielt den Atem an und hörte, wie Dennele plötzlich hastig in einer fremden Sprache auf den Mann einredete. Der streichelte ihr schließlich kurz über den Kopf und wandte sich ihnen zu. Er schob eine Hand unters Jackett und griff sich an den Gürtel. Darin steckte eine Pistole.

»Ihr wollt über die Grenze«, sagte er. »Ihr seid aus der Carlsschule geflüchtet. Das ist ein schlimmes Vergehen.«

»Das wissen wir«, sagte Johann und machte sich groß. Er überragte den Mann um einen halben Kopf.

Der schob sein Jackett noch weiter zur Seite. An der rechten Hand fehlten ihm am Zeigefinger zwei Glieder, nur ein hässlicher Stumpf war übrig geblieben.

»Darauf stehen schwere Strafen«, sagte er. Dann blickte er sich aufmerksam um und lauschte. Auch Dennele ließ den Weg nicht aus den Augen. »Also, was habt ihr zu bieten?«

»Nichts«, sagte Sebastian, der den Mann widerlich fand. Was bildete der sich ein, dachte er, sie würden es auch allein zur Grenze schaffen.

»An der Grenze sind alle in Alarmbereitschaft. Sie warten auf euch.« Der Mann grinste. »Von jedem zwei Gulden! Dann zeige ich euch den Weg und es kann nichts passieren. Heute Abend sind wir da.«

Noch ehe die beiden etwas erwidern konnten, pfiff Dennele plötzlich und der Mann sprang mit ihr ins Gebüsch. Auch Johann reagierte sofort und duckte sich hinter die beiden flach auf den Boden. Sebastian begriff erst nicht, ehe auch er einen Satz machte.

Auf einen Schlag war es mucksmäuschenstill. Nur in der Ferne waren mal wieder ein Specht und wohl ein Fink zu hören. Sebastian sah verstohlen neben sich. Der Mann kauerte hinter einem Farn und versteckte den Kopf unter den Armen, Dennele neben ihm. Wer nicht wusste, dass dort zwei Menschen lagen, musste sie mit Sicherheit übersehen.

Außer den Vögeln war nichts zu hören. Als Johann sich schon reckte und den Kopf hob, sah er, wie Dennele wieder den Finger auf den Mund hielt, ja, wie sie sich den Finger auf den Mund presste.

Auf einmal war wieder Hufgeklapper zu hören, das schnell lauter wurde.

Im Trab zog jener Mann im Uniformrock an ihnen vorbei, den Hund neben sich, dem die Zunge weit aus der Schnauze hing – sie flog hin und her wie das Pendel einer Wanduhr.

Erst nach einer Weile stand zuerst Dennele auf, dann der Mann, der sich sorgfältig abklopfte und etwas in seiner fremden Sprache schnaufte.

Dann kam er drohend auf Sebastian und Johann zu.

»Ihr seid mir ein paar Grünschnäbel. Das war ein Häscher. Das ist einer, der holt sich die Belohnung für euch ab. Der fängt euch ein wie tolle Hunde.«

Er musterte die beiden wie Schüler, die wieder einmal eine Aufgabe nicht verstanden hatten.

»Also gut!«, rief Johann plötzlich, als müsste er sich von einer Last befreien. »Zwei Gulden.«

»Pro Mann!«

»Gut!«

»Dann gebt mir alle Papiere, die ihr habt.«

Johann sah den Mann misstrauisch an.

»Na los, gebt mir eure Papiere! Wenn sie euch doch schnappen sollten, ist es erst mal am besten, sie wissen nicht, wer ihr seid. Also, daran müsst ihr denken: Geht was schief, streitet ihr erst mal alles ab. Ihr seid Studenten auf dem Weg nach Straßburg, ja? Das wird sie verunsichern. Das müssen sie überprüfen. Vielleicht gibt es dann die Möglichkeit, zu fliehen.«

Der Mann hielt die Hand auf und Sebastian fing an, in seiner Reisetasche zu kramen. Sie hatten ja nicht viel von sich dabei, nur ein paar Briefe, Attestate, Anschriften von Eltern, Verwandten, Bekannten, dazu die Ausweise der Carlsschule. Als Sebastian noch in der Tasche kramte, fasste plötzlich Dennele hinein und zog ein Amulett heraus. Es war außer dem Scherenschnitt Sebastians einziges Andenken an seine Mutter. Sie sah es sich an und stieß einen Pfiff aus.

»Das nicht«, rief Sebastian und griff danach, aber Dennele hatte es schon dem Mann gereicht und sagte: »Hier, Patro, ist aus Silber.«

Patro hieß er also. Ohne einen Blick auf das Amulett zu werfen, steckte Patro es mit den Papieren in sein Jackett.

Und schon liefen sie wieder voraus, Sebastian und Johann sahen sich an: Dass sie nun in der Hand dieses Patro waren! Wie aus einem inneren Protest heraus setzte Sebastian plötzlich seine Reisetasche ab. Die war ja nun eigentlich leer, dachte er und schaute noch einmal hinein. Er zog noch ein Taschentuch heraus, steckte es ein, fand noch ein paar Kleinigkeiten wie Garn, zwei Kerzen, einen Schreibblock und einen Stift und warf die Tasche dann ins Gebüsch. Er hatte nichts mehr zu verlieren.

Als Dennele es bemerkte, rannte sie zurück, zog die Tasche hervor, schaute selbst noch einmal hinein und warf sie schließlich noch tiefer ins Gebüsch.

Weiter ging's. Sebastian trug inzwischen seine Schuhe in der Hand, weil er es sonst vor Schmerzen nicht mehr ausgehalten hätte.

Schließlich erreichten sie eine Anhöhe, von der man in der Ferne Felder und Wiesen sah, dazwischen Wald, überall Wald. Die Sonne stand schon tief und warf lange Schatten. Es war die Tageszeit, zu der man sich ins sichere Haus zurückzog, wenn man denn eines hatte.

Ohne Ankündigung schlugen sich plötzlich Patro und Dennele nach links und folgten einem schmalen Pfad, den Sebastian sonst nie gesehen hätte. Dennele blieb nun doch mit ihrem Rock an einer Wurzel hängen und fiel hin. Noch ehe Johann ihr hochhelfen konnte, stand sie schon wieder auf den Füßen. Patro aber gab ihr eine Ohrfeige und zischte: »Pass auf!«

Sebastian konnte gar nicht darüber nachdenken, wie dieser Patro Dennele behandelte. Obwohl er weiter barfuß ging, brannten ihm die Füße wie Feuer. Doch eher wollte er sich einen Stachel in die Fußsohle ziehen, als in seinen Schuhen weiter die Schmerzen zu ertragen.

Als es dämmerte, traten sie wieder auf eine Lichtung. Vor ihnen erstreckte sich eine Wiese, und langsam gingen sie auf eine Heugarbe zu. Davon standen viele auf der gemähten Wiese. Ohne etwas zu sagen, nahmen sich Patro und Dennele große Haufen von dem Heu und breiteten es auf dem Boden aus. Mit Gesten forderten sie Sebastian und Johann auf, es ihnen gleichzutun.

Im letzten Licht des Tages sah Sebastian, wie Patro auf seinem Heubett schon eingeschlafen war. Er beobachtete Dennele, die noch ihre Füße in der Heugarbe vergrub. Sie bemerkte seinen Blick und lächelte ihn an. Sebastian durchfuhr es, sein Blick sprang aufgeregt hin und her. Dann besann er sich und machte es Dennele nach: Auch er steckte seine Füße ins Heu. Es kam ihm vor, als würden sie plötzlich dampfen. Der Schmerz ließ nach. Er hätte so gern den Arm um Dennele gelegt. Sein Blick wanderte zwischen ihren Augen und den Sternen hin und her, bis alles ineinander verschwamm und er sich dem Schlaf hingab.

Mitten in der Nacht wurde Sebastian wach. Johann stieß ihm in die Seite, er saß neben ihm und zog seine Jacke zu. Patro und Dennele waren schon auf den Beinen. Sebastian kam kaum zu sich, aber er wusste, dass es weiterging, und hängte sich seine Schuhe um. Patro nickte ihm nur mürrisch zu, dass er das Heu wieder auf die Garbe werfen sollte. Johann half ihm und sie zogen los.

Sebastian kam sich vor wie im Traum. Sollte es nun wirklich so weit sein, fragte er sich. Sollte er in diesen Stunden Stuttgart, Carlsschule, Holzmeier hinter sich gelassen haben – sein ganzes früheres Leben? Konnte er das wirklich ablegen wie einen alten Mantel? Er spürte, wie er kaum schlucken konnte.

Stumm schlich er mit Johann hinter Patro und Dennele her, die gebückt und auf Zehenspitzen lautlos über die Wiese zogen. Diese Bewegung gehörte offensichtlich zu ihnen wie zu anderen der richtige Umgang mit Messer und Gabel.

Sebastian wurde aus seinen Gedanken gerissen, als sie am Waldrand ankamen und Patro sich abrupt zu ihm umdrehte.

»Also, wer seid ihr?«, fragte er ihn streng.

»Seba...«, fing Sebastian an, aber Johann unterbrach ihn sofort: »Wir sind Studenten und auf dem Weg nach Straßburg. Eine Gruppe Räuber hat uns überfallen und ausgeraubt. Wir haben kein Geld mehr und keine Papiere und gar nichts. Wir heißen Friedrich und Andreas.«

»Gut«, sagte Patro ziemlich laut. »Sehr gut.«

Dann drehte er sich wieder zu Sebastian. »Verstanden?«

»Verstanden!«

»Bleibt bei mir«, setzte Patro noch leise hinzu, »immer bei mir!«

Dann stiegen sie in den Wald, es war ein Einstieg wie in ein Bergwerk, Dennele voran. Kaum war mal die Hand vor Augen zu sehen. In der mondlosen Nacht drang das Sternenlicht nicht bis zum Boden. Manchmal orientierte sich Sebastian nur an Patros Schnaufen, der immer leise schimpfte, wenn er einen Zweig ins Gesicht bekam oder auf einen abgebrochenen Ast trat. Einmal knackte es deswegen so laut, dass sie alle stehen blieben und horchten. Aber es war nur ein Kauz zu hören und der eigene Herzschlag.

Nach einer Weile hob Sebastian einen kräftigen Stock vom Boden und fing an, damit auf das Unterholz einzuschlagen. Denn wieder waren Brombeersträucher im Weg, die ihnen die Beine zerkratzten. Es dauerte nicht lange, da drehte sich Patro um, kam auf ihn zu und nahm ihm den Stock aus der Hand. Er warf ihn nicht weg, sondern legte ihn nur zur Seite. Wortlos drohte er mit der Faust. Sebastian kochte das Blut hoch und er dachte daran, sich sofort hinter der Grenze von diesem Gesellen zu verabschieden.

Immer weiter drangen sie vor, immer weiter, es schien, als wäre noch nie jemand durch diese Gegend gewandert. Sebastian fragte sich, wie vor allem Dennele sich so kundig und geschickt bewegen konnte. Sie musste den Pfad blind kennen. Nie blieb sie mit ihrem Rock hängen, den sie doch mit einer Hand hochhalten musste.

Plötzlich hielten sie an einer Stelle an, die sich durch nichts vom übrigen Dunkel unterschied. Dennele nickte Patro zu, darauf ging er allein weiter und Dennele setzte sich vor Sebastian und Johann auf den Boden. Sie hielt den Finger an den Mund. Es war klar, dass es nun darauf ankam. Sebastian spürte die Spannung, sah aber auch, wie Dennele eigentlich ganz ruhig dasaß.

Das Warten dauerte und dauerte. Sebastian sah das Mädchen fragend an und sie sprach zu ihm mit den Augen, die sagten: *Abwarten! Horchen! Leise sein!*

Wieder konnte sich Sebastian nicht von diesem Blick lösen. Als er einmal die Hand vorschob, um sich in der Hocke, in der er saß, anders abzustützen, spürte er plötzlich ihre Hand. Er zog nicht zurück. Sie auch nicht. Er fasste dann nach ihrer Hand und sie ließ es geschehen. Für Sebastian war nun erst recht alles wie ein Traum.

Wieder schrie ein Kauz, allerdings anders, heiser. Dennele ließ seine Hand los, hob den Kopf und horchte. Zum zweiten Mal war der Kauz zu hören, noch lauter, noch heiserer. Da stellte sich Dennele plötzlich auf, hielt sich beide Hände an den Mund und machte ebenfalls so etwas wie »*Guip, guip!*«, wie der süßeste Kauz der Welt. Sebastian und Johann sahen sich überrascht an. Ein drittes Mal erklang es heiser aus der Ferne, und Dennele machte ein zweites Mal den Kauz. Gleich darauf gab sie Zeichen und sie zogen los. Sebastian schlug das Herz bis zum Hals. Er konnte keinen klaren Gedanken fassen. Er dachte nur: Student, Straßburg, Räuber!

Sebastian ging barfuß weiter. Er trat einmal in etwas, das ihm in die Fußsohle drang und ihm einen stechenden Schmerz bis ins Rückenmark schickte. Aber er biss sich so auf die Lippen, dass die dann ohne Gefühl waren. Bestimmt würden sie noch eine Stunde oder länger mit Schmerzen unterwegs sein, dachte er, doch da gelangten sie auf einen Weg, auf einen breiten Weg für Fahrzeuge.

Und Patro stieg lachend aus einem Gebüsch hervor. Er klatschte leise in die Hände und flüsterte: »Da seid ihr ja!«

»Sind wir rüber?«, fragte Johann.

Dennele sah ihn überrascht an und nickte nur.

Sebastian durchfuhr die Erkenntnis wie ein Blitz: Sie hatten es geschafft! Auch Johann schüttelte ungläubig den Kopf, und schon lagen sich die beiden in den Armen. Sebastian spürte, wie ihm die Tränen bis in den Mund liefen. Er war froh über die Dunkelheit und unterdrückte sein Schluchzen.

»Kommt jetzt!«, ging Patro dazwischen, und sie zogen weiter.

Patro und Dennele blieben nun nicht mehr stehen und horchten nicht mehr, und bald redeten sie sorglos miteinander, in ihrer eigenen Sprache, und waren nicht zu verstehen.

Langsam wurde das Schwarz der Nacht heller und hinter ihnen begann es rötlich zu schimmern. Sebastian bekam das Gefühl, als versänke er in einem Sumpf von Müdigkeit. Als die Farben des Tages zu erkennen waren, kam ihnen ein Bauer entgegen, den Patro herzlich grüßte. Der grüßte zwar nicht zurück, aber erst recht war nun klar: Sie waren in einer anderen Welt!

Sie tranken an einer Quelle, wo Sebastian gar nicht aufhören konnte, seinen Durst zu stillen. Als Johann sich dort auch wusch, machte er es ihm schnell nach.

Und wieder ging es weiter. Doch diesmal blieb Dennele zurück. Erst nach einer Weile fiel es ihnen auf. Sie drehten sich nach ihr um. Während Patro ärgerlich irgendwas rief, blieb Sebastian wie versteinert stehen. Dennele war zu der Quelle zurückgegangen und wusch sich dort auch. Sie war beinahe nackt. Auf die Entfernung sah Sebastian ihren schlanken Körper, ihren vollen Busen, sogar ihren weißen Po. Er spürte seinen trockenen Mund, obwohl er gerade so viel getrunken hatte. Da stieß ihm Johann schon mit dem Ellenbogen in die Seite und nickte kennerisch mit dem Kopf. Dennele beeilte sich offensichtlich, aber Sebastian reichte die kurze Zeit, um seine Fantasie verrücktspielen zu lassen. Er hatte noch nie eine nackte Frau gesehen.

»Wer kriegt da keinen hoch!«, flüsterte ihm Johann zu.

Aber das zerstörte eher die schönen Gedanken, die Sebastian sich gerade machte. Er drehte sich um und sah den bösen Blick von Patro, der, als Dennele schnell angelaufen kam, ihr abermals eine schallende Ohrfeige verpasste.

Sie folgten wieder einem Pfad durch Dickicht. So undurchdringlich, dass Sebastian wieder seine Schuhe anzog – aber er spürte seine Füße sowieso nicht mehr. Diesmal schnitt sich Dennele einen Ast vom Baum, mit Johanns Messer. Sie pfiff anerkennend, als sie sich mit der scharfen Klinge den Stock noch rasch ein wenig zurechtschnitzen konnte.

Und als würde Dennele alle Wege dieser Welt kennen, lief sie wieder voran und schlug Farn und Brombeergestrüpp zur Seite wie ein Mann.

Die Sonne stand am Himmel, da hatten sie sich wieder zu einer Lichtung durchgekämpft. An einer Ecke stieg Rauch empor. Sie kamen näher und stießen plötzlich auf ein ganzes Lager mit Menschen, auch Kindern, alle bunt gekleidet wie die schönsten Vögel. Viele hatten so schwarze Haare wie Dennele und Patro.

»Hallo!«, wurden sie alle durcheinander begrüßt, Dennele und Patro auch von allen geküsst. Sebastian und Johann sahen sich erstaunt um: Sie waren mitten unter den Räubern! Viele trugen Messer bei sich, auch Pistolen, manche sogar Peitschen am Gürtel. Auf dem Platz standen zwei große Zelte, die teils mit Stoff und teils mit Zweigen bedeckt waren. In einer anderen Ecke lag ein blutiges Fell im Gras, wohl von einem Hasen oder kleinen Reh. An zwei Stellen brannten Feuer. Über dem einen brutzelte Fleisch in mehreren Pfannen, sodass die ganze Luft danach roch. An dem anderen wurde Musik gemacht. Dort tanzten auch Kinder und ein paar Erwachsene. Sebastian dachte an die Carlsschule, wo die Eleven jetzt wohl in Reih und Glied auf dem ordentlich gekehrten Hof standen. Er musste lachen.

Wie sie so dastanden, kam Dennele zu ihnen und zeigte ihnen einen dritten Feuerplatz, den sie noch gar nicht gesehen hatten. Dort glimmte noch schwach die Glut. Dennele brachte beiden einen Topf mit Brei und stocherte die Glut auseinander, die dann wieder stark strahlte. Sie wärmte den Brei darin auf und ging davon. Sebastian und Johann aßen schweigend. Die Wärme des Feuers und der Sonne durchdrang sie und schloss ihnen wie mit Gewalt die Augen.

Sebastian wehrte sich dagegen, zur Seite zu kippen, da kam Dennele zurück und sagte: »Kommt!«

Sie führte sie in eines der Zelte. Darin saß ein alter Mann und klimperte auf einem Hackbrett und sang leise dazu. Er schaute kaum auf. Seine Musik war nicht störend, im Gegenteil, sie beruhigte. Der alte Mann spielte sicher. Auch wenn die Noten fremd klangen, schlug er sie alle richtig an, beinahe wie im Schlaf. Er machte auch immer wieder die Augen zu, als interessierte ihn gar nicht, was um ihn herum geschah.

Auf dem Boden hockte auch eine junge Frau und stillte ihr Kind. Sie schien ebenfalls eigenartig abwesend zu sein und wiegte den Oberkörper hin und her wie das Pendel einer Standuhr.

Dennele zeigte nur noch auf das Stroh, das am Boden lag, und verließ das Zelt wieder. Johann zuckte die Schultern und schob an einer Stelle das Stroh zusammen, wo anscheinend schon jemand gelegen hatte. Sebastian tat es ihm nach. Er fand auch eine Art Laken, das er sich unter den Kopf legte.

Nun konnte er sich endlich hinlegen und ausstrecken. Johann hatte schon die Augen geschlossen und atmete ganz ruhig, der alte Mann sang ein neues Lied und schlug nur noch sacht auf das Hackbrett, die junge Frau wiegte sich weiter hin und her. Sie schaute zufrieden ihr Kind an, das eingeschlafen war, und sie schaute ihn freundlich an.

Sebastian fühlte sich eigenartig wohl. Er besaß nichts, dachte er, außer der Freiheit. In dem Zelt auf dem Strohlager fühlte er sich wie ein Kind, das von seinen Eltern in den Schlaf gesungen wurde.

Er schloss die Augen und lächelte selig.

Die Verwandlung

Sebastian wusste nicht: War es Morgen, Mittag oder Abend, als er wach wurde. Er richtete sich auf und rief: »Jawohl!« – da sah er, wo er war: Über sich ein gefleckter Himmel aus Stoff, keine weiß getünchte Decke, die Sonne hoch am Horizont, ihre Strahlen nicht flach wie nach ihrem Aufgang, keine schneidenden Befehle, sondern lustige Töne, Singen, Gelächter! Sebastian ließ sich zurückfallen und erkannte da erst Dennele.

Sie saß neben ihm, als hätte sie dort gewacht, und sah ihn nur lächelnd an. Der Blick in ihre Augen machte alles wieder zu einem Traum.

»Was ist? Guten Morgen! Noch nicht ganz wach?«, fragte plötzlich Johann. Sofort fasste er sich in seine Hosentaschen und lehnte sich mit einem zufriedenen Seufzer zurück.

»Wenn ihr aus dem Zelt kommt, geht die Wiese hinab. Dort weiter unten fließt ein Bach. Kommt dann zum Feuer und esst!«, erläuterte Dennele und ging aus dem Zelt.

Sebastian sah Johann an, grinste schwach und sagte: »Guten Morgen? *Salut!* Scheiß auf Holzmeier! Wir haben es geschafft!

Sind wir in Freiheit? Müssen wir aufstehen und uns anschnauzen lassen, unsere Betten richten, uns waschen und korrekt kleiden, strammstehen? Wir sind frei.«

»Du sagst es.«

Draußen vor dem Zelt waren wohl alle auf den Beinen. Sie hörten Frauen kreischen, das Gebrüll von Männern, Kindergeschrei, Bellen, Pfeifen, Klatschen, Trommeln und in der Ecke immer noch das Geklimper des alten Mannes mit dem Hackbrett. Johann stand auf und ging vors Zelt.

»Komm!«, rief er. »Komm raus und sieh dir das an!«

Sie standen auf der Wiese und sahen sich um: Ziemlich viele Menschen, zerlumpt, bunt, manche im Anzug, Alte und Junge, nur wenige Männer, mehr Frauen und Kinder, ein Säugling an der Brust, eine Frau auf einem Hocker, die sich die schwarzen Haare kämmte, ein Mann mit narbigem Gesicht, der eine Pistole putzte, eine Alte mit Stock, über den ein Hund sprang, einige hingestreckt auf der Wiese, in der es summte und brummte, überall lachende Gesichter. Sie waren in einer neuen Welt.

Sebastian überlegte, was sie wohl tun sollten, als Johann schon sagte: »Los, wir gehen uns waschen!«

Sie gingen durch die Wiese hinunter auf den Waldrand zu. Auf der kurzen Strecke trafen sie ein paar Frauen mit Krügen voller Wasser, die grüßten und dabei lachten, als würden ihnen zwei weltfremde Jünglinge begegnen.

Schon am ersten Baum konnte es Sebastian nicht mehr halten. Er stellte sich daran, doch Johann rief schnell: »Komm, noch ein bisschen weiter!«

Das Pinkeln passte zu ihrer Stimmung. Es tat so gut. Es erleichterte so schön.

Als sie den Bach vor sich sahen, der ihnen mit seinem Rauschen schon von weitem Erfrischung versprach, machte Johann plötzlich eine Kopfbewegung, kaum zu merken: Sebastian sollte nach hinten sehen. Dennele kam ihnen nach. Sie ging nicht so, als wollte sie dazukommen. Sie schlenderte eher vor sich hin.

Als die beiden am Bach angekommen waren, setzte sie sich ein ganzes Stück weiter auf einen umgestürzten Baum und sang leise. Hin und wieder sah sie zu ihnen hin.

Johann sagte: »Die Frau! Ich kann mich kaum halten!«

Sebastian murmelte: »Wahnsinn!«

»Ehe ich vor Steifheit nicht mehr denken kann«, rief Johann, sodass Dennele es eigentlich hören musste, »gehe ich schnell ins Wasser und kühl mich ab!«

In Windeseile zog er sich aus, alles, bis auf die nackte Haut, und stieg in den Bach. Er tauchte unter, so weit es ging.

»Komm auch! Ist schön frisch!«

Sebastian kam es vor, als würde er in eine Badewanne steigen, so wohl fühlte er sich und so voller Kraft und Leben. Sie konnten sich nicht dagegen wehren, herumzuspritzen und sich zu schubsen und unterzutauchen und die ganze Zeit seltsame Laute von sich zu geben. Sie konnten schon deswegen nicht anders, weil Dennele am Ufer saß. Sebastian erwischte manchmal ihren Blick, der ihm in dem kühlen Wasser warm bis ins Herz drang. Als beide einmal um die Wette untertauchten und Sebastian als Erster wieder nach Luft schnappen musste, war Dennele verschwunden. Auch in der Ferne war sie nicht mehr zu sehen.

Erst als sie zum Lager zurückkehrten, tauchte Dennele wieder auf. Sie kam hinter dem Zelt hervor, in dem sie geschlafen hatten, und bürstete sich die Haare. Schwarz wie Pech leuchteten sie in der Sonne, manchmal auch blau oder lila.

»Was schaust du so?«, fragte sie Sebastian.

»Nichts!«

Dennele lächelte ihn wieder an, ganz klar nur ihn, bemerkte er, nicht Johann. Sie war schon so erwachsen, dachte Sebastian und wandte den Blick ab.

»Geht dahin zu dem großen Feuer«, sagte sie, »wo sie alle sitzen! Rollo wartet auf euch!«

»Rollo?«, fragte Johann.

»Geht!«

Sie näherten sich dem Feuer und keiner schien sie zu bemerken. Ein paar Männer saßen oder lungerten im Kreis herum und grölten und lachten. Über dem Feuer steckte ein ganzes Tier auf dem Spieß, offensichtlich ein Reh. Immer wieder stand einer der Männer auf und drehte den Spieß ein Stück weiter. Er machte das schnell und hielt sich dabei die Hand vor die Augen. Die Glut strahlte wie die Sonne und die Männer hielten viel Abstand.

Weinflaschen kreisten, gleich mehrere. Das war wohl der Grund für den vielen Lärm.

Plötzlich drehten alle den Kopf zu ihnen und auf einen Schlag wurde es still. Nur von weitem war zu hören, wie ein Kind weinte, zwei Frauen ein Lied sangen.

Ein großer, stiernackiger Mann stand auf und stellte sich vor die beiden wie eine Wand.

»Der Schmale, Braune ist Sebastian, der Große, Blonde heißt Johann, richtig?«

»Stimmt!«, sagte Johann.

»Ich bin Rollo. Ich bin der Hauptmann. Hier, trinkt!«

Er hielt ihnen eine Flasche Wein hin und Johann nahm einen Schluck.

»Was ist das denn?«, rief Rollo vergnügt. »Trinken sollst du, nicht nippen!«

Als Johann wieder ansetzte, hielt ihm Rollo beim Trinken die Flasche hoch.

Johann machte ein paar große Schlucke, ehe er sich schnell unter der Flasche wegdrehte.

»Was soll das?«, rief er fast gleichzeitig mit Rollo und trat zur Seite, um auf dem Boden nicht in die Lache Wein zu treten.

Rollo tappte hinein. Er kniff kurz die Augen zusammen, drehte sich plötzlich um und sagte lachend: »Jetzt du!«

Sebastian nahm die Flasche, hielt eine Hand ausgestreckt vor sich und trank, so viel er konnte. Mit einem Rülpsen, das wie eine Befreiung war, gab er sie zurück.

Rollo lachte wieder und setzte sich zu den Männern ans Feuer. Die rutschten zur Seite, um ihnen Platz zu machen. Der Mann neben Sebastian schlug ihm auf die Schulter und grinste mit einem Mund, in dem kaum noch Zähne standen. Er roch streng, wie ein Ziegenbock, dachte Sebastian und versuchte zu lächeln.

»Dennele hat euch über die Grenze gebracht!«, sagte Rollo. »Was seid ihr uns schuldig?«

Sebastian kam es so vor, als schaute er auf sie herab wie ein Richter.

»Vier Gulden«, antwortete er.

»Was?«, rief Rollo. »Für so ein Unternehmen? Ich will euch mal was sagen: Dennele hat mit ihrem Bruder ihr Leben riskiert. Das soll euch jeweils nur zwei Gulden wert sein? Zwei Gulden für ein Leben in Freiheit?«

Sebastian starrte Rollo an, der die Arme in die Seiten stemmte und schweigend in die Ferne starrte. Er war ein Mann mit breiten Schultern von vielleicht vierzig Jahren, mit blonden Haaren, der Kopf aber halb kahl, doch schön geformt, rund, ohne Dellen. Die Stirn entsprechend hoch und steil, Augen blau, die Zähne stumpf und dunkel wie verrostetes Eisen. Die eingedrückte Nase war merkwürdig verschoben, die Gliedmaßen lang und schmal, mit zwei fehlenden Fingern an der linken Hand. Seine Stimme klang heiser und schrill, und sein Blick ging hin und her, als könnte er sich nirgendwo festhalten. Gekleidet war er ordentlich, darin unterschied er sich kaum von einem Amtmann oder Handelsherrn.

»Zwei Gulden, das war mit Dennele abgemacht«, sagte Sebastian vorsichtig, aber doch empört.

»Zwei Gulden!«, rief Rollo. »Stimmt das, Patro?«

Patro saß recht versteckt zwischen den Männern und sagte nur mürrisch: »Weiß nich!«

»Zwei Gulden!«, sagte auch Johann, und seine Stimme war fest und laut.

»Wie ihr wollt! Euch helfen lassen und dann knauserig sein! Da passt ihr ja in diese Zeiten! Also her mit dem Geld!«

»Wir haben nichts!«, sagte Johann. »Das weißt du doch!«

»Das weißt du doch!«, machte Rollo ihn nach. »Werd mal nicht frech! Muss ich immer alles wissen? Also, dann verdient es euch! Bis Ende der Woche, bitte, sonst mit Zinsen! Und nun: Prost drauf!«

Rollo hielt ihnen wieder eine Weinflasche hin.

Sie nahmen große Schlucke, Johann die größeren. Sie grölten bald die Lieder mit, die angestimmt wurden und die sie gar nicht verstanden. Johann versuchte auch, danach zu tanzen wie die anderen, aber er stolperte nur herum wie eines der Kinder, das gerade laufen lernte. Er setzte sich schnell wieder und griff dreimal neben die Flasche, die Sebastian ihm hinhielt, als säßen sie in einem schwankenden Boot.

Bald war alles doppelt zu sehen. Für Sebastian war das kein Spaß mehr. Er zwang sich, klar zu denken.

Als er aber beim Klatschen die Hände aneinander vorbei schlug, bat ihn plötzlich Dennele, er solle aufstehen. Sie stützte ihn und führte ihn ab wie einen Verletzten.

Sebastian wollte ihr sagen, wie sehr er ihr vertraute, wie dankbar er ihr war, wie er sie mochte, aber er konnte die Worte nicht richtig aussprechen.

Als sie ihn im Zelt hinlegte, wollte er nicht, dass sie ihn losließ. Er hielt sie so fest, dass sie mit viel Kraft seine Arme von ihr lösen musste. Er fühlte sich allein und hätte weinen können. Aber dann drehte sich nur noch alles vor seinen Augen.

In der Nacht stolperte Sebastian aus dem Zelt und musste sich übergeben. Dennele kam herbei und hielt ihm ein Tuch hin, damit er sich den Mund abwischen konnte. Das war ihm peinlich. Diesmal wollte er nicht bei Dennele sein. Er zog sich schnell ins Zelt zurück und schlief sofort ein.

Am nächsten Morgen spürte Sebastian seinen Kopf, als wäre der in einem Schraubstock eingespannt. Er presste sich mit den Händen gegen die Schläfen. Aber das half nur, bis er wieder die Augen aufmachte und das helle Licht ihn blendete. Johann ging es wie ihm. Er hatte einen Krug Wasser gefunden, aus dem sie beide gierig tranken. Sie sahen sich unschlüssig um, ob es irgendwo etwas zu essen geben könnte. Die ganze Atmosphäre war verändert. Zwar war es noch früh am Morgen, aber keiner sang, keiner tollte herum, keiner grüßte fröhlich.

»Was sitzt ihr hier noch faul rum?«, rief ihnen plötzlich Patro zu. »Los, wir gehen in die Stadt. Und kommt nicht auf die Idee abzuhauen! Rollo macht da kurzen Prozess.«

Er hob seine rechte Hand, an der die zwei Fingerglieder fehlten.

»Das war Rollo!«, sagte er und lachte seltsam, als wäre er stolz darauf.

Es war schnell zu erkennen, dass nicht alle im Lager aufbrechen würden, nur einige Männer und Frauen. Die wurden von den anderen zurechtgemacht, bis sie ordentlich aussahen. Dennele gehörte dazu, Patro auch. Er prüfte ihr Haar und ihre Kleidung und schlug ihr dabei mal wieder ins Gesicht.

Alle, die aufbrachen, sahen dann aus wie heimische Handwerker oder Bauern. Dass manche doch irgendwie anders waren, konnte man nur noch an ihrer sehr braunen Haut und ihren glänzend schwarzen Haaren erkennen.

Auf dem Weg durch den Wald verteilten sie sich auf kleine Gruppen und hielten so großen Abstand, dass sie einander nicht sehen konnten. Mit Sebastian und Johann gingen Dennele und eine

Frau, deren Alter schlecht zu schätzen war. Eigentlich sah sie jung aus, hatte aber fast ganz graue Haare. Agnes wurde sie genannt. Agnes, dachte Sebastian, was für ein seltsamer Name, wie von einer Adeligen! Auf jeden Fall hatte sie etwas Besonderes.

Dennele redete manchmal mit ihr in ihrer fremden Sprache. Sonst blieb die Frau stumm. Auch ihr Gesicht, das sie immer zu verstecken schien, blieb seltsam reglos. Wenn manchmal ein Vogel schön sang, lächelte sie fein. Sie trug einen gewaltigen Rock, der bei der Hitze viel zu warm sein musste. Der Rock war fast wie ein Zelt für Kinder.

Sebastian war bei aller Aufregung glücklich. Er hätte sich gerade nichts anderes gewünscht, als neben Dennele zu gehen. Sie eilten voran, Dennele und Agnes barfuß, Sebastian machte es ihnen nach, dann auch Johann. Auf dem Weg, der immer fester wurde, stach ihnen nichts in die Füße.

»Wohin gehen wir eigentlich?«, fragte Johann. »In die Stadt zum Stehlen, oder was?«

»Wir sind keine Hausdiebe«, sagte Dennele empört. »Ist das ehrenvoll, andere Leute daheim zu überfallen? Bei so was muss man die Leute auch immer erpressen, damit sie ihr Geld rausrücken. Wenn, dann sind wir Marktdiebe. Das ist was anderes. Da kommt es auf Geschick an wie bei der Jagd, und man nimmt sich die kapitalen Hirsche vor. Schau: Pforzheim!«

Vor ihnen war plötzlich die Stadt zu erkennen, auch die Enz, an deren einen Uferseite zum Schwarzwald hin Wiesen blühten, auf der anderen fruchtbare Äcker und Felder lagen. Die ganze Gegend schien wie ein riesiger Garten, überragt von spitzen hohen Türmen im Inneren des Mauerrings. Was für eine feine, wohlgebaute Stadt! Sie lag in der Ferne da wie ein sicheres, gemütliches Haus.

»Hier sind eure Pässe«, sagte Dennele und griff in den Beutel, den sie mit sich trug. »Bitte, der Pass ist für Andreas Maler und der hier, glaube ich, für Friedrich Scheelaug.«

Sie gab beiden ein Dokument in die Hand. Sebastian reichte sie es wie einen süßen Apfel, so kam es ihm vor. Er konnte sie dabei leicht an den Fingern berühren, was seinen Puls noch beschleunigte. Er hätte gern ihre Hand gehalten.

»Die habe ich extra für euch machen lassen. Schaut sie euch gut an, Andreas Maler und Friedrich Scheelaug! Sie sind gut gemacht. Der alte Wieglaf bei uns, der versteht sich darauf. Der hat mit seiner Kunst schon manchen ein neues Leben gegeben.«

Beide sahen sich ihren Pass an und schwiegen zuerst. Dann lachte Johann. Er hielt Dennele den Pass hin und sagte: »Soll der für mich sein? Ich bin aber Friedrich Scheelaug, oder nicht?«

Dennele nahm den Pass und drehte ihn in der Hand wie ein Stück Holz. Dann gab sie ihn Sebastian, nahm von ihm den anderen Pass und reichte den Johann.

»So richtig?«, fragte sie.

Sie nickten beide.

Dennele erklärte weiter: »Wenn ihr Beute gemacht habt, gebt die an uns weiter! Oder behaltet nur das Geld und versteckt den Rest irgendwo in Ritzen und Ecken! Und immer schnell! Schnell alles wieder loswerden!«

Sebastian kreisten die Gedanken im Kopf herum, Diebe, Beute, Verstecken, dachte er, und wie er sich beherrschen wollte. Am besten sollte er selbst was ergattern, um seine Schuld zu begleichen. Dann wäre er wirklich frei. Er nickte Johann entschlossen zu. Der machte eine Faust und lächelte.

Immer mehr Menschen aus der Gegend zogen inzwischen mit ihnen in Richtung Stadt. Nur wenige kamen ihnen entgegen, meist Bauern, die an einer Heugabel oder Sense zu erkennen waren. Vor der Stadt zogen sie sich die Schuhe an.

Am Stadttor herrschte großes Gedränge. »Macht hinne!«, schrie einer den zwei Wachposten zu. »Mir hän net de ganze Dag Zeit.« Ein anderer schrie: »Wie lang dauert'enn des?« Da war ganz vorn plötzlich auch Rollos Stimme zu hören: »Sind wir nicht Gäste, anständig und ehrenwert?«

Es dauerte nicht lange, als ein Wachposten schon Sebastian und Johann fragte: »Woher kommt ihr, Herr, äh, Maler und Herr, äh, was, Schneelaug?«

»Scheelaug!«

»Wir wollen nach Straßburg«, sagte Johann schnell und streckte die Hand vor, um seinen Pass zurückzubekommen.

»Aber hier ist Pforzheim«, mischte sich der zweite Wachposten ein.

»Macht jetzt! Schneller!«, riefen von hinten andere, die in die Stadt wollten.

»Wir suchen eine Unterkunft!«, rief Sebastian ihm zu.

Wieder rief jemand: »Auf jetzt! S'isch heiß!«

Ehe sich beide versahen, konnten sie schon passieren. Sie gingen rasch ein ganzes Stück weiter, wie um sich in Sicherheit zu bringen. Dann sahen sie sich erstaunt an und lachten.

»Wir haben es endgültig geschafft!«, jubelte Sebastian.

Plötzlich stand Rollo neben ihnen.

»Jeder zwei Gulden!«, flüsterte er und hob drohend den Finger.

Dann verschwand er in der Menge. Dennele war wieder bei ihnen, mit Agnes an der Hand. Sie redete in ihrer Sprache leise auf sie ein und sagte plötzlich: »Sei vorsichtig, Mama!«

Da hatte Sebastian verstanden. Er sah die Frau genauer an und erkannte plötzlich die gleichen Gesichtszüge wie bei Dennele, die schön geschwungenen Augenbrauen, den vollen Mund, nur alles irgendwie versteckt und älter, besonders die Nase, die seltsam kurz aussah.

Er schaute in die Menge und hatte plötzlich das Gefühl, als wären Rollos Leute überall. Jeder von ihnen ging für sich allein, aber alle schienen sie wie mit unsichtbaren Fäden untereinander verbunden.

Es herrschte ein unglaublicher Trubel. In allen Straßen und Gassen drängten die Leute hierhin und dahin. Sie gingen allein, zu zweit, in ganzen Gruppen, manche schlenderten dahin und andere schauten unter buschigen Augenbrauen böse drein. An den Häuserwänden lehnten und hockten Bettler, die klagten und ihre Not zeigten, dass ihnen ein Arm fehlte oder ein Ohr oder dass sie an Krücken gingen. Auf einem Karren schob ein Mann Gänse in Käfigen vor sich her, einer führte ein Schwein am Seil, und überall gingen die feinen Bürgersleute, die Damen mit gerümpften Nasen und hochgesteckten Haaren, die Herren mit abschätzigem Blick und gepuderten Perücken.

Sebastian wusste nicht wie, da steckte ihm Dennele plötzlich etwas zu – und war schon wieder in der Menge verschwunden.

Ein junger Mann rief: »I bin bschtohle worre! Diebstahl! Hilfe!«, und Sebastian schaute aufgeregt zu ihm hin. Er fühlte einen kleinen Beutel in seiner Hand, und er machte eine Faust darum und hielt ihn fest. Der Beutel war schwer und er spürte etwas darin klingen.

Mit klopfendem Herzen ging er weiter, Johann an seiner Seite, der ihn mit sich zog. Auch er hatte verstanden. Das Schreien des Mannes war noch eine Zeit lang zu hören, ehe es wie ein Feuer erlosch.

Sebastian blickte sich immer wieder um und versuchte doch unauffällig zu erscheinen. Endlich ließ er den Beutel in der Hosentasche verschwinden. Das gab ihm ein besseres Gefühl und er rieb sich die Hände.

Als sie wieder um eine Häuserecke bogen, war Dennele schon wieder bei ihnen. Lachend stellte sie sich ganz nah neben die beiden und schaute an den vorkragenden Geschossen des Hauses hoch, an dem sie standen.

Gerade als Sebastian daran dachte, wieder nach dem Beutel in seiner Hosentasche zu fühlen, hielt Dennele den schon in der Hand. »He!«, protestierte er. Doch sie steckte den Beutel ein, als würde sie sich nur kurz am Bein kratzen, lachte und gab ihm schnell einen Kuss auf die Wange.

Sie gingen zu viert weiter, mit Johann und Agnes, in gebremster Eile, ohne zu sprechen. Sebastian sah immer wieder zu Dennele hin, er wollte genau wissen, wie das alles vor sich ging. Nur wusste er auch, dass er sich die Fragen würde selbst beantworten müssen.

Nach einer Weile fasste sich Agnes in ihren weiten Rock und schien darin herumzukramen wie in einer Truhe. Dennele blieb ein Stück zurück. Nun hielt Agnes plötzlich den Beutel in der Hand, der aber offensichtlich leer war. Sie hob die Hand und ließ ihn in ein Fass fallen, das mit anderen Fässern auf einem Karren festgezurrt war.

Danach hakte sich Agnes bei Dennele ein und beide liefen vergnügt weiter.

»Jetzt ist die Beute gewaschen«, sagte Johann, der sich offenbar die gleichen Fragen gestellt hatte, zu Sebastian.

Sie kamen auf den Marktplatz beim Rathaus, wo bescheidene Bürgerhäuser ein großes Rechteck umstanden. Was da aber für ein Lärm herrschte! Hier hatte einer neueste Pariser Unterwäsche zu verkaufen, da pries einer ein morgenländisches Wunderelixier gegen Haarausfall an und dort hatte einer Kasserollen aus reinstem Kupfer zu einem unschlagbar günstigen Preis anzubieten.

Dennele und Agnes verschwanden in der Menge wie Eidechsen zwischen den Steinen. Sebastian und Johann sahen sich an und atmeten durch.

»Bringen wir's hinter uns!«, sagte Johann. »Zwei Gulden für jeden von uns.«

Sebastian stieg das Blut in den Kopf. Er sah hierhin und dorthin, wie ein Wolf, der sich für kein Schaf entscheiden konnte.

»Wenn wir es uns irgendwo leihen?«, fragte er.

»Wir brauchen das Geld jetzt und wir gelten hier nichts! Ziehen wir's durch!«

Johann nickte mit dem Kopf in Richtung eines Herrn, der immer wieder an seiner Perücke zupfte und sich Staub vom Ärmel klopfte.

Sie näherten sich ihm. Auf einmal sahen sie auch Dennele, die ebenfalls den Mann beobachtete.

»Die Tasche!«, flüsterte Johann fast lautlos und deutete mit den Augen auf den schwarzen Beutel, den der Mann wie einen Säugling im Arm hielt. »Ich spreche ihn an und du …« Johann machte eine Bewegung mit der Hand.

Sie stellten sich vor den Herrn und plötzlich war auch Dennele bei ihnen, als hätten sie sich abgesprochen. Johann erzählte dem Mann etwas von dem Bärenplatz in Stuttgart, wo beim alten Schloss die schönen Bäume gepflanzt waren, die so herrlichen Schatten gaben, sprach von der großen Hitze an diesem Tag und dem erfrischenden Stuttgarter Bier, als der Mann sich an den Kragen fasste und den Hals lüftete. Da wollte Sebastian ihm die Tasche wegreißen, erkannte aber im letzten Moment, dass die unten aufgeschnitten war.

Er sah, wie Dennele davonging, nicht zu hastig, aber entschlossen. Sofort wusste er, was geschehen war. Er nickte Johann zu. Der machte sich gerade über die Sparsamkeit der Schwaben lustig, wünschte dem Herrn dann aber einen schönen Tag und sie mischten sich ebenfalls wieder unter die Menge – jeder in eine andere Richtung.

»Halt! Diebe!«, war da schon zu hören. Der Mann zeigte auf Johann. Der eilte zu ihm zurück und fragte bestürzt, was geschehen sei. »Mei Tasch, mei Tasch!«, rief der Mann verzweifelt, »mei Geld, mei Geld!«

»Diebe! Räuber!«, rief nun auch Johann und sah sich suchend um.

Zwei Stunden später traf Sebastian seinen Freund ganz woanders in der Stadt.

Johann sagte: »War das anstrengend! Die Gendarmerie hat er geholt und wollte Leute um ihn herum durchsuchen lassen. Er verlangte, eine *generelle Inkriminierung* aller anzuheben – so drückte er sich aus. Aber die Gendarmen haben am Ende nur mit den Achseln gezuckt. Meinen Pass haben sie auf jeden Fall nicht beanstandet. Der ist also wirklich gut gemacht. Wo sind die anderen?«

»Dennele hat das Geld oder Agnes. Wir gehen um Schlag sechs aus der Stadt und treffen uns dort, wo der Wald anfängt«, sagte Sebastian. »Sonst gibt es hier eine Wirtschaft, ›Zum wilden Eber‹, wo die sich immer treffen.«

»Die?«, fragte Johann und grinste.

»Na ja, die eben! Wir!«

Sie fragten nach dem »Wilden Eber«. Die Wirtschaft lag etwas versteckt zwischen engen Gassen am Rand der Stadtmauer. Sie traten ein – und machten große Augen: Von hellem Sonnenlicht in eine rauchdurchwaberte Höhle schwarz wie der Hades!

Mit Gelächter, Gepruste, Gejohle und Hurrarufen wurden sie begrüßt.

»Ihr seid ja tolle Buben«, rief ihnen Rollo zu und sagte dem Wirt, einem untersetzten, glatzköpfigen Mann, der schief grinste: »Den beiden Herren einen kühlen Wein, dazu zwei große Portionen von euren Schäufele und Knöpfle und was ihr habt! Prost!«

Die beiden rückten auf einer Bank durch bis zu Dennele. Sebastian kam es vor, als sähe sie ihn an wie einen Krieger, der siegreich von der Schlacht kam. Sie ließ ihr Bein an seinem und drückte immer wieder dagegen.

»Also, das ist ja wohl heute ein wundervoller Tag!«, rief Rollo, als der Wirt zwei Gläser und neuen Wein brachte. »Wer will sich da beklagen?«

Sebastian sah in die Runde und meinte, dass alle ihnen respektvoll zunickten.

Plötzlich fühlte er Denneles Hand an seiner. Er schaute hinunter und nahm die Geldstücke, die sie ihm zusteckte. Schnell zählte er: vier Gulden! Er nahm die Münzen in die andere Hand und zeigte Johann das Geld. Der sah ihn überrascht an, blickte dann auf Dennele und verstand. Johann griff sich die Münzen und stand auf.

»Nun, Rollo, hiermit ist unsere Schuld beglichen!«

Augenblicklich herrschte Schweigen. Rollo schob das Geld zurück, als wäre es verseucht. Sebastian griff es sich schnell.

»Abgerechnet wird später!«, sagte Rollo fast flüsternd, aber mit einem drohenden Unterton.

Als müsste die Maschine erst wieder anlaufen, dauerte es einige Zeit, ehe alle wieder tranken und lachten.

Dann sangen sie:

»Wir fordern das Glück dieser Welt
Und kauern in Schmutz und in Dreck.
Wir machen, was uns gefällt.
Das Schiff ist bei Ausfahrt schon leck.

Hals vor, Kopf ab,
Das hält uns auf Trab.
Kopf hoch, Brust raus,
Da woll'n wir hinaus.

Wir nehmen uns Wein, Fraß und Geld
Und leben in Nacht und in Mist.
Wir machen, was uns gefällt.
Die Fahne wird uns nie gehisst.

Hals vor, Kopf ab,
Das hält uns auf Trab.
Kopf hoch, Brust raus,
Da woll'n wir hinaus.

Wir haben das Leid nicht bestellt
Und lagern auf Laub und auf Stroh.
Wir machen, was uns gefällt.
Das Leben verbrennt lichterloh.

Hals vor, Kopf ab,
Das hält uns auf Trab.
Kopf hoch, Brust raus,
Da woll'n wir hinaus.«

Sebastian fühlte sich neben Dennele so wohl – er hätte die Welt vergessen können. Sie gab sich Mühe, ihm das Kopf-hoch-Lied richtig beizubringen und auch andere Lieder, die sie sangen und zu denen er immer falsch klatschte. »Ihr versteht unsere Musik nicht«, sagte sie und machte ihm wieder vor, wie's ging.

»Mach dir nichts draus, Junge«, rief Rollo. »Ich werde die Musik auch nie verstehen. Aber sie ist schön.«

Als schon wieder frischer Wein gebracht wurde, sah Dennele Sebastian einladend an und sagte: »Ich muss mal an die frische Luft.«

Ihm war, als hätte sie ihm zugezwinkert. Wie ein Wiesel kroch sie unter dem Tisch hindurch.

Er wartete ziemlich lange, auch wenn die Minuten für ihn quälend langsam vergingen, bis Patro wieder neu Wein bestellte. Dann stand er auf und fragte nach dem Abtritt. Die Wirtschaft hatte kein Klo und der Wirt schickte ihn schief lächelnd nach draußen.

Er täuschte sich nicht: Eine Häuserecke weiter traf er Dennele. Sie streichelte eine schwarze Katze auf einer Fensterbank.

»Da bist du ja endlich!«, rief sie so, als hätte er sich verspätet.

Sie streichelte weiter die Katze und sagte: »Sie ist ganz jung.«

Sebastian konnte nicht anders, als ebenfalls die Katze zu streicheln. Die aber schlug plötzlich mit der Pfote nach ihm, fauchte und sprang fort.

Aus einem Riss an der Hand drang ein wenig Blut. Dennele lachte und nahm seine Hand.

»Du hast noch nicht viel gearbeitet«, sagte sie und sah ihn mit gesenktem Kopf an. »Du kennst dich nicht aus, nicht wahr? Das spürt auch die Katze.«

»Ich … doch … wir mussten jeden Tag … Zucht, Ordnung, Disziplin …«

»Ich weiß.«

Sie strich ihm das Blut von der Hand und kam ihm sehr nah. Er wollte sie umarmen, als sie ihn schon wieder losließ.

Er hatte das Gefühl, als wollte sie mit ihm spielen. Er musste das durchbrechen.

»Danke für die vier Gulden. Das hat sich ja wohl gelohnt. Wie viel Geld war eigentlich in dem Beutel?«

»Ja, das hat sich gelohnt. Aber nie, hörst du, nie gibt man bei uns Geld in der Öffentlichkeit weiter. Geld ist gefährlich. Man zeigt es auch nie. Niemals! Gut, das konntest du nicht wissen. Du musst noch viel lernen.«

»Was meinst du …?«

Er wollte fragen, was genau er noch lernen sollte. Aber Dennele hatte sich schon entfernt und rief nur noch: »Ich gehe noch mal los. Die schwarze Katze bringt mir Glück, glaube ich. Bis später.«

Sebastian blieb mit pochendem Herz stehen, als hätte man ihm zu trinken angeboten und den Becher dann weggeschüttet.

Als er zurück in die Wirtschaft kam, sang Johann am Tisch aus Leibeskräften mit. Sebastian setzte sich wortlos dazu und trank einen Schoppen Wein auf ex.

»So gefällst du mir, Junge!«, rief Rollo.

Gerade drangen die Sonnenstrahlen bis in den verrauchten Raum vor, da kam Agnes herein und rief: »Die Uhr hat sechs geschlagen!«

»Ach, halt die Klappe, alte Vettel!«, rief Patro, worauf Rollo ihm auf den Kopf haute.

Patro sprang auf, aber auch Rollo und die anderen Männer erhoben sich. Die Stimmung kühlte ab, als hätte man ein glühendes Eisen in Wasser getaucht. Patro stierte Rollo an wie einen gegnerischen Krieger. Während Rollo den Kopf zurücknahm und sagte: »Trau dich doch!«, murmelten andere: »Ist gut, Patro!«, »Beruhig dich!«, »Kommt, wir müssen los!«

Patro brummte böse und ging hinaus.

Rollo drückte dem Wirt zum Abschluss Geld in die Hand. Der zählte es schnell nach und hielt dann noch einmal die Hand auf.

»Hier, du Ganove!«, sagte Rollo. »Und wehe, du sagst was!«

Der Wirt lächelte nur schief.

Auf der Straße hatten sich alle sofort wieder verteilt. Sebastian ging mit Johann, sie schwiegen. Er suchte nach Worten, konnte aber nur an Dennele denken.

Plötzlich fasste sich Johann in die Tasche und hielt zehn Gulden in der Hand, schöne Stücke, goldglänzend. Er steckte schnell die Hand wieder ein und hielt den Finger vor den Mund.

»Räuber sein – nichts leichter!«, flüsterte er.

Sebastian dachte an die vier Gulden, die er in der Tasche hatte und die nicht seine waren.

Er fragte: »Bleiben wir hier in der Stadt?«

Johann sah ihn überrascht an, als wäre diese Frage völlig abwegig.

»Nein!«

»Wieso nicht?«

»Weiß nicht – wir haben noch nicht bezahlt.«

Sebastian wunderte sich darüber, wie sehr ihn die Antwort des Freundes freute; aber er dachte an Dennele, und so schien ihm alles richtig zu sein.

Als sie am Stadttor ankamen, hielt Johann ihn am Ärmel fest.

»Warte! Wir gehen raus, wenn viele rauswollen!«

Es dauerte nicht lange, da verließ eine ganze Gruppe Bauern die Stadt, alle mit großen Beuteln über der Schulter, alle mit schwankendem Gang.

Obwohl die Wachposten die Bauern gar nicht kontrollierten, rief Johann: »Wir wollen weiter! Geht das nicht schneller?«

Ein Bauer rief ihm empört zu: »Mir ware Erschter do!«

Johann schimpfte immer wieder leise und drängte dann zu einem Wachposten vor, Sebastian hinterher. Der Wachposten sah zu ihm auf und prüfte genau ihre Pässe. Johann schaute in den Himmel.

»Gute Reise!«, sagte er noch und winkte sie durch.

Sebastian klatschte die Hände zusammen und flüsterte: »Du hast recht. Die Pässe müssen wirklich gut sein.«

»Wir sind neue Menschen«, murmelte Johann.

An ihrem Treffpunkt am Waldrand fehlte als Einzige Dennele. Während Rollo mit den Zähnen mahlte und wild brummte, ging Patro wie ein eingesperrter Panther auf und ab. Niemand sagte etwas.

Als Dennele endlich angelaufen kam, sah sie froh, aber auch eingeschüchtert aus. Sie rief schon von weitem: »Ich habe wieder Erfolg gehabt.«

Sebastian ahnte, was passieren würde: Sofort haute ihr Patro eine runter. Er konnte den Mann nicht ausstehen. Das war ihm nun klar. Er wollte Dennele beschützen. Und er wollte mit ihr reden. Sie aber ging den ganzen Weg zurück neben Agnes, die den Kopf hängen ließ.

Johann ging mit den anderen Männern. Er hakte sich sogar bei ihnen ein und sang mit ihnen.

Auf dem langen Marsch zurück, der den Kopf wieder frei machte, hatte Sebastian ein seltsames Gefühl. Er dachte an Schiller, der auf seiner Flucht bis nach Mannheim weitergezogen war. Nur hatte der auch Kontakte dahin, weil dort am Theater schon sein Stück *Die Räuber* gelaufen war. Ein sensationeller Erfolg soll das gewesen sein. Das ganze Theater soll einem Irrenhaus geglichen haben, mit rollenden Augen, geballten Fäusten, heiseren Aufschreien im Zuschauerraum. Fremde Menschen fielen einander schluchzend in die Arme, Frauen wankten, einer Ohnmacht nahe, zur Türe. So flüsterte man sich das noch später an der Carlsschule zu. Schiller hatte also was in der Hand, als er floh, er hatte eine Perspektive und soll ja Theaterdichter geworden sein. Aber er, Sebastian, was hatte er vor? Fürs Dichten eignete er sich nicht …

Endlich gelangten sie auf die Lichtung im Wald. Es war, wie nach Hause zu kommen. Alles, was Beine hatte, eilte ihnen entgegen, die Kinder zuerst, dann alle Erwachsenen und sogar der Säugling, der noch nicht laufen konnte, krabbelte hintendrein. Es war, als liefe ein Schiff nach langer Fahrt in den Hafen ein. Dabei war gar nicht zu verstehen, was überall gerufen wurde. Die Luft war erfüllt von fremden Wörtern … Von *Fuchs* und *Blete* war die Rede, von *G'schokinger* und *T'schor-Bais,* von *Jaim* und *Lethsama*. Alle zeigten ihre Beutel und Taschen her und hatten die Hände voll mit Geld, mit Gulden und Dukaten, Halstüchern und Tabaksdosen und Taschenuhren, Brot und Branntwein. Jemand rief, sie wollten nun *»e' Mälterle Jajem schwäche«*, was Dennele übersetzte: »Trinken wir jetzt eine Maß Wein!«

»Wie heißt das denn, was ihr da redet?«, fragte Sebastian.

»Das ist unsere jenische Sprache. Die verstehst du nicht.«

Plötzlich stand Rollo hinter den beiden und sagte: »Ihre Räubersprache ist das. Die soll keiner verstehen. Die brauchen sie, wenn sie in Not sind. Sie sagen nicht Dieb, sie sagen *T'schor*, nicht Gefängnis, sondern *Lek*, nicht Pulver und Blei, sondern *Kimmel und Walze*, nicht Gendarm, sondern …«

»Hör auf, Rollo!«, rief plötzlich Patro von der Seite. »Das ist nicht deine Angelegenheit!«

»Nein, wieso nicht? Befiehlst *du* hier?«

Patro sah ihn nur stumm an und ballte die Fäuste. Dennele ging zu ihm und redete auf ihn ein, doch sie konnte ihn nicht beruhigen. Da griff sie sich in den Rock und hielt ihm etwas hin, was matt glänzte. Patro nahm es und steckte es ein. Ein Lächeln huschte ihm übers Gesicht.

»Also, ihr habt es gehört!«, rief Rollo. »Trinken wir Wein und feiern wir! Schnell! Es wird dunkel! Bringt das Feuer in Gang!«

Als Johann mit den Männern zum Feuerplatz ging und Dennele bei Patro blieb, lief Sebastian Rollo hinterher, der schimpfend zum Waldrand stampfte.

»Dieser Wicht …«, hörte Sebastian, »der soll bloß aufpassen! Sonst verliert er *noch* einen … Was willst du, Junge? Spionierst du mich aus?«

»Ich will meine Schuld begleichen.«

»Das hört sich gut an. Komm, piss mit mir!«

Sebastian stellte sich ein wenig von Rollo weg, als er die Hose aufmachte. Er hatte gar nicht daran gedacht, wie nötig er musste. Er zielte mit einem langen, schönen Strahl auf einen Farn, der sich immer wieder wegzuducken schien.

Als er die Hose wieder hochzog, sah er zu Rollo, der immer noch dastand und nichts machte.

»Geh weg, Junge!«, sagte er plötzlich. »Oder willst du dich mit mir anlegen?«

Sebastian verstand nicht und ging ein Stück auf die Wiese zurück. Er musste ziemlich lange warten, ehe Rollo fertig war, der dann missmutig zu ihm kam.

»Also, was ist?«, fragte Rollo. »Ach so!«

Sebastian zog die vier Geldstücke heraus. Rollo schaute zum großen Feuer, das schon hell leuchtete, und stellte sich vor ihn, als ginge es darum, unter Gefangenen einen Fluchtplan weiterzuleiten. Sebastian wunderte sich. Er nahm die vier Münzen, und weil er sich mit Geld nicht auskannte, zählte er sie noch einmal umständlich und drehte sie hin und her, ehe er sie schließlich übergab.

»Du verstehst was davon?«, sagte Rollo und es war klar, dass er das nicht als Frage meinte. Er kniff die Augen zusammen und nahm das Geld wie eine geladene Pistole. Er wog die Münzen in der Hand und ließ sie zusammenstoßen. Dann hielt er sie in das restliche Licht des Himmels und kratzte daran und biss darauf.

»Du weißt, wie viele falsche Münzen in Umlauf sind?«

»Das kann ich mir denken.«

»Die Leute betrügen ja, wo sie nur können!«, sagte Rollo und lachte. »Gut, von mir aus kannst du gehen!«

Rollo schlenderte zum Feuerplatz und rief schon von weitem: »Wein!«

Plötzlich stand Dennele neben Sebastian. Er hatte sie nicht kommen hören. Zu sehen war kaum noch was. Das Licht des Feuers war schon viel heller als das der erloschenen Sonne.

»Und jetzt?«, fragte sie.

»Was? Wie? Was … was meinst du?«, fragte er unsicher und wusste doch genau, was sie meinte.

Sie sprach es aus: »Bleibst du?«

»Eigentlich wollte ich …«

Dennele legte ihm plötzlich einen Finger auf den Mund.

»Weißt du«, sagte sie und setzte sich so sachte ins Gras, dass er sich geradezu neben sie setzen *musste,* »manchmal ist das so eine

Sache mit dem Schicksal. Als heute die schwarze Katze von dir wegwollte, wusste ich: Das war ein Zeichen für mich. Und so war es. Die Katze sagte mir, dass der rechte Moment gekommen war und dass ich allein handeln musste. Daher warst auch du wichtig für mich. Und als ich euch im Wald getroffen habe, war das vielleicht auch Schicksal. Eins kommt ja zum anderen. Hätten wir euch nicht über die Grenze geführt, hätte ich das Zeichen der Katze nicht verstanden, und vorher hätte der feine Herr sich bestimmt nicht so gut ablenken lassen. Wir sind ja dunkler als ihr und werden schon deswegen schief angesehen. Und der war ja hundert Gulden wert.«

»Was?«, rief Sebastian überrascht.

»Na, ich meine … man sagt das so … also«, stammelte Dennele plötzlich, »ich meine, so ein Hundert-Gulden-Mann, wie man so, ich meine, für einen ziemlich reichen Mann sagt.«

Sie schwieg und lehnte sich zurück und stützte sich auf die Ellenbogen. Ihr Busen hob und senkte sich. Sebastian musste hinsehen.

Er konnte keinen klaren Gedanken mehr fassen. Er war durcheinander und spürte, dass sie es auch war. Eigentlich konnte er ihr nicht ganz glauben oder trauen und wollte es doch, denn es zog ihn zu ihr wie zu einem Magneten. Er beugte sich zu ihr hinab. Doch wie ein Wiesel in Gefahr sprang sie plötzlich unter ihm weg.

»Nicht!«, flüsterte sie so, als wäre das gar nicht ablehnend gemeint.

Das war ihm zu viel. Er ließ sich ins warme Gras sinken, und sie ging davon.

Erst am nächsten Morgen wachte Sebastian wieder auf, als ein Kind zu ihm kam und mit ihm spielen wollte. Es fasste ihm immer wieder in die Taschen und war dabei kaum zu bremsen. Als das Kind dann

Gendarm sein wollte, hatte Sebastian vom Toben genug. Wie bestellt, kam Dennele und brachte zwei Schüsseln Brei mit Milch. Er bedankte sich, sagte sonst aber nichts. Das Kind aß seine Schüssel schneller leer als er.

Wieder gestärkt, suchte er Johann. Der lag noch im Zelt und hielt sich den Kopf.

»Oh, hab ich einen Schädel!«, sagte er heiser. »Wie spät ist es denn? Kommst du mit zum Bach?«

Als die beiden sich gewaschen hatten, hielt Sebastian Johann am Arm fest.

»Hör mal!«, sagte er. »Du kommst mit dem Rollo gut klar, oder nicht?«

»Ja, irgendwie ist er in Ordnung. Er ist zwar manchmal ein Mistkerl, besonders wenn er nüchtern ist, also wenn er ausgenüchtert ist, aber er hat einen guten Kern, glaube ich.«

»*Glaubst* du?«, fragte Sebastian unsicher. »Wir sind immerhin unter …«

»Weißt du«, unterbrach ihn Johann und holte zu einer längeren Rede aus, »wie ist denn die Welt beschaffen? Es sieht aus, als hätte Gott die Bauern und Handwerker am fünften Tage und die Fürsten und Vornehmen am sechsten gemacht, und als hätte der Herr zu diesen gesagt: Herrschet über alles Getier, das auf Erden kriecht – und hätte die Bauern und Bürger zum Gewürm gezählt. Das Leben der Vornehmen ist ein langer Sonntag. Sie wohnen in schönen Häusern, sie tragen zierliche Kleider, sie haben feiste Gesichter und reden eine eigene Sprache. Das Volk aber liegt vor ihnen wie Dünger auf dem Acker. Gut, wir sind unter Räubern. Aber in Pforzheim – wen haben wir da beklaut? Doch die, die es haben! Die, die wie Holzmeier sind, die den Herren dienen oder selbst Herren sind, die wollen, dass es weiter Räuber gibt, damit sie mit uns drohen können, um die einfachen Leute einzuschüchtern, die sie selbst knechten. Verstehst du?«

»Uns?«, fragte Sebastian. Er merkte, wie ihm Johann fremd geworden war. Er versuchte abzulenken und sagte: »Die vier Gulden übrigens, für unsere Flucht, die …«

»Habe ich bezahlt.«

»Wem?«, fragte Sebastian und riss die Augen auf.

»Wem? Rollo natürlich!«

»Wann?«

»Gestern, noch auf dem Weg hierher. Was guckst du so komisch?«

»Nichts«, sagte Sebastian und überlegte.

»Was ist?«

»Alles in Ordnung! Dann sind wir ja nun wirklich frei.«

»Genau, und weißt du, Sebastian: Ich bleibe hier.«

Bald war auch Rollo wach. Man hörte es überall auf dem Platz. Er schrie und fluchte und keiner konnte ihm irgendwas recht machen. Sebastian hatte sich eigentlich vorgenommen, mit ihm zu reden, von Mann zu Mann, wie er sich sagte, aber es war wohl gerade besser, ihm aus dem Weg zu gehen. Wie ein Fürst schritt Rollo über den Platz und schimpfte über die Räuber, die Zigeuner und das ganze Lumpenpack. Sogar Patro machte einen Bogen um ihn.

Dann schrie er: »Was für ein Tag ist heute? Was für ein Tag? Nichts wisst ihr, nichts! Ihr lebt wie die Tiere von heute auf morgen. Seid ihr keine Christen? Nein, Juden sind ja auch unter euch. Aber von denen haben wir doch überhaupt die Wochentage, nicht wahr? Welcher Tag ist heute?«

Einige flüsterten es, Sonntag, weil sie es natürlich wussten, schon weil am Tag vorher Markttag gewesen war.

»Sonntag!«, rief dann ein Mädchen laut.

Rollo lachte höhnisch: »Danke, meine Kleine! Dass *du* das weißt und die nicht! Das sagt alles! Sonntag! Wer kommt mit mir mit, eine fette Gans schlachten?«

Es blieb still. Sebastian hatte das Gefühl, alle suchten sich irgendeine Beschäftigung, Wasser tragen, Holz hacken, nähen, Wäsche waschen, Messer schleifen. So wie Rollo auf und ab ging, die Hände in die Seiten gestemmt, kam er ihm plötzlich allzu bekannt vor: Er gebärdete sich ja wie Holzmeier! Auf einmal trieb es ihn dazu, sich aufzurichten und Rollo anzusehen.

Der sprach ihn sofort an: »Du, Sebastin, du kommst mit! Und dein Freund da, Johann, der ja wohl ganz in Ordnung ist – der auch! Da dürft ihr zeigen, was ihr könnt, was ihr schon gelernt habt!«

Als wäre keine Widerrede erlaubt, machten sich Sebastian und Johann fertig. Dennele half ihnen dabei. Sie gab jedem ein Messer und zeigte ihnen die lange und scharfe Klinge daran. Die Messer steckten in fein gearbeiteten Lederscheiden, die sie sich an den Gürtel binden konnten. Dennele stellte Sebastian sogar ein paar andere Schuhe hin, die größer als die alten waren, ebenfalls fein gearbeitet.

»Ich habe sie noch mal eingefettet«, sagte sie. »Passt auf euch auf, Andreas und Friedrich! Lasst Rollo die große Arbeit machen, aber unterstützt ihn dabei! Und wenn ihr abhauen müsst: Rennt nicht hierher zurück! Versteckt euch dann, bis ihr sicher seid, dass euch keiner auf den Fersen ist! Viel Glück!«

Sie sah Sebastian tief in die Augen und er ließ es nicht nur geschehen: Er sog ihren Blick auf. Er wusste nun mit voller Sicherheit, dass er noch nicht von den Räubern fort konnte. Er musste Dennele wiedersehen.

Auf dem Weg war Rollo kein Wort zu entlocken. Nur hin und wieder fluchte er über den Farn und die Brombeersträucher, die alles zuwucherten. Sie gingen denselben Weg, den sie mit Dennele und Patro von der Grenze her gekommen waren. Sebastian und Johann sahen sich fragend an.

Es dauerte eine halbe Stunde, ehe sich Rollo beruhigt hatte. Auf einmal fing er an zu erklären: Es war Sonntag, wenn viele der Herren unterwegs waren, weil sie sich Besuche abstatteten und dabei natürlich immer auftrumpfen mussten. Sie protzten und prangten gern, das gehörte zu ihrer Art wie die Balz bei den Pfauen! Und angeben konnte man gut mit Gold und Silber und Edelsteinen und Geschmeide! Vielleicht konnten sie bei den Schwaben so eine fette Gans aufspüren, am besten dort, wo sich die Herren sicher fühlten, nämlich unter den Leuten. Dazu mussten sie zuerst über die Grenze.

»Was?« schrie Sebastian auf, als er »Grenze« hörte, und sah Johann an, der auch die Augen aufriss. »Wieder nach Württemberg?«

»Zurück über die Grenze?«, fragte Johann laut.

»Was ist dabei?«, antwortete Rollo und lachte. »Über die Grenze schlüpfen wir wie die Füchse. Das machen wir jeden zweiten Tag.«

In Sebastian stieg eine Wut auf. Das war keine Gesellschaft für ihn. Er passte da nicht hinein, dachte er.

Aber sie folgten Rollo, blieben manchmal stehen, horchten – wie sie es schon von der Flucht kannten – und waren schon auf der anderen Seite. Schnell kamen sie auch an den Weg, der von Württemberg aus zur Grenze führte. Sebastian und Johann sahen sich immer wieder an. Sie konnten sich in Gegenwart von Rollo nicht austauschen. Rollo bestimmte.

»Es werden heute Kutschen unterwegs sein«, erklärte er, »mit den gewünschten Herren und Damen darin. Eine solche wollen wir uns vornehmen. Wer von euch kann gut reiten? – Du, Johann! Hab ich mir gedacht. Passt auf! Das ist mein Plan: Du, Sebastin, legst dich im entscheidenden Augenblick auf die Straße, als ob du ohnmächtig wärst oder tot. Versperr dabei den Weg! Die Kutsche wird halten, der Kutscher absteigen. In diesem Moment werden wir ihn überwältigen, unseren Herrn aus dem Wagen ziehen und dann – dann springst du, Johann, vorn auf das Pferd und sprengst los. Nach einem Stück springst du ab und rennst zurück. Die Zeit reicht, um den Herrn ausgenommen zu haben. Alles verstanden? Und ihr achtet auf mich, immer auf mich!«

Rollos Augen funkelten vor Vorfreude. Er war wieder so angespannt wie am Morgen, allerdings seltsam freundlich.

Sebastian pochte der Puls bis in die Schläfen. Er konnte kaum klar denken. Er dachte nur, dass er sich in einer Lage befand, aus der er sich nicht befreien konnte.

»Und denkt daran«, sagte Rollo, »so ein Herr verdient es, gerupft zu werden. Er schindet jeden Tag seine Knechte und Untertanen – seine, wie heißen die: Elfen!«

»Eleven«, verbesserte Sebastian wie von selbst.

»Genau!«

Als die Sonne hoch am Himmel stand, lagen die drei im Dickicht und warteten. Rollo hatte eine Stelle ausgesucht, wo der Wald fast bis an den Weg reichte und eine kleine Anhöhe bildete, von der man in die eine und in die andere Richtung blicken konnte. Sie sahen aber nur nach Westen. Einmal auf dieser Seite angekommen, waren die Herren in Schwaben, erklärte Rollo, wo sie sich sicher fühlten.

Die Zeit zog sich dahin. Wie bei Bogenschützen im Wettkampf stieg und fiel die Anspannung. Eine Kutsche kam von Westen, war aber ein Vierspänner. Eine andere kam, hatte aber Reiter dabei. Wieder eine kam, ein Einspänner, doch kamen zugleich aus der anderen Richtung viele Wanderer. Eine Kutsche fuhr zu schnell, in einer anderen saßen zu viele Leute, wieder bei einer lugte eine Pistole aus dem Fenster. Endlich war es so weit. Die Sonne warf schon wieder lange Schatten, nach Osten war der Weg leer und von Westen näherte sich eine Chaise wie eine Großmutter: langsam, wie blind und wehrlos.

Rollo gab Sebastian das Zeichen. Der rannte schnell los und legte sich auf den Weg. War das ein seltsames Gefühl! Der Schotter strahlte warm fast wie ein Ofen. Sebastian lag dort und wurde ganz ruhig. Fühlte sich so der Tod an, fragte er sich. Da hörte er schon die Kutsche bremsen, das Pferd schnauben und den Kutscher »Hallo, Er da!« rufen.

Sebastian riss die Augen auf und sah, wie Rollo einen Mann aus der Kutsche vom Weg fortzerrte und wie Johann auf das eine Pferd sprang und wie der Kutscher auf Rollo zulief und seine Hand zum Schlag hob – als er aufsprang und dem Kutscher von hinten einen Stoß gab. Der fiel hin. Johann schrie: »Hopp«, und die Kutsche fuhr ab, mit schreienden Passagieren, während Rollo einen Mann vorwärtstrieb, mit einem Arm in festem Griff auf dem Rücken.

Sebastian sah den Kutscher auf sich zukommen. Er sah seine Uniformjacke, von der Armee, von Carl Eugen, wie in der Carlsschule, und er spürte plötzlich so viel Kraft in sich, auch so eine Wut: Er schlug dem Kutscher mit der Faust ans Kinn. Der fiel wie ein gefällter Baum.

Sebastian drehte sich um und lief geradewegs zum Dickicht am Wegrand. Nach kurzer Strecke hatte er Rollo vor sich, der wild lachend den leblosen Mann vor sich abtastete und schon damit aufhörte.

»Das war die fette Gans«, rief Rollo und richtete sich auf wie ein Wolf, der sich satt gefressen hatte.

»Sebastin, großartig!«, rief er. »Wie du den Kutscher zu Boden gestreckt hast! Ihr seid großartig! Wo ist Johann? Still! Da kommt er! Los, zurück!«

Sie rannten die ganze Zeit, nicht zu schnell, aber am Stück. Sebastian hätte nie für möglich gehalten, dass Rollo so viel Luft hatte. Sie rannten wie flüchtendes Wild, immer weiter und weiter. Die Grenze zu überqueren: ein Kinderspiel!

An einer Quelle machten sie Rast und tranken. Rollo zauberte zwei große Kanten Brot hervor und dazu fast eine ganze Wurst. Sebastian sollte das Brot schneiden und Johann die Wurst. Das Brot hatte eine harte Kante und Sebastian musste ziemlich aufpassen, richtig zu schneiden und dabei nicht abzurutschen. Das neue Messer schnitt wie durch Butter. Er war darauf gefasst, dass Rollo zuerst bedient werden wollte, aber als Sebastian ihm endlich die erste schön geschnittene Scheibe hinhielt, sagte er: »Gib sie deinem Freund, dem besten Turnierreiter!«

Sebastian schnitt die ganzen beiden Brotkanten auf. Auch von der Wurst blieb nichts übrig.

»Fehlt nur der Wein zum Glücklichsein!«, rief Rollo. »Den haben wir uns ja wohl verdient. Also, brechen wir wieder auf und lassen den nicht warten. Wir sollten uns sowieso sputen. Das Wetter gefällt mir nicht.«

Mit halbwegs vollem Bauch gingen sie zügig weiter. Sebastian hatte das Gefühl, seine neuen Schuhe passten wie angegossen, wie eine zweite Haut. Schon deswegen musste er immer an Dennele denken.

Der Wind nahm plötzlich zu und vor ihnen wurde es dunkler.

»Wir müssen rennen!«, sagte Rollo. »Noch eine viertel Stunde, dann sind wir sicher.«

Der Himmel zog zu wie ein Vorhang. In den Wipfeln rauschte der Wind. Durch die Bäume war schon das Wetterleuchten zu sehen.

Beim ersten Donner verließ Rollo den Pfad und stieg auf einem Wildwechsel bergan mitten durch Farn und Gestrüpp. Er schnitt von einem Busch einen starken Ast ab und befreite ihn im Gehen von den Zweigen. Mit diesem Knüppel schlug er dann wie ein Schmied den Weg frei. Bald war über ihnen ein mächtiger Felsen zu erkennen, den die ersten Blitze ausleuchteten, als wollten sie ihn zum Wegweiser machen.

Dann ging alles ganz schnell: Die ersten Regentropfen schlugen wie Geschosse in die Bäume und zwischen Blitz und Donner schien es keine Unterbrechung mehr zu geben. Noch hielt das Blätterdach den Regen ab, der nun aber herunterprasselte wie ein Wasserfall. Als sie den Felsen erreichten, war der schon glitschig nass. Zielstrebig stieg Rollo voran, einen Absatz wie auf Treppen, dann durch einen Spalt, wo sie an einem Überhang ankamen. Darunter lag eine geschützte Fläche. Ein Marder huschte davon, als sie den Platz in Beschlag nahmen. Sie hätten vor dem Unwetter nicht sicherer sein können. Das tobte sich nun über ihnen aus, als ärgerte es sich maßlos, sie nicht mehr zu erreichen.

Sie saßen im Trockenen und grinsten. Auch in Gefahr hielten sie zusammen – das war das Gefühl.

Sebastian hatte plötzlich den Gedanken, der ihn schon die ganze Zeit beschäftigt hatte: Was hatten sie eigentlich … erbeutet? Inzwischen ließ er zu, auch dieses Wort zu denken. Er fragte Rollo danach. Auch wenn er damit rechnete, dass die Stimmung kippen könnte, spürte er, dass diese Frage aus ihm herausmusste.

Rollo lachte höhnisch und griff sich in die Jacke.

»Du hast recht, Sebastin! Schauen wir mal, was uns die Maloche eingebracht hat!«

»*Sebastian* heiße ich!«

»Sebastian, jawohl! Du hast uns gerettet, der Kutscher war stark.«

Rollo hielt eine Dose in der Hand, als ob er sie wog, und zeigte damit, wie schwer sie war. Zufrieden pfeifend machte er sie auf, als wäre sie seine eigene. Eine in Tuch eingeschlagene Rolle kam zum Vorschein. Als Rollo das Tuch öffnete, erhellte sich plötzlich der ganze Fels. Es war, als ob der Blitz direkt neben ihnen eingeschlagen hätte. Sebastian hatte das Gefühl, der Donner gleich darauf ließe sogar den Felsen erzittern.

»Beschwerst du dich da oben, alter Racker?«, rief Rollo. »Warum hast du auch die Welt so ungerecht gemacht!«

Vor ihnen lag eine ganze Reihe Goldstücke, und zwar Dukaten, glänzend, wie frisch geprägt. Rollo zählte, sie alle drei zählten: »… 17, 18, 19, 20!«

Sebastian hielt sich staunend die Hand vor den Mund. Das war wirklich viel Geld. Auf einen Dukaten war immer Verlass, das wusste jeder. Im Vergleich konnte man ja besonders den preußischen Talern nicht trauen, bei denen ein Teil des Goldes durch Kupfer ersetzt war. Das hatte er von Johann.

»Uff! Zum Glück sind wir über die Grenze!«, schnaufte Rollo. »Unser Coup wird eigene Untersuchungen nach sich ziehen.«

Sebastian schaute Rollo erwartungsvoll an. Auch Johann wartete gespannt darauf, was nun geschähe.

»20 geteilt durch 3! Wie viel ist das?«

»Es geht nicht auf«, sagte Johann.

»Schlaues Bürschchen! Und was machen wir da?«

Rollo sah von einem zum anderen. Sebastian runzelte die Stirn und Johann machte eine lässige Handbewegung, die sagte: Es kam ihm nicht drauf an.

»7 mal 3 macht 21. Aha! 7 mal 2 macht 14. 20 weniger 14 macht 6. Sieben bringt mir sowieso kein Glück. Also: Ihr jeweils 7, ich 6.«

Rollo teilte die Münzen entsprechend ein. Als Sebastian mit pochendem Herzen die Hand danach ausstreckte, zuckte wieder ein starker Blitz und er zog die Hand zurück. Rollo lachte in den Donner hinein, der recht lange auf sich warten ließ. Als Sebastian dann die Faust um seine sieben Dukaten schloss, fragte er sich, ob damit nicht endgültig alle Brücken zu einem rechten Leben abgebrochen wären.

Über den feuchten Waldboden unter den unangenehm tropfenden Bäumen kehrten sie zurück zum Lager. Sebastian ging meistens hinter Rollo und Johann. Er hörte kaum zu, was Rollo alles erzählte: Dass es gar nicht so leicht sei, die Dukaten an den Mann zu bringen! Dass kleinere Beute manchmal weniger Schwierigkeiten machte! Dass er aber demnächst ein Ding drehen wolle, womit dann mal Ruhe wäre!

Zurück im Lager, waren Johann und Sebastian Helden. Rollo erzählte auch noch am Feuer davon, wie der Überfall abgelaufen war, und zwar bis in jede Einzelheit. Er schwärmte richtig von den beiden: Was sie mit Johann für einen tollen Reiter hätten und mit Sebastian einen tollen Schläger! Auch als Rollo schon ziemlich betrunken war, sprach er Sebastians Namen immer noch richtig aus.

Für Sebastian war es am wichtigsten, Dennele wiederzusehen. Sie saß die ganze Zeit mit am Feuer und fragte selbst immer wieder nach dem Coup. Sie ließ sich die Dukaten zeigen und gab Hinweise, wie die am besten am Körper zu verstecken waren: einzeln in die Kleidung geschoben! Immer mal wieder sah sie Sebastian mit leuchtenden Augen an, sah aber zu Boden, sobald er ihren Blick suchte.

Zweimal stand er vom Feuer auf, als sie zum Waldrand ging und einige Zeit wegblieb. Aber er fand sie nie.

Die Tage vergingen wie im Flug. Sebastian und Johann konnten gar nicht anders, als sich unterweisen zu lassen. Sie lernten das Ansehen der Räuber zu verstehen: von denen mit viel Ehre, von denen mit weniger, von den Verzweifelten und Ausweglosen, von den Wagemutigen und Heldenhaften. Es gab die Kirchendiebe, die Trickbetrüger, die Sackgreifer und Beutelschneider, die Tag- und die Nachtdiebe, die vielen Betrüger jeglicher Art. Da gab es solche, die behaupteten, sie wären von Gott berufen, alte Schätze zu finden, wobei sie für ihre Arbeit aber einen Vorschuss bräuchten. Der würde sich hinterher doppelt und dreifach wieder auszahlen. Oder es gab solche, die Hunde fingen. Die beizten sie ein und verkauften sie anderswo als Wildbret. Und es gab die Hausdiebe und die Marktdiebe. Zwischen denen taten sich allerdings Welten auf.

Rollos Truppe rechnete sich zu den Marktdieben, bestenfalls zu den Wegdieben, wo es immer auf das Geschick ankam. Wenn ein Hausdieb richtig Beute machen wollte, musste er eigentlich immer

Gewalt anwenden. Er musste den Hausherrn oder einen der Familie dazu bringen, das geheime Schatzversteck zu verraten, das es in jedem Haus gab. Das war jedoch eine ziemlich ehrlose Angelegenheit. Aber leider war es auch das, was am meisten einbrachte. Deswegen lag jede Gemeinde auf Wache, um gegen die Räuber vorzugehen. Überall hingen Gaunerlisten, Streifen wurden ausgeschickt, es gab sogar Wanderverbote. Und wer erwischt wurde, dem ging es schlecht: Man wurde gezüchtigt oder mit einem Kainsmal versehen: Einem wurden die Finger abgeschnitten, die Ohren oder die Nase, und auch vor Räuberfrauen und Diebinnen machte man da nicht halt. Und für wen es ganz dumm lief, auf den wartete der Galgen.

Sonst aber konnte man das Leben genießen: Man hatte meistens viel Geld, um die schönsten Sachen zu kaufen und um damit, wenn es darauf ankam, zu bestechen. Man hatte zu essen und trinken im Überfluss und musste auf Gesetz und Bibel keine Rücksicht nehmen. Das Heim war die Welt und der Himmel war das Dach. Nur im Winter konnte es ungemütlich werden.

Obwohl Sommer war, wurde Sebastian bald die Zeit lang. Die Tage fingen an, sich zu gleichen. Es kam aber auch der Regen dazu und die Stimmung kühlte ab wie die Temperatur. Es tropfte durch die Zelte und der Rauch des Feuers biss in den Lungen. Viele der Männer hielten sich an einer Flasche Wein fest und verschliefen die trostlosen Tage. Dann ging aber auch der Wein zur Neige. Alles Brot war längst aufgebraucht. So gab es immer nur Suppe aus dem großen Kessel – dazu die klagenden Lieder des alten Mannes mit seinem Hackbrett, den nie jemand zu beachten schien. Trotzdem sangen einige immer wieder mit ihm mit. Auch Sebastian und Johann verbrachten Stunden in den Schlafsäcken, die sie bekommen hatten. Dennele war lange gar nicht zu sehen. Sie schlief in einem anderen Zelt.

Als die Sonne endlich wieder richtig schien, zeigte sie, wie sie alles Leben antrieb. Wie die Bären nach dem Winter krochen alle aus ihren Höhlen und breiteten die Arme nach ihren warmen Strahlen aus. So schnell, wie die Stimmung wieder stieg, breitete sich aber die Ungeduld aus. Gruppen wurden gebildet. Die einen würden in die Stadt gehen, die anderen malochen, also Essen machen, Kleider flicken, die Kinder umsorgen.

Besonders Rollo konnte es kaum abwarten, endlich wieder auf Jagd zu gehen, wie er sagte. Sebastian konnte manchmal wieder lange mit Dennele reden. Zwar achtete er oft eher auf ihren Mund, wie er sich so schön beim Sprechen bewegte, als auf das, was sie sagte. Doch verstand er, was sie meinte: dass nämlich Rollo wie ein Abhängiger war. Er brauchte den Wein und er brauchte seine Jagd.

»Ich weiß genau, wie er fühlt«, sagte sie. »Denn wir alle sind da ähnlich, nur dass ich eine Beutelschneiderin bin und er … Aber es gibt dieses Gefühl, von höchster Anspannung, von Gefahr, wenn der Puls bis zum Hals schlägt und der Kopf doch so klar denkt, wenn es dann passiert, und wenn man dann, wenn es klappt, so tiefglücklich und zufrieden ist wie beim … egal! Rollo jedenfalls will das immer wieder.«

Sebastian dachte, dass Johann bald so wie Rollo sein würde. Der musste nur fragen, wer mit ihm mitkäme – Johann meldete sich. Auch Sebastian war oft genug dabei. Auch ihn machte es immer zufriedener. Sie nahmen sich die Herren in ihren Anzügen und Uniformen vor, und sie gingen immer mehr Risiko ein.

Sie plünderten einen Pfarrer aus, der nicht viel Geld bei sich hatte, aber nach dem Überfall noch für sie betete, wie er sagte. Sie schnappten sich einen Kaufmann, der sich als Franzose ausgab und dann im Stillen *»Heidenei!«* sagte und damit zeigte, dass er ein waschechter Schwabe war. Sie hielten schließlich eine ganze Kutsche auf und nahmen die Passagiere einen nach dem anderen aus wie eierlegende Hühner.

Eines Tages konnte Sebastian in besonderer Weise Rache nehmen: Wieder einmal lagen sie im Hinterhalt an der Strecke nach Pforzheim. Von Stuttgart her näherte sich eine Kutsche, die eigentlich nicht infrage kommen sollte. Sie fuhr so langsam und bedächtig, als würde nur der Herr im Himmel über sie wachen. So unbedacht konnte eigentlich niemand unterwegs sein, schon gar nicht vor der Grenze, wo die Gefahr eines Überfalls besonders groß war. Aber der Kutscher schien eher zu dösen, als die Landschaft im Auge zu behalten.

Immer wieder schauten Rollo, Johann und Sebastian den Weg entlang. Aber es waren keine anderen Kutschen oder Reiter zu sehen. Rollo murmelte noch: »Seltsam … ist der blöd?«, aber dann konnten sie gar nicht anders und stürmten aus ihrem Versteck.

Der Kutscher schien so überrascht, dass er, statt das Pferd anzutreiben, anhielt. Als er die drei sah, Rollo mit der Pistole in der Hand, Sebastian und Johann mit ihrem Messer, riss er sofort die Arme hoch. Nun waren sie gespannt, wen sie in der Kutsche antreffen würden. Gerade fasste Rollo nach dem Griff der Wagentür, als Sebastian sah, wie die Gardine sich bewegte. Alles geschah fast gleichzeitig: Sebastian sah auch die Mündung einer Pistole. Er schrie: »Vorsicht!«, und gab Rollo einen Stoß. Da krachte es schon. Sofort sprang Rollo hoch, riss die Wagentür auf und zerrte einen Mann in Uniform heraus. Mit dem Knauf seiner Pistole schlug er ihm auf den Kopf. Der Mann stöhnte auf und fiel hin. Wieder stürmte Rollo zur Wagentür, riss sie auf, stellte sich daneben und wartete auf einen Schuss. Dann hielt er selbst seine Pistole in den Wagen und schrie: »Raus mit euch! Sofort! Und die Hände hoch!«

Johann schrie er an: »Du! Du sicherst hinten!« Und zu Sebastian schrie er: »Du, Andreas, pass auf den Kutscher auf!«

Aus dem Wagen stiegen zwei weitere Männer in Uniform. Sebastian hatte ihre Farben selbst getragen und sie jeden Tag vor sich gesehen: der blaue Rock über der weißen Hose. Sie gingen vorsichtig zu dem dritten Soldaten, der stöhnend auf dem Boden lag. Auch der Kutscher stellte sich davor.

»Ist noch jemand da drin?«, schrie Rollo. »Jo… Andreas, ist noch jemand in der Kutsche?«

»Nein, nur das hier«, sagte Johann und hielt eine Pistole in der Hand.

Rollo verhielt sich wie ein Lehrer vor einem Haufen neuer Schüler. Er kommandierte und befahl und verteilte Schläge. »Kommt jemand den Weg lang? Nein! Die Pistole ist geladen, stimmt's? Ja! Das war schlau ausgedacht, nicht wahr? Rührt euch bloß nicht! Hände bleiben oben! Ihr hättet uns abgeknallt!«

Rollo schaute sich kurz fragend um. Er sah drohend den Kutscher an, der rief: »I bin koin Soldat!«

»Andreas, wende die Kutsche! Und dann setzt den auf den Bock, dass er abfährt! Los!«

Es dauerte einige Zeit, ehe Johann mit der Kutsche zurückkam. Geschickt hielt er die Pferde vor den drei Soldaten, von denen einer zur Abwehr schon die Hände hob. Er sagte, er habe ein Stück fahren müssen, um zu wenden. Außerdem sei in der Ferne eine Staubwolke auf dem Weg zu sehen. Es komme wohl schnell eine andere Kutsche.

Er sagte das wie nebenher, als wäre er schon Jahre im Geschäft. Dann trieb er den Kutscher vor sich her. Der streckte die Hände noch einmal besonders hoch, ehe er flink auf den Bock kletterte. Johann drückte ihm die Peitsche in die Hand, machte: »Hopp!«, und schlug dem Pferd aufs Hinterteil. Schnell war die Kutsche verschwunden.

»Jetzt zu euch!«, sagte Rollo und machte den drei Soldaten Beine. »Hurtig!«

Der Rangoberste, der am Boden gelegen hatte, hielt sich den Kopf.

Auch Sebastian half mit, die Soldaten anzutreiben. Es gab ihm eine eigenartige Befriedigung. Nach ein paar Minuten hatten sie sich weit genug vom Weg entfernt. Sie hörten nur ganz leise die andere Kutsche vorbeifahren.

Die Soldaten sahen sich verängstigt an. Der Rangoberste flüsterte den beiden anderen aus dem Mundwinkel immer wieder etwas zu.

Da trat Rollo ganz nah an ihn heran und schrie: »Achtung! Stillgestanden!«

Der Soldat fuhr zusammen. Die beiden anderen drückten den Rücken durch und nahmen die Arme auf die Seite.

Rollo trat zurück und lachte wie verrückt.

Er sagte laut zu Sebastian: »Gib mir das Messer!«

Das ging zu weit, dachte Sebastian. Daran wollte er nicht beteiligt sein. Man konnte einen Menschen demütigen, wie Holzmeier das getan hatte, und dafür gab es die Rache, um sein inneres Gleichgewicht wiederherzustellen. Aber viele Menschen handelten nur, ohne nachzudenken, und folgten Befehlen. Sie deswegen mit dem Messer …

»Gib schon!«, rief Rollo laut und streckte Sebastian die Hand entgegen. Doch zugleich zwinkerte er ihm zu.

Sebastian atmete durch und gab ihm das Messer.

Rollo trat an den ersten Soldaten heran. Dem stand der Mund in seinem kreidebleichen Gesicht so weit offen, dass ihm die Zunge herauszufallen schien.

»Hände hoch!«

Der Soldat schluckte. Rollo hielt ihm das Messer unter die Kehle und schnitt ihm so schnell und so geschickt wie ein Schneider den obersten Hemdknopf ab. Der Soldat stöhnte auf, aber vor Erleichterung. In Windeseile hatte Rollo ihm auch alle übrigen Knöpfe des Hemdes abgeschnitten.

Er stellte sich zurück, hob seine Pistole und sagte: »Andreas und Friedrich! Kommt und macht das fertig!«

Mit großem Vergnügen schnitt auch Sebastian den Soldaten die Knöpfe ab und dazu alle Schnallen und dann auch noch die Schuhbänder. Am Ende mussten alle drei noch ihren Gürtel abgeben.

»Und jetzt geht und grüßt euren Herzog und sagt ihm: Beim nächsten Mal kommen seine Männer nicht lebend zurück! Verstanden?«

Keiner der Soldaten antwortete.

»Verstanden?«, fragte Rollo noch einmal, und da murmelte der Rangoberste: »Ja!«

»Geht!«

Für das Bild, wie die drei Soldaten fortschlurften, ohne dass sie verletzt gewesen wären, war Sebastian Rollo sehr dankbar. Die Soldaten kamen nur schleppend voran, weil sie mit einer Hand Hemd und Uniformrock halten mussten, mit der anderen die Hose und sie außerdem ständig aus den Schuhen zu rutschen drohten. Sie hatten alle Würde verloren.

Für Sebastian lösten sich die Jahre seiner Demütigung in diesem einen Anblick auf. Und bei dem Gedanken, einer der Soldaten wäre Holzmeier gewesen, kam er sich vollkommen befreit vor. Er spürte eine tiefe Zufriedenheit in sich. Das kam auch daher, weil Rollo ihn diesmal nicht nur lobte: Als sie zurückgingen, blieb er plötzlich mitten auf dem Weg stehen, drehte sich um und zwang Sebastian stehen zu bleiben.

»Warte mal!«, sagte er und kniff grinsend die Augen zusammen.

Sebastian ballte die Fäuste und machte sich groß. Er wusste Rollos Verhalten immer noch nicht genau einzuschätzen.

»Junge, komm mal her zu mir!«, sagte Rollo mit besonders tiefer Stimme.

Sebastian sah sich kurz um, wie um sicherzustellen, dass er in irgendeinem entscheidenden Moment ausweichen könnte.

»Komm her, du!«, rief Rollo und machte selbst einen Schritt auf ihn zu, mit ausgebreiteten Armen.

»Du hast mir das Leben gerettet!«, sagte er und drückte sich Sebastian an die Brust wie ein Kind. »Weißt du das? Die hatten es wirklich auf uns abgesehen. Das war ja von langer Hand geplant: So eine lahme Kutsche loszuschicken, nicht bewacht! Danke!«

Sebastian musste schlucken: Dass dieser Mensch so sein konnte! Es tat ihm gut, von Rollo umarmt zu werden, auch wenn er froh war, als der ihn schnell wieder losließ. Rollo stank nach Tabak und altem Schweiß.

»Danke!«, sagte Rollo noch einmal leise, als wäre ihm das plötzlich unangenehm.

Er drehte sich um und spuckte aus.

Sebastian lächelte in sich hinein. Wie gut es ihm tat, diese Anerkennung zu bekommen, noch dazu von so einem Tyrannen!

Es dauerte allerdings nicht lange, da fluchte Rollo auch schon wieder, und zwar immer mehr, je länger sich der Heimweg hinzog. Erst am Feuer mit der Weinflasche in der Hand beruhigte er sich wieder.

Aber auch da stand er plötzlich auf, um Sebastian in den Arm zu nehmen und ihm vor allen zu danken.

»Unser Sebastian hier«, grölte er, »der schickt alle in den Staub!«

Sebastian fragte sich, ob Rollo mit seiner Annahme recht hatte, dass er anscheinend gut zuschlagen konnte. Vielleicht hatte er wirklich gute Reflexe.

Bald konnte er gar nicht anders, als diesem Bild zu entsprechen. Denn immer wieder kamen Kinder zu ihm, die mit ihm Schlagen üben wollten. So begann er, sich ernsthaft Gedanken darüber zu machen, wie man am besten zuschlug. Dabei lernte er eigentlich von den Kindern. Die wollten die ganze Zeit mit dem Messer zustechen. Sie gaben ihm die besten Ratschläge: Der Hieb musste überraschend kommen, versteckt und mit aller Wucht.

Sie übten es an einem Strohballen, auf den sie einen Hut legten und um den sie einen Gürtel schnallten. Daran übte Sebastian bald selbst, und je öfter er das tat, desto besser wurde er. Er konnte dann beides gut: mit der Faust zuschlagen und mit dem Messer zustechen.

Mit Rollo zogen sie die Kreise ihrer Überfälle immer weiter. Sie drangen in ganz andere Gegenden vor, hinunter bis nach Mannheim und tatsächlich auch hinauf bis ins Kinzigtal. Manchmal waren sie tagelang unterwegs. Sebastian lernte die entlegensten Verstecke kennen, aber auch Bauernhöfe, die Gaunern Unterschlupf boten.

Einmal besuchten sie wirklich Straßburg, wo sie staunend wie die Kinder immer wieder zum Münster hochstarrten, dem höchsten Gebäude der Welt, mit dem einen fehlenden Turm. Dort machten sie aber nur kleine Diebstähle. In einer so riesigen Stadt erwischt zu werden, war gefährlicher als auf dem Land. In einem Dorf konnte man immer einen Wächter entweder bestechen oder mit einer rührseligen Geschichte für sich gewinnen. In einer Stadt wie Straßburg gab es aber Gendarmerie, Gericht und ein Gefängnis, aus dem man nicht fliehen konnte.

Die Überfälle machten Spaß, auch deswegen, weil man dabei Richter spielen konnte: Den einen Herrn konnte man verschonen und den anderen nicht, ja, man konnte einen Reichen ausrauben und einen Armen beschenken. Das tat dem Gewissen besonders gut. So sorgte man für mehr Gerechtigkeit. Die einen verloren und die anderen gewannen und man selbst hatte auch seinen Teil. Und wenn man dann noch die Damen verschonte, erntete man manchmal sogar einen heimlich bewundernden Blick, jedenfalls konnte man sich das einbilden.

Sebastian wurde dabei immer mehr zum Schläger. Er konnte es gar nicht verhindern, denn er traf wirklich gut. Bei aller Übung hatte er anscheinend die Gabe, die entscheidende Stelle am Kinn zu treffen. Rollo bewunderte ihn dafür. »Wenn ich das nur auch so gut könnte!«, sagte er oft. Sebastians Treffer halfen Rollo aber auch, nicht selbst zuzuschlagen, denn er als Hauptmann tat das meistens mit dem Pistolenknauf, und das hinterließ Spuren.

Sebastian schien es, er würde Dennele immer mehr beeindrucken. Wenn er mal am Feuer erzählte, hing sie geradezu an seinen Lippen. Man hörte bald überhaupt auf ihn. Er merkte, wie er anderen Anweisungen geben konnte, und die wurden befolgt. Das entwickelte sich fast von selbst. Denn inzwischen waren sie erfahren genug, auch ohne Rollo auszuziehen. Sebastian und Johann gaben dabei den Ton an.

Johann ging da noch weiter: Eines Tages sagte er selbst, dass er eine fette Gans fangen wollte. Er verkündete das wie ein Marktschreier und hatte sich deswegen nicht mit Rollo besprochen, auch nicht mit Sebastian. Er wollte das allein durchziehen.

»Drei kommen mit!«, rief er. »Zwei Plätze sind noch frei.«

Sebastian sah, wie Rollo mit zusammengekniffenen Augen genau beobachtete, was passierte. Tatsächlich musste Johann sogar zwei alte Männer abweisen, obwohl er dann drei mitnahm. Denn der Dritte bat ihn so eindringlich mitzukommen, dass Johann es ihm erlaubte.

Als sie losgezogen waren, herrschte eine besondere Stimmung im Lager, und die ging von Rollo aus. Er strich auf dem ganzen Platz umher und hatte überall was auszusetzen. Er schien geradezu danach zu suchen, dass irgendwo einer irgendwas nicht richtig machte. Einer Frau beim Kleiderwaschen warf er vor, sie würde den Kragen dreckig lassen. Eine andere fuhr er an, sie würde Erde mit in den Eintopf schnipseln.

Er ging sogar in das Zelt, wo der alte Mann auf dem Hackbrett spielte, und brüllte ihn an: Er sei zu nichts nutze, er solle wenigstens richtig spielen und nicht immer so trauriges Zeug singen! *Ruhe jetzt!*

Als er aus dem Zelt kam, waren aber wieder das Hackbrett und die Stimme des Alten zu hören.

Da rief ihn eine Frau zu sich. Sie stellte sich vor ihn hin und öffnete leicht ihre Bluse. Sie tat das so langsam, Knopf für Knopf, dass auch Sebastian zu ihr hinstarren musste. Dann stemmte sie die Hände in die Seiten und ließ die Hüfte rollen. Rollo ging mit ihr. Sie blieben nicht lange weg, aber er kam verändert zurück. Er griff sich eine Flasche Wein, nahm ein paar Schluck und schlief dann im Schatten eines Baumes ein.

Als Johann am Abend wiederkam, war Rollo aber wieder sehr gereizt. Schnaubend wie ein Stier hörte er sich an, was Johann zu erzählen hatte.

Es dauerte ihm allerdings zu lange und er rief: »Außer euren Geschichten habt ihr ja nichts mitgebracht!«

»Doch!«, sagte Johann nur und ließ die anderen Männer auspacken.

Aus ihren Säcken kamen ein paar Silbermünzen, Knäuel feinster Wolle, eine Taschenuhr, eine mit Kupferstiften beschlagene Lederweste, drei Seidentücher, ein Korallenhalsband und zwei Flaschen Branntwein. Während Rollo aus der einen Flasche sofort trank und sich beruhigte, schob ihm Johann noch eine Pistole zu.

»Hier, für dich! Ich glaube, die ist wertvoll. Du kennst dich damit aus.«

Obwohl Rollo dann sehr zufrieden war, wurde die Stimmung an diesem Abend nicht locker. Es blieb Spannung in der Luft.

Am nächsten Tag stand Sebastian spät auf und ging selbst zu dem Korb, in dem das Brot lag und, falls noch vorhanden, Wurst und Käse. Er fand nur Brot und nahm ein Stück. Es war schon ziemlich hart, ließ sich aber mit einem Schluck Wasser noch gut essen.

Für Sebastian und Johann war es längst selbstverständlich, sich zu bedienen wie die anderen auch. Schließlich sorgten sie inzwischen selbst dafür, dass es genug Beute gab. Sebastian verstand auch längst, wie die Gesellschaft funktionierte: Geld bedeutete Macht beziehungsweise umgekehrt. Damit konnte man alles kaufen, nur musste man manchmal Umwege gehen. Manches Diebesgut musste über Hehler erst gewaschen werden, wie es hieß, um seine Herkunft zu verschleiern. Es musste durch viele Hände gehen. Deswegen musste ein Dieb viele Mittelsmänner kennen, auf die er sich verlassen konnte. Eigentlich brauchte er sehr gute Freunde. So musste ein Silberlöffel weite Wege gehen, um seinen Makel als Diebesgut loszuwerden. Denn leider ließ sich mit Dieben selbst Geld machen: Auf die bekanntesten und wichtigsten war eine Belohnung ausgeschrieben. Keiner hatte mehr Kenntnis von den Menschen als die Räuber, dachte Sebastian.

Den ganzen Morgen schon hatte er das Gefühl, Patro würde ihn beobachten. Und plötzlich stand der im Zelt wirklich vor ihm, hielt sich die Hände an den Gürtel und sagte: »Hör mal, mein Junge! Ich kriege noch Geld von dir!«

Sebastian spürte instinktiv, dass es nun drauf ankam. Er war Patro wohl zu mächtig geworden. Doch wenn er eins in der Carlsschule gelernt hatte, dann war es das: die Fassung zu bewahren. Er kaute weiter auf seinem Brot herum, was ihn zusätzlich beruhigte.

Erst als er heruntergeschluckt hatte und aus dem Krug einen Schluck Wasser trank, sagte er: »Was?«

»Tu nicht so! Wir haben euch ein neues Leben verschafft. Wir haben euch über die Grenze geführt. Vier Gulden war abgemacht.«

Sebastian wusste, dass es keinen Sinn hatte, zu diskutieren. Er musste einfach den Spieß umdrehen.

Er nahm den Kopf zurück, schaute Patro schräg von oben an und sagte lachend: »Spinnst du!«

Patro schob sein Jackett zur Seite und zeigte seine Pistole am Gürtel.

»Vier Gulden! Her damit!«

»Lass mich in Ruhe!«, sagte Sebastian so ruhig wie möglich und drehte sich so zur Seite, dass er Patro noch im Blickfeld hatte.

»Los! Oder ich knall dich ab!«, rief Patro und hielt die Pistole in der Hand.

»Nicht!«, schrie auf einmal Dennele von draußen und rief weiter etwas in ihrer Sprache.

Sebastian lachte vor Freude, als er sie sah. Er drehte sich wieder herum und sah von Patro weg – als ein Schuss knallte.

Sebastian spürte es heiß an einer Bauchseite brennen und schlug sofort zu. Er traf Patro so gezielt am Kinn, dass der in sich zusammensackte, als wäre er selbst von einer Kugel getroffen worden.

Dennele rief: »Nein!«, und machte zwei schnelle Schritte zu Patro, blieb dann aber stehen und schaute so entsetzt wie erfreut zu Sebastian, der sich die Seite hielt. Er spürte warm sein Blut.

Da stürmte Rollo ins Zelt und schrie: »Was ist hier los? Hat er geschossen? Schon wieder. Na warte, du Sauhund!«

Er trat Patro die Pistole aus der Hand und trat dann immer wieder auf ihn ein.

»Knallen wir uns gegenseitig ab? Schießen! Dass uns jeder hören kann!« Er trat weiter auf Patro ein und schrie: »Nimm den und den und den! Und mit der Pistole ist Schluss! Die gibst du jetzt ab! Und du, Dennele, nimmst ihn nicht mehr in Schutz! Bruder hin oder her!«

Rollo ging schnaubend davon und zurück blieb Stille. Patro stöhnte ein paarmal auf. Sebastian hatte auch Schmerzen, aber er biss die Zähne zusammen.

Dennele kam zu ihm und lächelte ihn ganz fein an. Sie schob seine Hand zur Seite und zog vorsichtig sein Hemd hoch.

»Ein Streifschuss nur!«, flüsterte sie und sah ihn offensichtlich voller Bewunderung an.

Sie holte den Krug Wasser und stieg über Patro hinweg wie über einen müden alten Hund. Der kroch auch so davon wie ein Hund, wie ein geprügelter.

»Er kann nicht herrschen«, sagte sie. »Leider!«

Dann behandelte sie seine Wunde. Sebastian schloss halb die Augen, um jede Bewegung mit ihr zu genießen. Er spürte die Wärme, die von ihr ausging, ihre weiche Haut, wenn ihr ganzer Arm seinen Bauch berührte. Er gab sich Mühe, ihren Atem durch die Nase zu ziehen.

Als sie ihm die blutige Hand wusch, fühlte er sich ganz mit ihr verbunden. Er schob leicht die andere Hand vor, um ihre Haare zu streicheln, aber sie schob sie lachend zur Seite und sagte: »Hier nicht!«

»Was?«, flüsterte Sebastian, als hätte er sich verhört.

Da stand Dennele schon auf und rief: »Gute Besserung!«

Sie verschwand und Sebastian spürte plötzlich den Schmerz im Bauch. Trotzdem verging er zugleich vor Freude.

Der Herbst kam schneller ins Land als erwartet, die Sterne kamen nun schon früh am Abend zum Vorschein. Sie konnten nicht mehr unter freiem Himmel schlafen. Vielleicht kamen ihnen die Nächte auch ungemütlicher vor, weil sie vorsichtshalber ihren Lagerplatz gewechselt hatten. Der neue lag unter einer Anhöhe, von der abends ein kalter Wind herabstrich.

Schon war die Rede davon, wo man am besten den Winter zubringen sollte. Viele kuschelten sich im Schlaf aneinander. Und während seine Wunde rasch verheilte, träumte Sebastian von Dennele.

Das ganze Leben wurde ungemütlicher. Auf den Wegen waren weniger Reisende unterwegs, es war kaum mehr Beute zu machen und die Vorräte gingen zur Neige.

Eines Tages verkündete Rollo, dass etwas Großes passieren müsste. Die Wegelagerei brächte nichts mehr ein. Sie müssten sich umstellen! Aber das nächste Unternehmen müssten sie gut planen! Da könnten auch Sebastian und Johann noch was lernen!

An einem Regentag, der sowieso ungemütlich werden würde, machten sie sich zu zehnt auf. Um nicht aufzufallen, gingen sie wie gewohnt in Gruppen zu zweit oder dritt. Ziel war Calw. Das lag zwar wieder in Württemberg, aber die Grenze sah auch Sebastian inzwischen nur noch auf dem Papier.

Rollo erzählte von der Stadt, die mit Holz großen Reichtum machte. Außerdem lebten dort nur Evangelische, die sich darin überboten, möglichst viel zu arbeiten. Für sie gehörte das zum Glauben dazu.

Alle zehn waren sie gut zu Fuß. Auch wenn sie manchmal tagelang nichts anderes machten, als zu faulenzen, sich den Bauch vollzuschlagen, Wein zu trinken und zu schlafen, gingen sie nun stundenlang stramm vorwärts. Um Dörfer machten sie einen Bogen, außer dass Dennele, Rollo und manchmal auch Johann eine Ortschaft aufsuchten, um Brot zu kaufen. Dabei spionierten sie aber auch immer Häuser und Leute aus.

Dennele war dabei unersetzlich. Sie konnte wahrsagen. Für wenig Geld las sie den Leuten die Zukunft aus der Hand. Wenn Sebastian dabei war, sah er fasziniert zu: Hatte sie einmal damit angefangen, streckten ihr fast alle die Hand entgegen. Das nutzte sie jedoch nur dazu, um von den Leuten die privatesten Dinge zu erfahren: Wer wo mit wem wie wohnte. In der Nacht konnte sie dann mit Rollo und den anderen Scheunen und Schuppen durchsuchen.

Außerdem konnte Dennele gut mit Tieren umgehen. Sebastian erlebte es immer wieder, wie sie fast jeden Hofhund zur Ruhe brachte – und was für eine geschickte Hühner- und Gänsediebin sie war. Manchmal stahl sie die Vögel mitsamt den Eiern. Den Braten gab es dann aber meist erst zum Frühstück, weil zuvor der Schlaf sein Recht forderte.

Sebastian und Johann machten den Marsch fasziniert mit. Sie lernten viel über die Menschen, die man verstehen musste, um als Räuber Erfolg zu haben. Sebastian merkte, wie er auch über sich selbst lernte: Wie man sich verstellen konnte, so tun, als ob, in andere Rollen schlüpfen! Wie das Leben eigentlich ein Theater war! Er dachte dabei mal wieder an Schiller. Für ein Schauspiel auf der Bühne kam es wohl darauf an, Situationen zu finden, in denen Menschen sich austricksten.

Obwohl Patro mitgekommen war, konnte Sebastian immer mal wieder mit Dennele allein sprechen. Eigentlich reichte es ihm, nur neben ihr zu gehen, im selben Tempo, im selben Atem. Wenn sich dann noch die Sonne zwischen den Wolken zeigte und sie ihre Lieder sangen, fühlte er sich wie mit Glück angefüllt. Manchmal sangen sie sogar die Marschlieder von der Carlsschule, allerdings mit einer anderen Betonung. Das gab einen viel besseren Schwung, vor allem wenn sie dann noch die Texte umdeuteten. Dennele gab dabei den Ton vor, weil sie ganz hell und klar singen konnte. Rollo brummte meistens im Hintergrund mit. Die anderen hielten ihn als Sänger für verloren. Er sei zu deutsch, sagten sie.

Calw lag ruhig und friedlich da, ein kleines Städtchen, in seinen Stadtmauern vollgepfropft mit Häusern, jedes reinlich gedeckt mit rotem Biberschwanz. Rollo, Johann und Dennele gingen hinein und machten Einkäufe und stahlen nichts. Sie kundschafteten das Pfarrhaus aus. Rollo meinte, sie müssten der Bibel zu ihrem Recht verhelfen, würde doch kein Reicher in den Himmel kommen. Aber ausgerechnet die Pfarrer seien oft unter den reichsten Leuten! Da könnte man denen doch zu ihrem Seelenheil ein wenig nachhelfen!

Um keinen Verdacht zu schöpfen, trafen sie sich am Abend weit außerhalb der Stadt wieder. Mit all ihren Einkäufen veranstalteten sie ein Festmahl.

Wie sich Sebastian das gar nicht hätte vorstellen können, verstand er sich mit Patro gut, oder eher: Patro schien ihn irgendwie zu mögen. Er erzählte ihm eine Geschichte nach der anderen, wie wichtig er, Patro, bei spektakulären Überfällen schon gewesen sei.

Immer wieder nahm er zwischendurch einen Schluck Wein. Sebastian ließ ihn erzählen, auch weil er so schön neben Dennele saß, die es sich zwischen ihm und Johann gemütlich gemacht hatte. Die Wärme des Feuers und die ihre drangen in ihn, und Patros offene Art ließ ihn erst recht entspannen. Bald sprach Patro immer undeutlicher.

Lange nach Mitternacht neigte er sich auf einmal zur Seite wie ein sinkendes Schiff und schlief ein. Dennele stand auf und warf eine Decke über ihn. Dann setzte sie sich wieder zwischen Sebastian und Johann. Die beiden erzählten von der Carlsschule.

Dennele wollte wissen, was man da so lernte.

»Latein zum Beispiel«, sagte Sebastian. »Die Deklination der Personalpronomen, die unregelmäßigen Verben, die Konjugation der Verben …«

»*Volo, vis, vult, volumus, vultis, volunt*«, sagte Johann laut.

»Und der erste Konjunktiv davon?«, fragte Sebastian.

Er merkte im selben Augenblick, wie unpassend das war.

»Wie du das draufhast!«, rief Johann lachend. »Und trotzdem konnte dich der Holzmeier nicht ausstehen.«

»Holzmeier und Abel und zwischen ihnen Cäsar«, sagte Sebastian schnell, um abzulenken. »Über dessen Staatsauffassung hätten die beiden mal *coram publico* einen Disput führen müssen. Holzmeier hätte sich wahrscheinlich selbst wie Cäsar gefühlt, Abel hätte mit zugestochen.«

»Cäsar?«, fragte Dennele.

»Kennst du nicht den Cäsar?«, fragte Johann zurück. »Der die Republik abgeschafft hat, den sie zusammen umgebracht haben, mit Brutus, an den Dings des März?«

»Den Iden.«

»Nein.«

Sebastian fing an, Dennele kurz das Leben von Cäsar zu erzählen. Aber als sie dazwischen nach »Senat« fragte und dann auch nach »Republik«, kam er ins Stocken. Er verstand plötzlich, dass sie nichts verstand.

Da grölte Johann: »*Hic, haec, hoc* – der Lehrer hat 'nen Stock. *Is, ea, id* – was macht er denn damit? *Ille, illa, illud* – er haut den Stock kaputt.«

Als er schwieg, war es auf einmal ganz still. Nur das Feuer knisterte und leise war Patros Schnarchen zu hören. Sebastian fühlte sich nicht gut. Zum ersten Mal seit langem hatte er wieder das Gefühl, aus einer ganz anderen Welt zu kommen.

In die Stille hinein sagte Dennele dann: »*Hic, haec, hoc.*«

»Ja«, freute sich Sebastian, »das sind Demonstrativpronomina, nur der Nominativ Singular in den drei Geschlechtern. Im Deutschen haben wir so was nicht und wir müssten das irgendwie drum herum übersetzen, also zum Beispiel für ›*hic liber*‹, ›dieses Buch‹, also: dieses Buch hier, meins, nicht deins …«

Plötzlich sang Dennele leise: »*Hic, haec, hoc* – was ist da unterm Rock? Is, e, id …«

»*Is, ea, id.*«

»*Is, ea, id.* – Wer schaut da alles mit? Ille, illa, illi …«

»*Ille, illa, illud* – jetzt ist aber gut!«

Dennele sang weiter, wieder von vorn, erst leise, dann lauter, und sie klatschte abwechselnd in die Hände und schnipste mit den Fingern.

Da sangen auch Sebastian und Johann mit, die es aber beide nur schafften, im Takt in die Hände zu klatschen.

Sebastian spürte in Wellen, wie sehr er Dennele begehrte. Wie war er nur so schnell ein Mann geworden, dachte er und achtete fasziniert auf ihr Singen und Klatschen und Schnipsen. Von Denneles Lied sang er dann mit Johann nur noch den Refrain. Es ergab sich so und klang gut. Er lachte mit ihr, als würden sie im Gleichschritt gehen, und verging fast vor Gefühl.

»Hic, haec, hoc.
Was ist da unterm Rock?
Is, ea, id.
Wer will noch einen Ritt?
Ille, illa, illud.
Da fehlt uns nicht der Mut.
Bimm, bamm, bomm.
Was sind wir gar so fromm!

Wir gehören keinem.
Wir sind frei.
Sind mit uns im Reinen.
Tod, geh vorbei!

Hicke, hacke, hock.
Wer steht da wie ein Pflock?
Niss, nas, nit
Was kommt da aus dem Tritt?
Le, la, lu.
Das lässt uns keine Ruh.
Bimm, bamm, bomm.
Was sind wir gar so fromm!«

Das Lied, das Klatschen, die Stimmung – Sebastian war heiß vor Begierde. Er fühlte sich so, als würde sein ganzer Körper schwingen. Er sah genau, wie beim Singen Denneles Beine immer wieder auseinandergingen. Aber hätte er sie anfassen sollen, überlegte er, mit Johann neben sich? Allerdings hatte *sie* sich doch das Lied ausgedacht, mit dem Text!

Während er noch überlegte, hörte Dennele plötzlich auf zu singen und sagte: »Ich geh schlafen. Gute Nacht!«

Sebastian war wie vor den Kopf gestoßen.

Johann fragte: »Was? Jetzt?«

»Es ist spät«, antwortete sie nur und ging.

Sebastian und Johann grinsten sich schwach an. Und plötzlich gähnten sie beide wie auf Kommando. Sie waren die Letzten, die noch am Feuer saßen. Johann schürte es noch einmal zusammen. Dann suchten sie sich beide einen weichen Platz zum Schlafen. Dennele lag da schon neben Patro.

Der nächste Tag ging mit Warten dahin. Alle putzten ihre Kleider, pulten Steinchen aus den Schuhsohlen, wetzten ihre Messer, und Rollo säuberte und lud die Pistolen – auch Patro. Er durfte die seine wiederhaben. Er konnte einfach zu gut damit umgehen.

Sie warteten bis Sonnenuntergang, ehe sie loszogen. In tiefer Dunkelheit erreichten sie Calw, um das sie zuerst herumgingen wie ein Fuchs um den Bau. An einer Stelle nahe der rauschenden Nagold halfen sie sich dann schnell-schnell über die Stadtmauer, Rollo zu unterst, auf ihm Patro, über beide hinweg alle anderen. Es gelang ihnen dann auch, Rollo an einem Seil hinaufzuziehen.

Wie verabredet, postierten sie sich um das Pfarrhaus. Das Schreien eines Kauzes galt als Warnzeichen. Das hatten Sebastian und Johann vorher oft geübt. Wieder stieg Patro auf Rollos Schultern. Er schnitt mit einem Messer eine Scheibe aus dem Fenster, fasste hinein und öffnete den Riegel. Dennele stieg als Erste hinein. Rollo und Patro folgten.

Sebastian stand da mit gebremstem Atem und horchte in die Dunkelheit. Niemand war zu hören, auch nicht der Nachtwächter. Die Zeit zog sich wie klebriger Teig, der nicht reißt. Einmal war ein dumpfer Schlag zu hören, dann ein kurzer erstickter Schrei. Dann war es wieder still. Sebastian stand Schweiß auf der Stirn. Was geschah in dem Haus, fragte er sich. Warum kamen die drei nicht wieder heraus?

Plötzlich fiel im Haus ein Schuss. Einen Augenblick später sprang die Haustür auf und Rollo, Dennele und Patro rannten heraus. Sebastian machte kurz den Kauz, rannte dann aber um die Ecke des Hauses, winkte den anderen, wartete auf Johann und nahm auch Reißaus. Schon waren erste Schreie zu hören und Lichter gingen an. Wie Mehlsäcke beim Bäcker ließen sie sich am Seil von der Stadtmauer ab. Das dauerte.

Rollo blieb mit Patro bis zum Schluss auf der Mauer sitzen. Er schmiss zuerst einen großen Beutel hinab, dass es klirrte, dann herrschte er Patro an, das Seil für ihn zu halten. Unten angekommen, griff er den Beutel und lief los, während Patro noch Zeichen machte. Rollo lief weiter. Sebastian sah, wie Patro dann wie eine Katze die Mauer hinunterglitt. Fuge auf Fuge rutschte er weiter.

Sie rannten sich die Lunge aus dem Leib. »Los! Los! Los!«, schrie ihnen Rollo immer wieder zu. Sebastian sah hinter sich und erkannte bald Männer, einige mit Fackeln, und alle rannten sie.

Patro blieb zurück. Sebastian nahm ihn an der Hand und zog ihn vorwärts das steile Gelände hoch. Er spürte, dass es drauf ankam. Sie waren in höchster Not.

»Lauft!«, schrie Rollo und sah zurück. »Lass ihn! Rette du dich! Sie haben Pferde!«

Tatsächlich hörten sie von Ferne bald Hufgeklapper. Da hatten sie aber schon die Felder und Wiesen um die Stadt hinter sich. Der Wald lud sie ein wie ein heimlicher Freund. Sie verteilten sich. Sebastian steckte mit Patro in einem Gebüsch und sie versuchten, ihren rasenden Atem zu bremsen. Ein Pferd ritt heran, bedächtig, mit einem Reiter, der den Blick über den Boden und das Gebüsch streifen ließ und horchte. Sie atmeten in ihre Ärmel. Der Mann ritt weiter.

Auch wenn es wehtat, wenn ein Schuh drückte und die ganze Kopfhaut juckte, bewegten sie nicht einen Finger. Sie hörten nun die anderen Männer suchen, die zu Fuß ausgeschwärmt waren.

Erst als es lange Zeit still geblieben war, richteten sie sich auf. Unter sich in der Ferne sahen sie Fackeln, und die Lichter bewegten sich zur Stadt zurück. Vorsichtig schrie Patro wie ein Kauz. Das Schreien kam zurück.

Als sie sich alle wiedersahen, fielen sie sich in die Arme, auch Dennele, bei ihr zuerst Johann, dann Sebastian. Aber als wäre sie da zu weit gegangen, ließ sie schnell wieder los. Sebastian hätte sie stundenlang halten können.

Er wunderte sich gerade, warum Patro abseits stand, da ging Rollo auf seinen Konkurrenten zu, eigentlich ganz ruhig. Doch dann schlug er ihm voll auf die Backe und sagte langsam, aber laut: »Du versoffener, feiger Seckel! Wegen deiner Schwester habe ich dich immer geschützt. Aber du bist wirklich zu nichts nutze. Los, gib mir die Pistole wieder! Damit machst du wirklich nur Scheiß! Und dein Messer, das will ich auch.«

Patro knirschte mit den Zähnen. Sogar in der Dunkelheit war in seinem Gesicht zu sehen, wie seine Gedanken kreisten: Das wollte er sich nicht bieten lassen.

Rollo haute ihm auf die andere Backe, dass es klatschte und Patro einen Schritt zur Seite machen musste, um das Gleichgewicht zu halten. Sebastian tat er leid. Aber er dachte daran, wie Patro selbst mit seiner Schwester umging. Und er überlegte, was Patro wohl mit der Pistole getan hatte. Wieder schlug Rollo zu.

Da hielt ihm Patro zitternd die Pistole hin.

»Das Messer!«

Sebastian dachte an die Carlsschule und die Armee, wo es nichts Schlimmeres gab, als wenn man seinen Degen abgeben musste.

»Das Messer!«

Noch immer war Patros Gesichtsausdruck das Spiegelbild seiner Seele: Sollte er das Messer abgeben oder damit zustechen?

Er gab es ab und drehte sich um, noch ehe Rollo »Geh!« gesagt hatte.

Sebastian fühlte sich nicht wohl. Plötzlich stand die Erinnerung an die Carlsschule wie ein riesiges Bild vor ihm. War er nicht geflohen, weil er sich nicht mehr demütigen lassen wollte? Hatte er Holzmeier nicht abgrundtief gehasst, weil er sie alle grundlos demütigte? War Rollo nicht wie Holzmeier?

Missmutig zogen sie weiter. Der Überfall hatte sich kaum gelohnt. Vor allem hatten sie Kleider erbeutet, auch Bettzeug, ein Manschettenhemd, eine modisch geschnittene bunte Jacke, dazu Zinn- und Kupfergeschirr, aber alles schwer und umständlich zu schleppen und zu handeln. Das konnte es nicht gewesen sein, brummelte Rollo ein paarmal. Es musste noch etwas Großes her.

Hin und wieder trafen sie auf ihrem Weg andere Leute, und mit einigen von ihnen konnte man tatsächlich ins Geschäft kommen. Arme Bauern konnten leicht davon überzeugt werden, für wenig Geld im Vorübergehen ein neues Hemd zu erwerben. Rollo kannte manchmal sogar einen. So konnten sie nach und nach ihr Diebesgut versilbern. Trotzdem würde der Ertrag kaum zum Leben reichen.

Als sie längst wieder im Badischen waren und Pforzheim im Westen umgehen wollten, kamen sie auf dem Weg mit einem Harzbrenner ins Gespräch. Der erzählte ihnen von dem Schutzjuden Levi in einem Ort, den sie noch nie besucht hatten. Dieser Jude habe mindestens 500 Dukaten in seinem Haus versteckt. Der Harzbrenner versprach sogar, bei einem Einbruch treue Dienste zu leisten. Auch könnte er wohl den Nachtwächter mit einbeziehen. Rollo war deswegen ganz außer sich vor Freude: Was für eine fette Gans da auf sie wartete!

Nach einem langen Marsch rasteten sie wieder einen ganzen Tag lang. Als sie dann in der Nacht an der Stadtmauer ankamen, war dort tatsächlich schon eine Leiter für sie aufgestellt. Ohne Probleme gelangten sie in das Städtchen, wo sie der Nachtwächter empfing, den Harzbrenner an seiner Seite. Der Nachtwächter führte sie zu dem Haus des Juden, sagte ihnen aber, dass sie erst einbrechen sollten, wenn er am oberen Tor blasen werde. Er übergab ihnen sogar eine Axt. Wieder umstellten alle das Haus, wieder machten sich Rollo und Dennele fertig, aber auch andere Männer, darunter Johann. Er brannte sogar darauf, dabei zu sein.

Als das Signal kam, ließ Rollo diesmal alle Heimlichkeit fahren: Er brach mit der Axt den Fensterladen auf und schlug die Scheibe ein. Sebastian wunderte sich, dass der Einbruch gar nicht heimlich geschah. Immer wieder war dann in dem Haus Schreien und Lärmen zu hören, immer wieder Hilferufe und Stöhnen. Sebastian stellten sich die Haare auf.

Bald kamen die ersten Bewohner angerannt. In dem Haus wurde weiter gelärmt. Sebastian stand plötzlich einem Mann gegenüber. Er hob sofort sein Messer und bedrohte ihn, wie Rollo es ihm eingeschärft hatte. Aber der Mann lachte ihn an und sah zu dem Haus des Juden. So taten es auch viele andere Bewohner. Sie leisteten keinen Widerstand, im Gegenteil. Manche riefen sogar in das Haus hinein, sie sollten nur nicht vergessen, dem Juden alle seine Schriften zu verbrennen.

Mit Rollo an der Spitze und Johann am Ende zogen sie wie siegreiche Soldaten ab, mit Säcken voller Kleider und Geschirr, vor allem aber den 500 Dukaten.

Ihre Beute handelte fast komplett der Harzbrenner ein, der mit Freunden kam, um wie auf dem Markt die schönsten Stücke auszusuchen. Sie gaben alles billigst her.

»Jetzt sind wir saniert!«, sagte Rollo voller Freude und bestimmte, dass sie nun ohne Umschweife wieder zum Rest der Sippe gehen könnten.

Auf ihrem Weg deckten sie sich mit allem ein, was sie brauchten, Mehl, Speck, Bohnen, Tabak, Wein. Die Freude über ihren Erfolg war so groß, dass sie sogar auf ihrem Marsch die Weinflasche kreisen ließen.

Sebastian ging viel für sich allein. Er dachte daran, dass er nun wirklich zum Auswurf der Gesellschaft gehörte, und zwar zu Recht. Er wollte reden, fand dazu aber keinen. Auch Dennele ließ sich nicht zu ihm zurückfallen.

Dann musste Johann mal ins Gebüsch, wo er recht lange blieb. Sebastian ließ sich noch weiter zurückfallen und sprach Johann sofort an, als der sich die Hose zuband und wieder auf den Weg trat.

»Das ging zu weit, findest du nicht?«

»Was?«, fragte Johann gereizt. »Dass du mich nicht mal in Ruhe ka…«

»Du weißt, was ich meine.«

Sebastian merkte, dass auch sein Freund nicht mit ihm sprechen wollte.

»Ihr habt … also, wir haben Menschen geschunden und gequält«, sagte er mit belegter Stimme.

»Und?«

»Wie: Und?«

»Es waren Juden.«

»Was hat das damit zu tun?«

Johann sah Sebastian an wie ein Kind, das bestimmte Zusammenhänge noch nicht verstand.

»Die Juden nehmen von den Christen das Geld und lassen sie für sich arbeiten.«

Das hatte Sebastian schon so oft gehört. Vor allem Abel hatte sie darüber aufgeklärt, was es mit den Juden auf sich hatte: Dass die doch den älteren Glauben an Gott hatten. Dass sie die gleichen Rechte bekommen müssten wie alle Bürger eines Landes. Dass sie nicht durch irgendwelche Zunftzwänge von den ehrlichen Berufen ausgeschlossen werden dürften.

»Die Juden sind doch diejenigen, die das Geld geben«, erwiderte Sebastian.

»Nur gegen Zins. Sie sind Wucherer.«

»Wenn sie nicht ordentlich arbeiten dürfen – sie müssen nun mal zu Geld kommen. Außerdem brauchen doch die Leute den Kredit. Hat uns Abel das nicht erklärt? Wer überlässt einem schon Geld, vielleicht für Jahre, ohne dafür eine Entschädigung zu bekommen? Wenn man kein Geld leihen kann, kann man doch keinen neuen Betrieb aufmachen, eine Druckerei oder Spinnerei oder sogar eine Manufaktur.«

»Sie glauben an den falschen Gott!«

Sebastian konnte vor Empörung nicht mehr klar denken. Er sah vor sich auf die anderen, die feixten und lachten und sich über den Raub freuten. Verwirrt schaute er sich um.

Plötzlich ging er ein Stück in den Wald und kam mit zwei Pilzen in der Hand wieder.

»Schau mal, was ich gefunden habe!«

Johann riss die Augen auf, ehe er lachend sagte: »Die kenne ich nicht. Die haben Lamellen. Kennst du dich plötzlich mit Pilzen aus oder …«

»Hier!«, sagte Sebastian und hielt sie ihm hin. »Einen darfst du dir aussuchen. Welchen von beiden ziehst du vor?«

»Was soll das? Ich würde nie Pilze essen, die ich nicht kenne.«

»Welchen von beiden ziehst du vor?«

»Wenn, dann den hier, den reifen natürlich. Der andere hat sich ja noch nicht mal richtig geöffnet.«

»Und in einer Woche, welchen ziehst du dann vor?«

Johann sah ihn an und schwieg. Nach einer Weile murmelte er aber: »Sie sind eigentlich gleich. Sie sind bestimmt vom selben Gewächs.«

Sebastian warf die Pilze in den Wald. Sie hatten zu den anderen aufgeschlossen und er sagte plötzlich ziemlich laut: »Wir haben nicht das Recht, Menschen zu quälen.«

Rollo drehte sich zu ihm um und sah ihn streng an. Aber er ging weiter, ohne ein Wort zu sagen.

»Etwas läuft aus dem Ruder«, sagte Sebastian leise zu Johann, seinem Freund. »Was war denn da in Calw, in dem Pfarrhaus?«

»Was meinst du? Das war Patro, der Spinner. Der hat den doch abgeknallt!«

»Was!«, schrie Sebastian und hielt sich sofort die Hand vor den Mund.

Rollo machte wieder eine Bewegung, sich umzudrehen, tat es aber nicht.

»Woher weißt du?«, flüsterte Sebastian.

»Es ist, wie es ist! Und jetzt frag nicht weiter.«

Auf dem ganzen Rückweg hing der Nebel über ihnen und löste sich nicht auf. Manchmal war über ihnen die Sonne zu erahnen, wenn sie etwas höher stiegen. Aber es reichte nie, um den Nebel zu verlassen. Dann mussten sie auch noch das Lager suchen, das die anderen aufgelöst hatten. Dennele fand auf dem leeren Platz eine Botschaft, wohin sie gezogen waren.

Die zehn mussten noch einen ganzen Tag weitergehen, wieder in die Höhe.

Als sie dort ankamen, hatten sie tatsächlich die Sonne erreicht – dazu ein geräumiges Haus, das einen Kamin hatte. Darin brannte ein Feuer so heiß, dass sie gleich alle Jacken auszogen. Die Bauern waren zwei alte Leute, die sich die Unterkunft bezahlen ließen. So einsam, wie der Hof lag, waren sie dort oben alle erst einmal sicher.

Das Wiedersehen mit den anderen wurde gefeiert, so ausgelassen sie konnten. Sebastian versuchte am selben Abend, alle schweren Gedanken in Wein zu ertränken.

Der Coup

Mit Macht drängte der Winter ins Land. Oben im Gebirge ließ er aber noch wochenlang den schönsten Sonnenschein herrschen, während er unten im Tal schon den Nebel zusammengezogen hatte. Wie auf einer Insel gestrandet, stiegen immer mal wieder einige bergan, um freie Sicht in die Ferne zu haben. Sebastian war oft dabei, wenn sie dann hinabschauten und der Nebel wirklich wie ein Meer schien, das versuchte, alles zu überspülen. Doch bis zu ihrem Bauernhof schaffte er es nicht.

Sebastian ging manchmal allein los, um für sich zu sein. Er sei ein komischer Mensch, hörte er deswegen immer mal wieder. Wer wolle schon allein sein?

Aber er konnte so zu eigenen Gedanken finden. Ihn ließ die Frage nicht los, was weiter aus ihm werden sollte. Wenn er manchmal erst nach Stunden wiederkam, war das außerdem auch immer was Besonderes: Viele freuten sich auf ihn und ließen sich gern sagen, was sie nun zu tun hatten. Er konnte sich nicht erklären, wie es dazu gekommen war: Aber er war jemand geworden, der bestimmte. Eigentlich stand nur Rollo über ihm, vielleicht auch Johann.

Insgeheim hoffte er jedoch immer noch, mit Dennele ganz für sich zu sein. Sie ging manchmal aus dem Haus und war dann lange abwesend. Zweimal fand er sie draußen, mit zerzaustem Haar, ganz wild, doch ließ sie sich nie auf ein Gespräch mit ihm ein. Er verging vor Sehnsucht nach ihr.

An einem Tag kam er mal wieder von einem seiner Ausflüge zurück. Er war stundenlang allein gewesen und freute sich nun, sich zu den anderen in die warme Nachmittagssonne zu setzen. Noch sah er das Bauernhaus nicht, aber er kannte inzwischen die Strecke wie seine Westentasche. Er wusste genau, wie weit es noch war. Um nicht auf demselben Weg zu gehen, wich er aus in den Wald. Der schien in Rot und Gelb zu glühen wie Eisen im Feuer.

Plötzlich blieb er stehen und horchte. Doch, er hörte ganz fein die helle Stimme Denneles! Dann stockte ihm der Atem. Er sah sie, aber er sah auch Johann. Der hielt sie im Arm, ja, er küsste sie, und sie ließ es geschehen. Sebastian hätte gern zur Seite gesehen, aber der Anblick der beiden hielt seinen Blick wie an einer Wand festgenagelt. Die beiden hörten nicht auf mit dem, was sie machten. Sebastian hatte so was noch nie gesehen. Er hatte immer davon geträumt. Johann zog Dennele die Bluse hoch und küsste sie dort, nein, sie hielt ihm die Brust entgegen, damit er sie küssen konnte. Die beiden bewegten sich, als hätten sie den Verstand verloren. Johanns Hand verschwand unter Denneles Rock und sie stöhnte leise. Sebastian sah zur Seite. Dann war Dennele plötzlich verschwunden. War sie an ihm vorbeigelaufen?, fragte er sich.

Sebastian duckte sich wie ein Hase in der Ackerfurche. Er vergrub das Gesicht im Waldboden und atmete durch das Laub und die Zweige und den Farn. Er wäre gern in dem modernden Boden verschwunden.

Als er wieder aufstand, spürte er seine Beine nicht mehr. Er konnte zuerst kaum stehen und es kribbelte bis in die Zehenspitzen hinunter.

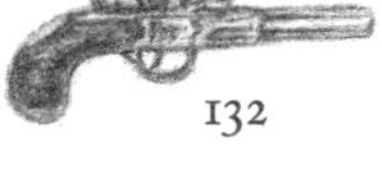

Zurück am Haus empfing ihn Johann mit einer Flasche Wein in der Hand.

»Auch 'nen Schluck?«, fragte er und grinste mühsam.

»Nein, danke«, sagte Sebastian und ging über den Vorplatz mit den Bänken und Tischen, mit einem Lächeln an Dennele vorbei in das Haus. Im Herrgottswinkel setzte er sich zu dem alten Mann, der dort auf dem Hackbrett spielte. Ein Kind saß dabei. Sebastian fragte nach dem Räuberlied, das er von ihm gelernt hatte. Das Kind fing es gleich zu singen an, hell und klar und gar nicht traurig. Die beiden stimmten mit ein, und da kam auch Agnes dazu. Sie mochte Sebastian besonders, obwohl er kaum mit ihr sprach. Allein ihre Anwesenheit machte ihn eigenartig ruhig. Von ihr ging eine Wärme aus, die ihn manchmal so schön durchdrang wie ein strahlender Ofen.

Der Gesang zog noch ein paar andere an, die sich in die Tür stellten und dann auch mitsangen:

»Mehr als das heikle Leben
Gibt's für uns nicht.
Der Tod spielt seine Lieder
Uns ins Gesicht.

Doch hier in alter Runde
Vergessen wir die Stunde,
Die sonst mit jedem Schlag
Uns so verwunden mag.

Die graue, morsche Hütte
Hält nicht mehr dicht.
Der Tod spielt seine Lieder
Uns ins Gesicht.

Die finst'ren Sorgen, alle
Drängen ans Licht.
Der Tod spielt seine Lieder
Uns ins Gesicht.

Das Glas, das woll'n wir heben,
Bis es zerbricht.
Der Tod spielt seine Lieder
Uns ins Gesicht.«

»Du weinst ja gar nicht«, sagte der alte Mann plötzlich. Sebastian verstand erst nicht und wunderte sich nur, woher der alte Mann wusste … Aber dann dachte er daran, wie viele der Räuber immer mal wieder weinten, eigentlich immer zu ihrer Musik. Die änderte sich oft wie von Tag zu Nacht, von Schwarz zu Weiß, von Freude zu Leid. Er jedoch spürte die Musik nicht so tief in sich.

Sie sangen nicht weiter. Weil Agnes die Ohren spitzte, lauschte auch Sebastian. Denn draußen war Geschrei zu hören. Das gab es immer wieder. Streit gehörte zur Tagesordnung. Aber es gab wohl einen bösen Streit. Immer wieder war Rollos Stimme zu hören, die so knurrte wie ein wilder Hund.

Dann mischten sich die beruhigenden Stimmen von Frauen unter das Geschrei. Wie die Hühner am Abend kamen die ersten Männer ins Haus. Frauen setzten sich neben sie und drückten ihnen einen Krug Wein in die Hand.

Als die Sonne unterging, hatten sich fast alle drinnen versammelt. Der Ofen bullerte und es wurde wieder gesungen. Der alte Mann spielte auf seinem Hackbrett, der alte Wieglaf fiedelte klagend auf der Geige und viele klatschten oder klopften einen eigenartigen Takt dazu. Alle waren eine große Familie. Sebastian war traurig, aber er fühlte sich geborgen. Er saß neben Johann und mochte ihn trotzdem als Freund. Dennele sah immer wieder zu ihm, aber er beachtete sie nicht. Sie hatte Tränen in den Augen, das erkannte er trotzdem.

Plötzlich flog die Tür mit einem Knall auf. Patro stürmte herein, mit zwei Pistolen in der Hand. Sein Gesichtsausdruck war eine Fratze aus Wut und Hohn. Es war keine Frage, dass die Pistolen geladen waren und er keinen Scherz machen wollte.

»Rollo, du Schwein! Steh auf! Jetzt hat dein letztes Stündlein geschlagen. Mach deinen Frieden mit dem Herrn!«

Obwohl Patro das brüllte, klang seine Stimme kaltblütig und absolut entschlossen.

Rollo sah ihn an und stand auf, ohne dass er den Blick von ihm ließ. Patro hob beide Pistolen und zielte auf ihn.

Rollo sagte ruhig wie zu einem Kind, während er Schritt für Schritt auf ihn zuging: »Patro, hast du zu viel getrunken? Jetzt mach mal halblang!«

»Bleib stehen!«

»Komm, gib mir die Wummen! Du traust dich sowieso nicht und dann muss ich wieder böse mit dir sein. Komm, gib sie mir! Ich lass dich auch in Ruhe.«

»Bleib jetzt stehen!«

»Patro, du bist zwar ein verkommener alter Zi…« – Da krachte es.

Rollo machte noch einen Schritt und fiel Patro vor die Füße wie ein Sack Mörtel, den ein Maurer sich von der Schulter warf.

»Bist du verrückt!«, schrie Johann und stürzte auf Patro zu, der plötzlich wie irre lachte.

»Vorsicht, Johann!«, rief Sebastian und schlug Patro auf die Hand, mit der er ausgestreckt die zweite Pistole hielt. Die ging aber schon los. Johann stolperte und schrie und fasste sich ans Bein.

»Und dich mach ich auch kalt«, brüllte Patro und seine Stimme überschlug sich, wobei er plötzlich ein Messer in der Hand hielt.

»Du Schmeichler und Einschleimer! Meinst wohl, du könntest hier Chef …«

Da traf ihn Sebastian mit einem gezielten Faustschlag. Doch Patro fiel nicht hin. Er strauchelte und stand wieder. Er versuchte zu sprechen, doch kein Wort drang ihm aus dem verzerrten Mund. Seine Augen aber schienen vor Freude zu leuchten. Als hätte es Rollo ihm vorgemacht, kam er nun langsam auf Sebastian zu, das Messer in der Hand.

Plötzlich war Dennele neben Sebastian und steckte ihm selbst schnell ein Messer zu. Er war deswegen so überrascht, dass er einen Augenblick lang nicht aufpasste: Patro stach nach ihm, aber Dennele zog ihn zurück. Sebastian hatte nur die Spitze des Messers an seinem Bauch gespürt. Wieder stach Patro zu, doch wich Sebastian diesmal aus und stach sofort zurück. Sein Messer fuhr in Patros Schulter. Wie Sebastian es so oft mit den Kindern geübt hatte, zog er es heraus, übergab es in die linke Hand und schlug sofort mit der rechten zu. Patro ging fast lautlos zu Boden.

Alle im Raum standen nun auf. Einige heulten, andere kreischten, manche lachten sogar. Sie drehten Rollo auf den Rücken. Sie sahen in seine Augen, legten ihm das Ohr an den Mund und schüttelten ihn. Rollo war tot.

Aber niemand weinte. Es war eigentlich gar nicht zu verstehen: Da lag der, der sie führte, leblos am Boden, und niemand brach in Wehklagen aus. Es schluchzte auch keiner. Sebastian kam es so vor, als hörte er plötzlich nur noch ihre eigene Sprache.

Er ging zu Johann und beugte sich zu ihm hinab. Sein Bein sah böse aus. Durch ein Loch in der Hose schimmerte rot eine große Wunde. Er schrie vor Schmerzen auf.

Sebastian wollte helfen und sah sich um. Alle standen eigenartig untätig herum und murmelten untereinander.

»Bringt ihn raus!«, schrie er dann. »Bringt Rollo raus und Patro auch! Los! Macht hin!«

Der Bauer mit ein paar anderen schleppte die beiden hinaus auf den Vorhof. Dennele sah lange verächtlich auf den stöhnenden Patro.

Erst als er hinausgetragen war, schien sie wieder zu sich zu kommen. Schnell beugte sie sich über Johann, riss ihm mit aller Kraft sein Hosenbein auf und sah sich die Wunde an.

»Wir müssen da schneiden!«, sagte sie und sah Sebastian an, als wüsste er Bescheid.

Sebastian starrte auf die Leute im Raum, die wie betäubt dastanden.

Er befahl ihnen, den großen Tisch ins Nebenzimmer zu tragen und eine Decke daraufzulegen. Dann ließ er Johann von vier Männern hinübertragen, die ihn kaum richtig fassen konnten. Anschließend schickte er alle hinaus. Nur den Bauern, der ganz aufgeregt war und unbedingt helfen wollte, ließ er im Raum.

Dennele sah Sebastian eindringlich an. Sie atmete tief ein und nahm ihm das Messer ab, das er, ohne es zu merken, immer noch in der Hand hielt.

Ohne weiter zu warten, schnitt sie Johann das Hosenbein komplett ab. Dann zog sie mit beiden Händen die Wunde auseinander. Das Blut floss wieder neu und Johann schrie auf. Dennele griff unter sein Bein und versuchte es zu bewegen. Sie ging vor wie ein Arzt.

Plötzlich stand sie auf und ging in die Stube. Sie sprach kurz zu den anderen, die dort stumm warteten. Mit einer Flasche Branntwein kam sie zurück. Den flößte sie Johann ein. Aber er wollte nicht viel davon trinken und würgte. Nach einer Weile stöhnte er aber nur noch. Dennele tränkte mit dem Branntwein ein Tuch und versuchte, damit die Wunde sauber zu wischen. Johann schrie immer wieder auf.

»Wir müssen die Kugel da rausholen«, sagte sie heiser und Sebastian verstand, wem ihre Gefühle galten.

»Kannst du das?«, fragte er sie vorsichtig.

»Vielleicht«, sagte sie leise. »Ich weiß nur, dass die Kugel da raus und die Wunde sauber sein muss. Aber dazu muss er vorher noch mehr trinken.«

Sie zeigte auf die Flasche Branntwein.

Sebastian kannte Johann gut genug. Er wusste: Sein Freund war hart im Nehmen. Es führte kein Weg an der Wahrheit vorbei und Sebastian sagte laut und langsam: »In deinem Unterschenkel steckt die Kugel. Die muss raus. Komm, Johann, trink mit mir! Zwing dich dazu! Ich erzähl dir was Schönes.«

Johann versuchte zu lächeln und nickte. Sebastian ließ den Bauern zwei Gläser holen und setzte sich neben ihn. Er trank mit ihm. Johann hatte glasige Augen und konnte nicht erkennen, dass Sebastian sein Glas nicht austrank. Aber das spielte auch keine Rolle. Johann trank, das zählte.

Sebastian musste nicht lange überlegen, wie er den Freund ablenken konnte. Er begann mit einer Geschichte über Carl Eugen, wie der mal wieder durch die Gänge im Schlafraum schlich. Die Neugier trieb den Herzog zu einem bestimmten Abteil, in dem es andauernd knarrte. Carl Eugen schaute durch den Vorhang, da wurde es still, er schaute noch einmal und es knarrte, und er schaute und es war still. Die anderen Eleven hatten am Fuß der Kommode eine Schnur befestigt und zogen von einem anderen Abteil immer wieder leicht daran. Aber dieses Abteil, vor dem Carl Eugen stand, war leer. Der Eleve darin hatte das Bettnässen nicht gelassen, und er hatte beim Exerzieren auch ständig Weinkrämpfe gekriegt. Deswegen war er in Schimpf und Schande entlassen worden. Als Carl Eugen genug hatte vom Schauen und Knarren, wollte er weitergehen. Das war aber nicht so leicht. Denn vor dem Abteilgitter war der Boden mit Pech bestrichen. Nur die Eingeweihten wussten davon. Carl Eugen stieg schließlich aus den Socken und schlich sich barfuß davon … Von dem Spaß zehrten sie noch lange. Dann erzählte Sebastian von Holzmeier, den er zum Glück nie mehr sehen musste: Wie der mal seine Tochter mitgebracht hatte, auf die er wohl ganz stolz war. Vielleicht kriegte er keinen Sohn hin, hatten sie sich immer lustig gemacht. Und vielleicht war das auch besser so, weil der irgendwann gegen den eigenen Vater rebelliert hätte! Obwohl sie alle beim Appell standen, und zwar vor Carl Eugen höchstselbst, machten sie plötzlich alle, bis auf die schlimmsten Duckmäuser, »Uh« und »Ah«, als Holzmeier mit seiner Tochter über den Hof ging. Sie machten damit sogar noch weiter, als ihr Vater mit hochrotem Kopf »*Silentium!*« schrie. Dabei konnten sie von der Tochter gar nichts sehen, weil sie sich ein Kopftuch weit ins Gesicht gezogen hatte. Wahrscheinlich war die Tochter gar nicht zum Vorzeigen, sagten sie sich, weil sie eine krummnasige Fette mit breitem Gesicht und Schweinsäuglein war! Sie mussten deswegen eine Stunde länger Appell stehen, aber egal, denn es hatte ihnen Befriedigung verschafft. Was Frauen anging, waren sie sogar in ihrer Fantasie wie ausgehungert.

Sebastian erzählte seinem Freund auch vom guten Lehrer Abel, wie der sogar einmal für ihn log. Wieder hatte Johann seinen Hunger nicht bändigen können und in der Küche ein Stück Torte stibitzt. Weil er so etwas Leckeres nicht verschlingen wollte wie ein Hund ein Stück Fleisch, zog er sich in eine Ecke zurück, um den herrlichen Geschmack jedes einzelnen Bissens auszukosten. Andere Eleven sahen das. Als dann Holzmeier in Abels Unterricht stürmte und fragte: »Wer hat das Stück Torte gestohlen?«, richteten sich wie von allein alle Augen auf Johann. Weil unter den Eleven alle dazu aufgerufen waren, jeden zu melden, der gegen eine der tausend Regeln verstieß, gingen auch sofort die Arme einiger der Arschkriecher hoch. Holzmeier sah sich siegessicher um und starrte dann auf Johann. Die Lage schien aussichtslos.

Da trat plötzlich Abel vor, in seiner ganzen kleinen Größe, und sagte laut: »Ich hatte so einen Hunger!«

Keiner lachte. Holzmeier war so überrascht, dass ihm der Mund offenstand.

»Bitte?«, fragte er Abel höhnisch.

Der fing an zu erzählen, eine lange Geschichte, wie ihn Torten magisch anzögen, besonders die mit Zuckerguss und den Sahnehäubchen, die der Koch geradezu in Perfektion herstelle, der französischen Patisserie ebenbürtig, wie man als Mensch leider Versuchungen erliege, wie das ja schon in der Bibel stehe, wobei doch aber die Geschichte von der Vertreibung aus dem Paradies auch eine Parabel sei, über den unbedingten Erkenntniswillen des Menschen und seine Selbstbestimmtheit …

Da trat Holzmeier mit dem Fuß auf und ging aus dem Raum. Das Lachen der Eleven begleitete ihn. Abel aber sorgte mit einer einzigen Handbewegung gleich wieder für Ruhe.

Johann hatte genau zugehört und brav den Branntwein getrunken; er lallte inzwischen und lachte manchmal sogar.

Nun musste aber endlich die Kugel raus! Das Messer hatte der Bauer im Kaminfeuer erhitzt und Dennele gegeben. Sie hielt Johann ein Stück Holz vor die Augen und sagte: »Hier, mein Lieber, nimm das zwischen die Zähne! Nicht, dass du dir die Zunge abbeißt!«

Sebastian sah nicht hin, was Dennele machte. Er hielt Johanns Hand und schaute ihn an. Johann stöhnte auf, Schweiß trat ihm auf die Stirn, er biss in das Holz und presste Sebastians Hand blutleer.

Da rief Dennele schon: »Hab dich!«

Sie hielt Johann die Kugel vor die Augen wie einen Diamanten. Er versuchte zu lächeln und wollte sich das Holz aus dem Mund nehmen. Doch Dennele sagte nur ganz ruhig: »Nicht so schnell! Gleich fertig!«

Da sah Sebastian hin: Dennele schnitt wie ein Metzger in Johanns Bein hinein, drei-, viermal, ehe sie ein kleines Stück fleischiges Etwas in der Hand hielt.

Er wusste plötzlich, woher er den Vorgang kannte: Dennele war diejenige, die oft das Wild von der Jagd zerteilte. Wenn sie einmal ein Reh geschossen hatten, schnitt sie ebenfalls das Fleisch aus der Schusswunde.

Doch diesmal ging es nicht um ein totes Lebewesen. Da lag sein Freund Johann, der so schwer atmete und schnaufte, als wäre sein Brustkorb ein Blasebalg.

Sebastian schaute weg und zwang sich, nicht zu brechen. Der Bauer ging schnell aus dem Raum.

»Fertig!«, sagte Dennele endlich. »Nur noch fest verbinden.« Dann wischte sie Johann den Schweiß von der Stirn und gab ihm einen Kuss mitten auf den Mund.

Sebastian blieb ganz ruhig, als er das sah. Er half mit, für Johann das Bett zu richten, damit er nicht auf dem Boden liegen musste, wie es fast alle machten. Es tat weh, wenn man immer auf dem Rücken lag.

Sie machten über dem Kuhstall einfach Rollos Bett zurecht. Das war nun frei. Die Bäuerin drehte sogar noch das Bettlaken um.

Alle wollten mithelfen, Johann ins Bett zu tragen. Aber Sebastian legte sich den Arm des Freundes um die Schulter, Dennele auf der anderen Seite, und so schleppten sie ihn vorwärts. Alle wünschten gute Besserung.

Johann schlief bald ein, neben ihm Dennele, die am Bett sitzen blieb.

Sebastian fühlte sich wie in einem schlechten Traum, als er zurück zu den anderen kam. Sie nahmen ihn in den Arm. Diesmal hielt er nicht die Tränen zurück, und es tat gut.

Er verspürte nicht den Wunsch, lieber allein und für sich zu sein. Agnes saß neben ihm. Vielleicht hatte er besonders ihre Nähe gesucht, ihre mütterliche Wärme. Dabei war er bis dahin eigentlich nie auf sie eingegangen. So still und schweigsam wie sie war – wie hätte er sie da kennenlernen können, dachte er. Aber nun war sie es, die ihm einen Krug Wein in die Hand drückte. Sebastian leerte den schnell und fühlte sich eigenartig wohl. Er wollte keinen zweiten Krug.

»Was ist mit Rollo? Was mit Patro?«, fragte er Agnes.

»Rollo ist unter der Erde.«

Sebastian sah die Frau scheu von der Seite an. Ihr fehlte die Nasenspitze. Inzwischen war er lange genug unter den Räubern, um zu wissen, was das bedeutete: Sie war als Diebin verurteilt und auf diese Weise bestraft worden. So würde sie auch in Zukunft jeder als Diebin erkennen. Vielleicht hatte man ihr auch ein anderes Kainszeichen verpasst. Manche Gemeinden brandmarkten die Diebe mit ihren Wappen. Aber Agnes war eigentlich immer verhüllt.

»Was ist mit Patro?«, fragte er weiter.

»Ich habe seine Wunde behandelt«, sagte sie eher zur Seite, als dass sie ihn ansah. »Er könnte es überleben.«

»Wo ist er?«

»Fort!«

»Fort?«

»Ich habe ihn weggeschickt.«

Da weinte Agnes so leise, dass es eigentlich nicht zu hören war. Er nahm sie in den Arm und hörte nicht hin, wie die anderen in der Stube höhnisch riefen: »Was für ein nettes Paar!« – »Dass die noch Chancen hat!«

Als aber eine Frau rief: »Alte, hast du einen neuen Mann gefunden?«, sah er sie mit einem so bösen Blick an, dass sie »Schon gut, schon gut!« murmelte.

»Noch so ein Spruch und ich …«, rief Sebastian und es blieb still.

Dennele wich gar nicht mehr von Johanns Bett. Sebastian schaute ständig vorbei und erkundigte sich nach dem Zustand seines Freundes. Er sprach bald ganz sachlich mit Dennele. Seine Gefühle für sie, gute wie schlechte, waren vergangen.

Immer wieder hatte Johann so hohes Fieber, dass er völlig wirr redete. Manchmal schlug er um sich und stammelte, dass er nicht ins Gefängnis wollte. Wenn er wieder einen klaren Moment hatte, fragte er nach dem Leben im Haus, ob sie genug zu essen und trinken hatten, ob sie etwa den Winter dort oben verbringen wollten, von allem abgeschnitten.

Einmal fasste er Sebastian am Arm und zog ihn zu sich hinunter.

»Hör zu! Wir können diese Leute nicht allein lassen! Wir brauchen Essen und eine neue Unterkunft. Wenn das Wetter dreht, sind wir hier oben am Ende. Die vielen Leute! Jemand muss sie führen. *Du* musst das!«

Sebastian starrte ihn an. Daran hätte er nie gedacht. Wollte er denn ein richtiger Räuber sein? Niemals! Und Räuberhauptmann?

Vor allem war er doch noch ein Junge, ein Grünschnabel, noch nicht trocken hinter den Ohren! Was wusste er schon von der Welt? Andererseits hatte er längst eine richtig tiefe Bassstimme, Bart im ganzen Gesicht und kräftige Muskeln. Die älteren Männer forderten ihn schon lange nicht mehr zum Armdrücken heraus.

Johann redete am nächsten Tag wieder auf ihn ein und Dennele sah ihn hilfesuchend an.

Schließlich gab Sebastian nach. »Johann, kranker Mann, kümmere du dich um dein Bein!«, sagte er laut und schnell, als wollte er verhindern, dass ihm jemand widersprach. »Um die Leute kümmere ich mich schon!«

»Genau«, stöhnte Johann, »*du* kümmerst dich um die Leute!«

So wie die Tage vergingen, zeigte sich bald, dass wirklich ein neuer Anfang hermusste. Sogar das Wetter schien das zu betonen. An einem Morgen schrien die Kinder wie verrückt und die Erwachsenen murrten: Draußen war alles weiß. Nicht, dass der Schnee alles behindert hätte – er lag nur knöchelhoch. Aber er machte klar, dass die Zeit in den Bergen abgelaufen war. Sie als große Gemeinschaft von

Menschen konnten in der Höhe nicht über den Winter kommen. Plötzlich war eine schnelle Entscheidung gefragt.

Vor allem hatte sich Johanns Zustand nicht gebessert, im Gegenteil: Sein Bein schwärte. Es war feuerrot, schwoll immer mehr an und fing an zu eitern. Johann hatte bald wieder so starkes Fieber, dass er vor Hitze strahlte wie ein Ofen. Der alte Wieglaf kümmerte sich um ihn, denn er wusste, wie man Schröpfköpfe setzte. Es war nicht schwer und auch Dennele war bald äußerst geschickt darin. Sie verstand es sogar, Flaschen so anzuritzen, dass sie nahe am Feuer in der Mitte genau in zwei Hälften brachen. Die scharfen Kannten schliff sie mit einem weichen Stein. Für Johann war es noch die größte Mühe, sich auf den Bauch zu drehen. Das Setzen der heißen Schröpfköpfe spürte er gar nicht. Dennele ging sogar dazu über, ihm die Haut aufzuritzen und ihn blutig zu schröpfen. Aber auch das brachte leider keine Heilung.

Wieglaf sprach es in der Stube als Erster aus: Das Bein war nicht zu retten! Sebastian schaute ihn an, als spräche der Alte ebenfalls im Fieber. Aber Wieglaf war bei klarem Verstand, so wie er auch sonst sorgfältig seinen Arbeiten nachging, besonders dem exakten Fälschen von Pässen, Bescheinigungen, Attesten und allen möglichen Papieren, die dazu beitrugen, das Überleben zu sichern. Wieglaf war ehrlich.

Sebastian sagte: »Also müssen wir sofort ins Tal.«

Als hätte er das Zeichen zum Aufbruch gegeben, auf das jeder von ihnen wartete, sprachen plötzlich alle durcheinander. Alle machten Vorschläge, wohin sie gehen könnten. Namen fielen, von denen er nie gehört hatte: Buchsheide, Wolfswinkel, Peterhof, Adlersnest …

Sebastian hörte nur auf Dennele, und die sagte: »Der Allwaldhof!«

So stand die Entscheidung fest. Wenigstens ihrer Lebenserfahrung vertraute Sebastian absolut.

Er sagte laut: »Hört her!«, wie er das von Abel kannte, und es wurde still, als würde jemand fließendes Wasser abdrehen. »Wir ziehen morgen in der Früh los, und zwar zum Allwaldhof. Ich höre, dass wir den leicht bezahlen können. Die Ersten werden den Hof bis zum Nachmittag erreichen. Johann legen wir auf eine Trage. Die ist schnell gebaut. Zu viert können wir ihn gut transportieren. Wir werden uns abwechseln. Ich werde dann versuchen, einen Arzt für ihn zu erreichen. Räumt zusammen!«

Eingespielt, wie alle waren, hatte sofort jeder eine Beschäftigung. Sebastian musste aber zusehen, eine Trage zu bauen. Er bestellte zwei Leute zu sich und merkte schnell, dass die sich nicht auskannten und auch keine Lust zu der Arbeit hatten. Er fragte den Bauern nach Material, aber der blaffte ihn plötzlich an, dass er jetzt genug von ihnen hätte.

Dennele flüsterte: »Wenn wir aufbrechen, nehmen wir dem Bauern sein schönes Einkommen. Jetzt steht er dumm da und ärgert sich.«

Sie half ihm dann mit der Trage. Obwohl sie Sebastian die Entscheidung zum Bau überließ, war sie es, die ihn darauf hinwies, dass er die Liegefläche am besten mit Weidenzweigen festknoten sollte, dass er diese Zweige aber vorher in Wasser einweichen müsse, dass sie kleine Polster für die Schultern der Träger brauchten und dass sie Johann festschnallen müssten, damit er bergab nicht herausrutschen konnte.

Dennele kam ihm immer wieder sehr nahe. Ihre Haare fielen auf ihn und er konnte ihren Busen sehen. Sie wich auch nie seinem Blick aus. *Er* war immer derjenige, der wegsah. Sie lachte ihn auch immer wieder an und sang leise ihre Lieder, mit ihrer hellen, hohen Stimme. Aber Sebastian reagierte nicht darauf. Er wollte nicht der Nächste nach Johann bei ihr sein. Er hatte gegen sie einen Schutzpanzer angelegt.

Wie bestellt, besserte sich aber Johanns Zustand. Dennele hatte die langen Blätter des Spitzwegerichs gesammelt und sie zusammengeknotet und mit den Händen ausgepresst. Den Saft träufelte sie auf die Wunde an seinem Bein, ehe sie wieder den Verband wechselte. Sie gab sich immer Mühe, dass sie dafür frisch gewaschene, trockene Tücher bekam.

Einmal fuhr Sebastian deswegen einer Frau über den Mund, die keine Lust mehr hatte, die Eiterlumpen zu waschen, wie sie sagte. Sie gehorchte gleich wieder. Sebastian hatte längst gemerkt, wie Johann die ganze Gruppe aufhielt. Für einen Kranken schien unter ihnen kein Platz zu sein. Eigentlich musste jeder für sich selbst zusehen, dass er durchkam.

In dieser Nacht schlief Johann lange. Am nächsten Morgen schwitzte er nicht und hatte keinen heißen Kopf. Er bestellte sich eine ganze Schale Suppe zum Frühstück und aß noch eine. Seine plötzliche Besserung war kaum zu glauben, kam aber wie gerufen. Es konnte losgehen.

Wenn nur nicht das Wetter auf einmal so wunderschön gewesen wäre! Die Sonne ging an einem völlig klaren Himmel auf. Schon die Luft fühlte sich warm an. Es war, als spielte das Wetter mit ihnen. Macht euch keine Sorgen, schien es zu sagen, der Winter ist noch weit entfernt!

Dennele umwickelte Johanns Bein mit einem frischen Verband, und er erhob sich zum ersten Mal wie neu zum Leben erwacht. Er humpelte durch den Raum und lachte und tobte. In seiner Freude wollte er Dennele umarmen, aber sie entwand sich ihm. Sie sah Sebastian an. Aber sein Entschluss stand fest.

Nun konnte der Aufbruch flott und lustig vonstattengehen. Sebastian sah nur immer wieder das finstere Gesicht des Bauern. Dessen Miene hellte sich nicht auf, auch nachdem Sebastian ihn ausbezahlt hatte. Er hatte von Rollo alles Geld übernommen, Agnes hatte es ihm zugesteckt, denn nur sie wusste, wo es überall in Rollos Sachen sogar eingenäht war.

Da setzte sich Dennele zu ihm in die warmen Sonnenstrahlen.

»Hör zu, Sebastian! Wir ziehen los und du bleibst noch hier!« Sie nickte in Richtung Stube. »Ich weiß nicht, ob wir ihm trauen können.«

»Was meinst du? Ich versteh nicht.«

»Du bist noch nicht lang genug bei uns. Weißt du nicht: Die Menschen fallen dich an, wenn du ihnen den Rücken zudrehst. Wir müssen verhindern, dass der Bauer loszieht und uns verpfeift. Ich wüsste nicht, wer außer dir bei ihm bleiben könnte. Schade, ich hätte dich auf dem Weg gern bei mir gehabt.«

Dennele legte Sebastian die Hand aufs Knie. Er hätte ihre Hand nur nehmen müssen, anders konnte er es nicht verstehen. Aber er blieb eisern.

Sie verstand und lächelte traurig. »Mach dir um Johann keine Sorgen«, sagte sie noch. »Sein Bein wird heilen. Der kommt gut ins Tal. Er kann ja auf dem Pferd sitzen.«

Bald waren alle zum Aufbruch fertig. Es war unglaublich, wie schnell die ganze Gruppe alles beisammen hatte. Sebastian dachte, dass es vielleicht mehr Freiheit bedeutete, wenn man wenig besaß. Er sprach sich noch mit Johann und Dennele ab, wann und wie er nachkommen würde.

Dann umarmte er Johann, wie er es noch nie getan hatte. Er hielt ihn fest, als hätte er Angst, ihn zu verlieren. Auch Johann drückte ihn an sich wie ein Kind.

Sebastian half ihm auf das Maultier, das sie dem Bauern für viel Geld abgekauft hatten. Johann lächelte gequält, und als er im Sattel saß, schrie er auf.

»Es ist nichts«, stöhnte er gegen die Schmerzen an. »Nur das Blut drückt so ins Bein.«

Besorgt sah Sebastian erst ihn an, dann Dennele. Sie nickte ihm nur zu, während sich schon der ganze Tross in Bewegung setzte. Sebastian ging noch mit ihnen mit, ein ganzes Stück sogar. Auch er winkte dem Bauern und der Bäuerin zu, die zwar jeden Einzelnen nett verabschiedet hatten, aber doch spüren ließen, wie froh sie waren, wieder allein zu sein.

Außer Sichtweite des Hofes blieb Sebastian stehen. »Bis bald!«, rief er nur. Alle riefen ihm noch freundliche Worte zu. Einige Kinder rannten sogar zu ihm zurück und ließen sich noch einmal umarmen. Sebastian musste schlucken, als er sie alle den Hang hinunterziehen sah, die bunte, singende Schar, in ihrer Mitte Johann, der auf dem Maultier sein Bein weggestreckt hielt, als wäre es steif.

Den Kopf voller schwerer Gedanken, kehrte Sebastian zum Hof zurück. Aber der schien wie verlassen. Auch der Hund bellte nicht und war nicht zu sehen.

Sebastian öffnete vorsichtig die Tür zur Stube und trat ein. Da stand der Bauer und hatte eine Felljacke an und einen breiten Hut auf und schnürte sich die Schuhe. Seine Frau steckte ihm gerade Speck und Brot in den Beutel. Auch der Hund schien zu ahnen, dass etwas Besonderes bevorstand. Er stand vor den beiden und winselte immer wieder.

Sebastian räusperte sich und die beiden fuhren herum. Die Überraschung war ihnen anzusehen.

»Was machschn du do?«, stammelte der Bauer.

»Und du?«, fragte Sebastian.

»Er will morje zum Eikafe ind Schdadt«, sagte schnell die Bäuerin.

»Da probiert er also schon, was ihm gut steht. Aha! Aber das trifft sich. Dann kann ich mitgehen.«

Sebastian hängte seine Jacke an einen Haken und setzte sich an den Tisch.

»Essen und trinken wir! Ich habe Hunger!«

Sebastian wusste, dass er zum ersten Mal in seinem Leben so sprach. Er bestimmte. Und er wusste, dass es gerade keine andere

Möglichkeit für ihn gab. Der Bauer hatte sich wirklich für eine Reise fertig gemacht. Das konnte nur eines bedeuten.

Sebastian knallte ein Geldstück auf den Tisch und rief: »Los, Bäuerin: Essen! Und bring Wein!«

Der Wein kam und sie redeten. Der Bauer war mürrisch und wollte nicht erzählen. Aber der Bäuerin ging bald das Herz auf: Sie konnten ihren Hof kaum halten, das Vieh brachten sie gerade so durch, das Getreide brachte wenig Ertrag. Ein verregneter Sommer – und ihre Existenz war bedroht. Alle Wege waren weit, Hilfe konnten sie nicht erwarten, im Gegenteil: Sie mussten außer der Pacht an den Eigentümer – ein Kloster – auch noch Steuern an den Landesherrn zahlen. Wenn sie nicht zusätzlich Geld als Herberge machten, würde es schon lange nicht mehr gehen. Aber wer kam schon zu ihnen in die Höhe und blieb?

Bald erzählte auch der Bauer, der sich inzwischen die Jacke ausgezogen hatte. Sebastian half ihm mit Wein nach. Der Bauer beschwerte sich, dass sie das Gefängnis fürchten müssten. Dabei seien sie rechtschaffene Leute!

Er ereiferte sich: »Was werft ma uns vor? 's heißt, mir wäre eigetlich Verbrecha. Aber was mache man? Gewe fremde Leit a Bett ford Nacht un ah was Warmes für de Mage. Simma d' Gendarmerie? Solle mir gugge, was unsre Gäscht füren Leumund hän? Mir handle chrischtlich. Mir schaue net druf uf Herkunft un Bsitz un Uftrete. Un was mache die, die Beamte von seiner herzogliche Hoheit? Verdächtige uns! Stelle uns uf oinere Stuf mit denne …!«

Sebastian kannte inzwischen solche Reden. Er wusste, dass die Menschen in ganz verschiedene Rollen schlüpfen konnten, nicht nur die Räuber. Von denen kannte er genug Geschichten, wie sie es durch Reden schafften, sogar den Strick zu lösen, der eigentlich schon um ihren Hals lag. Wer nicht gerade auf frischer Tat ertappt worden war, musste steif und fest behaupten, ein ganz anderer als der Gesuchte zu sein. Dann mussten dafür Beweise erbracht werden – und schon war Zeit genug geschunden, um einen Ausbruch zu versuchen. Umso leichter, wenn man Geld hatte, denn es gab so viele unzufriedene Beamte, Soldaten, Aufpasser und bei ihnen allen leuchteten die Augen beim Anblick eines echten Guldens!

Dennele hatte recht: Den Menschen war nicht zu trauen, nicht mal, wenn keine Not war! Sebastian achtete genau darauf, wohin der Blick der beiden ging und wie sie sich ansahen. Er hielt sich den Rücken frei, wenn der Bauer pinkeln ging, und wartete darauf, dass er wiederkam. Aber schließlich zog der Bauer die Pantoffeln an, die er in der Stube trug. Da entspannte sich Sebastian. Außerdem ging dann die Bäuerin in die rußgeschwärzte dunkle Küche und kam nach kurzer Zeit mit bestem abgestandenem Eintopf zurück.

Nach dem Essen siegte die Müdigkeit, und schon bald schnarchte der Bauer mit dem Kopf auf der Tischplatte. Da legte sich Sebastian auf die Bank und machte ebenfalls die Augen zu.

Er wachte erst wieder auf, als ihn jemand anschubste. Es war die Bäuerin, die ihn weckte. Sie deutete auf ihren Mann, der auch gerade wach wurde.

Sebastian sah die tiefen Strahlen der Sonne durch die kleinen Fenster in die Stube scheinen. Wie ein aufgestöbertes Reh setzte er sich schnell auf, wusste aber, dass er in Sicherheit war – und damit Johann und die anderen auch. Es war Nachmittag, viel Zeit vergangen und er musste sofort aufbrechen!

Er gab der Bäuerin das Geldstück, nahm sie sogar noch in den Arm, klopfte dem Bauern, der nur mit Mühe wach wurde, auf die Schulter und marschierte los.

Er rannte, und er wusste, er musste bis zum Abend rennen, sachte, ausdauernd, und auf die geknickten Zweige am Weg achten. Eine Zeit lang war die Landschaft noch weiß. Aber dann wurde es wärmer, obwohl die Sonne kaum noch zu sehen war. Nebel kam nicht – aber der Abend. Sebastian lief wie ein Uhrwerk. Er summte die Lieder, die er neu gelernt hatte, und versuchte, ihren seltsamen Takt mit den Füßen zu treffen.

Als die Sonne unterging, gelangte er zu der Kreuzung, von der ihm Dennele erzählt hatte, nur dass sie wohl ein wenig übertrieben hatte, so breit, wie der neue Weg sein sollte! Der Weg zog sich sogar zusammen und führte dann auch wieder bergan. Davon hatte Dennele nichts gesagt. Sebastian kam das seltsam vor, aber seine Gedanken gehorchten gerade nicht mehr, nur noch seine Beine.

Er konnte im Wald kaum noch was erkennen, als der ihn plötzlich wie aus einem Labyrinth entließ. Vor ihm öffnete sich eine weite Ebene. Unter ihm waren die Lichter einer kleinen Stadt zu erkennen. Nur noch am Himmel war mit einem schwachen Rot etwas Farbe zu sehen. Es war Nacht. Er hatte sich verlaufen.

Sebastian spürte die kühle Luft auf der Haut und musste gar nicht weiter nachdenken: Er lief auf das Städtchen zu, das eine halbwegs warme Nacht versprach.

Sebastian versuchte mit vielen Worten, den Torwächter für sich zu gewinnen: Er sei Student und hätte sich verlaufen. Der Wächter schaute abschätzig in seinen Pass und sprach seinen Namen ganz schriftdeutsch: »Andreas Maler.«

Dann sagte er etwas von Studenten und Unruhe und Ärger. Zum Schluss nannte er aber einen Namen: »Zum Wilden Mann« – dort würde man einen wie ihn bestimmt noch aufnehmen.

In dem Städtchen fand Sebastian ihn schnell, den »Wilden Mann«. Die Wirtschaft lud sogar zur Unterkunft ein: In der Gaststube herrschte reger Betrieb. Als er eintrat, konnte er vor Tabaksqualm kaum die andere Seite des Raums sehen. Eine dicke, schwarzhaarige Frau kam auf ihn zu und fragte, was er wollte. Sie fasste ihn am Arm und war ganz mütterlich.

Sebastian deutete nur an, dass er sich verlaufen habe. Er redete drum herum und konnte keinen einzigen Namen von irgendeinem Ort oder Hof auf seinem Weg nennen.

Die Frau runzelte die Stirn und fragte ihn dann, wie um zu helfen: »Wohin willst du denn überhaupt, junger Mann?«

Da dachte er gar nicht mehr nach und sagte nur: »Allwaldhof.«

Als wäre das ein Stichwort gewesen, sah ihn die Frau plötzlich wie verschwörerisch an und lachte und sagte: »Ja, der Allwaldhof ist durchaus bekannt. Mein Mann … also, na ja, nichts.«

Sie grinste und Sebastian versuchte so zu tun, als wäre der Hof nur irgendeine Station auf seinem Weg.

»Du hast Glück, mein Lieber. Ich habe sogar noch ein Bett frei, und das ist in dem Zimmer über der Stube, ist also nicht so kalt. Es schlafen dort auch nur drei andere Herren. Am besten setzt du dich noch ein wenig zu uns. Es ist ordentlich zu essen da – und zu trinken.«

Sebastian nahm höflich nickend und grüßend an einem Tisch Platz. Einer der Männer schlug ihm gleich freundschaftlich auf die Schulter und fragte nach seinem Namen. Sie wollten auch noch wissen, was er sei. Sebastian sagte nur: »Student!« Aber das reichte, um alle zu beschwichtigen. Sie nickten sich zu.

Einer fragte noch: »Wo?«

»Straßburg.«

»Na, dann ist ja alles klar«, sagte ein anderer. »Dann weißt du ja, wovon wir sprechen!«

Sebastian versuchte zu folgen, aber es war schwierig … er musste an den Unterricht in der Carlsschule denken. Als ein junger Mann – er war sehr vornehm angezogen – sich in Rage redete, drängten die anderen ihn, aufzustehen, und der Mann erklärte laut: »Der Fürst ist der Kopf des Blutegels, der über das Volk hinwegkriecht! Die Minister sind seine Zähne und die Beamten sein Schwanz! Die hungrigen Mägen aller vornehmen Herren, denen er die hohen

Stellen verteilt, sind Schröpfköpfe, die er dem Lande setzt. Die Unterschrift unter seinen Verordnungen ist das Malzeichen des Tieres, das die Götzendiener unserer Zeit anbeten … Wenn wir in die großen Städte gehen, sehen wir doch, wie die Herren sich für das Geld lustig machen, das sie dem Volk abpressen. Aber wie sie wirklich herrschen und huren und speisen – das sehen wir nicht. Das darf niemand sehen, sonst würde jeder sofort Revolution machen …«

Ein Raunen ging durch den Raum und alle hoben ihr Glas und riefen: »Vivat!« und »Hoch!«. Dann versenkten sie sich wieder in ihre Gespräche.

Es schwirrten so viele Ausdrücke durch den Raum: Herrschaft, Staatsrecht, Menschenrecht, Emanzipation, Demokratie, Republik, Recht, Gerechtigkeit … Sebastian konnte gar keinen klaren Gedanken fassen. Er dachte an die Römischen Bürgerkriege und Catilina, aber das, was hier gesprochen wurde, ging weit darüber hinaus.

Da stand ein junger Mann auf und rief laut und entschieden, als würde er ein Todesurteil verkünden: »Die Waffe der Republik wird der Schrecken sein, die Kraft der Republik die Tugend – die Tugend, weil ohne sie der Schrecken verderblich – und der Schrecken, weil ohne ihn die Tugend ohnmächtig ist. Der Schrecken ist ein Ausfluss der Tugend, er ist nichts anderes als die schnelle, strenge und unbeugsame Gerechtigkeit …«

Ein anderer Mann, mit grauen Schläfen, sagte dagegen ganz ruhig, fast verzweifelt: »Bürgerliche Revolution führt nur zu einer neuen Form von Diktatur, die dann noch jeden Schäfer im letzten Winkel eines Landes erfasst und zu einem Bekenntnis zwingt!«

Eine Frau unterbrach aufgeregt: »Wenn nur der Staat die Tugend vertritt und die Rechte garantiert sind …«

Doch der Mann mit den grauen Schläfen erwiderte: »Das sind doch dann nur neue Rechte zur Unterdrückung.«

Sebastian erkannte aber, dass da Leute zusammensaßen, die für ein besseres Leben kämpfen wollten, und zwar gegen so was wie die Carlsschule, gegen Holzmeier, gegen den Herzog. Tatsächlich hörte er bald auch gewisse Andeutungen, von einem Umsturz, einem Überfall, einem Attentat, wenn sich die hohen Herren an Ostern in der Stadt Tübingen treffen würden. Sebastian horchte auf. Zwar fielen ihm inzwischen die Augen zu, aber die Stadt und das Datum sprach er innerlich noch ein paarmal vor sich hin, um es nicht zu vergessen. Er ging dann ins Bett und wusste, dass er ruhig und sicher schlafen konnte.

Sebastian wachte früh am nächsten Morgen auf. Die anderen drei Herren schnarchten munter weiter. Die Wirtin war allerdings schon länger auf den Beinen. Sie machte ihm eine heiße Schokolade, gab ihm ein Stück Brot dazu und nahm nicht viel Geld für die Unterkunft.

Zum Abschied erklärte sie ihm noch den Weg zum Allwaldhof: »Der liegt abseits. Der Hof ist gar nicht so weit von hier, vielleicht vier Stunden zu Fuß. Du musst nur dann, wenn du über den Fluss Enz gegangen bist, dem schmalen Weg nach rechts folgen. Dann läuft man darauf zu.«

In dem Städtchen nutzte Sebastian die Gelegenheit, noch ein paar Dinge zu erledigen. Er blieb länger, als er wollte. Bei einem Barbier ließ er sich rasieren, endlich mal wieder. Auch wenn sein Bart stellenweise noch wie feiner Flaum war, so rahmte er doch längst sein Gesicht ein. Als Räuber hatten sie kaum die Möglichkeit, sich zu rasieren. Das konnten sie höchstens mal in einer Stadt richtig machen lassen.

Ein Schuster hatte ein Paar Stiefel für ihn, aus feinstem Kalbsleder, die passten wie angegossen. Die Geschäfte kamen ihm so einladend vor, die Leute so freundlich. Er dachte an das Leben, das er führte. Aber dann fiel ihm Johann wieder ein und sein schlimmes

Bein, und er machte sich schnell auf den Weg. Sollte er ihn nicht überzeugen, alles hinter sich zu lassen, wieder neu anzufangen, jetzt erst recht? Sollten sie nicht wieder fliehen? Sebastian ging dieses Wort durch den Kopf. Würden sie denn wieder fliehen müssen, fragte er sich. Quatsch! Sie waren doch frei zu gehen! Sie konnten doch selbst entscheiden! Und konnte er sich nicht ohne weiteres ein wirklich teures Paar Schuhe kaufen?

Als er den Fluss überquert hatte, fand Sebastian den schmalen Weg. Nur die Wagen und Karren schienen ihn freizuhalten. In der Mitte wuchs hoch das Gras. Niemand war dort außer ihm unterwegs.

Dann aber sah er plötzlich einen Mann auf sich zukommen, mit weißem Hemd und einem schwarzen Schlapphut und einer Ledertasche in der Hand. Der Mann kam zügig näher, ohne einen Moment zu stutzen. Seine ganze Art ließ sofort erkennen, dass von ihm nichts zu befürchten war.

Sebastian fragte ihn nach dem Allwaldhof.

»Du bist Sebastian!«, sagte der Mann.

Sebastian starrte ihn an wie einen Zauberer.

»Woher wissen Sie …«

»Du wirst es erfahren. Sie werden es dir sagen. Du hast noch eine Viertelstunde Weg vor dir. Immer der Nase nach. Und bitte: Mach dich auf eine schlechte Nachricht gefasst! Ich konnte anders nicht helfen.« Der Mann lupfte den Hut, verabschiedete sich ernst, ging zügig weiter und rief dann noch: »Und, Sebastian! Du bist kein Räuber!«

Der Hof sah schon von weitem schäbig aus, runtergekommen. Aber das Dach war neu gedeckt, mit Holzschindeln, und es war ein großes Dach. Sebastian hatte inzwischen einen Blick dafür, wie jemand etwas versteckte, sich nach außen anders gab, so tat, als ob – ob ein Bauer also gut fuhr, weil er mit den Räubern paktierte. Der Allwaldhof war vielleicht ungepflegt, aber bestimmt nicht arm. Besonders in abgelegenen Gegenden, wo der Boden wenig Ertrag brachte, gab es genug Bauern, deren Höfe den Räubern als Unterschlupf dienten. Gewiss, manchmal wurden die Bauern von Räubern erpresst oder ihr Hof kurzerhand besetzt. Aber meistens erlagen die Bauern schlicht dem Glanz des Goldes, das die Räuber eigentlich immer bieten konnten. Damit konnten dann auch wieder die Beamten bestochen werden, die der Landesherr zur Untersuchung ausschickte. Und den Landesherren waren die Bauern sowieso nicht freundlich gesinnt. Von einem abseits gelegenen Bauernhof ging für einen Räuber jedenfalls keine Gefahr aus.

Sebastian wurde begrüßt, wie er das eigentlich nur bei Rollo oder Dennele erlebt hatte. Alle sprangen herum, als sie ihn sahen, juchzten, sangen, drehten sich im Kreis, wollten ihn umarmen, fassten sein glatt rasiertes Gesicht an. Dennele stand neben einem dicken Mann, der offensichtlich der Bauer war. Er schaute grimmig. Dennele warf den Kopf zurück und breitete die Arme aus, als würde sie den General eines siegreichen Krieges empfangen. Sebastian blieb vor ihr stehen und klopfte ihr nur wie einem Mann auf die Schulter. Er sah sofort, dass hinter ihrem Lachen etwas sehr Ernstes versteckt war. Den Bauern beachtete er gar nicht.

»Was ist?«, fragte Sebastian.

»Johann«, antwortete Dennele nur und drehte den Kopf zur Seite.

Obwohl er weiche Knie bekam, fing er an zu rennen, zu dem Haus, in die Stube, wo der alte Mann auf dem Hackbrett spielte. Dennele folgte und führte ihn in ein dunkles Nebenzimmer. Dort lag Johann auf der für ihn gebauten Trage, die an den Ecken auf Hocker gestellt war; daneben saß die treue Agnes. In den Raum drang kaum Licht und nur auf einem Tischchen flackerte eine kleine Lampe, hell genug, um zu erkennen, dass Johann lächelte, als er ihn erkannte.

»Bist du gekommen, mein Freund?«, sagte er. »Siehst ganz jung aus, so schön rasiert. Wo warst du?«

»Ich habe mich verlaufen. Wie geht's? Gut, oder?«

»Es tut weh.«

»Was?«

»Weißt du nicht?«, fragte Johann überrascht.

Er sagte sonst nichts und schaute nur an sich hinunter. Sein Blick war glasig. Sebastian folgte seinem Blick, doch über den Beinen lag eine Decke. Johann warf sie mit einem Ruck zur Seite. Das eine Bein fehlte. Agnes breitete schnell wieder die Decke darüber aus.

»So bleibe ich wenigstens am Leben, hat der Arzt gesagt.«

Sebastian schnappte nach Luft und stützte sich mit beiden Händen auf die Trage.

»Pech gehabt, mein Lieber«, sagte Johann und lachte heiser. »Aus der Carlsschule wäre ich jetzt raus, aber vielleicht würde ich in Stuttgart nun auch in irgendeinem Wirtshaus liegen. Der Arzt war Jude. Er war sehr nett und hat alles versucht und hat sehr sorgfältig gearbeitet.«

»Er ist sofort aus Freudental zu uns rausgekommen«, fügte Dennele hinzu, »sogar zu uns Räubern, obwohl wir doch oft genug die Juden aufs Korn nehmen. Sie sind eben auch die besseren Christen, selbst wenn sie nie an Jesus glauben werden.«

»Und das Bein?«, fragte Sebastian.

»Er hat zuerst noch geschnitten«, antwortete Johann und stöhnte leicht.

»Aber er hat kein gesundes Gewebe mehr gefunden«, fuhr Dennele fort. »Mit dem Bein wäre er wohl an Blutvergiftung gestorben. Schade.«

Dennele sah Johann wie von weitem an und drückte ihn nur noch am Arm, ehe sie plötzlich aus dem Raum ging. Agnes blieb neben ihm sitzen.

Als gäbe es plötzlich nichts weiter zu erklären, sah Johann wie abwesend in das fahle Licht der Lampe. Dann machte er langsam die Augen zu und flüsterte nur: »Geh, Sebastian! Es wird. Ich bin stark.«

Johann kam wieder auf die Beine. Sie machten oft Witze über diesen Satz, aber er stimmte doch. Johann selbst scherzte ja, dass er sogar besser zu Fuß sei als vorher. Immerhin könne er nun auf drei Beinen stehen. Auch Sebastian half mit, ihm zwei schöne Krücken zu bauen. Johann lernte schnell, darauf zu laufen. Das Fieber kam nicht zurück. Agnes kümmerte sich um ihn, Dennele gar nicht mehr. Sie blieb nun immer in Sebastians Nähe und war ganz wie sein Diener. Er gewöhnte sich schnell daran, dass sie versuchte, ihm jeden Wunsch zu erfüllen.

Die nächsten Wochen waren erfüllt von Singen und Tanzen und einem Gefühl von tiefster Lebensfreude. Mit dem Städtchen Freudental in der Nähe und der Börse voller Geld konnten sie es sich gut gehen lassen. Hin und wieder zogen ein paar von ihnen los, nie zu viele, und kauften, was sie brauchten. Weil sie sich dabei höchstens mal auf einen Diebstahl einließen und sonst keine Überfälle begingen, zogen sie keine Aufmerksamkeit auf sich.

Schließlich brachte auch der Schnee zusätzliche Sicherheit. Es fiel in kurzer Zeit so viel, dass er den Allwaldhof von der Außenwelt abschloss. Sogar mit dem Pferd war eigentlich kein Durchkommen. Am Anfang genossen sie die Behaglichkeit in der warmen Stube. Wieglaf gab sich alle Mühe, Johann ein neues Bein zu fabrizieren. Er hatte dafür sogar ein Stück Kirschholz zur Verfügung. An dem hobelte und feilte er, als würde er sein eigenes Grabkreuz zimmern. So wie das Bein fertig wurde, heilte Johanns Wunde. Er hatte zum Glück sein Knie behalten. Bald bewegte er sich auf seinem Holzbein so geschickt, dass er sogar die Krücken nicht nahm. Er wurde nicht nur wieder gesund, sondern auch in seiner ganzen Art laut und stark. Dennele fand aber nicht wieder zu ihm. Sie blieb an Sebastians Seite, auch wenn er sie weiter behandelte, als würde er sie für ihre Dienste bezahlen.

Nach und nach änderte sich die Stimmung. Zwar konnte man wieder nach Freudental gelangen, aber das Schleppen von Vorräten und Wein war mühsam. Vor allem ging das Geld aus. Das führte dann doch dazu, dass sie in Freudental bald auf der Hut sein mussten. Viele setzten ihre altbekannten Tricks ein. Einer schnitt ausgerechnet in der Kirche einer ehrbaren Bürgerin den Beutel auf. Auch wenn er kein Geld fand, war das Geschrei doch groß.

Ein anderer schaffte es, einem leidenden Bürger ein Fläschchen einer Tinktur für ein Heidengeld zu verkaufen. Dieses Malefizpulver habe er nach einem Geheimrezept aus seltensten Kräutern unter dem Einfluss von Mondlicht und unter Zugabe von Morgentau langwierig in Ochsenblut angesetzt und dann in den Strahlen der Sonne zur Sommersonnenwende extrahiert. Bei dem Bürger lägen gewiss die Nieren im Schleim. Dieser Schleim stamme natürlich von einer Verhexung, die das Blut im Körper verdickt hatte. Nun müsse der Schleim abgeführt werden. Dazu diene das Malefizpulver, aber nicht nur in diesem Fall, sondern auch in hundert anderen Fällen. Es sollte nun am besten nur mit kühlem Brunnenwasser angesetzt werden, vermischt mit Wein, etwas Rahm und dem Weißen vom Ei.

Von diesem Bürger hieß es, er habe dann tagelang im Fieber gelegen, aber ohne zu klagen. Denn er wusste, das würde nur Teil des Heilungsprozesses sein, der durch das Malefizpulver beschleunigt worden sei.

Und Dennele las aus der Hand. Sie hatte eine ungeheure Gabe, in die Seele der Menschen zu schauen. Sie nahm die Hand einer Frau und las darin von einer Neigung, es allen recht zu machen. So erfuhr sie von den Sorgen im Haus der Frau und warnte davor, dem Mann freie Hand zu lassen. Darauf erfuhr sie, dass sogar das schönste Hemd, das die Frau ihrem Mann kaufte, gleich wieder von ihm versoffen wurde. Nun sagte sie, in der Hand lese sie aber von einem starken Willen, der allerdings angefacht werden müsse wie ein vernachlässigtes Feuer. Am Ende gab die Frau gern noch mehr Geld als Bezahlung und ein Dutzend andere hielten auch schon ihre Hand hin. Dennoch war auch dieses Geschäft wenig ertragreich.

Alle diese Methoden konnten außerdem kaum mehr als zweimal wirksam sein. Dann standen sie unter Verdacht.

Als das neue Jahr schon angebrochen war und die Tage zwar wieder länger, aber auch noch kälter wurden, ging es an einem Abend plötzlich hoch her. Johann hatte einem der Männer gesagt, er solle ihm einen Krug Wein bringen. Leider hatte sich Johann das inzwischen angewöhnt, seinen Durst immer wieder mit Wein zu stillen. Er glich darin fast schon Rollo. Nun aber rief ihm der Mann plötzlich zu: »Du hast mir gar nichts zu sagen!«

Sofort wurde es ganz still im Raum. Der Mann, eigentlich ein kleiner, unscheinbarer Alter, stand da mit verschränkten Armen und schaute Johann direkt an. Es war unmissverständlich: Er forderte ihn heraus.

»Bring mir Wein!«, sagte Johann wieder.

»Hol ihn dir, Hinkebein!«

Damit war die Grenze überschritten. Sebastian sah nur zu, weil er seinen Freund wie sonst hinter dem Tisch sitzen sah. Er dachte nicht daran, dass Johann sich nicht mehr verteidigen konnte wie früher. Erst als der sich hinter dem Tisch hervorschob und sich auf sein Holzbein stellte, begriff er und stand ebenfalls schnell auf. Ohne weiter nachzudenken, ging er auf den Mann zu und sagte: »Setz dich und halt das Maul!«

Dabei schob er ihn an, nicht zu stark, aber so, dass der Mann nicht stehen bleiben konnte. Dann stellte er selbst einen neuen Krug Wein vor Johann auf den Tisch und nickte ihm zu, dass er sich hinsetze.

Wieder wandte er sich an den Mann und sagte mit halb geballter Faust: »Das nächste Mal gehst du zu Boden! Das schwöre ich dir! Verstanden?«

»Ja.«

»Verstanden?«

»Ja!«

»Und wenn Johann Wein will, bringst du ihm den, verstanden?«

Der Mann antwortete nicht.

»Verstanden?«

»Ja!«

Wenigstens diente die Szene dazu, klar herauszustellen, wer inzwischen das Sagen hatte. Dennele setzte sich danach gleich zu Sebastian. Es gefiel ihm, wie sie seinen Blick geradezu suchte. Er wartete, bis die Stimmung im Raum sich wieder beruhigte wie ein zusammengeschürtes Feuer – und grübelte. Er war inzwischen erfahren genug, um zu wissen, dass er die Gedanken aller auf ein neues Ziel lenken musste. Wer davon bestimmt nichts erfahren durfte, war der Bauer. Ihn behielt er im Blick. Der war bald wieder in ein Würfelspiel versunken, das er zu gewinnen versuchte. Am Ende würde er abermals viel Geld verloren haben.

Erst nach einer ganzen Weile stand Sebastian auf, damit es nicht besonders auffiel. Er zwängte sich zu Johann in die Ofenecke.

»Hör zu, ich muss mit dir reden!«

Er rückte ein Stück weiter, damit auch Dennele dabeisitzen konnte. Sebastian goss Johann etwas Wein nach, nicht viel, und schob den Krug zur Seite.

»Was soll das?«, beschwerte sich Johann.

Sebastian sprach leise und die drei steckten die Köpfe zusammen.

»Der Winter zieht sich hin und wir haben bald kein Geld mehr. Aber wir können uns schlecht auf Diebstähle und so einlassen, weil wir hier zu leicht aufzustöbern sind. Sowieso ist kaum jemand unterwegs. Alle verrammeln sich in ihren Häusern. Wir müssen für den restlichen Winter einen Plan machen.«

»Ich verstehe nicht«, sagte Johann mürrisch.

Dennele runzelte die Stirn.

»In Freudental habe ich gehört, dass an Ostern in Tübingen irgendein staatliches Treffen stattfinden wird. Es werden Dutzende von Würdenträgern anreisen.«

Sebastian machte eine Pause, um die Nachricht wirken zu lassen. Aber weder das Gesicht von Dennele noch das von Johann hellte sich auf.

»Schwierig!«, sagte Dennele und fuhr sich über die Stirn.

»Wieso schwierig?«

Sebastian verstand nicht, warum er bei beiden keine Begeisterung spürte.

»Wir machen einen Überfall«, sagte er laut, »so wie mit Rollo. Darin sind wir doch geübt. Auf den Wegen dorthin können wir uns in Ruhe eine fette Gans aussuchen! Ein Coup wird das! Was ist? Es muss was Großes her! Und das ist was sehr Großes!«

»Wer macht denn den Überfall?«, fragte Johann und griff nach dem Weinkrug. »Ihr beide, du und Dennele?«

Sebastian hielt ihm die Hand fest, damit er nicht nachschenken konnte. Johann zog aber an dem Krug und blieb hängen und verschüttete den Wein.

»Halt dich da raus!«, schrie er Sebastian an. »Ich trinke, wenn ich Durst habe. Das ist mein Leben. Der Wein hilft, standhaft zu bleiben!«

Dennele sprang auf wie eine aufgescheuchte Katze. Sie kam sofort mit einem Lappen zurück und wischte auf. Sie brachte auch einen neuen Krug Wein.

»Entschuldige!«, sagte Sebastian. »Ich will nicht über dich bestimmen. Ich will nur, dass du gerade einen klaren Kopf behältst.«

Johann schenkte sich ein und prostete Sebastian zu.

»Erzähl weiter!«, sagte er lachend.

Sebastian stockte. Er hatte nicht bedacht, dass sie keine jungen, geschickten Männer für einen Überfall hatten.

Da fing Dennele an zu reden. Sie sprach davon, dass es bei so einer Arbeit auf jeden Fall die Richtigen treffe. Und besser, einmal alles gewagt, als ständig nur mit kleinen Einsätzen zu spielen. Dabei komme nichts rum. Sie müssten nur alles gut planen, eine neue Unterkunft suchen, die Umgebung ausbaldowern, den genauen Ablauf des Treffens feststellen. Vor allem bräuchten sie aber Hilfe, und die könne *sie* besorgen. Dennele erklärte, was sie meinte: Über das ganze Land verteilt gab es genug Räuber. Man müsste sich mit ein paar anderen zusammentun. Sie könnte das in die Wege leiten.

Johann hob seinen Krug Wein und rief ihr zu: »Bravo, Dennele! Wenn wir dich nicht hätten! Du treibst uns alle an! Auch wenn ich leider nicht mehr so kann wie früher, in meinem Herzen bleibst du. Ich werde dich auf ewig …«

»Ist gut!«, sagte Dennele wie zu einem kleinen Kind. Sie stieß mit irgendeinem Becher auf dem Tisch gegen Johanns Krug und lächelte ihn an. Johann beugte sich zu ihr, doch drehte sie sich zum Raum und sah sich wie suchend um.

Sie beugte sich wieder vor und flüsterte: »Ich bringe bestimmt ein paar gute Leute an, starke Leute, die erfahren sind. Wendet ihr euch an den alten Wieglaf und plant alles zuerst mit ihm. Er ist unser gewissenhafter Denker.«

So war die Entscheidung schnell gefallen. Plötzlich gab es ein neues Ziel und das Leben richtete sich neu aus. Es zeigte sich daran, dass am nächsten Morgen Dennele fehlte. Sie war wie vom Erdboden verschluckt.

Gegen Mittag rief Sebastian den alten Wieglaf zu sich. Er fing an zu erklären, von dem staatlichen Treffen in Tübingen und dem Plan – da sagte Wieglaf nur: »Ich weiß.«

Es war erstaunlich, wie gut der alte Wieglaf sich auskannte, nicht nur wie der Überfall vonstattengehen musste. Denn dazu würde es nicht reichen, dass sich jemand auf die Straße legte. Solche hohen Herren fuhren mit Eskorte und waren auf alles vorbereitet. Zweierlei musste klappen: Sie mussten den passenden Tross erwischen und sie mussten die Straße sperren. Sebastian und Johann überlegten beide, wie das zu machen wäre. Wieglaf genoss es wohl, sie so grübeln zu sehen. Erst nach einer Weile rückte er mit der Antwort heraus: Sie brauchten ein gutes Pferd, schnell und ausdauernd. Viele Meilen vor dem Ort des Überfalls mussten sie die passende Kutsche bestimmt haben. Dann musste der Reiter los, in gestrecktem Galopp, und den anderen Bescheid geben. Die mussten dann einen großen Baum auf die Straße fallen lassen.

Wieglaf erklärte aber nicht nur den Überfall, sondern er lieferte auch noch die Rechtfertigung dafür: »Das ist mir wirklich eine Herzenssache, dass ihr das gut macht. Denn es wird nicht die Falschen treffen, unter keinen Umständen. Die da zusammenkommen, machen die Ordnung, die uns keine Chance gibt, aber auch den ehrlichen Leuten nicht. Wer wird denn Räuber aus freien Stücken?«

Johann lachte auf und Sebastian murmelte: »Na ja, aber wir können doch immer noch frei entscheiden, ob wir Räuber oder …«

»Bist du sicher?«, fragte Wieglaf und atmete ganz tief ein.

Sebastian brachte das ziemlich durcheinander. Auf jeden Fall wusste er doch, dass er sich das weitere Leben nach seiner Flucht von der Carlsschule anders vorgestellt hatte. Über die Folgen hatte er eigentlich nie nachgedacht. Vielleicht war es auch Wieglaf mal so gegangen. Der dachte viel weiter und war nun ganz aufgeregt, als er sprach.

»Wer sind denn die, welche diese Ordnung gemacht haben und die darüber wachen, diese Ordnung zu erhalten? Das ist irgendeine herzogliche Regierung. Die Regierung wird gebildet von irgendeinem Herzog und seinen obersten Beamten. Die anderen Beamten sind Männer, die von der Regierung berufen werden, um die Ordnung in Gang zu halten. Ihre Anzahl ist Legion: Staatsräte und Regierungsräte, Landräte und Kreisräte, geistliche Räte und Schulräte, Finanzräte und Forsträte mit ihrem Heer von Sekretären. Das Volk ist ihre Herde, sie sind seine Hirten, Melker und Schinder. Sie haben die Häute der Bauern an, sie herrschen frei und ermahnen das Volk zur Knechtschaft. Ihnen gibt das Volk im Jahr Millionen Gulden Abgaben. Sie haben dafür die Mühe, es zu regieren, das heißt sich von ihm füttern zu lassen und es seiner Menschen- und Bürgerrechte zu berauben.«

Wieglaf atmete schwer und sah sich plötzlich scheu um, wie jemand, der in der Carlsschule am Essenstisch geflüstert hatte. Dann sagte er schnell: »Aber hören will das ja keiner!«, und ging aus dem Raum. Es hatten aber alle zugehört.

Sebastian kam es vor, als hätte er die Szene schon mal erlebt. Er dachte, dass der alte Wieglaf gar nicht unter die Räuber passte. War er nicht belesen? Und irgendwie wollte er mehr als nur das Glück für den Augenblick, als Gold und Silber in die Hand.

An einem Abend, als der Plan für den Überfall stand, der Bauer schon bezahlt war, bis Ostern noch zehn Tage fehlten, die Schneeglöckchen schon wieder verblühten – als sich alle satt gegessen und um den warmen Kamin versammelt hatten, rüttelte es plötzlich an der Tür. Sie fuhren hoch und waren augenblicklich still, auch die Kinder, die noch wach waren. Sebastian sprang sofort auf. Er wusste, dass auf die Räuber, die Wache schoben, kein Verlass war. Und er wusste, worauf sehr wohl Verlass war: dass man die Räuber suchte.

Wie von Geisterhand bewegte sich der Riegel, der die Tür verschlossen hielt. Alle schauten darauf wie auf ein Zauberstück, wer da nun erscheinen würde. In die Stube traten mit festem Schritt zuerst zwei große Männer, die sich wild umsahen. Es war sofort klar, dass sie keine Schwärmer waren, keine Gendarmen und keine Soldaten. Hinter ihnen folgte Dennele, die über das ganze Gesicht strahlte, und mit ihr: Patro. Sebastian ließ sich zurück auf den Stuhl fallen. Er sah Johann mit großen Augen an, der ganz blass wurde.

Sofort brach ein unglaublicher Jubel los. Fast alle umarmten sich, auch Patro. Er sah fröhlich von einem zum anderen, mit strahlendem Gesicht. Sogar Johann lachte er an, ehe ihm das Lachen im Gesicht gefror, als er das Holzbein sah. Er drehte sich aber sofort um und rief: »Für euch!«, und warf einen schweren Beutel auf den Tisch. Der wurde sofort aufgeschnürt und es kullerten daraus drei Schinken und bestimmt ein Dutzend Würste. Patro lachte wieder und ließ alles mit einer lässigen Handbewegung verteilen.

Zuerst konnten Sebastian und Johann nicht alles verstehen, was gesprochen wurde. Wieder schwirrten so viele fremde Ausdrücke durch den Raum. Das aber war das untrügliche Zeichen, dass ihresgleichen gekommen war.

»Darf ich vorstellen?«, rief Dennele und zeigte auf die beiden Männer, ohne Patro anzusehen. »Ein Roter und ein Schwarzer: Ulli und Bert, genauer: Der schwarze Bert.«

»Uh!«, machten einige und alle klatschten stürmisch oder vorsichtig in die Hände. Den schwarzen Bert kannte jeder. Der war bestimmt kein Beutelschneider, Falschmünzer, Wahrsager, Marktdieb. Der machte keine halben Sachen.

Sebastian sah ihn sich genau an und wich mit dem Blick nicht zurück: Dieser schwarze Bert war ein großer, schlanker, muskulöser Mann. Bei jedem Schritt, den er machte, schien der Boden zu dröhnen. Er hatte ein von der Sonne gebräuntes Gesicht, schwarze, feurige Augen und blendend weiße Zähne. Vor allem fiel er durch seinen dichten Bart an den Backen und am Kinn und die in Flechten herabhängenden Haare auf, die pechschwarz waren. Er war auch selbst ganz in Schwarz gekleidet. Er trug einen bis zu den Knien reichenden schwarzen Umhang, den er unten zugeknöpft hatte. Oben stand trotz der Kälte der Umhang offen und das zurückgeschobene Hemd ließ den Hals und die Brust sehen. Sogar sein hoher Hut mit breitem Rand war schwarz. Den trug er seitlich verschoben. Aus dem schwarzen Haar standen ziselierte Ohrringe aus Gold heraus.

Es war klar, dass dieser schwarze Bert sein Ding machen würde.

Auch sein Kumpane war bestimmt kein Duckmäuser. Diesen Ulli hätte keiner übersehen können. Er war dick, was eigentlich nicht zu den Räubern passte, die ständig unterwegs waren. Doch hatte er wirklich einen solchen Bauch, als hätte ihm den jemand aufgepumpt. Außerdem hatte er ganz und gar rote Haare, auch die Barthaare. Wenn also jemand leicht zu erkennen war, dann er. Und allein die Tatsache, dass er seinen roten Bart wild und offen trug und ihn nicht abrasierte, war wohl ein Zeichen für sein Selbstbewusstsein. Daher gehörte es sich geradezu, dass er ebenfalls goldene Ohrringe trug.

Die beiden pflanzten sich an den Tisch und sahen sich herausfordernd um. Sebastian spürte, dass der schwarze Bert besonders ihn fixierte. Während sich Patro zu Agnes setzte, kam Dennele zu ihnen an den Tisch. Sie lächelte Sebastian an, aber wie heimlich, und blieb auf Abstand.

»Du, bring mir Wein!«, sagte der schwarze Bert zu Sebastian.

»Hol ihn dir selbst!«

Sebastian wusste, dass es gerade darauf ankam. Er verschränkte die Arme vor der Brust und sah den schwarzen Bert an wie der ihn.

Sofort sprang Dennele auf und kam mit zwei Krügen Wein zurück, für Ulli und den schwarzen Bert.

»Und ich?«, rief Patro von seinem Platz.

»Du hältst die Klappe!«, sagte Ulli wie zu einem frechen Kind.

Bert schlug lachend mit der Hand auf den Tisch.

»Also, was habt ihr vor? Erzähl mal, Grünschnabel!«

»Pass auf, du!«, sagte Johann drohend, der auch immer wieder zu Patro sah.

»Wer bist du?«, fragte ihn der schwarze Bert.

»Johann!«

»Ach so! – Also, erzählt!«

Sebastian hatte das Gefühl, er müsste seinem Freund zu Hilfe kommen. Also fing er an, die Einzelheiten zu erklären. Aber das kam ihm bald unheimlich vor: Sollte er auch noch selbst ein großes Verbrechen *planen*?

Der schwarze Bert hörte durchaus zu, auch wenn er manchmal die Augen verdrehte und murrte: »Ist klar!« – »Versteht sich von selbst!« – »So geht das nicht!« – »Das müsst ihr noch lernen!«

Ulli dagegen verließ sich wohl ganz auf seinen Kumpan. Er war vor allem damit beschäftigt, sich Scheibe auf Scheibe von einem Stück Speck abzuschneiden, nachdem er seinen Wein in Windeseile getrunken hatte. Bald stierte er wie ein satter Bär zufrieden vor sich hin.

Sebastian dagegen spürte plötzlich, wie ihm das Herz im Hals pochte. Seine Stimme überschlug sich und er versuchte, den Blick des schwarzen Bert zu meiden.

»Was ist los mit dir, mein Junge?«, rief der plötzlich. »Hast du die Hosen voll?«

»Ich bin nicht dein Junge!«

»Bist du!«

Bert starrte Sebastian an, als würden sie mit Blicken fechten. Sebastian hielt stand, auch wenn ihm die Augen tränten. Ihm kam es plötzlich vor wie ein Kampf gegen das Böse. Er sah nicht weg und orientierte sich an den goldenen Ohrringen von Bert, die wie der Zeiger einer Waage anzeigten, ob sich sein Kopf bewegte.

Da meldete sich auf einmal Wieglaf zu Wort und sprach ganz besonnen weiter.

Das beruhigte auch den schwarzen Bert. Er lehnte sich zurück und sah von einem zum anderen. Als gäbe es ein Fest zu organisieren, bestimmte er die verschiedenen Aufgabenbereiche. Kumpelhaft gab er sogar Ratschläge, wie den, die Scheide für das Messer so eng zu nähen, dass man es nur mit etwas Widerstand herausziehen konnte. So würde es im Getümmel nicht herausfallen.

Sebastian kam der schwarze Bert dann sogar nett vor, und er hatte nichts dagegen, von ihm Ratschläge zu erhalten, im Gegenteil: Er war froh, die Verantwortung abzugeben.

Der Überfall sollte so ablaufen, wie sie es schon besprochen hatten. Sie kannten das und hatten sogar ihre Rollen wieder, auch Johann. Er sollte der Reiter sein, der ihnen Bescheid geben würde. Für den eigentlichen Überfall wären Bert, Ulli, Sebastian und Patro zuständig. In ein paar Tagen würde es losgehen.

Mit dem Erscheinen des schwarzen Bert war die Frage geklärt, wer fortan herrschte: An ihm führte kein Weg vorbei. Für Sebastian ging es höchstens darum, nicht beherrscht zu werden, auch für Johann, der aber in einer anderen Lage war. Zwar bewegte er sich im Haus äußerst geschickt und sein Holzbein fiel kaum auf, außer dass es beim Gehen auf dem Boden klackte. Aber draußen war er eingeschränkt. Er blieb mit dem Holzbein immer mal wieder stecken, wenn die Erde zu weich war. Trotzdem konnte er auch diese Einschränkung gut wettmachen: Er ritt. Er ritt wie ein Hunne und hätte Postreiter werden können. Er klebte förmlich im Sattel. Inzwischen besaß er auch ein eigenes Pferd, zwar einen Klepper, den er dem Bauern für viel Geld abgekauft hatte, aber er fütterte ihn auf und gab ihm einen eigenen Namen: Brutus.

Trotzdem nahm der schwarze Bert mehr Rücksicht auf ihn als auf andere. Einmal standen sich die beiden im Zorn gegenüber und bauten sich voreinander auf wie Ziegenböcke, bereit, mit den Köpfen zuzustoßen. Johann versuchte zuerst, sich einen sicheren Stand zu verschaffen, wusste aber wohl nicht, wie: Erst stellte er sein Holzbein vor, dann zurück, dann breit neben sich. Als er den Kopf wieder hochnahm, hatte sich der schwarze Bert aber schon wieder beruhigt und ging einfach davon. Wie Johann da noch stand, sah das leider würdelos aus. Er schrie noch: »Komm doch her, wenn du was willst!«, murmelte auch: »Feigling!«, doch das machte es nicht besser.

Wie zum Ausgleich gab er gern Befehle, dass ihm irgendein Kind oder eine alte Frau dies oder das bringe. Er trank viel Wein.

An einem Abend schwankte er durch den Raum und ließ sich erschöpft wie ein Holzfäller nach der Arbeit auf einen Stuhl sinken. An dem Tisch saß gerade auch Patro. Sebastian beobachtete die beiden heimlich, weil er der Lage nicht traute.

»Du Schwein!«, sagte Johann plötzlich laut zu Patro.

Der grinste seltsam und schob die anderen Stühle neben sich ein wenig zur Seite.

»Du verfluchtes Schwein!«, sagte Johann.

Im Raum wurde es leise und dann ganz still.

Sogar Ulli und der schwarze Bert schwiegen grinsend, die sonst nie um einen Spruch verlegen waren.

Johann senkte den Blick, als könnte er durch die Tischplatte sehen. Er trat mit dem Holzbein auf und das Knallen ging Sebastian durch Mark und Bein.

»Ewig verflucht seist du!«, schrie Johann und seine Stimme schien zwischen Schreien und Weinen zu wechseln.

Patro sah sich wild um. Im Raum bewegte sich niemand. Dennele kniff die Augen zusammen wie ein Jäger, um vor sich das Wild besser zu erkennen. Sebastian schien es, als wäre Patro plötzlich ein Gejagter, der nach einem Fluchtweg Ausschau hielt.

Patro warf ein paarmal den Kopf hin und her, während Johann ihn nur weiter fixierte.

Plötzlich zog Patro vom Ende des Tisches einen Krug Wein zu sich hin. Schnell schnappte er sich einen Becher, schenkte ihn voll und schob ihn Johann hin.

»Prosit!«, rief er so laut, dass ein Kind vor Schreck zu weinen anfing.

Johann trat wieder auf den Boden und rührte den Becher nicht an. Sebastian dachte an das Knallen eines Richterhammers.

Als käme es auf den Augenblick an, streckte sich Patro weit nach einem anderen Becher und füllte den ebenfalls voll. Ein Teil ging daneben und er wischte es mit der flachen, zitternden Hand vom Tisch.

Dann schaute er zum Herrgottswinkel, bekreuzigte sich, griff den Becher und hielt ihn Johann entgegen wie ein Geschenk.

»Auf das Leben!«, sagte er so leise, als sollte es sonst niemand hören.

Doch auch diese Worte schallten in der Stille des Raums wie Händeklatschen.

Sebastian sah, wie Agnes Denneles Hand genommen hatte und sich der schwarze Bert und Ulli fragend ansahen. Es schien, als wagte niemand zu atmen.

Mit einer ruckartigen Bewegung fasste Johann jedoch plötzlich den Becher und schlug ihn an den von Patro, dass der Wein nur so herausspritzte.

»Auf das Leben!«, schrie er.

Sofort jubelten alle los.

An diesem Abend wurde gefeiert, als wäre ein Mensch von den Toten auferstanden.

Noch vor Karfreitag brachen sie auf. Das Wetter spielte wunderbar mit. Der Winter hatte sich in die Berge zurückgezogen, Krokusse und Osterglocken zeigten sich und die Sonne wärmte durch und durch. Die Stimmung war angespannt, aber voller Hoffnung und Freude. Jetzt konnte wieder ihr wirkliches Leben beginnen!

Für den Marsch nach Tübingen trennten sie sich. Frauen, Kinder und Alte gingen als unschuldige Truppe zusammen. Anders die Männer: Patro war mit Wieglaf und zwei Alten unterwegs, der schwarze Bert mit Ulli und Johann mit Sebastian. Die Männer gingen Schleichwege, oft auf Wildwechseln und mit viel Abstand zueinander, doch immer so, dass sie wussten, wo die anderen waren. Im blätterlosen Wald konnte man sich noch leicht sehen.

Johann und Sebastian kamen vielleicht am besten voran, am leichtesten. Sie zockelten hintendrein. Sebastian ging wie ein Knecht neben seinem Herrn, der auf Brutus im Sattel saß. Aber wenn der Weg schlecht einzusehen war, setzte er sich immer mal wieder zu Johann aufs Pferd. Sebastian fühlte sich seltsam dabei. Wenn er Johann anfasste, spürte er, wie sein Freund zugenommen hatte. Er dachte an ihre Flucht aus Stuttgart, als er jeden Muskel von ihm gespürt hatte – als Johann für ihn unbezwingbar und stark gewesen war.

Als die Männer sich alle mal wieder trafen und auf einer Lichtung Speck und altes Brot aßen, befahl Ulli danach: »Und, Johann, jetzt reite ich mal auf deinem Gaul mit!«

Damit war klar, dass die anderen doch gesehen hatten, dass Sebastian mit Johann mitgeritten und Kräfte gespart hatte. Es wurde zwar nie ausgesprochen, aber galt doch allgemein: Eigentlich hatten alle dasselbe zu leisten. Der schwarze Bert sagte zwar nichts dazu, stach aber plötzlich das Messer, mit dem er den Speck schnitt, bis zum Griff in den Boden.

Als sie wieder aufbrachen, zog Johann die Augenbrauen so zusammen, als müsste er den Teufel mitnehmen. Aber er gab klein bei und pfiff Brutus zu sich. Das Pferd kam sofort und stieß ihm mit dem Maul in die Seite.

Ulli stellte sich herrisch daneben.

»Ich reite!«, sagte Johann drohend.

»Das wollen wir sehen! Du hast dich lange genug hier langschaukeln lassen«, rief Ulli, fasste den Zügel und sah an Johann hinunter. »Höchstens sitzt *du* jetzt hinten.«

Johann ballte die Fäuste. Dann verschränkte er die Arme vor der Brust und ging ein paar Schritte zur Seite. Sebastian sah, dass er mit dem Kopf ganze, leichte Bewegungen machte. Brutus fing an zu schnauben.

»Hier gibt's ja gar keine Steigbügel!«, rief Ulli.

»Braucht er nicht«, antwortete Johann.

»Ach so, klar: Kannst *du* nicht brauchen! – Und wie soll ich da drauf?«

Ulli versuchte immer wieder, sich an Brutus hochzuziehen, aber der machte jedesmal einen Schritt zur Seite.

»Jetzt bleib mal stehen, alte Schindmähre!«, schrie er.

Johann lächelte. Er ging wieder zu Brutus und das Pferd blieb stehen wie festgenagelt. Ulli hüpfte und hüpfte nun an seiner Seite, aber allein sein dicker Bauch hinderte ihn hochzukommen. Alle lachten.

Der schwarze Bert rief aber ziemlich ernst: »Alter, du frisst zu viel! Ich kann keine Lahmen gebrauchen!«

Schwer atmend und mit hochrotem Kopf zischte Ulli: »Lass mich in Ruhe! Ich komm schon klar. Aber bei so einem blöden Gaul … Noch nicht mal Steigbügel!«

Ohne ein Wort zu sagen, drückte sich Johann plötzlich vom Boden ab und schwang sich auf das Pferd, das in dem Moment den Rücken durchzudrücken schien. Es sah unglaublich elegant aus, fand Sebastian, wie eine Zirkusnummer. Er war sehr stolz auf seinen Freund.

Der reichte nun Ulli die Hand und zog ihn wie einen steifen Greis hinauf.

Es ging weiter. Johann ritt diesmal vorweg. Von weitem sah es so aus, als hätte er hinter sich einen Mehlsack geladen.

»Mal sehen, wie weit die kommen«, brummte der schwarze Bert verächtlich. »Auf jeden Fall kennt Ulli den Weg.«

Er ging neben Sebastian weiter. Zuerst schimpfte er noch über Ulli, den Fettsack, auch über Johann, dass so einer mit Hinkebein und Pferd eigentlich kein Räuber sein könne, aber dann schwieg er.

Sebastian hörte plötzlich zum ersten Mal, wie die Vögel zwitscherten. Im ganzen Wald schien sich ein riesiges Vogelorchester niedergelassen zu haben. Dazwischen machten ihre schlurfenden Schritte den Takt, aber versetzt. Sebastian kam es so vor, als würde es sich nicht gehören, dass er den gleichen Schritt machte wie der schwarze Bert – und als wäre derjenige schwächer, der zuerst erzählte. Aber bald war ihm das zu blöd: Der schwarze Bert würde sie sowieso anführen!

»Hast du Eltern?«, fragte er.

»Du nicht?«

»Wie lange bist du schon …?«

»Lange.«

Sebastian erfuhr nicht mehr von ihm. Er ließ sich aber noch erklären, wie sie mit den Pistolen umgehen sollten: Nur zur Abschreckung schießen, erklärte der schwarze Bert, und nur in Notwehr, und wenn, dann immer auf die Beine zielen! Für Sebastian verstand sich das von selbst, aber er war froh, es auch aus dem Mund dieses Erzhalunken zu hören.

Sie waren nicht länger als eine halbe Stunde gegangen, da sahen sie schon Brutus von weitem. Ulli lehnte an einem Baum und rieb sich den Hintern.

»Ohne Steigbügel und richtigen Sattel!«, rief er schon von weitem. »Meine Eier sind platt und mein Arsch ist wund!«

Johann stand triumphierend neben Brutus, der ihn immer wieder anschubste.

Am Abend trafen sie auf der vereinbarten Stelle im Wald ein. Doch sie mussten lange warten, ehe die Übrigen kamen. Es wurde schon dunkel und mit jeder weiteren Minute stieg die Spannung zwischen den Männern. Sie wollten kein Feuer machen, um bloß nicht aufzufallen. Kühl wurde es. Essen und Trinken brachten die Frauen, und als sie endlich eintrafen, wurden sie unflätig beschimpft.

Die Kinder hätten nicht mehr gekonnt, sagten sie, und sie hätten sie auch tragen müssen.

Auf Denneles Rücken war ein Mädchen eingeschlafen und sie legte es vorsichtig auf die Decke, die Agnes ausgebreitet hatte. Als sich Dennele aufrichtete, wollte ihr Patro eine runterhauen. Aber Sebastian sprang hinzu und hielt ihm die Hand fest. Er sagte nichts und sah ihn nur an. Endlich lockerte Patro die Spannung im Arm und Sebastian ließ los.

»Du spielst dich immer noch auf!«, zischte Patro. »Das wird sich rächen!«

Sebastian reagierte nicht darauf. Er kannte Patro gut genug und hatte immer ein Auge auf ihn. Aber dass ihn Dennele gar nicht dankbar ansah, eher im Gegenteil, brachte ihn durcheinander. Er würde sie nie verstehen, dachte er.

An einem Mittwoch, zwei Tage vor Karfreitag, bauten sie vor Tübingen ihr Lager auf. Das bedeutete viel Arbeit, unangenehme Arbeit, weil schmutzig und anstrengend. Es war keine Lichtung, wo sie sich niederließen, eher eine kahle Stelle im Wald, wo auf dem Boden der Fels durchbrach. Die Stelle war hoch gelegen, sodass sich überall noch Schnee versteckte. Aber wenn sie Erfolg haben wollten, mussten sie verborgen bleiben.

Zuerst schleppten sie starke Äste herbei, überhaupt viel Holz, um Hütten zu bauen. Da sie die Äste nicht im Boden versenken konnten, mussten auch schwere Steine herbei, um die tragenden Stützen zu halten. Alles musste solide sein und doch schnell wieder abzubauen. Sebastian wusste: So war das Leben der Räuber! Sie hatten nichts, worauf sie setzen konnten, außer Gold und ihren Fertigkeiten.

Alle arbeiteten konzentriert und ausdauernd. Sogar Wein wurde nicht gereicht, wobei es vielleicht gar keinen mehr gab. Agnes hatte zwar immer noch irgendwo einen Krug in Reserve, wenigstens Branntwein, aber es wurde nicht mal danach gefragt. Bis zum Abend standen zwei große Hütten, eine nur für die Männer.

Am nächsten Morgen, als es schon dämmerte, zeigte sich der Wert ihrer Arbeit: Auf einen Schlag fing es in Strömen zu regnen an. Sie wussten, dass sie keine Chance hatten, ganz trocken zu bleiben. Es dauerte nur ein paar Minuten, dann tropfte das Wasser in die Hütte, zuerst nur leicht, wie um sich anzukündigen, am Ende so schwer, dass es sich anfühlte, wie in einer Pfütze zu liegen. Alle krümmten sich unter ihren Decken zusammen, damit wenigstens nur der Rücken oder eine Körperseite nass wurde.

»Das Wetter ist schnell durchgezogen«, beruhigte Wieglaf sie. »Danach haben wir Sonne.«

»Du spinnst, Alter!«, rief Ulli. »Sonne! Wie kannst du daran denken? Jetzt ist Wolkenbruch und wir sind pitschnass.«

Fluchend stand plötzlich Johann auf. Er schnallte sein Holzbein um und hinkte hinaus.

»Wo gehst du hin?«, fragte Sebastian. »Sei vorsichtig!«

»Brutus!«, brummte Johann nur.

Wieglaf hatte recht: Nur eine halbe Stunde später drangen die ersten Sonnenstrahlen vorsichtig durch die Bäume. Der Regen hatte aufgehört, so plötzlich, wie er angefangen hatte. Alle traten ins Freie und suchten ein Plätzchen, wo die ersten Sonnenstrahlen sie erreichten. Sie legten ihre Kleider ab und breiteten sie zum Trocknen aus.

Dennele entfernte sich ein Stück. Die Sonnenstrahlen hoben die Umrisse ihres Körpers hervor wie bei einem Scherenschnitt. Sebastian hielt die Luft an. Dennele schob ihre Brust vor wie damals mit Johann, als sollte die Sonne sie dort küssen.

Sebastian zwang sich wegzusehen. Er drehte sich um und sah

den schwarzen Bert und Ulli, die ebenfalls zu Dennele starrten. Der schwarze Bert hielt die Hand in der Hose. Sebastian sah den lüsternen Blick der beiden. Wie um Dennele zu schützen, räusperte er sich plötzlich, als hätte er eine Gräte verschluckt. Der schwarze Bert sah ihn ärgerlich an und sagte dann zu Ulli: »Was für eine …« – Aber das konnte Sebastian nicht verstehen. Er sah wieder zu Dennele, aber sie war abermals wie vom Erdboden verschluckt.

Er weckte dann Johann, den er unter Brutus fand.

Die Sonne belebte sie alle. Die Frauen zauberten etwas zu essen und die Männer machten sich fertig. Auf einmal sollte alles schnell gehen: Sie mussten noch ein paar Meilen gehen.

Ehe die Männer aufbrachen, teilten sie sich untereinander die Waffen zu. Sie hatten drei Pistolen: Eine der schwarze Bert, eine Ulli und die dritte nahm Patro an sich wie ein Kind sein Weihnachtsgeschenk. Dennele hob sofort den Finger zur Mahnung, sagte aber nichts. Die Axt, die so wichtig war, trug Sebastian.

Er dachte, dass sich Dennele wirklich Sorgen machte. Er merkte es daran, wie sie sich verabschiedete, sie umarmte alle, auch ihn. Sebastian wollte sie gar nicht loslassen. Auch sie löste sich nicht gleich von ihm. Das gab ihm einen Stich ins Herz. Er wusste, es würde sehr gefährlich werden, das, was sie vorhatten.

Sie zogen los, der schwarze Bert, Ulli, Wieglaf, Patro, Sebastian und Johann auf Brutus. Das gutmütige Pferd hatten sie noch mit Beuteln voll Proviant beladen.

Die Strecke hinaus aus dem Wald war zunächst noch schön eben, dann aber steil und glitschig, und Sebastian führte Brutus am Halfter. Nach einer Weile trennten sie sich und gingen wieder in Gruppen zu zweit. Der schwarze Bert marschierte zielstrebig voran, bald auf den verschlungensten Pfaden. Johann musste seine ganzen Reitkünste zeigen. Als die Sonne halb hoch am Himmel stand, blieb er auf einem Stück Wiese zurück. Die anderen schlugen sich wieder in den Wald.

Der war nun schon sehr aufgeräumt. Es lagen kaum Äste und Zweige auf dem Boden und es gab viele Wege und Pfade. Man merkte, dass die Menschen nicht weit entfernt wohnten.

Nach einer Viertelstunde kamen sie wieder aus dem Wald hervor wie Füchse aus der Höhle. Vor ihnen lag eine Straße, darauf war Verkehr, viel Verkehr. Sie legten sich auf die Lauer.

Immer wieder kamen Menschen die Straße entlang, Bauern weniger, weil die schon auf dem Feld waren, aber Bürger, Studenten, Geistliche, nie allein, eigentlich immer als Gruppe. Dazwischen Reiter, auch sie kaum allein, und wenn, dann liefen sie Trab oder sprengten sogar im Galopp die Straße entlang. Vor allem aber kamen Kutschen vorbei, kleine, große, manche prächtig, als Ein- oder Zweispänner, manche als Vierspänner, mit Soldaten vorn auf dem Kutschbock und sogar auf dem Tritt hinter dem Wagenkasten, dazu vielleicht noch Reiter zum Schutz.

Der schwarze Bert und Ulli hatten verschiedene Positionen bezogen. Immer wieder tauschten sie sich mit Zeichen aus. Neben dem schwarzen Bert lag Wieglaf, auf den es am nächsten Tag ankäme. Dabei musste man dem alten Mann eigentlich nichts mehr erklären. Er hatte genug Erfahrung.

Sebastian lag neben Ulli, der ihm zuflüsterte, welche Beute sich lohnen würde. Es ging darum, ein Schema zu erkennen: Ob eine Kutsche zu schwer bewaffnet war, ob sie offen fuhr und nichts zu holen war oder ob sie ihre besten Tage hinter sich hatte und trotzdem geschlossen war und ihr Inneres verdeckte. Wenn einer solchen Kutsche schnelle, teure Pferde vorgespannt waren, dann war das die Beute! Denn dann taten die Reisenden so, als ob.

Als die Sonne unterging und die Straße sich leerte, kamen sie alle zusammen und machten sich auf die Suche nach einem passenden Baum. Er durfte nicht zu stark sein. Sie mussten ihn noch wegtragen können. Vielleicht hätte die Axt schärfer sein können, obwohl

Wieglaf sie noch sorgfältig geschliffen hatte. Aber ein kleiner Wetzstein half da nicht viel. Das Fällen war eine anstrengende Arbeit, und sie war noch lange nicht vorbei, als der Baum auf dem Boden lag. Sie mussten noch die Äste abschlagen. Wenigstens hatten sie es mit weichem Holz zu tun, weil sie eine Linde gefunden hatten.

Ulli beschwerte sich am meisten, weil er angeblich am meisten schuftete. Zwar schlug er am stärksten zu, aber er war auch am schnellsten erschöpft.

»Na, mein Junge«, sagte der schwarze Bert zu Sebastian, als sie den Baumstamm weitergerückt hatten, um zu sehen, ob sie dazu die Kraft hätten, »jetzt hast du aber schön Blasen an den Händen!«

Sebastian grinste nur. Er hatte tatsächlich Blasen, aber er war sich sicher, dass er nicht der Einzige war. Ihm tat auch das Kreuz weh, aber er sah auf dem Rückweg, wie auch andere stöhnend das Gesicht verzogen. Das Laufen tat ihm gut, es machte ihm noch einmal den Kopf frei. Trotzdem ließ der innere Druck kaum nach.

Er war seltsam erregt vor Freude, als sie zu Johann zurückkamen. Er konnte das Gefühl nicht unterdrücken: Es war die Anspannung vor der Jagd – wie ein Rausch!

Abends saßen sie zusammen, aßen wieder nur kalten Speck und altes Brot und sprachen den Überfall durch, jede Einzelheit zehnmal, alle Gefahren, alle Zufälle. Für jede unvorhergesehene Situation versuchten sie nicht nur eine Lösung zu finden, sondern zwei, möglichst drei.

Nur über eins sprachen sie nicht, obwohl Sebastian darauf wartete: Was wäre, wenn alles schiefging, und einer würde gefangen genommen? Vielleicht war es ein Tabu, darüber zu sprechen, weil da eine geheime Übereinkunft bestand, an der nicht zu rütteln war: Räuber verrieten sich nicht, auch nicht, wenn Torturen angedroht würden oder sogar schlimmer! Vielleicht wollte man den Teufel nicht herbeireden.

Sebastian schlief schlecht. In der Nacht war es lausig kalt, feucht, zugig, der Boden zu hart – und vielleicht die Gedanken zu schwer, dachte er früh am Morgen, als die Männer sich herrichteten. Sorgfältig banden sie sich die Messer in ihren Halterungen um, probierten die Stricke und schnürten ihre Schuhe gut. Der schwarze Bert, Ulli und Patro machten ihre Pistolen fertig: Sie schütteten Pulver in den Lauf, schoben die in Tuch gewickelte Kugel hinein, stopften den Lauf mit dem Ladestock und schlossen den Pfannendeckel. Sie hielten die Pistolen vor sich und zielten damit, Patro mit einem hämischen Grinsen. Der drehte sich plötzlich zu Sebastian und zielte auf ihn. Der schwarze Bert reagierte sofort: Er gab ihm einen Stoß, dass er hinfiel.

»Spinnst du?«, rief er. »Verdammt, was soll das? Hast du keine Ahnung? Was ist, wenn der Schuss losgeht?«

»Jaja! Habe ich etwa den Hahn auf Schussposition gesetzt?«, murmelte Patro.

Er stand schnell auf und steckte die Pistole ein. Sebastian sah genau, wie der schwarze Bert ihn noch eine Weile misstrauisch ansah und sorgsam die Tasche mit dem Munitionsvorrat verschloss.

Dann waren sie so weit. Wieder einmal umarmte Sebastian Johann so fest, als würden sie sich nicht wiedersehen. Brutus schnaubte, als ginge ihm das zu weit. Johann schwang sich in den Sattel und Wieglaf ging neben ihm, schön anzusehen, dachte Sebastian, wie ein Ritter mit Knappe. Nur das Holzbein passte nicht zu dem Bild. Wieglaf würde auswählen, Johann losreiten!

Die anderen schlugen sich in den Wald. Die Sonne stand noch ziemlich tief, als sie auf ihre Posten gingen. Der Baumstamm lag hinter einer Kurve bereit. Nun hieß es warten.

Sebastian schlug der Puls bis zum Hals. Zwar hatte er mit Rollo oft genug auf der Lauer gelegen, um eine fette Gans zu fangen. Aber diesmal sollte es um einen ganzen Ochsen gehen. Dazu mussten sie Geduld im Übermaß zeigen. So viele Gelegenheiten waren auszulassen! Das zeigte sich bald: Da zogen zwei Reiter ganz unbekümmert an ihnen vorbei, vielleicht in ein philosophisches Gespräch vertieft, das sie daran hinderte, die Welt zu sehen, wie sie war. Auch eine unbewaffnete Gruppe Studenten ließen sie weiterziehen, die doch immer ein paar Dukaten am Körper versteckt hatten. Ein Leiterwagen mit Pfannen und Töpfen und nur zwei Mann auf dem Sitz konnte passieren.

Sebastian taten bald die Augen weh, auch weil die Sonne gnadenlos vom Himmel brannte. Manchmal achtete er weniger auf die Straße als auf Bert und Ulli. Die sahen bald böse zurück, mit der Frage im Blick: Was macht denn dein Freund? Wo bleibt er?

Mehr als zwei Stunden waren vergangen, da hob der schwarze Bert aus seinem Versteck die Hand. Alle schauten die Straße entlang, wo in der Ferne ein Reiter Staub aufwirbelte. Sie liefen zum Baumstamm und nahmen die Stricke, um ihn vorwärtszuziehen. Doch dann erkannten sie, dass zwei Reiter auf sie zukamen, die ihre Pferde antrieben, als wollten sie die zuschanden reiten – sie ritten um die Wette und waren schon vorbei.

Sebastian ließ den Kopf sinken und entspannte sich. Als sie wieder zu ihren Posten schlichen, war aber plötzlich ein Pfiff zu hören. Sie blieben stehen und schauten. Der schwarze Bert zeigte wieder in die Ferne. Tatsächlich: Abermals war ein Pferd zu sehen und schon von weitem Johanns abstehendes Holzbein.

Sofort standen alle wieder mit den Stricken bereit. Johann kam da auch schon angesprengt und machte Zeichen, noch zu warten. Er wendete das Pferd und trabte ein Stück zurück. Endlich war die Kutsche zu sehen, aber nicht nur eine: drei. Etwas war verkehrt gelaufen. Johann zuckte die Schultern und ritt den Kutschen entgegen.

Sie sahen sich die drei Kutschen genau an, als diese mit einigen Reitern vor ihren Augen vorbeizogen wie Enten auf einem Teich.

Bei einer stand ein Rad schief. Sie war groß und staubig und voller Zierrat und mit einem Wappen an den Türen.

Kaum waren sie außer Sichtweite, kam Johann schon wieder angesprengt.

»Verdammt, die wär's gewesen!«, rief er. »Die eine Chaise war allein. Aber wahrscheinlich hat sie Achsbruch gehabt. Die anderen beiden Kutschen haben dann wohl die Passagiere aufgenommen.«

Keiner sagte was, nur der schwarze Bert nickte zustimmend.

Johann rief: »Auf ein Neues!«, und ritt zurück.

Das Warten ging weiter, wie endlos, begleitet vom müden Zwitschern der Vögel, vom Knurren der leeren Mägen. Sebastian sah, wie Patros Kopf immer tiefer nach vorn sackte. Die anderen starrten nur vor sich hin. Sebastian schossen immer die gleichen Gedanken durch den Kopf: Wenn der Plan nicht aufgehen würde? War nicht er dafür verantwortlich? Hatte nicht er von dem großen Ostertreffen in Tübingen berichtet? Es bliebe ihnen nur noch der nächste Tag, Samstag.

Wie in einen Traum hinein platzte da Johanns Stimme: »Heda!«

Sebastian merkte, dass er nicht der Einzige war, der nicht mehr genau aufgepasst hatte. Johann zeigte mit wilden Armbewegungen hinter sich und ritt Brutus in den Wald hinein.

Sofort waren alle auf den Beinen und blickten die Straße entlang. Da kam tatsächlich eine einzelne Kutsche, ein Zweispänner mit kräftigen Pferden, dahinter in einigem Abstand zwei berittene Soldaten.

Alle standen an den Stricken, die sie um den Baumstamm geschnürt hatten. Der schwarze Bert gab das Zeichen.

»Hau ruck«, riefen sie, »hau ruck!«

Hinter der Kurve glitt der Stamm an der richtigen Stelle auf die Straße. Er war leicht wieder fortzuschaffen, aber darauf kam es nicht an. Wichtig war, dass er für die Kutsche ein Hindernis darstellte.

Alle rannten wieder in den Wald, warteten ab – die Kutsche kam, bremste hinter der Kurve und stand. Noch immer warteten sie. Erst als auch die zwei Soldaten herangekommen waren, gab der schwarze Bert das Zeichen. Schreiend stürmten sie aus ihren Verstecken. Sebastian machte einen Riesensprung auf einen der Reiter zu und warf ihn beinahe mit Pferd um. Noch ehe der Soldat aufstehen konnte, versetzte er ihm einen Schlag ans Kinn. Der Soldat kippte um wie ein Kegel, der ein wenig touchiert wurde.

An dem anderen Soldaten zerrte Ulli, und zwar an dessen Bein, das er wie im Schraubstock festhielt. Doch der Soldat drehte sich mit dem Pferd und versuchte ihn abzuschütteln. Ulli schwang manchmal durch die Luft wie ein Klöppel. Plötzlich kam Johann angeritten und drängte mit Brutus den Soldaten an die Seite. Ulli ließ nicht los. Er war wie ein Wolf, der sich an einem Hirsch festgebissen hatte. Gerade als Sebastian wieder zum Sprung ansetzen wollte, knallte es und der Soldat fiel vom Pferd. Patro stand da mit der Pistole in der ausgestreckten Hand. Über ihm war noch der Rauch aus der Pulverpfanne zu sehen.

Ulli ließ den Fuß des Soldaten los und stand auf. Mit Sebastian schaute er auf den leblosen Körper. Sie drehten den Soldaten mit einer schnellen Bewegung auf den Rücken: Sein Mund stand offen, die Zunge hing heraus, die Augen waren verdreht.

Mit einem Satz sprang Ulli zu Patro und riss ihm die Pistole aus der Hand. Er schrie ihn an, ohne dass ein Wort zu verstehen war, zielte mit der Pistole auf ihn und drückte ab, wobei nur ein Klacken zu hören war. Sebastian schob ihn zur Seite. Auch er wollte schreien, war aber unfähig, ein Wort zu sagen.

Alles war plötzlich wie totenstill. Der Kutscher hielt die Hände hoch und schaute mit weit aufgerissenen Augen hinter sich auf die beiden Soldaten am Boden.

Da schüttelte sich der schwarze Bert wie ein Hund, der aus dem Wasser kam, und stellte sich vor die Kutsche.

»Absteigen!«, befahl er und gleich noch einmal: »Absteigen! Schnell!«

Mit aschfahlem Gesicht stieg der Kutscher vom Bock herunter und hielt sofort wieder die Hände hoch.

»Waffen?«, fragte Bert.

Der Kutscher schüttelte den Kopf. Ulli ging drohend auf ihn zu und riss ihm die Uniform auf. Mit wenigen Griffen tastete er ihn ab.

»Glück gehabt!«, sagte der schwarze Bert und zeigte mit der Pistole zum Wagen. »Aufmachen!«

Der Kutscher ging zur Wagentür. Die beiden Kumpane machten ein paar Schritte zurück.

»Ihr da drin!«, schrie der schwarze Bert. »Der Kutscher macht die Tür auf. Kommt raus, Hände über dem Kopf! Los!«

Der Kutscher öffnete die Tür und stellte sich an die Seite.

»Kommt raus! Keine Sperenzchen!«

Da stiegen zwei Männer in Uniform aus, mit weißer Hose und blauem Uniformrock. Sie hielten die Hände hoch und ließen sich die Waffen abnehmen, ihren Degen und jeweils eine Pistole.

Ulli sah sich die Pistolen an und sagte nur: »Geladen!«

Er wollte sie weiterreichen und Patro hielt schon die Hände danach ausgestreckt.

»Nimm du sie«, zischte der schwarze Bert schnell, »du, Seb …«

Sebastian nahm die Pistolen und zielte auf die Männer. Er hatte ganz feuchte Hände, weil er sich wegen der Waffen nicht sicher war. Er wusste nicht, wie sie genau funktionierten. Es waren teure Waffen mit Radschloss.

Der Blick der beiden Uniformierten verriet, dass noch jemand in der Kutsche sein musste.

»Ihr andern, kommt jetzt raus, aber sofort!«, rief der schwarze Bert.

Im Verschlag des Wagens waren nun ziemlich laut Stimmen zu hören, von einem Mann und eindeutig von einer Frau. Sebastian spürte erst recht seinen Puls schlagen. Der Ton der männlichen Stimme kam ihm bekannt vor, und es hörte sich nach einem Streit an.

Dann war deutlich die Frauenstimme zu verstehen: *»Venez, maintenant!«*[*]

Eine ziemlich schmale Hand zog den Vorhang auf und gab den Blick frei auf eine junge Frau, die nach draußen starrte, direkt in Sebastians Pistolenläufe. Er ließ die Waffen ein Stück sinken.

Die Wagentür öffnete sich und die Frau trat heraus. Sie blickte sich um, als wollte sie sich zwingen, standhaft zu bleiben.

»Venez!«, rief sie noch einmal ins Innere des Wagens.

Sebastian starrte sie an und konnte nicht den Blick von ihr lösen. Als sie ihn ansah, schaute er zu Boden wie ein Schüler vor seinem strengen Lehrer. Er ließ die Pistolen noch weiter sinken, damit der Frau nur ja nichts passierte.

Er nahm zuerst gar nicht wahr, dass dann der Mann aus dem Wagen stieg. Doch als der sich aufrichtete, rutschten ihm fast die Pistolen aus den Händen. Die untersetzte Figur, der kugelige Bauch, die Uniform … Es war eindeutig: Vor ihm stand Holzmeier.

Sebastian musste sich beherrschen, nicht die Füße zusammenzuschlagen.

»Ist da noch wer drin?«, fragte der schwarze Bert.

»Nein! Hört!«, wisperte Holzmeier und nahm die Frau an der Hand. »Ich rate euch …«

»Schnauze!«, schrie Ulli und tastete Holzmeier schnell ab. Wie ein Eichhörnchen, das sich an seine Verstecke erinnert, hielt er sofort einen Beutel in der Hand, in dem es klimperte. Er ließ den Inhalt auf die Handfläche gleiten. Sebastian zählte acht, wenn nicht

* Kommen Sie, jetzt!

zehn Dukaten, die in der Sonne schimmerten. Ulli sah sich schnell um und steckte den Beutel ein.

»Ihr!«, sagte der schwarze Bert zu Sebastian und Johann. »Passt auf sie auf!«

Während Bert und Ulli den Wagen durchsuchten und einige Male zufrieden pfiffen, standen Sebastian und Johann starr da und starrten auf Holzmeier. Erst nach einiger Zeit wurde Sebastian bewusst, dass der Oberst sie gar nicht erkennen konnte, er trug längst wieder einen dichten Bart, Johann sowieso, der seit der Flucht keinen Barbier mehr gesehen hatte.

»Nichts mehr!«, rief dann der schwarze Bert. »Schon mal nicht schlecht. Lasst uns abziehen! Schnell!«

»Und die beiden dahinten?«, fragte Patro, lief dabei aber schon zu den beiden Soldaten am Boden, zückte das Messer und durchsuchte zuerst den, den er niedergeschossen hatte. Als er ihm die Weste aufschnitt, hielt Sebastian seinen Blick auf die junge Frau geheftet. Sie war sehr schön und anscheinend schon für irgendeinen Empfang vorbereitet. Sie trug ein weißes Kleid mit Spitzen, sogar weiße Handschuhe. Ihre hellbraunen Haare waren kunstvoll aufgetürmt, in Zöpfe geflochten und hochgesteckt. Ihr Gesicht war aschfahl, aber wohl nicht nur vor Angst. Sie war bestimmt nie der Sonne ausgesetzt. Achtzehn mochte sie sein, eher jünger. Sie hielt den Kopf zurück und versuchte mit ihren blauen Augen unerschüttert dreinzuschauen.

Da fiel ein Schuss. Patro kippte vornüber und blieb liegen. Aus der Hand des Soldaten vor ihm fiel die rauchende Pistole.

Sebastian merkte, wie ihm die Beine weich wurden. Wie durch einen Nebel sah er, dass der schwarze Bert sofort hinrannte. Beide Soldaten lagen regungslos da. Patro röchelte und hielt eine Hand an seinem blutüberströmten Kopf. Bert drehte ihn um.

»Verdammt!«, schrie er und gab Patro einen Tritt, den der gar nicht zu merken schien.

»Du Hund, jetzt verreck hier! Dir ist nicht zu helfen!«

Er trat Patro noch einmal mit voller Wucht, aber es sah aus, als ob er gegen einen Sandsack träte.

Sebastian hatte sich abgewendet, so wie die Frau.

»Wir müssen los!«, rief der schwarze Bert. »Beeilt euch!«

»Was ist mit dem?«, fragte Johann und wechselte den Blick zwischen Patro und Brutus. »Auf dem Pferd könnten wir …«

»Der bleibt hier!«

Johann sah noch einmal lange auf Patro, dessen Röcheln kaum noch zu hören war.

»Richtig!«, murmelte er dann.

Aber noch immer liefen sie nicht los. Zum Glück blieb die Straße in beide Richtungen leer. Während Bert Holzmeier die Hände auf den Rücken fesselte, trieb Ulli den Kutscher und die beiden Soldaten zurück in den Wagen. Johann bewachte weiter Holzmeier und die Frau. Sebastian zog mit den anderen den Baumstamm zur Seite.

Alles war erledigt. Sie konnten los. Johann schwang sich aufs Pferd und ritt vor das Gespann. Aus dem Sattel heraus band er ein langes Seil um das Halfter des inneren Pferdes. Dann schaute er sich um.

»Was ist, verdammt?«, fragte der schwarze Bert. »Willst du nicht los?«

»Die beiden?«, fragte Johann und zeigte auf Holzmeier und die Frau, die mitten auf der Straße standen.

»Die bleiben bei uns!«, sagte Bert.

Johann starrte ihn an.

»Und *die* beiden?«, fragte er und wies mit dem Kopf auf die neben ihren Pferden liegenden Soldaten. Einer von ihnen versuchte sich zu bewegen.

»Bleiben liegen!«

Da trabte Johann los, das Gespann hinter sich.

Alle anderen gingen in den Wald. Der schwarze Bert trieb Holzmeier und die Frau fluchend vor sich her. Sebastian verstand nicht. Warum nahmen sie die beiden mit, fragte er sich. Davon war nie die Rede gewesen. Allerdings war es auch eine unglaubliche Befriedigung, ausgerechnet Holzmeier als Gefangenen zu haben. Nun gab es eine andere Herrschaft. Doch gab es auch eine ganz andere Situation: Der Überfall hatte ein Menschenleben gefordert, oder eher zwei! Damit war die Grenze zum Bösen überschritten. Er gehörte zum Aussatz, dachte Sebastian, zum Auswurf der Erde. Aber es war ihm gerade einerlei.

»Na wartet!«, rief Holzmeier einmal.

»Warte *du!*«, gab der schwarze Bert seltsam ruhig zurück.

Sie mussten einen Weg kreuzen, wo sie sich kurz versteckten. Wie vereinbart, trafen sie Johann wieder, der sich mit Brutus abseits gehalten hatte. Er rief nur: »Alles klar!«, und ritt in den Wald hinein, die anderen ihm nach.

Auf dem Pfad ging es schlecht weiter. Obwohl die Frau ihren Rock zusammenschürzte, blieb sie damit ständig an Gestrüpp und Ästen hängen. Immer wieder knickte sie mit ihren Schuhen um, die nur fürs Parkett geeignet waren.

Der schwarze Bert fluchte mit jedem Mal, das sie hinfiel, mehr, denn er trieb auch Holzmeier an, der ebenfalls oft stolperte und an den gefesselten Armen hochgezogen werden musste.

Für eine Rast blieb keine Zeit, sie mussten einen Vorsprung von einem ganzen Tag gewinnen.

Irgendwann war es genug. Bert rief: »Halt!«, und führte die Frau zu Brutus. Sie wand sich ein wenig, aber nicht aus wirklichem Widerstand. Sie schien am Ende ihrer Kräfte und ließ sich wie ein Kind zu Johann auf das Pferd hieven, das ganz stillhielt.

Endlich ging es schneller voran. Holzmeier war nun derjenige, der am schlechtesten vorwärtskam. Sebastian war es allerdings eine große Freude zu sehen, wie dieser Aufseher schwitzte und keuchte, wie ihm die Fesseln in die Handgelenke schnitten, wie ihm die Schuhe drückten und das Hemd am dicken Bauch zwickte, wie er sich nichts mehr zu sagen traute, weil ihm schon beim geringsten Wort der schwarze Bert über den Mund fuhr. Nur traute sich auch Sebastian nicht zu sprechen, doch das lag an Holzmeier: Vor ihm konnten sie sich nicht frei austauschen. Auch der schwarze Bert sprach nur das Nötigste.

Das änderte sich, als sie weit oben im Wald auf jemanden trafen, der dort auf dem Weg saß.

»Wieglaf, altes Haus!«, rief Ulli, der ihn zuerst sah, obwohl Johann vorausritt. Sebastian spürte sein Herz pochen. Er freute sich, den Alten wiederzusehen, aber er fürchtete sich nun, dass der seinen Namen rufen könnte. Doch Wieglaf sah wortlos auf alle, die ihm entgegenkamen und fragte nur: »Was ist passiert?«

»Dumm gelaufen«, murmelte der schwarze Bert. »Oder vielleicht doch nicht.«

Er schubste Holzmeier an, damit es sofort weiterginge.

Sebastian erzählte Wieglaf flüsternd von dem Überfall.

»Und Patro ist tot?«, fragte Wieglaf noch.

Sebastian überraschte die Frage. Er sagte: »Ja, inzwischen schon, glaube ich.«

»Ihr habt ihn zurückgelassen.«

»Bert wollte es so. Wir hätten ihn sowieso kaum schleppen können.«

Die Stimmung blieb niedergedrückt. Nur Johanns Augen leuchteten, wie er so dahinritt und der Frau hinter ihm nichts anderes übrig blieb, als sich an ihm festzuhalten, wenigstens mit einer Hand, wenigstens am Gürtel. Sie versuchte die ganze Zeit, ihr zusammengerafftes Kleid wie einen Puffer vor sich zu halten. Aber es löste sich doch immer wieder und sah dann aus, als hätte Brutus einen weißen Rock an. Dann wurde sofort gefeixt und sie zog das Kleid schnell wieder vor sich.

Ulli feixte sowieso immer mal wieder: »Na, Holzbein, dass du mal so auf deinem Gaul unterwegs wärst! Jetzt weiß ich, warum du auf Steigbügel verzichtest! Wenn sich die Dame nur nicht woanders festhält!«

Aber niemand ging darauf ein. Der Überfall wirkte nach.

An einer Stelle mussten sie steil bergan steigen. Zwar ging Brutus trotzdem sicher und überlegt, aber die Frau konnte sich nicht mehr auf ihm halten.

»Die feine Dame muss absteigen«, keuchte Ulli außer Atem.

»Was erlaubt ihr euch?«, rief Holzmeier, doch stieß ihm Ulli sofort den Ellenbogen in die Seite.

»Ihr werdet … ihr werdet …«, keuchte Holzmeier nur noch und sah sich hilfesuchend um.

»Allerdings«, sagte Ulli. »Wir werden! Aber du wirst auch!«

Sie lachten grob und gemein, ehe Sebastian sagte: »Ich kann sie führen.«

»Keiner führt mich!«, rief die Frau.

Sofort wiederholten das der schwarze Bert und Ulli wie zwei Meckerziegen: »Keiner führt mich! Keiner führt mich!« – wobei Ulli das ›ü‹ von ›führt‹ immer kürzer aussprach und dabei das ›r‹ zu ›k‹ machte.

»Schluss jetzt!«, rief Bert plötzlich. »Wir sind anständige Leute! Holzbein, los, steig ab! – Und du, Frau, rutschst vor auf den Sattel!«

Johann sah den schwarzen Bert nur an.

Aber der wiederholte barsch: »Steig ab!«

Johann ließ sich vom Pferd gleiten. Die Frau rutschte auf den Sattel und setzte sich auf ihr Kleid. Der schwarze Bert trat vor und griff den Zügel. Er wollte losgehen, aber das Pferd rührte sich nicht.

»Komm, Brutus, geh!«, sagte Johann leise, während der schwarze Bert an dem Zügel riss. Doch das Pferd rührte sich nicht.

»Schindmähre!«, brüllte der schwarze Bert und drückte Johann den Zügel in die Hand. Johann nahm ihn und ging los. Doch stolperte er schon nach ein paar Schritten. Immer wieder stolperte er und musste sich umständlich mit einer Hand auffangen, den Zügel in der anderen Hand. Es war erbärmlich anzusehen, vor allem weil es schien, als dürfte Johann eine Fee führen.

»Pauvre homme!«[*], rief die Frau und drehte sich um und rief den anderen zu: »Was macht ihr mit ihm?«

Ohne auf Antwort zu warten, ließ sie sich vom Pferd gleiten, stolperte aber gleich über ihr Kleid und fiel hin.

»Marie!«, rief Holzmeier und Ulli sagte zuerst »Schnauze!« und dann: »Aha!«

Sebastian hielt Marie sofort die Hand hin, aber sie schaute ihn nur verächtlich an und stand von allein auf. Erst als es flach weiterging, ließ sich Marie ohne Widerstand wieder auf das Pferd helfen.

Es war erst später Nachmittag, als sie an ihrem versteckten Lager im Wald ankamen. Wieder liefen alle auf sie zu, Dennele zuerst. Sie schaute sofort auf Marie und zog die Augenbrauen zusammen.

»Was haben wir denn da?«, rief der schwarze Bert und warf einen Beutel vor sich hin. Darin hatte er die ganze Beute gesammelt. Alle rissen an dem Beutel und lugten hinein.

Der schwarze Bert nahm ihn dann wieder, zog ihn zu, stellte ihn auf den Boden und sagte: »Später!«

Denneles Blick ging hin und her. Sie schaute zum Waldrand und sah nur noch den alten Wieglaf kommen.

»Wo ist Patro?«, fragte sie dann.

Als wäre ein Fässchen Salz in die Milch gefallen, verzogen alle das Gesicht.

»Er ist zurückgeblieben, der Hund«, sagte der schwarze Bert schnell zwischen den Zähnen.

* Armer Mann!

»Gefangen?«, fragte Dennele.

»Tot«, sagte Sebastian leise.

Dennele starrte ihn an. Ihr Gesichtsausdruck schien eigenartig zwischen Freude und Entsetzen zu wechseln. Sie machte auch einen Schritt zur Seite, um sich aufzufangen. Ihre schönen roten Lippen wurden blasser. Sie sagte etwas, aber kein Laut war zu hören.

Sebastian murmelte: »Tut mir leid!«

Aber da schaute sie ihn geradezu verächtlich an, drehte sich um und ging zu einer der Hütten.

Sebastian sah ihr verwirrt nach. Sie kauerte sich neben Agnes.

Als sie beschlossen, ein Feuer zu machen, weil sie genug Vorsprung hatten, kam Dennele wieder hinzu. Ihre Augen waren gerötet und ihr Gesicht schien zu glühen. Als wäre etwas in sie gefahren, sah sie sich um, schaute dann immer wieder Johann und Sebastian an, als wollte sie die beiden miteinander vergleichen. Sebastian wurde ganz heiß von ihrem Blick.

Plötzlich ging sie zu Johann, stellte sich vor ihn und warf den Kopf zurück. Der blieb verdutzt stehen und rührte sich nicht. Da holte sie plötzlich aus und haute ihm eine runter, mit der flachen Hand, dass es klatschte. Johann starrte sie empört an. Da haute sie ihm mit der anderen Hand noch mal zu.

Johann holte schon aus, aber Sebastian packte ihn sofort am Arm. Ohne dass er es richtig verstehen konnte, spürte er, was Dennele antrieb: Sie musste sich beweisen. Sie musste einen Stärkeren herausfordern, um ihre eigene Stärke zu spüren. »Waschlappen!«, zischte sie noch.

Sebastian beobachtete sie noch eine Weile, wie sie sich dann mit einer Bürste durch die Haare strich, als wollte sie zu einem Ball gehen. Immer wieder schaute sie zu Marie.

Die stand in ihrem zerrissenen, verdreckten Kleid eine ganze Zeit neben Brutus, der immer wieder freundlich nach ihr stieß.

Manchmal streckte sie vorsichtig die Hand aus und versuchte ihm einige Strähnen seiner Mähne zu ordnen. Der schwarze Bert hatte Holzmeier in eine der Hütten geführt und ihr versprochen, ihm nichts zuleide zu tun. Wieglaf wollte bei ihm wachen, und für Sebastian hieß das, dass dem Oberst nichts geschehen würde.

Im ganzen Lager war eine Bewegung wie in einem Bienenstock. Alle hatten zu tun: sich waschen, die Kleider ordnen, die Schlafplätze für die Nacht richten, alles für den möglichen Aufbruch zusammenlegen, das Feuer groß in Gang bringen.

Wie es nicht anders zu erwarten war, hatten die Frauen alles für ein ordentliches Essen vorbereitet, Bohnen eingelegt, Brot eingeweicht, es gewürzt und zum Braten gepresst, vor allem Fleisch in Portionen zerteilt. Dennele hatte mit einer ausgelegten Schlinge tatsächlich einen Dachs gefangen. Dazu brachte Agnes Branntwein und sogar richtigen Wein heran, drei ganze Krüge. Sebastian konnte sich nicht erklären, wo die versteckt gewesen waren.

Der Schein des Feuers ersetzte dann rechtzeitig das Strahlen der Sonne. Die Stimmung löste sich, als wenn Kutschpferde endlich aus dem Geschirr durften. Sie saßen zusammen und erzählten und lachten und sangen, auch das Lied *Wild und frei*. Sie münzten es auf Sebastian, vielleicht weil er so nachdenklich dasaß.

»Sebastian, wo gehst du hin?
Räuberbrut!
Ist das nicht schäbigster Gewinn?
Räuberblut!

Wunderbarer Mann,
Nun schau nicht hinter dich!
Furchtbarer Mann,
Du lässt uns nicht im Stich!

So wild und frei,
Wir sind dabei!
So wild und frei!
Es ist uns einerlei!«

Sebastian lächelte gequält, während er dem Lied zuhörte. Er merkte, wie ihn Marie aus dem Augenwinkel ansah. Das brachte ihn erst recht durcheinander. Sie war wie ein Bote aus einer anderen Welt, die ihm in ihrer Person plötzlich so reizend vorkam.

Marie durfte wie selbstverständlich mit am Feuer sitzen. Holzmeier hatten sie dagegen Fußfesseln angelegt und dafür die Handfesseln abgenommen. Dass Marie unter ihnen saß, kam Sebastian so vor, als wollten sie ihr alle die schöne Räuberwelt präsentieren. Dazu gehörte auch, wie sie die Beute aufteilten.

Dennele legte ein großes Tuch auf den Boden, auf dem alle Beutestücke ausgebreitet wurden. Der Reihe nach durfte sich jeder nehmen, was ihm gefiel, eine Taschenuhr, ein seidenes Schnupftuch, eine Brosche, silberne Schuhschnallen, die weißen Handschuhe von Marie. Sie wurde auch gefragt, doch warf sie verächtlich den Kopf zurück. Alle lachten. Von den zwei Pistolen mit Radschloss nahm sich Ulli eine, aber auch Johann.

Dann zählte der schwarze Bert das Geld vor: »Drei Dukaten, vier Gulden, zweiundfünfzig Konventionstaler, ein paar Groschen und etliche Kreuzer, dazu eine goldene Halskette und zwei Goldringe – so viel zu Fuchs und Kies.«

Sebastian sah zu Johann, ob der die Stirn runzelte, aber der stierte mit glasigen Augen vor sich hin. Er allein hatte einen ganzen Weinkrug geleert.

Wieder wurde aufgeteilt. Sebastian biss sich auf die Zunge, um nicht nach weiteren Goldmünzen zu fragen, und er riss sich zusammen, auch von dem Geld zu nehmen. Vor Marie hätte er eigentlich diesen Kelch gern an sich vorübergehen lassen. Aber er besann sich.

Er war verdammt noch mal Räuber, sagte er sich. Trotzdem nahm er nur einen Gulden, den er langsam in das Futter seiner Jacke steckte, als hätte er ihn damit im Tresor weggeschlossen. Marie sah versteckt zu. Aber er bemerkte auch, wie Denneles Blick zwischen ihm und Marie hin- und herging.

Dennele fragte den schwarzen Bert laut und mit einem bösen Unterton, wobei sie alles Singen und Lachen unterbrach: »Bert, wie lange bleibt die denn?«

»Wer?«

»Die hier, diese feine Dame und ihr feiner Herr Vater!«

»Vater? Ach so, was du alles weißt!«

»Also?«

»Wir müssen sehen, was sie wert ist. Feine Damen sind viel wert. Wir haben Glück gehabt. Und den Vater als Geisel noch dazu! Umso besser!«

Dennele sah Marie von oben herab an und legte Holz nach, wie um sie besser sehen zu können. Sebastian fühlte sich bei diesem Blick von Dennele nicht wohl. Obwohl er Marie nun plötzlich anders sah und versuchte, an ihr die Gesichtszüge ihres Vaters zu erkennen, konnte er sie doch nicht mit ihm zusammenbringen: Sie war und blieb wunderschön und war in dieser Welt hilflos wie ein Reh unter Wölfen. Seine Gedanken pochten hart wie auf einen Amboss: Etwas war gerade nicht richtig, nicht gerecht! Als er dann den schwarzen Bert und Ulli wieder scherzen und lachen hörte, hatte er das Gefühl, man hätte ihn mit einem Trick übers Ohr gehauen. Geiseln!, sprach er innerlich. Der schwarze Bert hatte das Wort so beiläufig gesagt, als hätte er den Überfall deswegen geplant.

Sebastian wunderte sich wieder, wie wenig er die Menschen verstand. Sein Gefühl aber war eindeutig: Er fürchtete um Marie.

Die Umkehr

Es war spät am Morgen. Der Regen, der seit Mitternacht ununterbrochen geprasselt hatte, hörte auf. Sebastian schlug die Augen auf. In der Hütte schliefen noch alle, nun erst richtig, da man sich nicht mehr hin und her wälzen musste, um weniger zu frieren. Zwar hatten die Frauen allen eine Art Bett gemacht, aus Zweigen und Laub und Moos, aber es wärmte irgendwann nicht mehr und auch die Gelenke taten weh. Die meisten lagen deswegen auf dem Rücken – und schnarchten, der schwarze Bert so sehr, dass er immer wieder nach Luft schnappte wie ein an Land geworfener Fisch.

Sebastian sah sich um und erschrak: Holzmeier blickte ihm direkt ins Gesicht. Er lag mit offenen Augen zusammengekrümmt da, Beine und auch Hände gefesselt. Keiner hatte ihm eine Decke hingeworfen. Immerhin durfte auch er auf dieser Art Bett liegen, dachte Sebastian, und wegen der kühlen Nacht: Holzmeier hatte genug Speck am Körper! Um Marie, die in der anderen Hütte schlief, hatte sich Agnes gekümmert.

Holzmeier musste ihn schon länger beobachtet haben. Sebastian überwand sich und sah bewusst zurück. Er hatte sich die Freiheit erkämpft, vor Holzmeier nicht mehr zu Boden blicken zu müssen. Er dachte an die Demütigungen, denen er seinetwegen ausgesetzt gewesen war, an Holzmeiers heimliche Befriedigung, wenn er mit dem Stock zuschlagen konnte.

Sebastian kniff die Augen zusammen und dachte, dass Holzmeier wohl sein Gesicht studiert hatte. Und er merkte, dass dieser Schinder ihn nicht erkannte, ihn nicht erkennen konnte: Sein Bart schützte ihn. Doch er ärgerte sich über diesen Gedanken: Vor diesem Menschen brauchte er keinen Schutz mehr. Er lächelte und Holzmeier sah zur Seite.

Das forderte Sebastian plötzlich heraus. Es war wie ein Damm, der brach. Von seinem Strohlager aus nahm er einen langen Zweig, den er hinter sich liegen sah. Damit strich er auf die Entfernung Holzmeier übers Gesicht. Der schüttelte abwehrend den Kopf und sah ihn böse an. Sebastian zog den Zweig zurück, streckte ihn aber gleich wieder aus und zog eine Grimasse, als Holzmeier ihn wieder böse ansah. War das eine Befriedigung! Holzmeier konnte sich nicht wehren, er konnte noch nicht mal was sagen, weil er befürchten musste, Ulli oder den schwarzen Bert zu wecken.

Sebastian spielte mit Holzmeier wie die Katze mit der Maus. Er schob den Zweig vor, Holzmeier zog den Kopf zurück, Sebastian schob weiter, Holzmeier legte den Kopf in den Nacken, Sebastian kitzelte ihn am Hals, Holzmeier schob den Kopf vor und so ging das lange. Sebastian genoss jeden Augenblick.

Doch plötzlich erkannte er in Holzmeiers Gesicht einen anderen Ausdruck, nicht mehr von Ärger, sondern von Verzweiflung. Wurden seine Augen nicht feucht?

Sebastian trat ins Freie und sah, dass einige Frauen aus der anderen Hütte schon aufgestanden waren und ihren Arbeiten nachgingen. Ein Kind wollte mit ihm spielen, aber er fragte es nur nach Marie, der neuen Frau. Das Kind zeigte zu Brutus hinüber.

Die Sonne brach durch, da begrüßte ihn Dennelle freudig. Sie fragte, ob er essen wolle. Es gebe Brot und Speck. Sebastian nickte und ging hinter einen der tropfend nassen Bäume, um zu pinkeln.

Sie blieb bei ihm und redete von dem Zufall, dem mit Holzmeier und seiner Tochter, und was die machen würden, die feinen Leute, dass es die jetzt mal erwischt habe – da sagte Sebastian ziemlich barsch: »Bringst du mir das Brot und den Speck?«

Er nahm es, als er vom Pinkeln kam, und ging damit zu Marie. Sie sah ihn nicht an und sagte doch: »Guten Morgen!«, als er sie begrüßte.

»Hast du Hunger?«, fragte er und schnitt eine Scheibe Brot ab.

Marie zuckte mit den Schultern, und die Antwort war klar. Er reichte ihr die Scheibe. Sie starrte nur darauf und rührte sich nicht. Obwohl ihr weißes Kleid am Feuer und auf dem klammen Nachtlager wohl noch dreckiger geworden war, sah sie immer noch fein aus.

»Willst du nicht?«, fragte Sebastian. »Komm, iss! Es ist nicht vergiftet!«

Wie zum Beweis dafür stopfte er sich selbst die Scheibe Brot in den Mund, kaute die schnell durch und schluckte sie runter wie eine Kuh ein Büschel Gras.

Plötzlich lächelte Marie und sagte: »Deine Hände!«

Sebastian verstand erst nicht, als er darauf schaute. Ihm fehlte kein Finger und er hatte keine Wunde. Aber dann dachte er an die Carlsschule, wie sie dort morgens aufgestanden waren: Alles musste sauber und gepflegt sein. Er drehte eine Hand um, die fettig braun und schwarz glänzte. Er musste lachen und Marie lächelte wieder kurz. Wortlos gab er ihr das Brot und den Speck, ging ein paar Schritte weiter und rieb sich die Hände in dem nassen Gras sauber.

Marie aß dann vorsichtig eine Scheibe Brot. Von dem Speck wollte sie nicht. Dabei drehte sie sich wie spaßhaft immer wieder von Brutus weg, der sie anstieß und ebenfalls von dem Brot wollte. Sie hielt ihm das letzte Stück hin und zog schnell die Hand zurück, als das Pferd danach schnappte.

Sebastian sagte: »Du musst das Brot auf die flache Hand legen!«

Da stand plötzlich Dennele neben ihnen.

»Das ist für uns Menschen!«, sagte sie mit Blick auf Marie. »Wir sind froh, wenn wir zu essen haben!«

Dennele hielt ein paar Kleider im Arm und grinste halb. Sie drückte Marie die Kleider an die Brust und sagte: »Hier, für dich! Damit du auch was Anständiges zum Anziehen anhast. Riech dran, ob du die noch waschen musst!«

Sebastian sah zur Seite. Dennele verschränkte die Arme. »Na los!«, sagte sie. »Worauf wartest du?«

Marie nahm den Kopf zurück und legte sich das Kleiderbündel auf die Füße. Dann fasste sie sich an den Rücken und löste die Bänder ihres Kleids. Sebastian entfernte sich ein paar Schritte.

Ohne eine Miene zu verziehen, streifte sich Marie die anderen Sachen über, die wohl hier und da zusammengeraubt waren, ein roter Rock, ein gelbes Hemd und darüber eine grüne Jacke.

Sebastian reichte Dennele das Brot und den Speck und ging davon. Er hatte das Gefühl, dass so die Spannung wich. Er schaute aber immer wieder zurück und sah, dass Dennele Marie anscheinend sogar beim Anziehen half. Obwohl die Kleider alle nicht zusammenpassten, verlor Marie nichts von ihrer Eleganz. Er fand, dass sie beinahe noch reizvoller aussah.

Es dauerte noch lange, ehe sich der schwarze Bert und Ulli bemerkbar machten. Sebastian verstand gar nicht, wie sie so unbekümmert in den Morgen hineinschlafen konnten. Zwar hatten sie viel zeitlichen Vorsprung und ihr Lager war weit entfernt und gut versteckt, aber trotzdem müssten sie doch so bald wie möglich handeln.

Vor allem verstand er immer noch nicht genau, was da für ein Spiel gespielt wurde. Als weiterhin keine Anweisungen kamen, der schwarze Bert sich nur missmutig einen Platz in den noch nicht heißen Sonnenstrahlen suchte, ging Sebastian zu Wieglaf, dem er bedingungslos vertraute.

Der alte Mann saß hinter einer der Hütten an einer Art Schreibtisch wie ein Kanzleibeamter. Er hatte Papier und Tintenfass vor sich und schrieb.

»Hallo, Wieglaf, wie geht's?«, sagte Sebastian. »Ist das nicht ein schöner Tag heute?«

Wieglaf sah auf, blickte wieder auf das Blatt Papier vor sich, pustete vorsichtig darüber und legte die Schreibfeder zur Seite.

»Was gibt es?«, fragte er und sah Sebastian durchdringend an. »Ja, es ist ein schöner Tag und vielleicht sollte ich faulenzen und ihn genießen. Aber du weißt, der Überfall war nur der eine Teil. Also, was willst du?«

»Was schreibst du da? Einen Liebesbrief? An deine Verflossene?«

»Dafür ist es längst zu spät«, antwortete Wieglaf ziemlich ernst.

Sebastian stutzte und fragte dann rundheraus: »Wusstest du vom zweiten Teil?«

»Ehrlich gesagt nicht. Aber so ist es, wenn man sich den Teufel ins Haus holt. Der macht seine eigenen Gesetze.«

»Ulli und der schwarze Bert haben uns also benutzt, nicht wahr? Sie wollten kein großes Ding, sie wollen ein Riesending.«

Wieglaf zog nur die Mundwinkel hoch und nahm das Blatt Papier und las: »Den betreffenden Personen wäre zu Diensten ihrer Gesundheit und allgemeinen Befindlichkeit angelegen, sie möglichst bald wieder sichereren Zuständen zuzuführen, als wir diese mit unseren bescheidenen Mitteln herbeizufügen vermöchten. Zur Begleichung der uns entstandenen Unkosten erlauben wir uns, Sie hiermit gnädigst aufzufordern …«

»Ach, daran schreibst du! Ich verstehe.«

»Hör zu! … Sie hiermit gnädigst aufzufordern, bis zum Dienstag, dem Ende dieses Monats, die Summe von 50 000 Talern bereitzustellen.«

»Was?«, rief Sebastian. »50 000?«

»Psst! Nicht so laut. Bert will es so. Es ist ein Riesending«, sagte Wieglaf leise und mit belegter Stimme. »Es geht um alles oder nichts.«

Wieglaf hatte die Augen weit aufgerissen, als er wieder hochsah. Der Blick sagte mehr als alle Worte.

Sebastian hatte endgültig verstanden.

»Wir fechten das durch!«, sagte er, als er sich abwandte, und Wieglaf fügte hinzu: »Wir haben keine Wahl.«

Sebastian sah sich im Lager um und fand sonst kaum jemanden auf den Beinen. Er wusste, dass er eigentlich nach einer bestimmten Person Ausschau hielt. Bei diesem Gedanken sah er an sich hinab und erschrak beinahe: Er war so erzogen, dass man sauber und adrett gekleidet zu sein hatte, ohne Flecken, alle Knöpfe fest, keine Naht offen. Nun schaute an seiner Hose das Knie heraus, an den Oberschenkeln war der Stoff fast schwarz und schmierig, sonst überhaupt voller Fett und dunkler Flecken.

So trieb es ihn in den Wald. Er wollte sich unbedingt mal wieder waschen. Auch wäre er zu gern den Bart mal wieder losgeworden. Doch war der auch ein gutes Versteck und ließ ihn älter aussehen.

Er musste ein Stück gehen, ehe er zu einer Quelle kam, wo das Wasser klar und kalt hervorsprudelte und sich in einem großen Becken sammelte. Zu seiner Überraschung kam ihm Ulli entgegen.

»Was machst du denn hier?«, fragte ihn Sebastian. »Ich dachte, du schläfst noch.«

»Siehst du mal.«

Ulli sah ihn herausfordernd an.

Sebastian verstand nicht. Er zog langsam sein Hemd aus, um sich zu waschen. Wie zur Drohung beugte er einen Arm, sodass die Muskeln hervortraten. Er war wirklich ein starker, kräftiger Mann geworden.

»Ich wollte mal schnell nach den Wachen gucken«, redete Ulli weiter, »ob die auch auf dem Posten sind. Eigentlich müssten wir ja schnell weiterziehen, nur sind wir weit vom Tatort entfernt und auch gut versteckt. Man kann eigentlich nur von unten her zu uns vordringen, mit Hunden und Pferden, meine ich. Zur anderen Seite ist viel Fels, der überall Deckung bietet und durch den man nur zu Fuß kommt. – Hast du das Mädchen gesehen? Wahnsinn, was?«

»Welches Mädchen?«

»Welches Mädchen! Tu nicht so!«

Nun zog sich auch Ulli das Hemd aus, dazu die Hose und stand ganz nackt da. Sebastian starrte auf seinen mächtigen Körper mit dem riesigen Bauch. Ulli lachte und zeigte darauf.

»Meine Narben schaust du an, nicht wahr? Beeindruckend, oder nicht? Ich kann dir zu jeder eine Geschichte erzählen. Es sind meine Souvenirs von Überfällen.«

Auch Sebastian zog sich nun die Hose aus, was er sowieso machen wollte, aber allein. Sie wuschen sich und er sah, dass Ulli allerdings auch auf dem Rücken von Narben übersät war. Er staunte und ließ das Wasserbecken als Abstand zwischen sich und ihm. Ulli wusch sich auch im Schritt mit beiden Händen, als hätte er dort zwischen dem Fett Kruste zu entfernen.

»Du bist noch neu im Geschäft«, sagte er lachend und spritzte mit Wasser. »Du hast wirklich noch eine reine Haut.«

»Willst du was von ihr?«, fragte Sebastian und überschüttete sich mit Wasser, wie er es auch immer in der Carlsschule gemacht hatte. Aber er spritzte nicht zurück.

Da machte sich Ulli groß und fasste sich zwischen die Beine und rief: »Bin ich kein Mann? Willst du etwa nicht?«

»Klar! Doch!«, versuchte Sebastian laut zu sagen und merkte, wie er eine Gänsehaut bekam. Schnell wischte er sich das Wasser vom Körper und zog sich wieder an.

Ulli redete in der Art noch mit ihm, sich immer wieder zwischen die Beine fassend, als sie schon wieder zurückgingen. Auf dem Weg bog er jedoch plötzlich ab.

Als Sebastian aus dem Wald kam, stand auf einmal Dennele in Maries weißem Kleid da. Er riss die Augen auf: Was für ein Anblick! Sebastian meinte zunächst, Dennele wollte sich über Marie lustig machen, die neben ihr lief. Noch dazu schimpfte sie die ganze Zeit mit ihr, und zwar sehr unflätig.

»Na, wie steht mir das?«, rief sie, als sie Sebastian sah, und wiegte sich in den Hüften.

»Gut«, sagte Sebastian und versuchte, einen überzeugten Gesichtsausdruck zu machen. Aber er spürte gleich, dass etwas bei dem Anblick nicht stimmte. Das Kleid passte gar nicht in die Umgebung von Wald und Wiese, und damit auch nicht zu Dennele, die zu dieser Umgebung gehörte. Vor die Carlsschule mit ihren Ecken aus Stein, ihren kahlen Mauern und den Buchsbäumen, die im Topf standen – dahin gehörte ein solches Kleid! Wie lächerlich es war, dachte Sebastian, sich in so was zu zwängen, womöglich noch mit Schnürbrust!

»Gefällt es dir nicht?«, fragte Dennele und spreizte die Arme zur Seite und drehte sich wie ein Brummkreisel.

»Doch!«

Sebastian konnte nicht anders, als auch auf Marie zu sehen, die steif dastand und ebenfalls in den falschen Kleidern steckte. Der Anblick von Dennele war aber zu verwirrend. Das Kleid betonte ihren schönen Körper so sehr, dass es ihm fast peinlich war, sie anzusehen.

Inzwischen hatten sich alle um die beiden versammelt und fingen an zu klatschen und zu singen. Dennele schloss die Augen und tanzte sich wie in einen Rausch. Sebastian sah immer wieder Marie an, die wie zu Stein erstarrt dastand. Sie schien dazu da zu sein, das Bild der wirbelnden, jauchzenden Dennele noch besonders hervorzuheben.

Plötzlich war eine Fiedel zu hören, dann ein Hackbrett und schließlich Stöcke, die aneinanderschlugen. Ein großer, bunter Tanz fing an. Alle machten mit, auch Wieglaf, der einstudierte Schritte machte, sogar Johann, der sich eher im Kreise drehte. Dennele schnappte sich Sebastian und trat ihm sacht auf die Füße, um ihm ihre Tanzfigur zu zeigen. Der schwarze Bert packte sich allerdings Marie und presste sie an sich, als müsste er mit einem Bären ringen. Sebastian sah ihre Verzweiflung. Da fing ausgerechnet der alte Wieglaf mit Partnerwechsel an. Er drängte Sebastian von Dennele fort, schob ihn weiter und zwinkerte ihm zu. Als hätte er damit einen versteckten Hinweis gegeben, gelangte Sebastian nach ein paar Drehungen mit Agnes und einem anderen Mädchen bis zu Marie. Sie fasste ihn an wie ein Schiffbrüchiger das Floß, so kam es ihm zumindest vor. Auf einmal war er selig. Marie machte den Tanz nun bewusst mit und zeigte ihm sogar neue Schritte. Sebastian wehrte alle Versuche ab, sie abzulösen, und sie ließ sich nicht ablösen.

Plötzlich blieb Dennele in den Armen von Ulli abrupt stehen, sah zu Sebastian und ging wütend davon. Die Musik hörte auf und alle atmeten schwer und lachten.

Marie machte sich sofort von Sebastian los, blieb jedoch neben ihm stehen. Er hatte den Eindruck, dass sie ganz fein lächelte.

Eine seltsame Spannung lag auf einmal in der Luft. Alle hatten sich wach getanzt und die Frage war, wie der Tag weiterging. Es dauerte nicht lange, dann standen der schwarze Bert und Dennele zusammen und redeten. Und als Ulli wieder, sich die Hose zuknöpfend, auf die Lichtung trat, winkte ihn der schwarze Bert sofort zu sich. Nur kurz redeten die beiden auf ihn ein.

Plötzlich stampften die beiden Räuber wild entschlossen zu einer der Hütten, zerrten Holzmeier heraus und trieben ihn vor sich her in den Wald. Marie lief schreiend hinter ihnen her, ehe Ulli sie packte und wie eine beißende Katze abschüttelte. Sie wollte wieder aufstehen, aber da war Dennele bei ihr und warf sich auf sie und hielt sie fest.

Sebastian schluckte und nahm sein Messer und spielte damit, als ginge ihn das nichts an. Aber dann stach er es so fest in ein Stück Holz, dass er es kaum mehr herausziehen konnte. Nach einer Weile ging er in dieselbe Richtung. Um Dennele und Marie machte er einen großen Bogen, die nun beide stumm im Gras saßen.

Auf einmal war Johann neben ihm, mit einer Pfeife im Mund, was Sebastian gar nicht von ihm kannte.

»Rauchst du jetzt?«, fragte er ihn.

»Siehst du doch, oder? Kann ich dir nur empfehlen. Mit Wein zusammen schmeckt das erst recht – und mit Branntwein: Das ist das Allergrößte! Das brennt dir so im Mund, davon gehen die schlimmsten Zahnschmerzen weg. Wahnsinn!«

Sebastian hatte schon ein paarmal an einer Pfeife gezogen. Er sollte den Rauch auch einatmen, hieß es, aber das brannte so, dass er immer loshustete. Die anderen lachten dann über ihn wie über einen Jungen, der sich noch in die Hose machte.

»Was passiert da jetzt wohl?«, fragte Sebastian mit Blick in den Wald.

»Holzmeier meinst du?«, sagte Johann und grinste schadenfroh. »Die machen den jetzt fertig.«

»Warum?«

»Warum? Weil er es verdient hat, oder nicht? Der hat es doch verdient! Jetzt spürt er mal, wie Prügel so schmecken!«

Wie zur Betonung von Johanns Aussage waren ganz leise aus dem Wald Schreie und Flüche von Ulli und dem schwarzen Bert zu hören, »Schwein!«, »Lump!«, »Sag schon!«, dazwischen Aufheulen und Jammern von Holzmeier.

»Jetzt kriegt er sein Fett weg!«, sagte Johann und zog gierig an seiner Pfeife. »Was hat der uns in dem Karzer schmoren lassen, wegen nichts, wegen Kinkerlitzchen!«

Sebastian versuchte zu lächeln. »Aber denen hat er nichts getan«, flüsterte er fast.

»Tut er dir jetzt leid, der Hund? Wenn der nicht gewesen wäre, wäre ich nicht geflohen und hätte nicht mein Bein … Egal! Aber so spürt das nicht nur er, wie ungerecht er ist, sondern die ganze Carlsschule. Außerdem will der Bert natürlich wissen, wer er genau ist, was er macht und so. Wie viel er wert ist!«

Sebastian ging zu dem alten Mann, der bei seinem Hackbrett in der Sonne döste. Als der ihn sah, spielte er das Lied vom Räubertod, als wäre das passend gewesen. Sebastian brummte mit, schon um die Geräusche aus dem Wald nicht mehr zu hören.

»Das Leben ist ein Trunkenbold,
Es fühlt sich manchmal frei,
Vergisst die Arbeit und das Heil,
Ist ihm doch völlig einerlei.

Das Leben ist ein Narr, es furzt
Den Tod auch manchmal an,
Und scheißt ihm sogar auf den Weg,
Wenn es ihn nur mal treffen kann.

Leben, geh weiter!
Mach nur dein Ding!
Lass bloß den Tod stehn!
Tanze und sing!«

Sebastian dachte an die Gerechtigkeit in der Welt. Gab es für schlechte Werke einen Ausgleich, und zwar schon auf Erden? Hatte nicht Holzmeier genug gerichtet, sodass es nur gerecht war, dass nun einmal über ihn gerichtet würde? Aber würde nicht erst Christus im Himmel richten? Und warum empfand er deswegen keine Genugtuung?

Sebastians Gedanken wurden unterbrochen durch das Schreien des schwarzen Bert. Er war mit Ulli zurück und rief im Lager alle zusammen.

Es war ein eigenartiger Anblick, wie sich von überall her alle sammelten, manche mit einer Decke unter dem Arm. Sie trafen sich auf einer sonnendurchfluteten Stelle im Gras, wo sich alle auf den Boden lagerten. Die paar älteren Männer ließen sich vorsichtig herab wie Ziegel an einem Flaschenzug, die Frauen breiteten zuerst sorgsam Decken unter sich aus, die Kinder schmissen sich darauf und machten Purzelbäume, Johann stützte sich auf die Ellenbogen und streckte sein Holzbein aus, Agnes kauerte am Boden, der alte Wieglaf ging wie ein Betender in die Knie und las in dem Blatt Papier vor sich, Dennele ließ sich mit einem tiefen Seufzer nieder, als hätte sie sich gerade satt gegessen.

Sie waren gar nicht so viele, dachte Sebastian auf dem kurzen Weg dorthin, und eigentlich war da keiner, der die Gruppe führen konnte, von dem schwarzen Bert und Ulli abgesehen, die aber mit Sicherheit wieder eigene Wege einschlagen würden.

Sebastian ging an einer der Hütten vorbei und hörte leise Maries Stimme: »Vater, es tut weh. Aber bleiben Sie standhaft! Sie müssen standhaft bleiben! Diese Leute werden uns nicht brechen!«

Holzmeier stöhnte schwer und Sebastian ging schnell weiter.

Der schwarze Bert hatte sich in der Mitte der Gruppe aufgebaut und schaute sich ungeduldig um.

Sebastian rief er zu: »Na, kommt der werte Herr auch mal? Und was ist mit der holden Frau?«

»Welche holde Frau?«, fragte Sebastian überrascht und schaute Dennele an.

»Die Marie! Die soll gefälligst auch kommen! Das geht sie auch an. Sie soll das auch hören!«

Sebastian sah sich verwirrt um. Wieso fragte der schwarze Bert *ihn* nach Marie, überlegte er schnell. Da sprang schon Dennele auf und lief zu der einen Hütte. Es dauerte eine Weile, ehe sie mit Marie zurückkam, bei deren Anblick alle juchzten und klatschten. Sie sah in ihren Kleidern aus wie eine von ihnen, auch wenn in ihrem Gesicht der Schrecken stand.

Der schwarze Bert sah abschätzig auf sie herab. Marie setzte sich ausgerechnet neben Sebastian, dem das Herz gleich höherschlug. Er spürte mit einem Mal, dass er wie zum Trost gern ihre Hand gehalten hätte. Aber er blieb möglichst reglos sitzen und schaute zu Bert.

Der sagte nun lachend: »So, sind alle hier, bis auf die beiden Wachen, aber die Frauen müssen auch nicht immer alles wissen. Nun, der Überfall hat sich gelohnt, ihr werdet sehen. Wir haben hier welche, einen Herrn und sein Früchtchen von Tochter, die werden uns so viel Geld einbringen, dass alle in diesem Jahr unbesorgt sein können. Doch dazu sind noch ein paar Schritte nötig, nicht viele. Aber wir müssen dabei sicher auftreten. Ich muss hier gar nichts weiter erzählen. Eigentlich ist der weitere Ablauf klar. Der Alte hier, Wiegland …«

»Wieglaf, bitte!«

»Also, Wieglaf, du hast den nächsten Schritt vorbereitet.«

Wieglaf sah den schwarzen Bert wie misstrauisch an und reichte ihm das Blatt Papier, in dem er gerade noch gelesen hatte.

Der schwarze Bert nahm es erstaunt und sah kurz darauf wie auf einen völlig unbekannten Gegenstand. Als hätte ihn Wieglaf bloßgestellt, gab er das Blatt zurück und brummte ärgerlich: »Lies vor!«

Wieglaf richtete sich langsam auf und wirkte plötzlich wie jemand, der eine ganz eigene Macht besaß. Es wurde still, auch die Kinder schwiegen. Er hielt sich das Blatt nah vor die Augen und las: »*Durchlauchtigste Hoheiten, Exzellenzen, Damen und Herren und*

Bedienstete, hiermit geben wir zu verkünden kund, dass durch unglückliche Umstände, deren Ablauf von Seiten der Betroffenen leider in höchstem Maße selbstverschuldet zu nennen nicht an der Wahrheit vorbeiginge, in unsere Verwahrung ein Herr Holzmeier und seine Tochter gekommen sind, die wir hiermit auszulösen freundlichst begehren. Den betreffenden Personen wäre zu Diensten ihrer Gesundheit und allgemeinen Befindlichkeit angelegen, sie möglichst bald wieder sichereren Zuständen zuzuführen, als wir diese mit unseren bescheidenen Mitteln herbeizufügen vermöchten. Zur Begleichung der uns entstandenen Aufwendungen erlauben wir uns, Sie hiermit gnädigst aufzufordern, bis zum Dienstag, dem Ende dieses Monats, die Summe von 50 000 Talern bereitzustellen. Bitte überlassen Sie diesen Betrag einer Person, die am betreffenden Tag Schlag Mittag vor dem Neckartor das Wort ›Holzmeier‹ rufen wird. Sobald der Betrag gesichtet und in Sicherheit gebracht ist, werden die betreffenden Personen wohlbehalten zurückkehren können.«

Als Wieglaf das Blatt sinken ließ, war die Unruhe groß. Viele murrten und Ulli rief aufgebracht: »Was soll das? Wer soll das verstehen?«

»Die verstehen das«, sagte Wieglaf, »und sie werden verstehen, dass auch wir gewieft sind.«

Er machte eine Pause und wartete so lange, bis alle wieder still waren. Dann erklärte er in einfachen Sätzen noch einmal, wie das Lösegeld übergeben werden musste: Jemand von ihnen würde genau am Mittag vor dem Neckartor in Tübingen warten, und zwar auf die Leute mit dem Lösegeld. Derjenige würde als Erkennungszeichen ›Holzmeier‹ sagen. Er würde das Geld in Empfang nehmen und sich davonmachen. Passieren dürfte ihm nichts, weil sie die Geiseln hatten. Wenn derjenige mit dem Geld wieder bei ihnen wäre, würden sie die Geiseln freilassen.

»Haben das alle verstanden?«, fragte der schwarze Bert zum Schluss.

Alle nickten und brummten zustimmend, und doch blieb es diesmal eigenartig still. Alle sahen sich an. Auch der schwarze Bert und Ulli wechselten Blicke.

Sebastian stellte schließlich die wichtige Frage: »Und wer überbringt das Schreiben?«

»Du!«, sagte der schwarze Bert.

Sebastian schluckte. Damit hatte er nicht gerechnet. So käme ihm eine entscheidende Rolle zu, dachte er, was er nicht wollte.

»Es ist einfach das Beste, wenn du das machst«, fuhr der schwarze Bert fort. »Du siehst am unschuldigsten aus. Du gehst perfekt als Student durch.«

»Als Andreas Maler!«, rief Johann.

Sebastian sah sich um. Johann nickte ihm zu und eigentlich alle nickten zustimmend.

Er sah Marie an, die plötzlich den Kopf hängen ließ.

»Ich allein«, fragte Sebastian schnell mit dünner Stimme. »Wenn mir was …«

»Und weißt du was«, grölte da der schwarze Bert voller Freude. »Damit du auf deinem Marsch nicht so allein bist, nimmst du Dennele mit!«

Auch das überzeugte alle. Dennele lachte und versuchte Sebastians Blick zu erhaschen. Und Wieglaf sagte laut und fest: »Du machst das!«

Als Sebastian nickte und zu Boden sah, klatschten alle und johlten. Er sollte sofort aufbrechen.

Während sich Sebastian betrübt fertig machte, wozu eigentlich nicht mehr nötig war, als eine bessere Hose anzuziehen und einen breiten Hut gegen Regen aufzusetzen, schien Dennele wie ausgewechselt. Sie ging zur Quelle im Wald, um sich zu waschen, zog sich fast neue Kleider an, machte sich die Haare zurecht und sang und summte die ganze Zeit.

Sebastian besprach sich noch mit dem schwarzen Bert und Ulli, wo er den Brief am besten abgeben sollte. Sie stimmten überein, dass es keine Rolle spielte. Er würde auf jeden Fall in die richtigen Hände gelangen.

Danach ging Sebastian unschlüssig auf dem Platz herum und wartete auf Dennele. Er ging auch an den beiden Hütten vorbei, wagte aber nicht, hineinzuschauen. Er wollte Holzmeier nicht sehen. Aber er wusste, dass Marie bei ihm war und dass sie ihn von drinnen beobachtete.

Sebastian schlenderte zu Brutus und streichelte ihn. Das Pferd schien sich über alle Zuneigung zu freuen, die es bekam. Wenigstens bis zum nächsten Winter konnte es noch ein gutes Leben haben.

Es dauerte nicht lange, da kam Marie zu ihm. Sebastian schaute sie an und sie schlug nicht die Augen nieder.

»Vite, reviens!«[*], sagte sie leise. »Bitte!«

Sebastian spürte plötzlich tief in sich eine Wärme, als stiege er in ein warmes Bad. Er verstand, dass Marie ihm vertraute, sie, eine Frau aus der anderen Welt. Er hätte sie so gern umarmt und wusste, das wäre völlig unpassend.

Stattdessen sagte er schnell, als er Dennele auf sich zukommen sah: »Halt dich an Agnes, die grauhaarige Frau, und an den alten Wieglaf! Ich mach schnell.«

»Geht's los?«, fragte Dennele und sah abschätzig auf Marie. Die drehte sich wortlos um und ging davon. Sebastian zwang sich, ihr nicht nachzuschauen.

Er machte sich mit Dennele auf zum Wald und ließ sich zum Abschied von allen umarmen. Der schwarze Bert und Ulli grüßten nur aus der Ferne. Sie lagen im Gras und rauchten. Bert hob wie zur Mahnung den Zeigefinger.

* Komm schnell zurück!

Auch Johann kam zum Abschied. Er humpelte schnell an Sebastian heran und zog ihn zur Seite und flüsterte: »Komm noch mal! Ich muss dir was sagen.«

»Ich dir auch.«

Die beiden standen sich gegenüber. Sebastian musste plötzlich lachen, weil er darauf wartete, dass sein Freund als Erster was sagen würde. Aber auch Johann lachte nur. Da umarmten sie sich.

Sebastian machte sich frei und sah Johann nicht in die Augen, als er sagte: »Ich bitte dich um was, mein Freund: Pass bitte auf Marie auf!«

»Du willst was von ihr, was? Das merkt man.«

»Wie bitte? Das kann nicht sein!«

»Was kann nicht sein? Dass man das nicht merkt?« Johann lachte. »Ich sag dir: Gefühle brauchen keine Worte und kein Gefäß. Sie sind trotzdem mit den Händen zu greifen. Aber was willst du von der? An die kommst du nie ran. Die Dennele, die wäre …«

Sebastian sah ihn scharf an und sagte mit gepresster Stimme: »Pass auf sie auf, ja?«

»Also doch! Mach ich, mein Freund! Ich mach das. Wenn's weiter nichts ist! Aber dafür musst du mir auch einen Gefallen tun.«

»Aber du musst wirklich ein Auge auf sie haben!«, sagte Sebastian.

»Hab ich! Hab ich ganz bestimmt!«, erwiderte Johann nun ernst. »Und der Gefallen?«

»Was ist es denn? Sag!«

»Bringst du Wein mit, wenigstens Branntwein?«

»Weiter nichts?«, fragte Sebastian und nun musste er lachen.

»Das ist wichtig! Und eher Branntwein als Wein, ganz bestimmt Branntwein. Man hat mehr davon.«

Johann war wirklich ein anderer geworden, dachte Sebastian.

»Versprochen?«

»Versprochen!«

Es war herrlich, mit Dennele durch den Wald zu trollen. Es gab eigentlich keinen Grund für die beiden, nicht auf den üblichen Wegen zu gehen. Sie waren Mann und Frau und mit guten Papieren versorgt. Dennele hätte eine braun gebrannte Bäuerin auf dem Weg zu einer Kindstaufe sein können. Beiden machte es großen Spaß, alle Leute, denen sie begegneten, zu begrüßen und gegrüßt zu werden.

So schön war die Welt, dachte Sebastian, und er musste sich zwingen zu dem Eingeständnis, dass es doch nicht seine Welt war, nicht die der Bauern und die der Bürger auch nicht.

Dennele neckte ihn, wo sie nur konnte. Sie sprach nach, was er sagte. Und wenn er, um das zu beenden, was auf Latein sagte, sang sie auch noch ihr Lied vom *Ille illa illud*. Sie ging mit ihm im Gleichschritt. Und wenn er einen schnellen Zwischenschritt machte, war sie doch gleich wieder mit ihm im Takt und klatschte noch dazu: *Eins und zwei und drei …* Sie stellte ihm ein Bein und fragte ihn nach dem Brief. Und wenn er den in seiner Jackentasche suchte, hielt sie ihn triumphierend in der Hand.

Dennele war mit ihren Händen immer irgendwie an ihm. Es machte ihm Angst, weil er es nicht wollte und – weil er doch nicht verhindern konnte, dass sein Körper eindeutig auf sie reagierte. Er wollte nicht, dass sie es sah, konnte es aber manchmal kaum verbergen.

»Was läufst du denn so schief?«, fragte sie ihn dann. So wie sie ihn dabei noch ansah, hätte er rennen müssen, um diese besondere Spannung wieder zu lösen. Er versuchte es, aber es tat weh und Dennele rannte mit ihm und ließ sich nicht abschütteln. Sie sagte außerdem: »Geh doch mal ein bisschen grade. Du bist doch ein feiner Herr!« Oder sie fragte: »Ist die Hose nicht zu eng für dich?«

Immer öfter ertappte er sich bei dem Gedanken, sich endlich diesen Gefühlen zu überlassen. Was hätte er zu verlieren? Er gehörte doch zu ihrer Welt, wo das Leben für den Augenblick zählte, wo der nächste Tag eigentlich immer am Galgen enden konnte.

Doch dann kamen ihnen Menschen entgegen, zwei Waldarbeiter, die mit Axt und Säge zusammen auf einem dahintrottenden Kaltblüter saßen, eine alte Frau, die Birkenrinde sammeln wollte, ein junger Mann und eine junge Frau, die auf dem Weg verschüchtert zu Boden sahen und hinter ihnen schnell weitergingen.

Schließlich kam ihnen ein Pater entgegen. Dennele redete seltsam mit ihm, über die Jungfrau Maria, das Seelenheil und den gütigen Vater im Himmel, der doch die Menschen nicht nach Geburt und Herkunft scheiden würde. Der Pater drückte ihr schließlich ein paar Kreuzer in die Hand. Sie fragte noch nach dem Weg. »Bis zur Stadt noch drei Stunden«, antwortete der Pater und: »Gesegnet seiet ihr!« Dennele bedankte sich sehr höflich.

Anschließend ermunterte sie Sebastian zu rennen. Er verstand nicht und dachte nur wieder an ihren Übermut und machte das Spiel mit.

Als sie ein paar Kurven weiter waren und Dennele sich wieder umgesehen hatte, hielt sie ihm grinsend einen silbernen Anhänger entgegen. Da fragte er sie, was das sollte, und als sie antwortete: »Zur Übung!«, konnte er auf ihr Necken nicht mehr eingehen.

Bald darauf sahen sie schon den Neckar sich durch die Landschaft winden und in der Ferne Tübingen.

Wieder unter Menschen sein, die Häuser bauten und Brot backten und Kleider nähten und ihre Kinder in die Schule schickten! Wie sich das anfühlte! Sebastian und Dennele gelangten ohne Probleme in die Stadt. Die Torwächter wünschten ihnen sogar einen besonders schönen Tag, nachdem Dennele angedeutet hatte, sie würden demnächst heiraten.

Sebastian kam sich in der Stadt vor wie ein entlassener Häftling, der Jahre im Verlies verbracht hatte. Er ging durch die Gassen wie über einen Jahrmarkt, wo jede Bude mit anderen Sensationen lockte. Es gab Frauen mit ausladenden Hüten auf dem Kopf,

Stände mit Zuckerwaren wie aus Porzellan, Gaukler, die Schwerter und Feuer schluckten. Sebastian mahnte Dennele immer mal wieder, erst mal nichts zu stehlen: Sie hatten genug Geld dabei.

Zunächst suchten sie eine Wirtschaft. Darauf hatten sie sich auf ihrem Weg am meisten gefreut. Die einfachen Schenken ließen sie aus. Sie wollten einmal richtig speisen. Während sie so durch die Gassen schlenderten, schob Dennele Sebastian plötzlich ein Stück zur Seite. Sie stellte sich vor einen Laden und sah aufmerksam hinein. Es war eine Apotheke.

»Was hast du denn für ein Leiden?«, fragte Sebastian und sie zog ihn an sich heran und zeigte auf irgendeine Vase.

Da ritt ein Mann vorbei, mit einem Hund neben sich.

Als er vorbeigeritten war, richtete sich Dennele wieder auf.

»Kennst du den noch?«, fragte sie.

Sebastian runzelte die Stirn und schüttelte den Kopf.

Dennele verdrehte die Augen zum Himmel. »Was da wirklich immer entscheidet, wie das Leben verläuft? Manchmal kommt es mir wie ein Würfelspiel vor oder wie Loseziehen. Der Hund hatte uns damals vielleicht gewittert. Wenn der Reiter angehalten hätte … War das ein Zufall, oder sollte das so sein?«

Sebastian verstand nicht, wovon sie redete.

Sie sagte: »Denk mal an eure Flucht aus eurer Schule in Stuttgart!«

Sebastian runzelte weiter die Stirn.

»Als ich euch begegnet bin.«

Sebastian durchfuhr es plötzlich seltsam heiß, als er in der Erinnerung jenen Reiter vor sich sah, der auf ihrer Flucht im Wald an ihnen vorbeigeritten war. Das Bild davon schien ihm wie aus einem anderen Leben zu stammen.

»Rex!«, murmelte er.

»Genau!«, sagte Dennele. »Vielleicht haben sie den jetzt angeworben. Der ist gefährlich.«

»Wer, der Hund oder der Mann?«

»Beide, aber mit dem Hund werde ich fertig.«

Sebastian schüttelte verwundert den Kopf. Er wusste, dass Dennele im Leben Erfahrungen gemacht hatte, die sie strikt für sich behielt.

Sie wählten eine wirklich teure Wirtschaft aus. Dennele verhielt sich wie ein kleines Kind. Unter dem Tisch trat sie Sebastian immer mal wieder gegen das Schienbein und lachte ihn an und flüsterte ihm zu, was sie nun für feine Leute seien. Sie konnten sogar unter zwei verschiedenen Essen auswählen, und nicht nur das: Es gab auch zwei verschiedene Gänge. Die Suppe machte zwar nicht richtig satt, aber dann kam ein großer Teller mit Kohl und Fleisch für Dennele, mit heißer Wurst und Brot für Sebastian.

Er machte ihr immer mal wieder Zeichen, leise zu sprechen, um ja nicht aufzufallen. Denn damit konnten sie sich nicht verstellen: Sie konnten untereinander nicht wie Handwerker, Bauern, Bürgersleute oder sogar Gelehrte sprechen. So alberten sie auch viel herum. Dennele versuchte ordentlich mit Messer und Gabel zu essen. Der Wein tat ein Übriges: Immer wieder prusteten sie vor Lachen los.

Ein Tischnachbar ließ sich von ihrer guten Laune anstecken. Er freute sich, ein junges Paar so glücklich zu sehen, und setzte sich zu ihnen. Im weiteren Gespräch trat dann Sebastian immer mal wieder Dennele ans Bein und hob den Finger, um sie zu ermahnen, nur nicht ihrem Handwerk nachzugehen. Lieber unterhielt er sich angeregt mit dem Mann. Aber er wurde dann ziemlich wortkarg, als der Mann erzählte, dass sich hohe Herrschaften des Landes in der Stadt träfen, es aber auf einige einen Überfall gegeben habe, mit Toten. Die Räuberei habe überhandgenommen. Sie werde zu Mordbrennerei und nun sei damit Schluss zu machen!

Mit mulmigem Gefühl verließen sie die Wirtschaft: Wenn sie nur nicht beobachtet wurden! Sebastian ging wie benebelt durch die Gassen, wozu auch der Wein seinen Teil beitrug. Und er war müde.

»Mein Lieber, wir müssen uns beeilen«, sagte Dennele. »Ich habe noch viel zu besorgen. Wenn du willst, geh doch in die Kirche und mach ein Nickerchen zu Ehren des Herrn. Treffen wir uns Schlag drei wieder, hier an derselben Stelle. Dann übergeben wir den Brief und weg!«

Gesagt, getan. Sie war so schnell verschwunden, dass er kaum antworten konnte. Er ging dann tatsächlich in eine Kirche. Der hohe, weite Raum war recht schmucklos, wie bei den Evangelischen üblich, aber auch noch kalt vom Winter her, dazu so dunkel, obwohl die Sonne einige der bemalten Fenster erstrahlen ließ. Der Raum zwang ihn, über sich selbst nachzudenken. Er dachte an sich als Sünder, an die Verdammnis, an die Gnade Gottes, die einem doch so leicht zuteilwürde, wenn man sie nur annehmen wollte … aber auch an den Zorn Gottes, der einen verfolgte, wenn man es zu weit trieb … und wenn man die Gnade gar nicht erst anzunehmen bereit war … da fielen ihm die Augen zu.

Sebastian wurde auf einen Schlag wach. Hatte er verschlafen? Wo war Dennele? Er eilte aus der Kirche und sah hoch zur Turmuhr: Der Zeiger war noch von der Drei entfernt. Schnell fand er einen Laden, wo er kaufen konnte, was er brauchte: Brot, Speck und Branntwein. Er hatte nun ziemlich zu schleppen und wartete auf Dennele. Auch sie hatte ihren Beutel prall gefüllt, als sie lange nach drei endlich zum Treffpunkt kam. Sie trug einen neuen Rock und eine neue Jacke und sah sehr elegant aus.

»Was hast du denn alles gekauft?«, fragte Sebastian.

»Zeug!«

Dennele zog ihn mit sich.

»Da ganz hinten«, sagte sie, »das ist das Rathaus. Dort müssen wir den Brief abgeben.«

Sebastian zog den Brief hervor und wollte losgehen, aber Dennele hielt ihn am Ärmel fest.

»Warte!«, sagte sie. »Gib mir den Brief! Wir machen das anders. Warte, warte, warte!«

Sie blieb fröhlich stehen, hielt den Brief versteckt in der Hand und schaute sich die Leute an, die vorübergingen. Zwei Jungen tobten die Straße entlang. Sie sahen die Menschen nur als Hindernisse, denen sie ausweichen mussten.

Dennele rief ihnen plötzlich zu: »He, ihr beiden Buben, du und du, kommt mal her!«

Einer der beiden zeigte auf sich. Sie kamen zögernd näher.

»Schaut mal!«, sagte Dennele nun ziemlich leise und verschwörerisch. »Ich hab was für euch.«

Die beiden mussten näher kommen, um sie zu verstehen.

»Hier ist ein Brief an den Bürgermeister. Wir sind schon so viel gelaufen. Uns tun so die Füße weh. Ihr aber seid noch so jung. Wollt ihr nicht mal schnell für uns zum Rathaus springen und dort diesen Brief abgeben?«

Die beiden starrten sie an. Dennele hielt ein Geldstück hoch. Einer der Jungen wollte es nehmen, aber Dennele zog die Hand zurück.

»Später, ja? Wenn ihr den Brief abgegeben habt.«

Die Jungen sahen sich fragend an. Aber dann nahm einer den Brief und sie rannten los.

In Windeseile waren sie zurück.

»Abgegeben?«, fragte Dennele.

»Jo, a Weib am Eigang hot an gnomma ond gsaid, dass se, wenns grad gschickt isch, den Briaf am Schultes geit.«

Dennele gab ihm das Geldstück und der Junge starrte mit großen Augen darauf.

»Teilt es euch!«, sagte Dennele. »Und nun geht! Fort mit euch!«

Dennele warf sich den Beutel über die Schuler. »Und fort auch mit uns! Schnell raus aus der Stadt.«

Noch vor dem Neckartor konnte Dennele ein paar Bauern überreden, sie ein Stück auf ihrem Leiterwagen mitzunehmen. Zwar wollte ein Bauer erst partout nicht, weil man mit Studenten nur Schwierigkeiten habe, aber dann überzeugte ihn das Geld, das Sebastian ihm hinhielt.

So kamen sie immerhin über drei Meilen recht bequem voran. Als sie sich verabschiedeten und der Leiterwagen rumpelnd weiterfuhr, sagte Dennele: »Und das nächste Mal kommen wir und klauen euch das Fleisch aus dem Kamin!«

Auf dem Weg fing Dennele gleich wieder an, Spaß zu machen. Sebastian kam gar nicht zur Besinnung. Die Zeit verging wie im Flug, obwohl sie nur langsam vorankamen. Dennele schubste ihn immer wieder, stellte ihm ein Bein und sagte ihm, er solle mal auf ihrem Rücken schauen, was sie da so drückte. Ihm gefiel es an ihrer Seite. Sie gab ihm das Gefühl, ein begehrenswerter Mann zu sein. Immer war sie ihm nahe. Er spürte ihre Hand an sich, roch ihren Atem, hatte immer ihre helle, hohe Stimme im Ohr. Je länger aber der Rückweg dauerte, desto unruhiger wurde er.

Marie drängte sich in seine Gedanken. Er ging schnell und schneller. Dennele aber hatte es auf einmal nicht mehr so eilig; sie klagte über Schmerzen am Fuß oder ihr drückte wieder das Kleid und sie musste anhalten. Doch Sebastian wollte weiter vorwärts, besonders als sich der Himmel verdüsterte.

Aber dem Regen war nicht davonzulaufen. Eine Weile hielten die nackten Bäume im Wald noch dicht, aber dann plätscherte es herunter wie aus einer Gießkanne. Wenigstens war der Regen warm. Trotzdem würde er sie bis auf die Haut durchnässen. Sie rannten und weil sie nichts zum Unterstellen fanden, rannten sie weiter. Dennele lachte wie ein Kind.

Als die Regentropfen lärmend auf dem Boden aufschlugen und wie Kugeln zurücksprangen, stellten sie sich unter eine alte Eiche, die krumm gewachsen war und deren dicker Stamm sich zur Seite neigte wie ein Betrunkener, der kurz vor dem Umfallen war. Aber der Baum schützte vor dem Regen, der sie beinahe zu verfolgen schien. Mit starkem Wind kam er inzwischen von der Seite heruntergeprasselt, sodass ihnen der Baumstamm Schutz bot. Trotzdem tropfte es bald von oben aus der Baumkrone herab und Dennele verschränkte fest die Arme vor dem Körper. Es kühlte ab und sie fing offensichtlich an zu frieren.

Sebastian konnte nicht anders und stellte sich vor sie, um sie zu schützen.

Dennele schlang sofort die Arme um ihn. Er wagte kaum noch zu atmen. Wie sich das anfühlte: Wie gut sie roch, wie warm ihr Körper war! Sebastian bewegte sich nicht. Er wollte nicht, dass Dennele ihn so berührte. Aber sie schlüpfte mit den Händen unter sein Hemd und er war im Nu erregt bis zur Unerträglichkeit. Sebastian schloss die Augen. Anders wusste er sich gerade nicht zu helfen. Er wollte Dennele vor der Nässe schützen und auch nicht selbst dem Regen ausgesetzt sein. Nun nutzte sie das aus! Oder doch nicht? Denn *sie* fasste ja *ihn* an! Und machte damit weiter. Als geschickte Diebin hatte sie seinen Gürtel geöffnet, kaum dass er es gemerkt hätte. Seine rutschende Hose schob sie noch weiter hinunter, und sie fasste ihn richtig an und er wollte es nicht und wollte es doch. Es war herrlich. Er atmete heftiger. Dennele fasste ihn geschickt an, mit ziemlich hartem Griff, aber ohne wehzutun. Sebastian merkte, dass der Regen gerade aufhörte, dass er wie auf Befehl stoppte, als wollte er ein Zeichen geben, dass es nun genug wäre. Aber Sebastian blieb stehen und Dennele bewegte weiter ihre Hand. Dann stöhnte Sebastian auf und hielt Dennele noch eine ganze Weile lang fest umarmt. Sie lachte glücklich und wischte sich die Hände an einem großen Blatt Pestwurz ab.

Sebastian zog sich die Hose hoch und machte den Gürtel wieder zu. Er traute sich nicht, Dennele anzusehen. Aber sie machte es ihm leicht, indem sie vorausging und fast singend zurückrief: »Wunderbarer Mann! Komm!«

Es war schon dunkel, als Sebastian auf dem steilen Pfad bergan plötzlich laut einen Kauz hörte. Sie blieben stehen. Wieder war der Kauz zu hören. Diesmal war er selbst es, der das Geräusch nachmachte. Bald knackte es im Unterholz und Agnes erschien. Sie hielt Dennele mit beiden Händen das Gesicht und küsste sie immer wieder. Die beiden redeten und Dennele klopfte auf ihren Beutel.

»Macht euch bemerkbar, wenn ihr zum Lager kommt«, sagte Agnes. »Nicht, dass sie euch über den Haufen knallen. Einige sind ziemlich nervös. Ich werde weiter Wache halten. Gute Nacht!«

Im Lager brannte kein Feuer.

»Hallo, wir sind zurück!«, riefen die beiden immer wieder vorsichtig und gingen zu den beiden Hütten, die nur als Schatten zu erkennen waren. Vor der Hütte mit Holzmeier darin standen der schwarze Bert, Ulli und auch Johann. Sie gingen ein wenig auseinander, als sie die beiden ankommen sahen, als ob sie sich gestört fühlten. Sie grüßten auch nicht zurück oder freuten sich. Sebastian wunderte sich und spitzte die Ohren.

Johann sprach dann in die seltsame Stille: »Kommt ihr schon zurück?«

»Wie abgemacht«, sagte Sebastian recht laut, um die Stille zu durchbrechen. »Wir haben ja keine Zeit zu verlieren. Der Brief ist abgegeben.«

Da kroch plötzlich Marie aus der Hütte wie ein Jungfuchs, der seine Mutter hörte. Sie stellte sich neben Sebastian, in einigem Abstand, und atmete durch. Er unterdrückte den spontanen Drang, sie zu umarmen oder ihr wenigstens zu sagen, dass es keine Gefahr gebe. Was war mit den Männern los, fragte er sich.

Der schwarze Bert sagte plötzlich: »Will die Göre doch bei ihrem Herrn Papa schlafen! – Habt ihr Branntwein?«

Sebastian fasste in seinen Beutel und gab ihm den Krug. Der schwarze Bert lachte kurz, Ulli brummte böse, und die beiden gingen davon, wobei sie fast Dennele umrannten.

»Und ich?«, fragte Johann.

Sebastian verstand erst nicht. Er wollte mit ihm reden, von Freund zu Freund, aber das ging nicht.

»Und?«, fragte Johann noch einmal ungeduldig.

Da machte Marie eine Bewegung mit der Hand zum Mund und Sebastian verstand endlich. Er gab ihm eine Flasche Branntwein und sagte ziemlich laut: »Setzen wir uns dort ins Gras!«

Dann nahm er den Beutel, um ihn in die Hütte zu stellen, ließ ihn aber neben Marie plötzlich fallen und bückte sich umständlich danach.

»Alles klar?«, flüsterte er.

Sie half ihm schnell beim Aufnehmen und sagte leise auf Französisch: *»Oui, maintenant ça va. Mais heureusement que tu n'es pas venu plus tard.«*[*]

Sebastian stellte den Beutel in die Hütte und warf einen Blick auf Holzmeier, der wie zuvor auf dem Boden lag. Er sah bei ihm das Weiße im Auge, ziemlich groß, und ging schnell wieder hinaus.

Marie sagte laut, sodass es alle hören konnten: »Ich will mich jetzt schlafen legen.«

Dennele wiederholte den Satz ein paarmal hämisch, während sich Sebastian neben Johann ins Gras schmiss.

»Na, mein Freund!«, rief er gut gelaunt, aber Johann blieb seltsam still, als hätte er etwas zu verbergen.

Als Sebastian auch von dem Branntwein trinken wollte, war der Krug schon fast leer. Trotzdem reichte ihm der eine Schluck, der übrig war, damit ihn die Müdigkeit überwältigen konnte. Er schlich zu seiner Schlafstelle und hörte Holzmeier leise schnarchen. Die Nacht war warm und versprach viel Schlaf. Sebastian dachte beim Einschlafen daran, dass er mit dem schwarzen Bert und Ulli nichts mehr zu tun haben wollte.

* Jetzt schon. Du hättest nicht später kommen dürfen.

Einen Tag hatten sie rumzubringen, einen Tag und etwas länger bis zur Lösegeldübergabe, dem schwersten Teil des ganzen Unternehmens – das er ja in Gang gebrachte hatte, dachte Sebastian. Ihn quälte dieser Gedanke inzwischen. Konnte man nur ein bisschen böse sein?

Das wäre ihm am liebsten gewesen: Das Böse in ein Gatter sperren, wo man es unter Kontrolle hatte. Dann wäre es gewissermaßen gezähmt. Dann würden sie nichts anderes tun, als die Vornehmen zu schröpfen, die ihr vieles Geld aus der mühsamen Arbeit der einfachen Leute holten. Aber anscheinend brach das Böse zu leicht aus und ließ sich dann nicht mehr einfangen.

Der Horizont im Osten war noch kein bisschen hell, als Sebastian schon wach war und nicht mehr einschlafen konnte. Das schnappende Schnarchen des schwarzen Bert untermalte noch seine Gedanken: Immer wenn er dachte, es wäre Ruhe, fing das schreckliche Geräusch wieder neu an. Er richtete sich auf und sah wieder das Weiße in Holzmeiers Augen. Das war ihm inzwischen unheimlich. Holzmeier schien die meiste Zeit wach zu liegen. Das war aber auch nicht verwunderlich, denn er lag ja die ganze Zeit wie ein Kranker im Bett.

Sebastian schlich sich aus der Hütte. Er sah sich um und lauschte. Außer dem Schnarchen waren nur die Vögel zu hören, die inzwischen jeden Morgen ein Konzert gaben. Von weitem schnaubte Brutus, als hätte er ihn erkannt. Wie zur Probe räusperte sich Sebastian. Brutus antwortete wiehernd.

Er nahm einen Krug Wasser, trank und stakste durch die feuchte Wiese zu dem Pferd. Brutus stupste ihn an und ließ sich gern streicheln. Sebastian redete mit ihm, wünschte ihm einen guten Morgen und viel Glück im Leben, hoffentlich eine hübsche Stute an seiner Seite, einen trockenen Stall und immer viel Heu zu fressen. Dann ging er in den Wald, pinkelte und setzte sich in das trockene Laub unter einem alten Baum.

Nach einer Weile sah er eine Person von den Hütten kommen. Ihm schlug das Herz bis zum Hals. Er ahnte, wer da kam, und er hoffte, es wäre wirklich so.

»Hier!«, flüsterte er, und tatsächlich war es Marie.

Sie ging zu Brutus, streichelte ihn und ging dann an ihm vorbei in den Wald.

»Warte!«, sagte sie leise zu ihm, wie um die Spannung zu erhöhen.

Sebastian klopfte seine Kleider ab und legte sich irgendwie die Haare zurecht, strich sich mit den Fingern auch durch den Bart.

Marie kam zurück und setzte sich mit einigem Abstand ebenfalls an den Baum.

»Hör mal, Marie! Dass dieser Überfall so gelaufen ist, dafür kann ich nichts, das war nicht so geplant, da war einer dabei, der …«

»Wie geht es weiter?«, unterbrach ihn Marie. »Kommen wir lebend nach Hause?«

Sebastian schluckte. Das war die Frage, die sie beschäftigte, dachte er. Und er träumte vielleicht davon, dass sie Gefühle für ihn haben könnte!

»Einen Tag dauert es noch. Dann muss das Lösegeld übergeben werden. Dann kommt ihr sofort frei.«

»Wirklich?«

Ihn brachte die Frage ganz durcheinander. »Ja, wirklich!«, sagte er sofort. Aber ihm wurde nun klar, dass er von dem weiteren Ablauf keine Ahnung hatte.

»Wenn wir nicht zurückkommen, werden wir auch nicht reden können!«, sagte Marie leise, aber bestimmt.

Sebastian starrte sie an. Daran hatte er überhaupt noch nicht gedacht. Ein solcher Gedanke wäre ihm nicht im Traum gekommen.

»Ich beschütze dich!«, sagte er plötzlich und rückte ein Stück an sie heran.

Aber Marie rückte sofort weg, als wäre er ansteckend.

»Ich will nicht beschützt werden, nicht von einem wie dir. Vor diesem Bert und diesem Ulli habe ich Angst. Aber da reicht es mir, wenn du hier bist. *Ça me suffit.*[*]«

Sebastian sah verschämt zu Boden. So deutlich erkannte er auf einmal, wer er geworden war: Der Aussatz der menschlichen Gesellschaft. Er wusste nicht mehr, was er sagen sollte, und stützte den Kopf in die Hände.

»Du gehst jetzt nicht weg, oder?«, fragte Marie.

Er schüttelte den Kopf.

»Danke!«

Es dämmerte. Marie stand auf und ging zu Brutus. Sebastian schlich über die Wiese, ging in die Hütte und legte sich hin. Er hörte kein Schnarchen, auch nicht den Gesang der Vögel. Holzmeier nahm er gar nicht erst wahr. Er schlief sofort ein.

Als er wieder aufwachte, schien hell und warm die Sonne. Der Oberst starrte ihn wie gewohnt an, sonst war niemand in der Hütte.

»Du, kannst du mir einen Gefallen tun?«, fragte Holzmeier plötzlich heiser. »Kannst du mir einen Schluck Wasser bringen? Wenigstens das könnt ihr mir erlauben. So hart könnt ihr nicht sein, du jedenfalls nicht!«

»Halt die Klappe!«, sagte Sebastian, der schlechte Laune hatte.

Er war Räuber, dachte er. So war das. Das Leben hatte so gespielt. Da musste er nun keine Rücksicht nehmen.

»Bitte!«, flehte Holzmeier. »Nur Wasser. Mehr begehr ich nicht.«

»Schnauze!«, rief Sebastian. »Ich habe auch nie … begehrt! *Maraud, tu parles comme un vrai marquis!*[**] Du quälst Leute! Jetzt bist du dran. Das geschieht dir recht. Das begehre ich.«

[*] Das genügt mir.

[**] Rede nicht so geschwollen, blöder Affe!

Sebastian spürte plötzlich eine solche Wut in sich: Dieser winselnde, fette Mensch war für sein Schicksal verantwortlich. Er stand auf und konnte kaum den Drang zurückhalten, Holzmeier zu treten und noch mal zu treten und immer wieder zu treten. Doch er riss sich zusammen und ging schnell aus der Hütte.

Draußen sah er einen Krug Wasser auf dem Boden liegen. »Arschloch!«, murmelte er für sich, nahm den Krug, ging zu Holzmeier und hielt ihm den wie einem Kleinkind an den Mund.

»Danke!«, sagte Holzmeier und ließ stöhnend den Kopf sinken.

»Arschloch!«, sagte Sebastian laut und ging wieder hinaus.

Er streckte sich. Es war, als ob ihn die Welt in ihrer ganzen Herrlichkeit begrüßen wollte: Das Gras roch frisch, Blumen blühten, der Wald fing an, grün zu werden, Musik war zu hören, Brutus wieherte fröhlich, die Kinder kreischten. Alles wuchs und sprießte und wurde neu.

Dennele kam zu ihm und bot ihm Brot an. Sie hätte auch eine Kanne Kaffee, sogar über einen Zuckerhut gelaufen, sagte sie. Sie trug ihr neues Kleid, er schaute auf ihren vollen und runden Busen.

»Ja, gerne!«

Plötzlich hatte er eine solche Lust, mit ihr in den Wald zu gehen. Er sah bewusst nicht nach Marie. Bestimmt stand sie noch bei Brutus, er wollte sie nicht sehen.

Dennele brachte ihm den Krug mit Kaffee, der wirklich herrlich süß war. Sebastian wusste gar nicht, ob er jemals so etwas Besonderes getrunken hatte.

»Schmeckt, nicht wahr?«, sagte Dennele, und sie fuhr sich mit der Zunge über die Lippen.

Sebastian war auf einmal so voll Begierde nach ihr, mit jeder Faser sehnte er sich nach ihr. Und als hätte sie verstanden, als könnte sie seine Gedanken lesen, war sie plötzlich verschwunden. Sebastian sah immer wieder über die kleine Lichtung, aber sie blieb fort.

Er ging zur Hütte, um eine kleine Flasche Wein aus seinem Beutel zu holen und sie mit Dennele zu teilen. Aber er fand nichts im Beutel, auch nicht die dritte Flasche Branntwein, die er gekauft hatte.

»Dein Freund hat sie genommen, der Johann«, sagte da Holzmeier leise.

Sebastian fuhr herum. Was hatte das zu bedeuten, überlegte er. Na gut, Johann hatte sich den Alkohol genommen, aber woher wusste Holzmeier den Namen? Sie hatten vereinbart, keine Namen zu nennen. Er bekam einen ganz trockenen Mund.

»Hör zu!«, flüsterte Holzmeier weiter. »Ich mach dir einen Vorschlag. Ich bin ein Mann aus besten Kreisen und halte mein Wort. Mach mir die Fesseln los und dir soll nichts passieren. Mein Wort darauf!«

Er starrte Holzmeier an, wusste nicht, was er denken sollte. Tatsächlich wäre für eine Flucht gerade ein günstiger Moment gewesen. Alle waren irgendwie beschäftigt.

»Komm, mach das! Mein Wort drauf!«, flehte Holzmeier und sah ihn eindringlich mit seinen Schweinsäuglein an.

Sebastian horchte hinaus. Er spürte das Messer in seiner Hosentasche und musste auf einmal an Marie denken: Was war mit ihr? Würde der allein abhauen und sie ihrem Schicksal überlassen? Nein!

»Komm, mach, Sebastian! Mach mich los! Ich habe dich nicht gut behandelt, ich weiß. Aber das gibt auch Härte fürs Leben. Konnte ich wissen, dass du abhauen würdest, dass du sogar unter die Räuber … Aber dir wird nichts geschehen. Mein Wort darauf!«

Da lief Sebastian aus der Hütte. Er hörte noch einmal: »Komm, bitte!«, aber da war er schon am Waldrand. Er brauchte eine Weile, um sich zu fangen. Sein Bart war keine Maske, dachte er. Holzmeier wusste also, was aus ihm geworden war. Alle würden es wissen. Und warum nicht? Er war Räuber. Mitgefangen, mitgehangen!

Nun zog es ihn erst recht zu Dennele. Er ging weiter in den Wald hinein, hin zu der Quelle. Es konnte gerade keinen anderen Weg für ihn geben.

Plötzlich hörte er einen Ton, ganz leise, der ihm aber durch Mark und Bein ging. Noch einmal hörte er den Ton, eine Stimme, und folgte ihr, ohne nachzudenken. Die Stimme drang immer lauter zu ihm durch, sie klang nach schrecklicher Angst. Sebastian fing an zu rennen. Er wusste schon, wer es war. Hinter zwei großen Eichen sah er Bewegung, noch ein paar Schritte und er erkannte den schwarzen Bert, Ulli und auch Johann. Auf dem Boden lag Marie und schrie. Ihr gelbes Hemd war aufgerissen. Gerade löste der schwarze Bert den Gürtel an seiner Hose, da packte ihn Sebastian am Arm.

»Seid ihr verrückt geworden! Sie hat uns nichts getan!«

»Sie wird uns jetzt was tun!«, hechelte Ulli wie ein Hund.

Der schwarze Bert wollte Sebastian mit einer Handbewegung abschütteln, aber das reichte nicht. Sebastian hielt ihn mit aller Kraft fest.

»Lass los!«, drohte der schwarze Bert.

»Nein!«

»Loslassen!«

»Wir können uns von denen Gold und Silber nehmen, von Holzmeier auch die Würde, aber nicht von ihr die Unschuld. Sie hat uns nichts getan!«

Mit einem gewaltigen Ruck löste sich der schwarze Bert von Sebastian und baute sich drohend vor ihm auf.

»Geh weg von hier! Du bist zu rührselig! Wir sind Räuber. Der Tod schaut uns ins Gesicht, jeden Tag.«

»Nein!«

»Das werden wir sehen!«

»Marie, lauf weg!«, schrie Sebastian.

Marie kroch erst stöhnend ein Stück auf allen vieren, ehe sie sich aufrichtete und loslief.

»Das geht zu weit!«, brüllte der schwarze Bert und schlug mit der Faust nach Sebastian. Er wich aus und schlug seinerseits zurück, treffsicher, vor das Kinn. Der schwarze Bert ging, die Augen verdreht, zu Boden.

Ulli sah ihn mit wildem Blick an und zog unter seinem dicken Bauch den Gürtel an seiner Hose fest. Sebastian ging zu Johann, legte einen Arm um seine Schulter und zog ihn mit sich, weil sein Freund auf dem weichen Laubboden nicht gut vorankam.

Sie sprachen nicht. Nach einer Weile sagte Johann nur: »Danke.«

Anschließend blieb die Stimmung trübe. Das Gespenst des Misstrauens ging unter ihnen um. Der schwarze Bert und Ulli kamen nicht aus dem Wald hervor. Alle anderen beschäftigten sich oder taten wenigstens so. Marie ging zu ihrem Vater, ohne dass sie jemand davon abhielt.

Sebastian setzte sich mit Johann auf einen großen Fels aus Granit, der die Wärme der Sonne abstrahlte. Sie teilten sich den Branntwein, den Johann sich tatsächlich genommen hatte, und sie erzählten. Johann zog an seiner Pfeife, als wäre der Rauch zum Aufessen.

Er berichtete ihm alles. »Ulli und Bert wollten schon gestern mit der Marie ihren Spaß haben. Sie sagten, es geschieht der recht, mal so gedemütigt zu werden. Ich wollte mir das nur mal ansehen. Vorhin hat Ulli die Marie plötzlich geschnappt. Er hat ihr den Mund zugehalten und sie mitgeschleppt, obwohl Brutus sogar noch nach ihm getreten hat. Ich selbst hatte mich gerade dorthin zurückgezogen. Ja, ich wollte die schöne Flasche Wein trinken, die ich in deinem Beutel gefunden hatte. Tut mir leid. Da habe ich dann die beiden mit der Marie gesehen. Die hat sich gar nicht gewehrt und auch nicht geschrien. Ich wollte dann mal wissen, wie das geht, was die mit der … Na ja, so ist das gewesen.«

Sebastian sagte: »Ich weiß nicht, Johann. Wir sind Räuber geworden und wir werden es ja wohl bleiben müssen, und wahrscheinlich enden wir am Galgen. Aber haben wir deswegen keine Ehre? Haben wir nicht trotzdem Anstand und ein Gewissen? In Holzmeiers Kreisen sind wir Verbrecher, aber auch im moralischen Sinn? Ganz so tief will ich nicht sinken: Unschuldigen, die sich nicht mal wehren können, ein Leid zuzufügen – das ist die unterste Stufe. Bis dahin wird nicht mal mehr der *Atem* Gottes reichen.«

»So hätte auch Abel sprechen können«, sagte Johann plötzlich.

Sebastian lächelte. Sein Freund war doch noch nicht verloren, dachte er.

Sie redeten noch lange.

An der entscheidenden Stelle flüsterte Sebastian: »Pass auf: Ich habe vor, meinen Teil der Beute Wieglaf zu überlassen. Der soll es für die Gruppe bewahren und aufteilen, wie er will. Ich selbst werde dann die Gruppe verlassen. Kommst du mit? Wir schlagen uns an die Küste durch, besteigen ein Schiff und fahren nach Amerika. Dort ist die freie Welt. Dort fangen wir neu an.«

Johann staunte. »Ich weiß nicht, ich weiß nicht«, murmelte er und trank wieder von dem Branntwein.

Da tauchten der schwarze Bert und Ulli auf. Sebastian hatte das Gefühl, als würde es auf der ganzen Lichtung sofort mucksmäuschenstill, als stellten sogar die Vögel ihr Konzert ein. Auch Brutus schnaubte nicht einmal und scharrte nur mit den Hufen.

Der schwarze Bert rief alle zusammen. Auch Marie kam von sich aus dazu.

Aber er fuhr sie an: »Was macht sie denn hier, unsere holde Dame? Gehört sie etwa auch dazu? Hat sich das Blatt so gewendet? Oder schaut sie nur im Kreis, wer dann an den Galgen soll?«

Marie stand auf und ging wieder. Aber der schwarze Bert sprang ihr nach und packte sie. Alle hielten den Atem an.

»Nicht so schnell, holde Dame! Hör dir ruhig an, was weiter passiert! Du hast schon recht: Das müsst ihr auch erfahren, du und dein feister Herr Papa. Es geht ja um euch, dass ihr weiter schön lebendig bleibt!«

Der schwarze Bert lachte und das Lachen klang falsch. Marie setzte sich wieder, neben Sebastian, der aber ein Stück weiterrückte. Er sah, wie Dennele ihn anlächelte.

Der schwarze Bert erklärte dann, mit böser Stimme, ohne jeden Witz: »Wir werden bis morgen hier bleiben. Das Versteck ist gut gewählt. Wie soll man uns hier so schnell finden? Die Wachen wechseln sich weiter ab, auch über Nacht. Sagt das auch denen, die jetzt auf Wache sind! Morgen in der Früh reitet dann unser Geldbote los, und zwar unser Hinkebein. Ist das klar?«

Der schwarze Bert drehte sich zu Johann, der überrascht aussah, aber sofort sagte: »Ich heiße Johann!«

»Also, Johann, mal sehen, ob man sich auf dich verlassen kann«, fuhr der schwarze Bert fort.

»Was soll das heißen?«, fragte Johann.

»Manche geben ja plötzlich nichts mehr auf die Räuberehre, wenn in der Hand plötzlich das Gold so schwer wiegt …«

»Hör auf!«, rief Ulli. »Es reicht!«

Der schwarze Bert redete weiter, ohne Johann anzusehen: »Johann nimmt um Schlag zwölf das Geld, prescht los, sieht sich immer wieder um, gibt dem Gaul die Sporen, hinein in den Wald. An einer verabredeten Stelle nimmt ihm jemand den Geldsack ab. Der gibt wieder woanders den Geldsack ab, der wieder woanders. Der Letzte in der Reihe kommt mit dem Geldsack hier an. Alle anderen nehmen Umwege, auch unser flinker Reitersmann. Aber alle treffen sich dann wieder hier, wo unser tapferer Sebastian von Anfang bis Ende die Stellung hält. Es wird geteilt und ratzfatz verstreuen wir uns in alle Himmelsrichtungen. Jeder schlägt sich allein durch und überlegt vorher genau, wohin!«

»Die Geiseln?«, fragte der alte Wieglaf.

»Die kommen hier frei. Sie können dann sehen, wo sie bleiben. Noch Fragen?«

»Was ist, wenn das Geld nicht stimmt?«, fragte Marie.

Der schwarze Bert sah sie an und rief dann, als sollte das auch Holzmeier hören: »Das wäre nicht gut für die Geiseln!«

Als sie auseinandergingen, gab es kein Lachen, kein Lied, keine dumme Bemerkung.

Die angespannte Stimmung blieb und alle gingen sich aus dem Weg. Der schwarze Bert und Ulli blieben unter sich. Sebastian kam es so vor, als ob sich gar keiner mehr in ihre Nähe traute. Die beiden putzten die Pistolen, die sie von allen eingesammelt hatten. Sorgfältig stellten sie auch eine Vielzahl von Ladungen her. Sie schnitten Papier in schmale Bahnen und drehten die zu Hülsen. Diese banden sie an einer Seite zu, füllten Schießpulver hinein, obendrauf eine Kugel und banden die andere Seite zu, fertig. Wenn es drauf ankam, mussten sie dann nur die Hülle auf der richtigen Seite öffnen, das Pulver in den Lauf kippen, etwas davon auf die Zündpfanne, den Lauf stopfen, die Kugel hineinschieben – und schießen. Sogar Dennele hielt Abstand von den beiden.

Auch Sebastian und Johann steckten zusammen. Sie striegelten Brutus, wie der vielleicht noch nie gestriegelt worden war. Wenn es ging, redeten und erzählten sie, als wären sie an der Carlsschule und würden von einem anderen Leben träumen. Amerika schien wirklich ein gutes Ziel zu sein. Auch Johann konnte sich wohl mit dem Gedanken daran anfreunden.

Immer wieder kam Dennele in ihre Nähe. Sebastian spürte, dass sie mit ihm allein sein wollte, aber nun wollte er es nicht mehr. Etwas war dazwischengekommen.

Als sie wieder unter sich waren, fragte Johann: »Sag mal, warum sollst eigentlich du die ganze Zeit hier bei den anderen bleiben?«

»Weiß nicht. Nimm du doch das Lösegeld und reite in eine andere Richtung«, sagte Sebastian.

»Was hat das damit zu tun?«

»Überleg doch mal! Räuber betrügen, nicht wahr, immer und überall, andere und sich selbst. Was könnte dich wohl davon abhalten, mit dem Lösegeld abzuhauen? Dass du es also nicht teilen müsstest?«

»Du!«, antwortete Johann überrascht.

Da machte Sebastian plötzlich einen Schritt vor und umarmte seinen Freund.

Als Johann sich auf Brutus schwang und mit ihm hin und her sprengte, um für den nächsten Tag in Form zu sein, kam wieder Dennele zu Sebastian. Sie brachte einen dampfenden Krug Kaffee.

Sie stellte sich vor ihn wie ein kleines Mädchen und fragte: »Und danach, wenn dieser Holzmeister weg ist? Was machst du dann?«

»Ich gehe fort!«, sagte Sebastian, ohne nachzudenken. »Ganz woandershin.«

»Nimmst du mich mit?«

Sebastian überraschte die Frage. Nein, er würde allein gehen, dachte er, höchstens mit Johann, hoffentlich mit ihm.

Er sagte: »Mal sehen!«

»Bitte, nimm mich mit! Ich mach auch alles für dich. Wir können heiraten.«

»Mal sehen!«

Sebastian dachte, dass dieser ganze Tag eine einzige Prüfung für ihn war – eine Prüfung seines Gewissens. Wo hörte die Lüge auf und wo fing die Wahrheit an? Lebten nicht die Menschen mit der Lüge, die Räuber mehr, die anderen weniger? Auf jeden Fall waren die Räuber die Lüge gewohnt, sagte er sich – und versprach Dennele, sie mitzunehmen. Daraufhin hakte sie sich bei ihm ein und sang und wollte mit ihm tanzen. Aber da kam Johann zurück, auf dem dampfenden Brutus.

»Der weiß, worum es geht!«, rief Johann und sprang ab. »Der gibt sich alle Mühe für sein Alter. Was, Dicker?«

Er klopfte Brutus am Hals und nahm ihm die Satteldecke ab. »Ihr Pferde, ihr seid ehrlich, nicht wahr? Ihr kennt nicht Lug und Trug wie die Menschen.«

Sebastian half mit, Brutus ordentlich trocken zu reiben. Dennele fragte ein paarmal, warum sie sich so um den kümmerten. Das sei doch nur ein Pferd. Aber keiner von beiden gab eine Antwort.

»Ich richte mal meine Sachen«, sagte sie. »Viel hab ich ja nicht. Ich bin keine Last. Bis später.«

»Mann, endlich lässt sie uns in Ruhe!«, stöhnte Johann und setzte sich ins Gras, wobei Brutus ihn anstupste. »Nein, lass jetzt mal, Dicker! Die Dennele hat ja recht: Um *mich* kümmert sich nämlich gar keiner!«

Sebastian spürte auf einmal die Verantwortung für Dennele wie Blei an ihm hängen. Schon um sich abzulenken und mal für sich zu sein, wollte er in den Wald zur Quelle gehen und sich waschen. Er ging über den Platz und sah Marie auf dem Granitfels sitzen.

Er wollte einen großen Bogen um sie machen, da rief sie leise: »Sebastian!«

Oh nein, dachte er, was wollte sie jetzt von ihm? Er wollte nicht wieder mit seiner Rolle als Räuber konfrontiert werden. Und dass sie ihn nun mit Namen anredete –

Sebastian blieb stehen und sah zu ihr hin.

»Ich will mich waschen«, rief er.

»Viens s'il te plaît!«[*]

Marie hatte einen seltsamen Ton in der Stimme, fand er, auf einmal nett und einladend.

* Komm mal bitte!

Er kam sich vor wie der Fuchs, der dem Fleischstück nicht traut.

Als er bei ihr war, sagte er wieder: »Ich will mich …«

»Erzähl mir von Schiller!«, unterbrach sie ihn. »Du hast ihn kennengelernt!«

Sie bot ihm mit der Hand den Platz neben sich an. Er setzte sich umständlich und sie rückte nicht zur Seite. Plötzlich bekam er wieder einen trockenen Mund.

»Woher weißt du … und wieso soll ich …?«

»Du warst auf der Carlsschule«, sagte Marie fast bewundernd. »Also, was war der Schiller für einer?«

Sebastian war es fast unheimlich, ausgerechnet in dieser Lage nach Schiller gefragt zu werden, den er doch so bewundert hatte, der eigentlich sein Vorbild gewesen war, auch was die Flucht anging. Es war, als klopfte Marie an die Tür zu seinem alten Leben. Er erzählte dann stockend, was er von Schiller gehört hatte, wie der nicht länger als Feldscher arbeiten wollte, wie er deswegen Stuttgart verließ und nach Mannheim ging, wo er Theaterdichter …

Aber Marie wollte wissen, wie Sebastian selbst ihn erlebt hatte, wie der angezogen war, sprach, ob er viele Freunde hatte, was sein Lieblingsessen war, ob ihm die Mädchen viel bedeuteten.

Sebastian erzählte: »Direkt hatte ich mit Schiller nichts zu tun, weil der viel älter war. Aber auf jeden Fall sah er leidend aus, nicht gesund. Manchmal konnte der sich beim Appell kaum auf seinen Storchenbeinen halten, weil er dann in der Nacht für seine Medizinprüfungen gelernt hatte, und dichten musste er ja auch noch. Seine Uniform war total unordentlich, aber bei ihm wurde kaum mal was gesagt. Er hatte so eine Gruppe anderer Eleven um sich. Vor denen deklamierte er immer, habe ich gehört – obwohl er breitestes Schwäbisch sprach. Sie waren so eine eingeschworene Truppe, die sich bestimmt nicht verraten hätten. Schiller war es wohl immer ganz wichtig, dass sie sich Treue schworen, und zwar bis in den Tod.«

»Aber du selbst, wie hast du ihn erlebt?«, fragte Marie.

Sebastian wusste nicht genau, worauf sie hinauswollte. Sollte er von dem Dichter erzählen, wie der kacken gegangen war, dachte er.

»Einmal fragte er mich nach Tabak, das weiß ich noch.«

»Und?«

»Und – na ja, ich mag das Zeug ja nicht. An der Carlsschule war das ziemlich begehrt, auch zum Schnupfen und Kauen. Ich weiß nur, dass er vom Tabak am Mund und um die Nase richtig gelb war, auch an den Fingern. Er roch eigentlich auch ziemlich streng. Manche Eleven waschen sich ja nicht so gern oder nicht richtig, und manchmal müssen dann erst andere Eleven was sagen, wie ›Mann, du stinkst ja wie ein verendeter Hammel‹ oder so was, ehe die das selbst merken. Schiller hat das, glaube ich, gar nicht gemerkt. Ein Oberaufseher hat ihn ›Schweinspelz‹ genannt. Ich weiß noch, wie er roch. Ehrlich gesagt, auffällig, nicht so gut, so eine Mischung aus Rauch und Schweiß und Puder, so wie, ja, wie Bert oder Ulli.«

»Ohne den Puder«, sagte Marie trocken.

Sie hörte immer noch fasziniert zu. Sebastian hatte das Gefühl, sie hätte auch noch gern gehört, mit welcher Feder Schiller schrieb oder wie oft er sich die Fußnägel schnitt.

Er erzählte noch, dass er einmal in der Nähe war, als Schiller einem Eleven ein Rezept diktierte, das der gegen sein Fieber nehmen sollte. Darin war vor allem alles enthalten, was irgendwie brannte und ätzte. Denn Schiller als Arzt war der Meinung, dass eine Krankheit mit scharfen Mitteln aggressiv bekämpft werden musste.

Sebastian kramte in seinen Erinnerungen.

»Schiller war an der Carlsschule jedenfalls nicht auffällig, oder wenn, weil er schlampig war und nicht auf sein Äußeres achtete. Er war ja ziemlich groß, und wir mussten eigentlich immer lachen, wenn dieser ungepflegte Jüngling, der gar keine Spannung in seinem Körper zu haben schien, neben dem dicken Herzog Carl Eugen stand, der immer herausgeputzt war und sich aufblähte wie ein Puter und … Wieso willst du denn das alles wissen?«

»Ich habe was von ihm gelesen«, sagte Marie.

»Wirklich? Was denn? Wie bist du da rangekommen?«

»Die Räuber«, sagte sie und lachte plötzlich aus vollem Herzen.

Sebastian schüttelte den Kopf. Wollte sie sich über ihn lustig machen?

»Und weißt du, woher ich das Buch hatte? Von meinem Vater! Er hatte sich ein Exemplar besorgt, obwohl er schon Schillers Namen mied, als wäre der ein Aussätziger. Er hatte es im Bücherregal versteckt.«

Marie lachte wieder. Sebastian spürte, wie stolz sie darauf war, mit diesem Buch von Schiller irgendwelche Grenzen übertreten zu haben. Aber er dachte, dass sich Marie eben nur wegen eines Zufalls wieder an ihn wandte: eben wegen Schiller!

Es reichte ihm längst, als Marie weiterfragte; ihm fiel auch gar nichts mehr ein. Er erwähnte noch, dass seine Handschrift eigentlich ziemlich unleserlich gewesen war.

»Woher weißt du das denn?«, fragte Marie.

»Na, ich hatte doch mal ein Blatt von ihm, mit einer Szene aus den, ja, den *Räubern*.«

»Was?«, rief Marie, dass man es überall hören musste. *»C'est un miracle!«*[*] Ihr Gesicht strahlte.

Wie zum Beweis sagte Sebastian die Stelle auf, die auf dem Blatt geschrieben war – eigentlich wie beiläufig und mit verächtlichem Unterton, aber Marie sprach manche Worte tatsächlich leise mit.

»Nein, ich mag nicht daran denken! Ich soll meinen Leib pressen in eine Schnürbrust und meinen Willen schnüren in Gesetz. Das Gesetz hat zum Schneckengang verdorben, was Adlerflug geworden wäre. Das Ge-

* Das ist ja ein Wunder!

setz hat noch keinen großen Mann gebildet, aber die Freiheit brütet Kolosse und Extremitäten aus. Sie verpalisadieren sich ins Bauchfell eines Tyrannen, hofieren der Laune seines Magens und lassen sich klemmen von seinen Winden.«

»Und wo ist das Blatt?«, fragte Marie mit ganz hoher Stimme.

Da musste Sebastian grinsen. Ihm tat es in der Vorstellung gar nicht mehr leid, was damit passiert war. Es war plötzlich wie eine Genugtuung für ihn.

Er stand auf und sagte: »Dein Vater hat es mir weggenommen und zerrissen.«

Am Waldrand wartete Dennele auf ihn.

»Was kann ich für dich tun?«, fragte sie.

»Nichts«, sagte Sebastian und stöhnte. »Ich will mich nur mal eben waschen.«

»Ich komm mit.«

»Nein, ich will allein … ich muss mal allein …«

Sebastian dachte an die Gelegenheit mit Dennele, aber er wollte das nicht mehr, er wollte nichts von ihr.

»Sieh mal, was ich habe!«, sagte sie stolz und zog ein Messer hervor.

Sebastian sah sie nur wortlos an.

»Ist ein Rasiermesser und neu. Ich habe es in Tübingen besorgt. Schau mal!«

Sie hob ein welkes Ahornblatt vom Boden auf und schnitt es durch, indem sie das Messer nur daran entlangzog.

Sebastian fasste sich ins Gesicht. Dennele war unschlagbar, dachte er. So wäre er flugs ein neuer Mensch, endlich wieder.

»Hast du auch Seife?«

»Ja.«

»Und einen Spiegel?«

»Brauchen wir nicht, ich kann das.«

Sebastian hätte losschreien können, so sehr freute er sich darüber. Dennele lief schnell los und kam wirklich mit einem Stück Seife wieder, sogar mit einer Art Pinsel. Sie war wunderbar, dachte Sebastian. Sollte er wirklich ohne sie weiterziehen?

Er fühlte sich plötzlich eigenartig beschwingt, als dürfte er sich vor dem entscheidenden Tag noch besonders hübsch machen. An der Quelle gab ihm Dennele so genaue Anweisungen, dass er sich fast wie beim Barbier vorkam. Er zog sich das Hemd aus, und sie pfiff anerkennend. Er sollte sich waschen und sie sagte, er sei wirklich ein starker Mann. Er sollte sich auf einen Stein setzen und sie kam mit einem feuchten Tuch und legte es ihm ins Gesicht.

Sebastian hatte das Gefühl, sich einmal vollkommen entspannen zu können. Er genoss es, wenn er ihre Hände an sich spürte, wenn die Spitzen ihrer Brust leicht an ihm rieben, wenn ihr Duft ihn überströmte. Sie seifte ihn lange ein und wartete und machte das noch einmal. Zwischendurch zog sie das Rasiermesser am Leder ab. Dann war es so weit und Sebastian schluckte. Sie hielt das offene Messer zuerst an seine Backe und fing an, mit kurzen schnellen Bewegungen zu schaben. Da sank er erst recht zurück und fragte: »Woher kannst du das?«

»Patro!«, sagte Dennele nur und schaute nachdenklich auf das Messer.

Sie machte an der anderen Backe weiter und es gelang ihr auch gut, unter der Nase zu schneiden. Als der Hals an der Reihe war, geriet Sebastian mit der Hand an ihren Po. Sie machte erst eine Bewegung, als würde sie das empören, aber dann stellte sie sich so zu ihm, dass er sie dort wunderbar anfassen konnte.

Was für ein Gefühl das war, wie er sie sanft am Po hielt und sie sich mit einer Hand immer wieder auf seiner Brust abstützte und ihm mit der anderen Hand den Hals rasierte … Nur ein einziges Mal verschnitt sie sich leicht und es floss ein wenig Blut.

»Fertig!«, sagte sie, und ihre Lippen waren ganz voll und tiefrot, als sie ihn ansah.

Sie wischte ihm die Schaumreste aus dem Gesicht, küsste ihn, stieg mit dem anderen Bein über seinen Körper, hatte im Nu seine Hose geöffnet, hielt ihn dort unten mit einer Hand fest, senkte sich auf ihn herab – da zündete in Sebastian plötzlich die Vernunft.

»Nein!«, sagte er und ließ sich auf den Boden gleiten und stand auf. Er wusste von *dieser* Gefahr, und in die wollte er sich nicht auch noch begeben.

Sie flüsterte: »Ich mach, dass dir der Saft kommt!«

Aber Sebastian achtete nicht auf sie. Dennele neckte ihn weiter, aber er blieb auf Abstand. Sie war allerdings wie ein Kind, das ihn immer wieder kitzelte und nach ihm schnappte, und dann stellte sie sich hin und war eine Frau, die so posierte, dass er sich zwingen musste, sie nicht anzusehen.

»Wunderbarer Mann«, sang sie, »wunderbarer junger Mann!«

Auf dem Weg zurück strich sich Sebastian immer wieder übers Gesicht und freute sich, wie glatt und weich sich die Haut anfühlte.

Zurück bei den Hütten, gab er Dennele zu verstehen, dass er allein weitergehen wollte.

Er wollte Johann überraschen und pirschte über die Wiese. Aus dem Augenwinkel sah er an der Seite immer noch den schwarzen Bert und Ulli sitzen.

Er hatte nur ein paar Schritte weiter gemacht, als ihn plötzlich jemand zu Boden stieß und sich auf seine Brust kniete. Sebastian schaute in die Mündung einer Pistole, direkt über sich.

Es war Ulli, der ihn anschrie: »Wer bist du? Was machst du hier? Los, sprich!«

»Hör auf! Spinnst du!«, rief Sebastian unter Ullis Gewicht.

»Wer bist du? Hab ich dich erwischt!«

»Ich bin Sebastian.« Er rief noch ein paarmal, immer verzweifelter: »Ich bin Sebastian!«

Auch andere riefen nun: »Das ist doch Sebastian!«

Endlich stieg Ulli von seiner Brust und lachte: »Guter Witz! Sehr gut! Jetzt erkenn ich dich. So ein Jüngling bist du. Bart ab!«

Inzwischen hatten sich alle anderen um die beiden versammelt. Sebastian stand mit weichen Knien auf und alle klatschten und jauchzten. Marie schaute ihn mit großen Augen an.

Für Sebastian war das zu viel. Er hatte das Gefühl, dass schon vor dem entscheidenden Tag sich alle Ereignisse zusammendrängten. Er nahm sich eine Decke und legte sich am Granitfelsen in den Schatten. Er machte die Augen zu. Das schien ihm gerade die einzige Möglichkeit, sich zu schützen.

Sebastian lag schon eine Weile so und dachte an die Arbeit auf einem Segelschiff, an das Meer, das Welten trennte, an ein Land ohne Könige und Fürsten, da hörte er wie von Ferne Maries Stimme.

»Wir müssten diese Literatur eigentlich unterbinden. Die macht mir die Eleven noch ganz verrückt. Dieser Abel, der fördert das auch noch! Der will ja die Menschen verbessern, das Gute, das in ihnen steckt, herausholen. Sie sollen sich über alles Gedanken machen, auch über sich selbst, und da empfiehlt der das Lesen von Literatur, besonders von Shakespeare.«

Sebastian blinzelte mit den Augen. Es passte nicht zusammen, was er da hörte. Er spürte, wie sein Herz zu rasen anfing. Maries Stimme und dieser bestimmte Ton, den er kannte!

Er sah Marie an, die wie eine Fee über ihm auf dem Felsen saß und lächelte. Plötzlich nahm sie die Schultern zurück, streckte den Bauch vor und zog ein Gesicht, als müsste sie in eine Schlangengrube sehen. Ihre Stimme wurde wieder ganz hart: »Fehlte nur noch, dass der Abel diesen Schiller im Unterricht behandelt. Goethe darf ja schon sein: *Die Leiden des jungen Werthers!* Die Leiden! Wenn ich das schon höre! Woran muss der denn leiden? Dass er ein Mädchen nicht haben kann? Unglaublich! Und so was zu lesen soll die Eleven noch zu besseren Menschen machen! Der Goethe will doch inzwischen selbst nichts mehr wissen von seinem Werther und seinem Götz! Mittlerweile wird der ganz klassisch, heißt es, schwebt über den Dingen. Aber so ist das: Wenn ich für einen Herzog als Minister arbeite, wie der Goethe für seinen Herzensbruder Karl August, würde ich mich auch besser an den alten Griechen abarbeiten!«

Marie musste lachen, während Sebastian wieder die Augen schloss, wie um sich zu schützen. Was war in sie gefahren, überlegte er. Was hatte das jetzt zu bedeuten?

Sie sprach weiter: »Mal sehen, wann der Schiller auf den Trichter kommt: Vielleicht geht der auch noch nach Weimar und wird klassisch! Mir soll das aber nur recht sein: Mit den alten Griechen im Kopf wollen die Eleven wenigstens nicht mehr Revolution machen!«

»Hör auf, Marie, bitte!«, rief Sebastian plötzlich.

Er machte die Augen ganz auf und sah sie fast erschrocken an. Marie hielt sich wie beschwichtigend die Hand vor den Mund.

»Entschuldige!«, sagte sie. »Ich wollte nur einen Spaß machen.«

Sebastian konnte sie nicht ruhig ansehen. Was hatte sie nur zu ihm geführt, dachte er, ausgerechnet sie?

»Mein Vater hat immer so geredet«, erzählte sie. »Wir haben uns immer darüber lustig gemacht. Ich glaube, er hasst diesen Abel, weil der sich erlaubt, frei zu denken. Mein Vater befolgt die Regeln. Die geben dem Leben Halt, sagt er. Warum sollen Kinder selbst entscheiden, sagt er. So kommen die doch nur auf dumme Gedanken. Für ihn ist es zum Verzweifeln, wie an der Carlsschule manche Eleven, wie er sagt, *wider den Stachel löcken*. Du warst wohl einer von denen. Das wusste ich gar nicht.«

Sebastian setzte sich auf und sah, wie Marie ihn anlächelte. Sie sah so hübsch aus, wie ein bunter Hahn, richtig verschmitzt in ihren abgegriffenen alten Kleidern. Er schlang die Arme um die Knie, als müsste er sich Halt geben.

»Mein Vater hat mir erzählt, wer du bist, also … wer du warst.«

Sie sah ihn ernst an, und nun lächelte Sebastian ganz fein. Hatte er bei *dem* doch einen Eindruck hinterlassen, dachte er und sah sich um: Auf dem Platz hatte sich wenig verändert. Es war ziemlich still. Der schwarze Bert und Ulli lagen auf der Wiese und schliefen anscheinend, Agnes legte den Älteren Karten, die Kinder warfen mit Steinen, Dennele hielt einen Spiegel in der Hand und kämmte sich. Alle warteten.

Marie rutschte an dem Fels hinunter, wie um sich dahinter zu verstecken. Sie setzte sich so nah neben Sebastian, der ihr die Decke unterschob, dass sie ihn fast berührte. Auch sie schlang die Arme um die Knie und legte noch den Kopf darauf.

»Dein Herr Vater war ein Arschloch!«, sagte Sebastian und blickte sie strafend an.

»Ich sag dir was, Sebastian: *Ich* hatte dieses Buch von Schiller besorgt. Man konnte es eigentlich ganz billig haben. Schiller hat es ja selbst drucken lassen und ist die Auflage gar nicht losgeworden. Und soll ich dir noch was sagen: Mein Vater hat mir das Buch weggenommen!«

Marie sah Sebastian empört an, und er schaute in den Himmel.

»Und soll ich dir noch was sagen: Er hat in seinem Schreibtisch einen Schattenriss von Abel. Und weißt du, was er damit macht: Er sticht mit einer Nadel da hinein. *Mon Dieu!* Das habe ich selbst gesehen. Er murmelte dann auch irgendwas dazu.«

Sebastian musste lachen. Er erkannte schlagartig den Unterschied zwischen den Welten.

»Warum lachst du?«, fragte Marie mit gepresster Stimme.

»*Ma chère Demoiselle,* halten zu Gnaden, aber was wollen Sie mir damit sagen? Dass Sie es so schlimm im Leben haben? Dass Ihr Vater Sie vielleicht rügt, weil Sie zu viel *parfum* aufgetragen haben oder weil Sie es gewagt haben, in einem unbedachten Moment ein Widerwort zu geben? Oder weil Sie gar darüber klagten, dass unsere hochwohlgeborenen Herzöge ihre Landeskinder für ein Kopfgeld zum Kriegführen an andere Staaten verkaufen? Halten zu Gnaden!«

»Ich wollte nur sagen, dass du vielleicht verstehst, dass ich dich …«

»Im Ohrensessel bei einer Tasse Tee lässt sich wohlfeil konspirative Literatur delektieren, im feinen Kleidchen am reich gedeckten Mittagstisch indigniert diskutieren, mit den devoten Zofen dramatisch räsonieren, in der duftgeschwängerten Toilette riskant revoltieren …«

Plötzlich standen Marie die Tränen in den Augen. Sie drehte den Kopf weg und blieb stumm.

»Halten zu Gnaden!«

Als sie aufstehen wollte, hielt Sebastian sie am Arm fest.

»Tut mir leid«, sagte er leise. »Bitte setz dich wieder! Bitte!«

Sie gab nach und er hielt sie noch weiter am Arm. Erst, als sie sich zu ihm drehte und auf seine Hand sah, lockerte er den Griff und ließ los. Er spürte aber, dass Marie ihren Arm nicht von ihm weggezogen hatte.

»Tut mir leid! Versteh mich!«, sagte Sebastian. »Nein, du kannst mich nicht verstehen. Du weißt nicht, wie es sich anfühlt, wenn man auf Befehl zu handeln hat, wenn ein einziges Wort von außen dazu führt, dass innen sich ein Rädchen bewegt, wenn auf diesem Weg das ausgeschaltet wird, was uns Menschen ausmacht, der Verstand, nein, der freie Wille, nein, der Wille, sich seines Verstandes zu bedienen.«

»Ich weiß, wie es euch ergangen …«

»Nein!«, rief Sebastian. »Nichts weißt du! Du weißt nicht, was es bedeutet, von einem Mitschüler angeschwärzt zu werden, weil man sich nachts befleckt hat, und deswegen von einem Herrn Holzmeier vor aller Augen gezüchtigt zu werden!«

Sebastian sah Marie nicht an. Er schrie zwischen seinen Beinen hindurch zur Erde. Er hatte Lust, einen Stock zu nehmen und damit zu Holzmeier zu gehen. Der war in seiner Hand, dachte er, und hatte vor ihm nichts zu befürchten.

Marie tippte ihm auf die Schulter, wie man vorsichtig an eine Tür klopfte.

»Ich weiß, *mon cher,* eines weiß ich doch: Ich kann dir nicht helfen.«

»Nein, wahrlich nicht!«, brummte Sebastian.

»Aber du kannst mir helfen.«

Marie berührte ihn wie versteckt mit der Hand am Arm. Sebastian konnte nicht mehr klar denken. Er dachte an Dennele, die wahrscheinlich herübersah.

»Wie könnte ich?«, fragte er. »Wie sollte ich? Und wozu?«

»Du hast ein Gewissen, das weiß ich. Nur daran kann ich appellieren. Was ich nicht weiß, ist, ob es in dieser Welt noch Gerechtigkeit für dich geben kann.«

Sebastian rückte von ihr weg und fragte: »Was willst du?«

»Morgen ist ein entscheidender Tag, aber nicht nur für dich. Du musst dann auf alles gefasst sein. Man wird euch verfolgen. Was auf euch wartet, ist der Tod, der Tod am …«

»Was willst du?«

»Hör zu, Sebastian, ich bin eine Frau, aber nicht dumm. Ich kenne die Welt aus den Romanen. Darin stehen alle menschlichen Intrigen und Probleme, wobei das Leben das immer noch übertrifft. Jedenfalls kann ich leicht eins und eins zusammenzählen. Dieser schwarze Bert und sein Kompagnon sind keine Räuber. Das sind Verbrecher, und ihr kriminelles Kerbholz ist bestimmt voll. Wenn mein Vater und ich freikommen, könnten wir *en detail* aus ihrem Leben berichten. Den Tod haben die beiden sowieso vor Augen, da würden für sie ein oder zwei Menschenleben weniger keine Rolle spielen. Verstehst du?«

»Ja, verdammt!«, sagte Sebastian. »Ich bin auch nicht dumm.«

Er sah Marie in die Augen und wusste, dass er sie unter allen anderen Umständen nun hätte küssen müssen. Die Gefühle sprachen nur diese eine Sprache. Sie konnten sich nicht missverstehen. Doch er zwang sich, seinen Verstand einzusetzen. Er stand auf und lehnte sich an den Fels. Dann drehte er sich zu ihr und sagte leise, aber entschlossen: »Ich weiß, wie wir es machen: Pass auf! In dem Moment, wenn hier derjenige mit dem Lösegeld eintrifft, wer auch immer es sei, mache ich deinen Vater los und ihr rennt weg! Rennt, rennt, rennt! Wenn ihr nur ein wenig Vorsprung habt, werden die euch nicht verfolgen.«

»Und du?«, fragte Marie hastig.

»Ich werde sagen: Der Holzmeier konnte sich befreien.«

»Aber ich meine: Was wird aus dir?«

»Ich pass schon auf mich auf.«

Sebastian fühlte sich plötzlich eigenartig wohl. Er war doch kein schlechter Mensch, dachte er, oder warum würde sich eine Frau aus besseren Kreisen zu ihm hingezogen fühlen? Was bedeutete es denn überhaupt, wenn ausgerechnet eine solche Dame Gefühle für ihn zeigte, ja, sogar so etwas wie Verständnis? Es gab für ihn doch noch die Chance, seinem Leben eine andere Richtung zu geben …

Auf einen Schlag war der Teufel los. Es knallte, überall wurde geschrien, Johann jagte auf Brutus über den Platz, Hunde bellten, eine Kugel schlug sirrend auf den Granitfelsen. Sebastian zog Marie an sich und umschlang sie.

»Lauf weg!«, flüsterte Marie ihm schnell ins Ohr. »Mir geschieht nichts.«

Sie gab Sebastian einen Stoß, aber er blieb stehen und sah wie betäubt über den Platz. Von überall her, auch von oberhalb des Berges, rückten Soldaten an, von unterhalb auch Reiter, dazwischen Hunde. Wie ein aufgescheuchter Hühnerhaufen liefen alle Räuber davon.

Plötzlich war Ulli bei ihnen und ging an dem Stein in Deckung und zielte mit einer Pistole auf Marie.

»Weg mit euch!«, schrie er über den Platz, »oder sie ist hin!«

Die Soldaten blieben stehen und hoben ihre Gewehre. Sebastian sah Ulli an, der mit dem Blick zwischen den Soldaten und Marie wechselte. Er hatte das Gefühl, als könnte er ihn gerade ungestört beobachten, wenn auch nur für einen Augenblick: An seiner Pistole war der Hahn noch nicht auf Schussposition gesetzt. Ohne nachzudenken, machte Sebastian einen schnellen Schritt auf ihn zu, während Ulli abzudrücken versuchte, und traf ihn mit der Faust genau am Kinn. Ulli fiel und schlug noch mit dem Kopf an den Fels.

»Hände hoch!«, hörte Sebastian da schon Soldaten ganz nah schreien, dazu auch Maries Stimme: »Tut ihm nichts!«

Sebastian nahm die Hände hoch. Zwei Soldaten zielten direkt auf ihn. Plötzlich kam ein Reiter angesprengt, einen Hund vor sich.

»Rex, halt!«, schrie der Reiter und sprang vom Pferd. Der Hund blieb böse knurrend vor Sebastian stehen. Der Reiter fasste schnell Marie und stellte sie wie eine Puppe an die Seite.

Er rief: »Rex, pass auf den auf!«

Der Hund stellte sich vor Sebastian, legte die Ohren an und zog die Lefzen zurück. Seine Eckzähne schienen so lang wie ein Daumen.

Der Reiter war schnell wieder zurück. Mit dem knurrenden Hund neben sich, fesselte er Sebastian die Hände auf den Rücken. Das tat er auch bei Ulli, der am Kopf blutete und weiter reglos auf dem Boden lag.

Es dauerte nicht lange, dann waren alle an dem Fels versammelt, in der Mitte die Räuber, um sie herum ein Dutzend Soldaten. Sebastian schaute sich um. Marie, die Holzmeier mit Gewalt festzuhalten schien, sah ihn immer wieder an. Er wich ihrem Blick aus. Dennele traute er sich nicht anzusehen. Sie stand trotzig da und hatte die Arme vor dem Körper verschränkt. Wer fehlte, waren jedoch der schwarze Bert, der alte Wieglaf und Johann.

Holzmeier aber baute sich vor ihnen auf, so verdreckt und schmutzig, wie er war, und rief wie beim Appell auf der Carlsschule: »Das wird fürchterliche Konsequenzen haben. Glaubt mir!«

Gemächlich rumpelte die Kutsche die Straße entlang, als hätte sie nur Backsteine geladen. Sebastian kam es so vor, als wäre die Fahrt schon Teil der Strafe: als sollten sie noch einmal die Schönheit der freien Welt erleben dürfen!

Massiv gebaut, aus schwerem Holz, an den Seiten mit eingelassenen Eisenstangen, fasste die Kutsche leicht alle Gefangenen. Zum Gerumpel der Räder kam das ferne Geräusch von Vogelgezwitscher, begleitet vom ständigen Hufgeklapper der mitreitenden Soldaten.

Sie saßen sich auf zwei Bänken gegenüber, mit Ketten an Füßen und Händen, die Alten und Kinder nur gefesselt. Ulli lehnte mit dem Kopf an der Wand und starrte ins Leere. Alle anderen blieben nicht stumm. Sie schmusten auf Jenisch, wie es bei ihnen hieß. Sebastian verstand ein paar Worte, die Wächter aber gar nichts. Sie befahlen immer wieder vergeblich: Sprechen verboten! Und wenn doch wieder einer was rief und nicht still sein wollte, stand ein Wächter auf und verteilte Ohrfeigen, links und rechts, auch den Kindern.

»Im grandigem Mokum do' schefts'm schofelste«, hörte Sebastian,

und das verstand er durchaus: ›Sie waren auf dem Weg in die große Stadt, nach Stuttgart, wo es am schärfsten war.‹ Dort gab es genug kluge Herren zum Verhör. Denen konnte man schlecht ein X für ein U vormachen. Dennele fing immer wieder von vorn an: »Was tut ihr mir an! Ich bin unschuldig! Ich trage ein Kind im Bauch!«

Bei jeder Ohrfeige jammerte sie, als hätte man sie mit einer Peitsche gezüchtigt. Sie sah Sebastian nicht an. Als hätte er für sie keine Bedeutung mehr, dachte er.

Dennele verzog immer mehr das Gesicht. Sie müsste nun wenigstens das mal dürfen, was alle Menschen müssten! Oder sollte sie das im Wagen tun?

Bald hielt sie sich klagend den Bauch. Auch als Agnes sie zu beruhigen versuchte, schüttelte sie nur den Kopf und jammerte und stöhnte. Immer wieder beschwor sie klagend den barmherzigen Heiland.

Ein Wächter stand dann auf und rief nach draußen. Ein Reiter kam heran, und die Rede war von Notdurft. Sie würden bald halten, rief der Reiter. Dennele saß nur noch zusammengekrümmt auf der Bank und jammerte leise wie ein verlassenes Kind.

Auch Sebastian spürte bald stark den Druck in sich und sagte laut: »Sie werden doch Anweisungen haben, dass Gefangene …«

»Hald dei Maul, Galgevogel!«, rief ein Wächter.

»… auch mal pissen dürfen!«

Der Wächter schlug Sebastian ins Gesicht, aber es tat ihm nicht weh. Seine Backe brannte, doch er hatte das Gefühl, dass ihm nichts mehr wehtun konnte. Er würde standhaft bleiben, sagte er sich, egal was kommen würde. Der Herzog sollte ihm nichts mehr anhaben können.

Plötzlich hielt die Kutsche. Ruhe herrschte. Nur ein Hund bellte manchmal und ein Pferd schnaubte und scharrte mit den Hufen. Die Tür des Wagenverschlags ging auf. Draußen standen Soldaten mit Gewehren im Anschlag.

»Wer muss, der soll jetzt raus!«, rief ein Soldat.

Alle Gefangenen trippelten hinaus. Vor ihnen lag ein freies Feld, das noch nicht für die neue Saat umgegraben war. Einer der Wächter hielt einen Haufen Stroh in der Hand und rief: »Nehmt das fürs große Geschäft.«

Dennele nahm sich Stroh, auch Agnes. Alle verteilten sich auf dem Feld. Es war schwer, mit den Ketten an den Füßen zu gehen. Sebastian fiel ein paarmal hin. Dann stand er und pinkelte und schloss die Augen. Er dachte an die Zeit, die seit seiner Flucht vergangen war. Er hatte schöne, ja wunderbare Momente gehabt. Nun standen über ihnen die Soldaten und richteten weiter die Gewehre auf sie.

»Fertig werden!«, rief der Reiter mit dem Hund namens Rex, der wohl der Aufpasser war. Er hielt den Hund an der Leine, der daran zog wie ein gefangener Wolf. Sogar die anderen Soldaten hielten Abstand.

Dennele und Agnes hockten auf dem Feld wie Krähen im Winter. Ihre weiten Röcke gaben ihnen Schutz.

Plötzlich schrie ein Soldat, dann noch einer, dann alle. Sie trieben Sebastian und die anderen Gefangenen zusammen und umstellten sie. Wie ein Regenpfeifer mit scheinbar gebrochenem Flügel hüpfte Agnes seltsam herum. An dem Platz, wo Dennele gehockt hatte, stand ein Soldat und hielt staunend ihre Ketten in den Händen. Dennele war nicht mehr zu sehen.

»Ich mach das!«, brüllte der Soldat mit Rex und preschte los. Er ritt nicht auf das Feld hinaus, sondern auf die andere Seite der Straße. Dort lag oben ein Wald, den Sebastian gar nicht gesehen hatte. Der Reiter ritt hin und her, riss immer wieder das Pferd herum, als wollte er ihm den Hals brechen. Dann sprang er ab und ließ den Hund von der Leine. Der rannte auf gerader Linie los, während der Reiter schnell wieder aufsaß. Sebastian presste die Hände so zusammen, dass ihm die Fingernägel in die Haut drangen.

Der Reiter folgte seinem Rex, der bald am Waldrand angekommen war. Auf die Entfernung hörte man den Hund manchmal bellen und jaulen. Dann heulte er schrecklich gurgelnd auf. Es wurde ganz still. Der Reiter trieb sein Pferd in den Wald. Alle hielten den Atem an, auch die Kinder, auch die Wächter.

Die Zeit verging. Kein neuer, ferner Laut war zu hören. Auch Agnes stand auf dem Feld und lauschte; die Soldaten hatten die alte Frau auf dem Feld vergessen. Etwas stimmte nicht. Die Soldaten sahen sich fragend an. Dann redeten ein paar untereinander und einer von ihnen ritt los.

Die anderen trieben die Gefangenen zurück in den Wagen, Agnes unter ihnen, und schlossen ab. Still saßen sie auf den Bänken und hofften. Nach wie vor war nichts von Dennele zu hören, aber auch nichts von dem Reiter mit seinem Rex.

Dann rief draußen ein Soldat: »Da kommen sie!«

Ein Kind sprang auf und schaute durch die Schlitze der Wagenseite.

Es rief: »Die zwei Reiter kommen zurück. Sie ziehen den Hund hinter sich her. Der ist tot. Der Hund ist tot.«

Sebastian grinste, er hatte verstanden. Alle lauschten gespannt weiter.

Als die beiden endlich heran waren, sagte der eine Soldat fast flüsternd, aber es war zu verstehen: »Die Frau ist weg. Sie hat den Hund … ich weiß nicht … totgebissen?«

Da jubelte Sebastian wie die anderen. Er konnte nicht anders. Er hatte ein tiefes Gefühl von Befriedigung, als ob er plötzlich ganz frei wäre. Er sah, wie neben ihm Agnes leise weinte, und nahm ihre Hand. Er hörte kaum den Wächter, der immer »Ruhe! Ruhe!« schrie. Auch die Ohrfeigen spürte er kaum.

Draußen war noch eine Weile der Reiter zu hören, der immer wieder klagte: »Rex, mein armer Rex!«

Ein anderer Soldat herrschte ihn an, er solle das Jammern lassen. Schließlich sei das nur ein Tier gewesen.

Auf dem Weg nach Stuttgart stieg die Spannung. Obwohl sie noch zweimal in einer Herberge übernachteten, gab es keine Chance mehr zur Flucht. Wer austreten musste, wurde von zwei Wächtern begleitet. Bei Sonnenuntergang fuhren sie in die große Stadt ein.

Die Schatten wurden länger, alle Farben lösten sich auf, wurden grau und schwarz. Von ihren Sitzen waren durch die Gitterstäbe die Häuser nur umrisshaft zu erkennen. Sebastian kannte Stuttgart kaum. Alle schwiegen sie vor Anspannung, während die Kutsche auf den besseren Straßen auf Kopfsteinpflaster fuhr. Die Hufeisen und eisenbeschlagenen Räder knallten dann einen harten Takt gegen die Häuserwände.

Sebastian hatte gerade nachgerechnet, dass er ein Jahr lang völlig frei gewesen war – da hielt die Kutsche vor einem riesengroßen steinernen Gebäude, mit nach außen unbehauenen Quadersteinen. Es blieb still. Die Pferde schnaubten. Sebastian suchte den Blick von Agnes, die aber zufrieden ins Leere starrte.

Plötzlich wurde von außen die Wagentür aufgerissen. Im selben Augenblick wurde Sebastian von einem Soldaten an der Kette gepackt, die er an den Händen trug, hochgezogen und hinausgestoßen. Dort griffen ihn zwei andere Soldaten. Sie rissen ihn an der Kette vorwärts, dass er vor Schmerz aufschrie.

Sebastian konnte noch hören, wie die Kutsche gleich wieder abfuhr.

Ehe er sich's versah, befand er sich in dem Gebäude. Die zwei Soldaten trieben ihn weiter vorwärts, während einer ihm zugleich den Kopf nach unten drückte. So stolperte er durch dunkle Gänge, ehe sie ihn endlich auf einen Haufen Stroh stießen. Eine mächtige Tür fiel ins Schloss. Der Schmerz ließ schnell nach. Es war stockdunkel. Sebastian konnte kaum unterscheiden, ob er die Augen geschlossen hatte oder nicht.

Am nächsten Morgen, bei einem Schimmer von Licht, machte Sebastian die Augen auf und wusste: Es war kein furchtbarer Traum, in dem er sich befand. Es war nicht mal die Arrestzelle der Carlsschule. Es war ein richtiges Gefängnis. Die Mauern aus mächtigen Steinen strahlten kein bisschen Wärme ab. Die Tür war aus Eichenholz mit handbreiten Eisenbändern. Das Fenster war nicht viel größer als die Klappe eines Hühnerstalls, und kein Vogelgezwitscher war zu hören. Ein Strohlager und ein Hocker machten das ganze Mobiliar aus. Draußen ging die Sonne auf, aber ihre Strahlen würden nie in die Zelle fallen. Es war dunkel, feucht, kalt. Es war das Ende, dachte er.

Nachdem er die Zelle mit ein paar Blicken ausgemessen hatte, entdeckte er einen Pisspott und pinkelte hinein. Dann legte er sich auf das Stroh und umschlang die Beine mit den Armen. Er konnte die Füße nur mit Mühe heben, so schwer waren die Ketten daran. Immer wieder schlief er ein, wachte aber bei dem kleinsten Geräusch auf. Er spitzte die Ohren – wie die Katze vor dem Mauseloch, dachte er, nur dass er selbst darin saß.

Draußen waren nur hin und wieder Stimmen zu hören, von den Wärtern, die sich manchmal unterhielten. Er lauschte auf eine bekannte Stimme, auf die von Agnes oder von Ulli. Einmal sprang er auf und schrie ein paar Worte. Doch danach wurde es nur noch stiller, hatte er das Gefühl. Er versuchte auch mal, ein Räuberlied zu singen, aber es erstickte ganz schnell. Keiner von den anderen Räubern war in der Nähe. Sie hätten sich sonst bemerkbar gemacht.

Nach einigen Stunden wurde ihm seine Lage unheimlich: Sollte er wie in einer Höhle verschmachten? Da plötzlich rasselte es an der Tür, die sich quietschend öffnete. Zuerst traten zwei Aufseher ein, die sich wortlos an die Mauer stellten. Es folgte ein dritter Aufseher mit einem Licht und ein vierter mit Kleidern in der Hand. Er warf sie wortlos auf das Strohlager. Sebastian dachte an ein kindisches

Spiel, bei dem der verloren hätte, der zuerst sprach. Er lachte und zeigte auf die Kleider.

»Wenigstens habe ich es darin bequemer als in meiner Uniform auf der Carlsschule«, sagte er zu dem Aufseher, der ihm die Sachen hingeworfen hatte. Aber der antwortete nicht.

Auf jeden Fall war das Zeug ein weiteres Zeichen dafür, dass er Gefangener bleiben sollte, überlegte er.

Ein weiterer Mann betrat die Zelle, ein stiernackiger Hüne. Der sagte zum ersten Mal etwas: »Ausziehen!«, und noch einmal: »Ausziehen!«

Sebastian streifte seine Kleider ab und roch selbst, dass ein unangenehmer Geruch von ihm ausging.

Während die Aufseher grinsten, untersuchte ihn dieser Mensch, der Hände wie Bärentatzen hatte, im fahlen Licht der Lampe.

»Wenigstens hätte man einen Feldscher schicken können, wenn schon keinen richtigen Arzt«, sagte Sebastian, ohne dass der Mann darauf einging.

Es war für Sebastian fast wie eine Befriedigung, als er beide Arme über den Kopf hob und spürte, wie sein starker Körpergeruch die ganze Zelle ausfüllte. Er sah selbst an sich hinunter und spannte einige Muskeln an. Eigentlich war er stolz auf seinen Körper. Er stand in der Blüte seiner Jahre.

»Gesund!«, stellte der Mann fest. »Kein Ausschlag, keine offene Wunde, kein verdrehter Knochen. Auf dem Rücken keine Züchtigungsspuren!«

Mehr Worte fielen nicht. Man ließ ihn stehen, damit er sich anziehen konnte. Als neuen Habit hatte er nun ein weißes Hemd, eine saubere, aber verschlissene Jacke, ebenso die Hose, außerdem wollene Strümpfe.

Wie Grubenarbeiter verließen die Männer seine Zelle. Einer wechselte noch den Pisspott aus. Als sie die Tür verriegelten, war es wieder dunkel. Es dauerte eine Weile, ehe sich Sebastian an das wenige Licht gewöhnt hatte, das durch den Fensterspalt fiel. Er umschlang wieder seine Knie. Dass er einmal einer Frau so nah hatte sein können, erst Dennele und dann Marie, erschien ihm nun völlig unwirklich.

Die Zeit schien stillzustehen und nur alle paar Stunden geriet sie in Bewegung: Dann wurde visitiert. Es war die einzige Abwechslung. Dazu wurden an der Tür die beiden eisernen Querstangen zur Seite geschoben, die Tür langsam geöffnet, vorsichtig nach ihm geleuchtet, dann wurden die Zelle und er selbst durchsucht. Im Hintergrund stand immer ein Aufseher mit dem Gewehr im Anschlag.

Sebastian fragte jedes Mal lauter nach Essen, wenigstens nach etwas zu trinken. Aber er bekam keine Antwort, höchstens Schläge.

Drei Tage waren vergangen, als Sebastian schon mit den Fingern an den Mauern entlangfuhr, um davon etwas Feuchtigkeit abzusammeln. Die Tür öffnete sich und ein Aufseher machte nur zwei Schritte in die Zelle hinein. Er stellte einen großen Krug Wasser auf den Boden und ließ Sebastian zu sich kommen. In seine zitternden Hände übergab er ihm einen Teller mit heißer Suppe.

»Danach geht's los!«, sagte er und schloss die Tür hinter sich.

Sebastian kam die Suppe vor wie ein Geschenk des Himmels. Er stellte sie vor sich hin und ging in die Knie und roch nur daran. Er hielt sein Gesicht in den Dampf, wie um in dem Geruch zu baden. Dann hob er schnell den Teller und machte einen ersten Schluck, um die Wärme nicht zu vergeuden. Er schmeckte Lauch und Salz und Zwiebeln, vor allem aber herrliches Fett, das auf dem Wasser schwamm. Viel zu schnell war der Teller leer. Er schleckte ihn ab wie eine Katze.

Dann nahm er den Krug und trank und trank, in kleinen Schlucken. Das Wasser war gut und es war viel. Und weil es so kalt war, bändigte es seinen großen Durst. Er fröstelte, zog sich aber Jacke und Hemd aus und wusch sich, so gut er konnte.

Danach lauschte er gespannt. Er meinte, es regnen zu hören.

Aber dann kamen schwere Schritte näher, viele laute Stimmen. Die beiden Eisenstangen an der Tür wurden zur Seite gezogen und gleich drei Mann in Uniform betraten seine Zelle.

»Komm Er!«, sagte einer von ihnen laut. »Sofort!«

Sebastian hatte keinen Grund, Zeit zu schinden, im Gegenteil: Er freute sich auf die Menschen, egal wie sie ihm begegnen würden. Vor der Zelle zogen zwei der Soldaten ihre Degen. Der dritte legte Sebastian auf dem Rücken Handschellen an und nahm ihm die Ketten an den Füßen ab, die er kaum noch gespürt hatte.

Sie schritten durch dunkle und feuchte Gänge, mit schweren Türen links und rechts, hinter denen manchmal dumpf ein Stöhnen, Singen oder Schreien zu hören war, bis sie draußen vor dem Gefängnis standen.

Auf der Straße kniff Sebastian die Augen zusammen, so blendete ihn trotz des Regens das Licht.

»Keine falsche Bewegung!«, sagte ein Soldat und band ein langes Lederband an Sebastians Handschellen. »Weiter!«

Die Soldaten rückten ihre Hüte gerade und zogen ihre Uniformjacken zurecht, ehe sie Sebastian zum Gehen anstießen. Zwei Soldaten blieben mit den Degen in der Hand hinter ihm, einer an der Seite.

Sebastian genoss den Regen. Er nahm den Kopf zurück, um das Wasser im Gesicht zu spüren. Er streckte sogar die Zunge aus, um die schweren, warmen Wassertropfen aufzufangen. Bald weichte der Boden auf und Pfützen bildeten sich. Die Soldaten schimpften und fluchten, aber Sebastian lachte.

Er sah sich um und fragte sich, wo sie waren. Er kannte sich nicht aus. Hin und wieder hasteten Leute in großem Bogen an ihnen vorbei. An den Fenstern sah er manchmal Gesichter. Ein paarmal hörte er Schreie: »Spitzbua!«, »Ins Loch mit ihm!«, »A de Galgae!«

Ihm wurde es kühl. Da gingen sie in ein Gebäude, wo sie sich im Flur schüttelten wie Hunde, die aus dem Wasser kamen.

»Wo sind wir?«, fragte er arglos.

»Still, gleich kannst du reden mit deinem Lügenmaul!«, sagte einer der Soldaten böse, der seine Jacke und seinen Hut ablegte.

Ein Bediensteter führte sie eine Treppe hoch und in ein kleines Zimmer. Wieder stellten sich die zwei Soldaten drohend vor ihm auf, während ihm der dritte die Handschellen aufschloss, um sie ihm vor dem Körper wieder zuzuschließen. Dann saßen sie auf Bänken und warteten.

Sebastian fühlte Dankbarkeit bei der Vorstellung, wieder sprechen zu dürfen, oder eher, zu sprechen und darauf eine Reaktion zu bekommen. Er sagte sich, dass wahrscheinlich genau das die Absicht gewesen war: Ihn stumm zu halten, damit er dann drauflosplapperte. Aber er hatte sowieso nicht vor, sich herauszureden. Er wollte den Schnitt in seinem Leben. Er war bereit, im Zuchthaus zu schmachten, wenn er danach neu anfangen konnte. Schließlich hatte er immer nur gestohlen und betrogen, dachte er, nie jemanden auch nur verletzt, höchstens bewusstlos geschlagen.

Ihm klopfte das Herz bis zum Hals, als ihn die Soldaten in den Raum zur Vernehmung führten. Er hatte sich fest vorgenommen, mit seinem Leben abzurechnen und die Wahrheit zu sagen und nichts als die Wahrheit.

Die Soldaten zeigten auf eine Bank und zwei setzten sich neben ihn.

Sebastian erkannte den Oberamtmann, einen älteren, hageren Mann, den er einige Male auf der Carlsschule gesehen hatte. Er saß an einem langen, eichenen Tisch. Hageren Männern musste man mit Vorsicht begegnen, hatte er bei den Räubern gelernt. Die waren meist gläubig, streng, keine Fresser und Säufer, hatten ihre Prinzipien. Sebastian meinte, in dem Gesicht des Oberamtmanns ein feines Lächeln zu erkennen, etwas von Gutmütigkeit.

Er sah sich weiter um. An dem großem Tisch neben dem Oberamtmann saß, mit einem Tintenfass und viel Papier vor sich, der Schreiber. An einer Wand mit hölzerner Verkleidung lehnten ein paar andere Männer, alle in sauberer, ordentlicher Kleidung, offensichtlich interessierte Bürger.

Der Oberamtmann kam schnell zur Sache. Er stellte sich vor und sprach im Namen Seiner regierenden und von Gottes Gnaden bestellten Herzoglichen Durchlaucht zu Württemberg, des Herzogs Carl Eugen. Dann fragte er Sebastian nach seinem Namen, nach seinen Eltern, seiner Erziehung, seinem Leben.

Sebastian erzählte. Das Reden tat ihm nicht nur gut, weil er so viele Tage in der Stille eingeschlossen gewesen war, sondern auch weil er das Gefühl hatte, zum ersten Mal öffentlich von sich erzählen zu dürfen.

Als es um die Carlsschule ging, unterbrach der Oberamtmann jedoch und sagte, das tue nichts zur Sache. Genauso verhielt er sich, als Sebastian von der Flucht aus der Carlsschule erzählen wollte und den Gründen dafür.

Als es dann um die Räuber ging, setzte sich der Oberamtmann ganz gerade hin. Der Schreiber schnitt sorgfältig die Spitze seiner Feder neu.

Sebastian sagte schnell: »Ich will Ihnen alles erzählen, von allen Überfällen, Diebstählen und Tricks, nur werden Sie verstehen, dass ich keine Namen nennen werde.«

»Ich habe das nicht zu verstehen«, sagte der Oberamtmann streng.

»Sie wissen, wie ich es meine.«

»Wollen Sie auf eine Ehre hinaus, auf eine Räuberehre?«, fragte der Oberamtmann mit schneidender Stimme. »Davon will ich nichts wissen. Erzählen Sie hier und legen Sie Ihre schändliche Seele bloß! Das könnte Sie vielleicht bei einem anderen retten!«

Sebastian schluckte. Was sollte diese Andeutung, fragte er sich. Konnte er gar kein Verständnis erwarten?

Er zwang sich zu einem ausführlichen Bericht. Wie sie als Räuber, als Ausgestoßene, geradezu gezwungen waren, rechtlos zu handeln, weil auch Ältere unter ihnen waren und Kinder, die Essen und Trinken brauchten.

Da fuhr ihn der Oberamtmann an: »Er soll hier kein Mitleid heraufbeschwören, sondern sich Seiner Schandtaten bekennen und Gefühle beiseite lassen. Die hat Er ja wohl bei Seinen Taten auch nicht gehabt.«

Sebastian hatte den Eindruck, als wollte ihn der Oberamtmann in die Ecke drängen, als wollte er ihn als besonders üblen Vaganten herausstellen. Er erzählte dann von Rollo – den er auch mit Namen nannte, weil er schließlich tot war –, von dessen Anführerschaft, wie er alles bestimmte, wie er jeden Tag nach Branntwein verlangte …

»Und deswegen hat Er beschlossen, diesen – wie nannte Er sich? – diesen Rollo über die Klinge springen zu lassen? Es hat Ihn wohl gereizt, die Rotte selbst anzuführen!«

Sebastian starrte den Oberamtmann an, der überlegen lächelte. Woher wusste der von Rollos Tod, fragte er sich. Warum beschuldigte er *ihn* der Tat?

»An Seiner Reaktion ist zu erkennen, dass wir nun also der Wahrheit näher kommen«, sagte der Oberamtmann. »Er sieht, Er ist nicht der Erste, der uns hier seine Geschichte auftischt. Also, wie war das mit diesem Rollo? Warum hat Er den ermordet?«

»Ich habe den nicht ermordet«, rief Sebastian. »Das war … Nein! Ich habe ihn nicht ermordet. Nie würde ich das tun.«

»Weiter!«, sagte der Oberamtmann nur und blickte zur stuckverzierten Decke, wo Engel in Posaunen bliesen und um den Heiland kreisten. Sebastian sprach zögernd weiter. Er hatte nun einen ganz trockenen Mund. Er versuchte genau zu erklären, was an dem Abend geschehen war, als Patro zuerst auf Rollo und dann auf Johann schoss. Aber er nannte ihre Namen nicht, sondern versuchte, den Mord aus der ganzen Situation heraus zu beschreiben. Dabei kam er ins Stottern.

»Das reicht«, sagte der Oberamtmann. »Wir haben auch nicht genau zu wissen, warum ein Spitzbube einem anderen nicht das Leben lassen will. Aber dann geht es ja leider auch um ehrbare, unschuldige Bürger und um diejenigen, die diese Bürger zu schützen sich aufopfern. Wir sind gespannt, wie da der Angeklagte seinen Kopf retten will. Bis dahin aber bitte ich um eine kleine Pause. Von so viel Malefiztum zu hören schlägt doch auf den Magen.«

Sebastian verstand nicht, was vorging. Was wurde da gespielt, ein Drama mit ihm als tragischem Helden? Sollte *er* für alles verantwortlich gemacht werden? Musste er noch genauer erklären, noch mehr preisgeben?

Er sah die beiden Soldaten neben sich fragend an, aber der eine sagte nur: »Was gibt's zu glotzen, Spitzbub?«

Sie führten ihn in einen Nebenraum, wo auf einem Tisch Brot und Wasser und Wein standen. Die beiden aßen und gaben ihm davon ab. Obwohl er eigentlich keinen Appetit hatte, so hatte er sehr wohl Hunger. Er versuchte sich zu beherrschen, die Stücke Brot, die sie ihm hinschoben wie einem bettelnden Hund, nicht hinunterzuschlingen. Er behielt sie lange im Mund.

Als wieder einer der Soldaten ihm ein Stück hinschob, zog der es plötzlich zurück und Sebastian griff ins Leere. Der Soldat grinste.

»Na, möchtest schon noch ein ordentliches Brot, ehe es bald nur noch harte Kruste gibt!«, sagte er und hielt es ihm hin.

Sebastian streckte aber nicht wieder die Hand danach aus. Der Soldat legte das Stück Brot auf den Tisch. Erst als er die Hand zurückzog, nahm Sebastian es sich.

Auch durfte er von dem Wein trinken, begnügte sich aber mit wenigen Schlucken. Er wollte unbedingt einen klaren Kopf bewahren. Die nächste Stunde würde über sein weiteres Leben entscheiden, das wusste er.

Sebastian versuchte gedanklich noch einmal genau durchzuspielen, wie der Überfall und die Entführung von Holzmeier und Marie vonstattengegangen war. Sollte er zugeben, dass er derjenige gewesen war, der den Überfall überhaupt erst angeregt hatte? Warum nicht, schließlich hatte er sich vorgenommen, die Wahrheit zu sagen. Doch nagte in ihm das seltsame Gefühl, dass er zu seiner Verteidigung eigentlich nur Worte hatte – und dass man ihm die im Mund herumdrehen konnte. Er dachte an Marie: Sie könnte die Ehrlichkeit seiner Worte bezeugen. Könnte sie nicht als Zeugin erscheinen? Sebastian stöhnte auf. Er wusste: Das war reines Wunschdenken. Am Ende fiel ihm der Bibelspruch ein: *Die Wahrheit wird euch frei machen.*

Als die Soldaten ihn wieder in den Saal führten, war Sebastian plötzlich ruhig. Er würde das sagen, was wirklich geschehen war.

»Kommen wir nun zum traurigen Höhepunkt in der langen Reihe krimineller Schandtaten unseres Inquisiten«, begann der Oberamtmann ohne Umschweife. Er schien nun besonders laut und deutlich zu sprechen.

Sebastian berichtete, wie er von dem herrschaftlichen Treffen in Tübingen erfahren hatte. Dabei unterbrach ihn der Oberamtmann nur einmal, als er sagte: »Hört, hört, für Kreise solcher Subjekte mit revolutionären Gesinnungen hat er also auch Sympathie gehegt. Es kommt immer eines zum anderen.«

Aber Sebastian ließ sich nicht beirren und fuhr fort. Er schilderte, wie sie den Hinterhalt gelegt hatten und von Johann über eine geeignete Kutsche informiert worden waren. Johann nannte er mit Namen und versuchte, ihn allein durch seine Schilderung, nämlich nur Reiter gewesen zu sein, aus den wirklich kriminellen Dingen herauszuhalten. Sonst wusste er eins: Unter Räubern verriet man sich nicht. Das war ein ungeschriebener Ehrenkodex. Aber Johann hatte das Pech, dass er seine Identifizierung immer bei sich trug: sein fehlendes Bein.

Der Oberamtmann machte mit der Hand wegwischende Bewegungen. Sebastian erzählte schneller. Als er an dem Punkt war, wo es um Patros wahnsinnige Tat ging, richtete sich der Oberamtmann wieder ganz auf. Auch der Schreiber spitzte schnell wieder die Feder neu. Die Bürger an der Wand lehnten sich nach vorn. Es wurde ganz still.

Sebastian fuhr fort, und als er sagte: »... dann fiel der Schuss«, fuhr der Oberamtmann ihn an: »Was soll das heißen: Es fiel der Schuss? Wer hat den gesandt? Der Gottseibeiuns?«

»Jemand anders, der keine Kontrolle über sich hatte ...«

»So, jemand anders, ein Gesandter der Hölle, dessen Namen man nicht nennen darf!«

»Zwei Dinge kamen zusammen, die ich nie gewollt hätte, nämlich der Schuss auf den Soldaten und die Geiselnahme, die für mich auch völlig ...«

»So versucht Er sich herauszureden, der Mordbube! Fiel der Schuss! Jemand anders! Ich sage Ihm, wer der Jemand war, der den Schuss abfeuerte: Er!«

Sebastian stieg das Blut in den Kopf. Was geschah da, dachte er verwirrt, was hatte das zu bedeuten? Auf eine solche Anklage wäre er im Traum nicht gekommen. Er wischte sich den Schweiß von der Stirn und sah sich hilfesuchend um. Aber niemand war für ihn da. Alle Gesichter, die er sah, drückten nur Hohn und Hass aus.

»Aber warum soll ich derjenige gewesen sein?«, rief er laut. »Ich habe doch erklärt, dass ich immer nur mit der Faust ...«

»Ich kenne Euch«, rief der Oberamtmann lächelnd. »Eure Reden sind nicht *ja ja, nein nein,* wie es unsere Heilige Schrift will, sondern Euer Ja heißt Nein und umgekehrt. Hier hilft Euch das jetzt nicht mehr weiter, denn wir ...«

»Wer sollte der Zeuge für dieses Verbrechen sein?«, rief Sebastian. »Was haben denn die anderen Soldaten ausgesagt? Von denen hat vielleicht einer was gesehen!«

»Was erdreistet Er sich, hier dazwischenzurufen!«, schrie der Oberamtmann mit rotem Kopf und atmete ein paarmal ein und aus, ehe er ziemlich leise fortfuhr: »Wir haben gelernt, Euren Wortkonstrukten die Wände einzureißen! Was also die Soldaten angeht: Die konnten nichts sehen. Zwei saßen zum Zeitpunkt des Mordes noch im Wagen, einer war vom Pferd gerissen.«

»Wieso soll also ich der Mörder sein? Es war ein anderer.«

»Wer also?«

Sebastian rang mit sich. Was sprach dagegen, den Namen von Patro zu nennen? Er war schließlich derjenige gewesen. Aber was war mit ihm geschehen? Er hatte ja noch gelebt. Hatte er noch geredet, überlegte Sebastian wie im Fieber. Bis er das herausbekam, würde er jedenfalls nicht seinen Namen nennen.

Plötzlich erhob sich der Oberamtmann und sprach Sebastian von der Seite an, sodass er sich auf seinem Stuhl zu ihm hindrehen musste: »Er hat so viele Verbrechen gestanden. Wir kennen ein Leben wie das Seine zur Genüge. Man fängt im Kleinen an und endet im Großen. Man trinkt erst Bier und dann Branntwein. Man stiehlt ein Huhn und raubt dann die Speisekammer aus.«

»Ein Mord ist etwas ganz anderes! Halten zu Gnaden! Ich bin ein Dieb, jawohl, ein Betrüger, jawohl, ein Räuber, jawohl, aber kein Mörder!«

Sebastian sah sich mit wilden Blicken um, aber sobald er auf ein Gesicht traf, zeigte das eine Fratze.

Plötzlich hob der Oberamtmann die Hand wie ein Lehrer und wartete lange, bis es wieder ganz still war. Dann sagte er fast flüsternd: »Und wenn wir einen Zeugen hätten …«

»Das kann nicht sein. Dann müsste ich an der Welt verzweifeln. Dann gäbe es wirklich viel mehr Tricks und Intrigen, als sie ein Dichter sich ausdenken könnte. Dann wüsste ich nicht weiter.«

»Dann wärst du am Ende, Spitzbube«, rief der Oberamtmann höhnisch.

Er ging zu der Wand hinter dem Tisch und öffnete sie. Sebastian staunte. Es war eine spanische Wand. Und wer dort verborgen stand, war … Patro.

Sebastian schnappte nach Luft.

»Das kann nicht sein!«, rief er wieder.

»Was kann nicht sein?«, fragte der Oberamtmann. »Dass wir dir doch auf die Schliche gekommen sind? Dein Verhalten liefert den Beweis: Die Überraschung ist perfekt.«

Sebastian starrte Patro an, als hätte er dessen Geist vor sich. Patro trug eine Augenklappe und hatte lange Haare, die eine Seite seines Gesichts verdeckten. Sebastian wusste, was kommen würde. Er wusste, was bereits geschehen war.

Der Oberamtmann brachte es auf den Punkt und fragte Patro: »Ist er derjenige?«

»Ja!«

»Der, der geschossen hat?«

»Er ist es.«

»Der, der den Soldaten vom Pferd geschossen hat?«

»Er ist es gewesen.«

Sebastian wollte ›Verräter‹ schreien, ›Lügner‹, ›Abschaum‹, ›Teufel‹, aber er wusste, dass er *dagegen* keine Chance hatte. Er drehte sich auf seinem Stuhl um und verschränkte die Arme. Er sah Patro nicht mehr an. Er sprach auch nicht mehr, bis er wieder in seine Zelle geführt wurde.

Sebastian war wie gelähmt. Er fühlte sich wie beim Aderlassen, wenn das Blut aus dem Körper strömte und keiner mehr die Wunde schloss. Patro hatte doch überlebt, dachte er, und versuchte nun, seinen Kopf zu retten. Das passte zu ihm. Der Oberamtmann glaubte Patro, und so stand Aussage gegen Aussage.

Sebastian hätte gern gekämpft, für ein neues Leben, mit offenem Visier. Aber sollte er nun auch Finten und Lügen anwenden, um seinen Kopf aus der Schlinge zu ziehen? Es ging um sein *Leben!* Er musste sich nichts vormachen. Ein Mensch war ermordet worden, der Carl Eugen gedient hatte. Da war kein Pardon zu erwarten. Auge um Auge, Zahn um Zahn.

Stundenlang lag Sebastian fast bewegungslos auf dem Strohlager. Weiterhin sagte keiner der Aufseher, wenn sie ihn visitierten, auch nur ein Wort zu ihm. Es waren nur noch zwei, die kamen, immer dieselben. Wie sollte er auch fliehen können, dachte er. Sogar ein Einziger hätte zu seiner Aufsicht gereicht.

Einmal sprach er es ihnen gegenüber aus: »Ich bin unschuldig!« Aber die Worte kamen ihm selbst so vor, als hätte er sie einem Taubstummen entgegengeschleudert. Der Unterschied bestand nur darin, dass die Aufseher höhnisch lachten.

Aber gerade das gab ihm das Gefühl, sie würden damit seinen Lebenswillen wiedererwecken. Er wollte sich nicht wehrlos in sein Schicksal ergeben. Er war kein Mörder.

Mitten in der Nacht, als er sich wie ein Blinder vorkam, stand er auf und fühlte die Wände ab. Sie waren feucht und kalt und auf jeden Fall aus hartem Gestein. Nichts daran bröselte, höchstens in den Fugen, in die aber nirgendwo ein Finger passte.

Er kroch auch auf dem Boden herum, tastete mit den Händen bis in die Ecken hinein, wozu er die Fußketten ganz spannen musste. Dort fühlte sich das, was er zwischen die Finger bekam, schmierig wie Seife an, nur dass es widerlich roch. An einer Stelle konnte er tatsächlich in einen Spalt hineinfassen. Er folgte den Konturen des Steins, der groß war, größer als ein Kopf. Er spürte, dass sich der Stein ein ganz kleines Stück bewegen ließ. Es machte feine, knirschende Geräusche. Immer wieder hielt er die Luft an und lauschte. Doch hinter der mächtigen Tür war nichts zu hören.

Eine Stunde lang kratzte er sich die Fingernägel in dem Spalt ab, bis der völlig gesäubert war. Um aber den Spalt zu erweitern, hätte er etwas aus Metall gebraucht, ein Messer. Sogar mit einem Nagel hätte er angefangen zu schaben. Er versuchte auch, mit seiner Fußkette bis zu der Wand zu gelangen, aber die ließ ihm nur einen Radius von drei Schritt. Sonst war nicht an die kleinste Hilfe zu denken: Er bekam ja nicht mal Besuch.

Es war hoffnungslos.

Als die Visite das nächste Mal kam, fing Sebastian an zu erzählen, und zwar von dem Überfall auf die Kutsche. Die beiden Wärter schlugen ihn, damit er still wäre, aber er erzählte leise weiter. Wieder wurde er geschlagen, wieder erzählte er weiter. Er ließ sich weiter schlagen, aber er ließ das Reden nicht.

Bald gehörte es zur Visite dazu, dass er von dem Überfall erzählte. Die Wärter schlugen ihn auch nicht mehr. Vielleicht war es ihnen zu mühsam geworden. Sebastian erwähnte auch Marie, immer wieder, immer öfter. Sie schien ihm wie seine letzte Hoffnung, wie dem Schiffbrüchigen die Segel am Horizont.

So vergingen die Tage. Nichts geschah, außer dass Sebastian den Wärtern immer mehr erzählte. Er rollte sein ganzes Leben vor ihnen auf, wie er auf die Carlsschule gekommen war, wie ihn Holzmeier drangsaliert hatte, wie sie als Eleven immer wieder von Schiller gehört hatten, wie er mit seinem Freund Johann geflohen war und die ganze Räubergeschichte. Er erzählte auch von seinen Eltern, brach das aber bald wieder ab. Er wusste, wie erschüttert sie sein mussten, wenn sie erfuhren, dass er unter die Räuber gegangen war. Für seine Eltern wäre er wohl nur noch zu retten, wenn er als Pastor oder ganz neuer Mensch zurückkäme. Allein der Gedanke an seine Mutter, dass er ihr in seinem Zustand begegnen könnte, beschämte ihn so, dass er sich lieber den Tod am Galgen vorstellte.

An einem Tag erzählte Sebastian, wie er von Freudental zurück zu den Räubern eilte und nicht wusste, ob Johanns Bein weiter heilte. Plötzlich merkte er beim Reden, wie einer der beiden Aufseher zum zweiten Mal seine Ketten kontrollierte, im Vergleich viel zu gründlich, und wie der Wärter darauf achtete, dass die Ketten nicht rasselten. Da wusste er: Er redete doch nicht gegen die Wand.

Als er danach wieder allein in seiner Zelle war, schlug er lachend in die Luft. Nun freute er sich auf jede Visite. Es waren immer noch dieselben beiden Wärter, die kamen, und bloß noch tagsüber. In der Nacht hörte er manchmal nur schlurfende Schritte vor der Tür. Und auch wenn die beiden weiterhin nichts sagten, hatten sie schon längst aufgehört, so zu tun, als hätten sie keine Ohren.

Mit der Zeit bekam Sebastian wie ein Blinder ein Gespür für jedes fremdartige Geräusch, für jede Bewegung, jede Regung.

Als einmal wieder die Visite anstand, spürte er sofort, dass dieses Mal etwas anders war: Draußen wurde leise gesprochen. Sofort strich er sich seine schmutzigen Kleider glatt, fuhr sich mit den Fingern durch die fettigen Haare und den Bart, nahm den Krug mit Wasser, der fast leer war, spülte sich den Mund aus und rieb sich mit dem restlichen Wasser die Hände sauber. Dann richtete er sich auf und sah zur Tür.

Seine beiden Aufseher traten ein, beide mit einer Laterne in der Hand. Einer sicherte die Tür, der andere durchsuchte schnell die Zelle und stellte sich mit dem Rücken an die Wand. Sebastian stand stramm wie in der Carlsschule, als käme Carl Eugen in sein Schlafabteil.

Aber es war eine schlanke Person, die eintrat. Sie war dunkel gekleidet und hatte sich eine Kapuze über den Kopf gezogen. Er erkannte sie erst, als er ihre Stimme hörte.

»Grüß dich, Sebastian!«

Es war Marie.

Er machte einen Schritt auf sie zu, ohne nachzudenken, und blieb ruckartig an der Kette hängen.

Er wollte ihr antworten und konnte nicht sprechen. Sein Hals war wie zugeschnürt und ihm kamen die Tränen. Er sah zu Boden, damit das Licht der Laternen nicht auf sein Gesicht fiel.

»Sebastian, ich bin's: Marie!«

»Schön, dass du gekommen bist«, brachte er endlich hervor. »Ich freue mich so.«

»Ich wusste nicht, wohin sie dich in Stuttgart gebracht haben. Erst jetzt habe ich es läuten hören, fast *en secret*[*].«

Marie sah sich um. Dann wandte sie sich an den Wärter an der Tür und sagte im Befehlston: »Wollen Sie mich bitte mit dem Angeklagten allein lassen! Ich bleibe hier in sicherem Abstand stehen und klopfe dreimal an die Tür, wenn Sie wieder öffnen sollen.«

Die Wärter sahen sich fragend an.

Marie sagte noch einmal laut: »Wollen Sie mich bitte …«, als einer der beiden ihr seine Laterne hinhielt und sagte: »Bitte, die Dame! Dreimal klopfen!«

Als die Tür zugezogen war, stellte Marie die Laterne auf den Boden. Dann streifte sie ihre Kapuze ab. Ihre hellen Haare quollen hervor, und Sebastian war wie geblendet … ihr Gesicht schien plötzlich von einem Heiligenschein umgeben. Auch füllte ihr Duft nun die ganze Zelle aus.

»Ich … du … es ist …«, sagte Sebastian und konnte keine Worte finden.

Sie hielt sich nur einen Finger an den Mund und lauschte und lächelte.

Als draußen Stimmen zu hören waren, sagte sie leise: »Du siehst wild aus! Du hast viel durchgemacht.«

»Hör, Marie!«, sagte Sebastian schnell. »Ich bin in großer Gefahr. Ein anderer Räuber, Patro, der lebt und hat gesagt – das *Schwein*, das! – ich hätte den einen Soldaten …«

[*] heimlich

»Ich weiß«, unterbrach ihn Marie und legte wieder den Finger an den Mund. »Hör *du* zu! Ich weiß davon. Ich habe mich erkundigt. Wenn der Prozess stattfindet, werde ich da sein. Zwar wird auch mein Vater erscheinen. Er will es sich nicht nehmen lassen, als Hauptzeuge möglichst die Rolle des Anklägers zu übernehmen. Aber ich werde für dich zeugen. Verlass dich drauf! Das wollte ich dir sagen. Mehr braucht es jetzt nicht. Sei beruhigt, *mon pauvre ami**!«

Sie kam Sebastian ganz nahe. Worauf wartete er? Er hätte sie auf jeden Fall umarmen müssen. Aber das erlaubte die Situation nicht. Plötzlich kam ihm auch zum ersten Mal wieder der Geruch von sich selbst in die Nase.

Marie steckte ihm noch etwas zu, ein Büchlein, das er schnell in seiner Jacke verschwinden ließ.

Sie reichte ihm die Hand und er hielt sie fest, wollte sie nicht mehr loslassen. Sie selbst zog ihre Hand lange nicht zurück. Aber schließlich warf sie sich schnell wieder die Kapuze über und klopfte dreimal an die Tür, die sich sofort öffnete.

Ohne ein weiteres Wort ging sie hinaus.

»Adieu!«, rief Sebastian ihr nach.

Als die Tür sich wieder schloss und verriegelt wurde, war ihm das fast recht. Er wollte allein sein, mit seinem Schmerz, aber vor allem mit seiner Freude. Er fühlte sich wie befreit. Konnte denn sein weiteres Leben von der Aussage einer einzelnen Frau abhängen, fragte er sich.

Sebastian hatte das Gefühl, als hätte sich nach Maries Besuch die ganze Stimmung in seiner Zelle verändert. Das wenige Licht kam ihm nun vor wie der erste Sonnenstrahl nach einem Gewitterregen, sein Strohlager weich und duftend, das Wasser wie aus einer Quelle.

* mein armer Freund

Vor allem aber gingen die Wärter anders mit ihm um. Sie nahmen nun zum ersten Mal absichtlich den Eimer mit, in dem er sich entleerte. Und sofort stellten sie ihm einen Krug frisches Wasser hin. Sie fingen sogar an, mit ihm zu reden, leise und verschwörerisch.

Einmal steckte ihm einer ein Stück Käse zu und flüsterte, während er an seinen Ketten rüttelte: »In drei Tagen wirst du vorgeführt. Ich drück dir die Daumen.«

Sebastian sog diese Worte auf wie ein Schwamm und unterbrach sein gewohntes Reden. Bei der nächsten Visite sprach er so, als stünde er schon vor dem Richter.

Besonders half ihm das Büchlein von Marie, eigentlich nur das Wissen, dass er es besaß. Er befühlte es immer wieder, ohne es anzusehen. Er wollte jeden Moment damit auskosten, sogar das Gefühl, gar nicht zu wissen, was er da genau hatte. Im Dunkeln befühlte er den ledernen Einband, der straff auflag und nicht eingerissen war. Schließlich, es war tiefe Nacht, nahm er das Buch und schlug es auf. Er hielt eine Hand darunter, falls darin etwas versteckt wäre und herausfiele. Er dachte an eine Feile. Aber er fühlte nur Seiten und schlug sie um. Er spürte, wie Buchstaben ins Papier gedruckt waren.

Ihm verkrampften sich fast die Augen, als er im ersten Licht der Morgendämmerung versuchte, die Buchstaben zu erkennen. *Gedichte von Lessing*, konnte er dann lesen – und wusste: Genau das war es, was er gebrauchen konnte. Abel hatte sie immer wieder an Lessing geschult, an seiner meisterlichen Sprache, an seiner Moral, an seiner Weisheit. Er nahm sich vor, die Gedichte möglichst auswendig zu lernen. An einem blieb er sofort hängen. Er entzifferte es wie ein Primaner und sprach es leise vor sich hin. Dabei versuchte er, jedes Wort zu genießen wie die ersten Bissen von frischem Brot.

Das Leben

Sechs Tage kannt' ich sie,
Und liebte sie sechs Tage.
Am siebenten erblasste sie,
Dem ersten meiner ew'gen Klage.
Noch leb' ich, zauderndes Geschick!
Ein pflanzengleiches Leben.
O Himmel, ist für den kein Glück,
Dem du Gefühl und Herz gegeben!
O! nimm dem Körper Wärm' und Blut,
Dem du die Seele schon genommen!
Hier, wo ich wein', und wo sie ruht,
Hier lass den Tod auf mich herab gebeten kommen!
Was hilft es, dass er meine Jahre
Bis zu des Nestors Alter spare?
Ich habe, trotz der grauen Haare,
Womit ich dann zur Grube fahre,
Sechs Tage nur geliebt,
Sechs Tage nur gelebt.

Dann hörte er schon wieder seine Aufseher kommen. So schnell er konnte, schob er das Büchlein in das Stroh, auf dem er schlief. Das konnte aber gewechselt werden, schoss es ihm durch den Kopf. Also in eine der Ecken! Er bedeckte es noch schnell mit dem Dreck auf dem Boden und kroch an seinen Platz zurück, als die Tür aufging. Zum Glück war es dunkel wie immer, dachte er im Schein der Laterne. So ließ sich in seinem Gesicht nicht die Aufregung ablesen.

»Die Frauen helfen noch aus der größten Not«, sagte ein Wärter lachend und leuchtete kurz die Zelle aus.

»Du redest ja gar nicht«, sagte der andere. »Hat es dir die Sprache verschlagen?«

Sebastian war durcheinander. Ihm fiel gerade nichts ein, und so murmelte er nur: *»Noch leb' ich, zauderndes Geschick! / Ein pflanzengleiches Leben.«*

»Pflanzengleiches Leben!«, wiederholte der Aufseher erstaunt. »Sehr treffend, fürwahr! Aber nicht, dass du hier noch herauswächst! Die Frau hat dich wohl ordentlich gewässert!«

Wieder allein, griff Sebastian gleich wieder nach dem Büchlein. Der Einband fühlte sich schmierig an. Er wischte ihn ab und spuckte darauf und wischte ihn wieder ab. Er wusste: Das Büchlein war sein Rettungsanker.

Bald hörten die Aufseher die Gedichte von Lessing, wenn sie ihn visitierten. Einmal sprach einer amüsiert die ersten Zeilen von *Das Leben* mit, als es aber geschah: Sein Kollege hielt plötzlich das Büchlein in der Hand. Er hielt es in das Licht der Laterne.

»Was haben wir denn da?«, rief er wie ein Gendarm, der bei einem Dieb Beute gefunden hatte.

Sebastian wurde schwindelig. Er sah Holzmeier vor sich und sagte nur: »Bitte nicht! *Bitte!*«

Plötzlich war das Flackern der Laterne zu hören, so still war es. Keiner schien zu atmen. Die beiden Wärter sahen sich regungslos an. Dann nickte einer und der andere nickte ebenfalls.

Der mit dem Buch in der Hand steckte es tief in das Stroh, als wollte er selbst vormachen, wie man es am besten verbarg.

Da hatte Sebastian das Gefühl, die Menschen wollten ihn wiederhaben. Er wartete nun gespannt auf die nächste Verhandlung. Bis dahin lebte er mit Lessings Gedichten. Er verstand inzwischen, dass der Mensch als Nahrung nicht nur etwas zu essen brauchte.

Als es endlich so weit war, schien an dem Tag sogar die Sonne. Sebastian machte auf dem Weg zum Gericht immer wieder vom Licht geblendet die Augen zu. Es war wie im Traum. Die Handschellen an seinen Händen und die Soldaten um sich her nahm er gar nicht wahr.

Im Vorraum musste er nicht lange warten. Er war überrascht, wie groß der Gerichtssaal war und wie viele Leute sich darin versammelt hatten. Es war einschüchternd. Als er eintrat, ging ein Raunen durch den Raum. »Des ischt er!«, hörte er einmal flüstern und nahm den Kopf hoch.

Er war mit sich im Reinen.

Marie erkannte er sofort. Er beherrschte sich, sie anzusehen, obwohl sein Blick immer wieder zu ihr abschweifte. Sie sah bezaubernd aus. Sie trug wieder ein weißes Kleid, von dem nur eine goldene Brosche abstach. Neben ihr saß ihr Vater, Holzmeier. Er war wieder ganz der Alte, so wie Sebastian ihn kannte: in Uniform, mit Perücke, gepudert und mit strengem Blick.

Der Richter war ein beleibter Mann, der mit den Akten beschäftigt war. Er las darin und schob sich dabei immer wieder ein Stück Wurst in den Mund. Seine Perücke saß ein wenig schief auf dem Kopf. Ab und zu kratzte er sich darunter, mit einem Finger.

Als er endlich sprach, kam er schnell zur Sache. Nicht ein einziges Mal sah er Sebastian an. Er las vom Blatt die Anklage ab, ohne die hohe Stimme zu heben oder zu senken, als müsste er eine Konstruktionszeichnung vorlesen. Die Anklagepunkte waren Diebstahl, Einbruch, Hehlerei *et cetera,* Entführung, Erpressung, Freiheitsberaubung *et cetera,* Totschlag, Mord.

Als danach Stille herrschte, wollte Sebastian wie in der Schule die Hand heben, dachte aber nicht an die Handschellen. Er sagte laut: »Geehrte Herren, ich möchte gern erklären …«

»Sie schweigen!«, sagte der Richter wie zu einem ungezogenen Kind. Dann sprach er mit einem Blick, der wie in die Ferne gerichtet war: »Ich möchte mich in diesem Casus nicht mit all den minderen Delikten aufhalten, ja nicht einmal mit der Tatsache der schrecklichen Tortur und Ermordung eines Menschen, wenn auch eines Juden … Delikten, die ja alle für eine Verurteilung dieses Subjekts genug Substanz offerieren. Gehen wir sogleich *in medias res.* Wir haben es dabei mit einem honorigen Bürger unserer Stadt, dem anwesenden Herrn Oberst Holzmeier nebst Tochter zu tun. Herr Oberst, selbst ein erfahrener Ankläger vor Gericht, wird hier zugleich als wichtigster Zeuge sprechen.«

Holzmeier erhob sich und sah sich triumphierend um. Der Richter machte eine Handbewegung, dass er sich wieder setzen solle. Er las dann den Fall der Entführung vom Blatt ab. Darin hieß es eindeutig: »… zielte der Delinquent nach Zeugenaussage plötzlich auf den Soldaten Müller und schoss ihn vom Pferd, sodass derselbige tödlich getroffen in den Staub sank.«

Sebastian wollte dazwischenrufen, aber bremste sich. Er hörte weiter der eintönigen Schilderung des Richters zu, die auch noch die heroische Befreiung der Geiseln mit einschloss.

»Fragen?«, sagte der Richter abschließend in einem Ton, als wollte er diese gar nicht erst hören.

Wieder wollte Sebastian die Hand heben – aber weil sonst niemand sprach, erhob er bedächtig und laut die Stimme: »Ich habe diesen Soldaten Müller nicht umgebracht. Ich bin kein Mörder!«

Der Richter hob die Hand und sah auf ein Blatt Papier vor sich.

»Nun, das sagten Sie bereits beim Verhör. Dann wollen wir also der Wahrheit zu ihrem Recht verhelfen. Ich habe hier als neue Zeugin das Fräulein Marie Holzmeier notiert. Bitte, Fräulein Holzmeier: Ihre Aussage!«

Sebastian atmete bis in die Lungenspitzen ein und schloss kurz die Augen. Marie stand auf und sah ohne Unterlass den Richter an, der sich selbst allerdings im Saal umschaute wie in einem Kuriositätenkabinett. Sie war sehr aufgeregt. Holzmeier räusperte sich laut und ballte die Fäuste.

Marie schilderte Sebastian als mitfühlenden Menschen. Manchmal überschlug sich ihre Stimme. Er habe ihr vielleicht sogar, als sie der Räuber mit Namen Ulli als Geisel nehmen wollte, das Leben gerettet. Der ehemalige Schüler der Carlsschule habe auch sonst alles unternommen, um sie zu schützen.

»Um sich einzuschmeicheln!«, mürmelte Holzmeier, aber so, dass es zu verstehen war.

Marie erzählte auch, dass Sebastian ihr versprochen hatte, sie noch vor Ablieferung des Lösegeldes freizulassen, damit …

»Den Kopf hat er dir verdreht!«, rief Holzmeier dazwischen.

Im Saal rumorte es. Der Richter musste einige Male die Hand heben, ehe es wieder ruhig war.

Maries Stimme wurde immer höher. Sie fuhr damit fort, von Sebastians Hilfeversprechen zu berichten, als Holzmeier wieder dazwischen ging: »Einem Räuber, dem Abschaum der Gesellschaft, einem Verbrecher, einem Totschläger, einem Mörder gehst du auf den Leim!«

Da drehte sich Marie zu Holzmeier und sagte plötzlich ganz ruhig: »Er persönlich hat mich davor bewahrt, dass der schwarze Bert und seine Kumpane mir alle zusammen *en voulaient à ma vertu*[*]!«

Marie sank in ihren Stuhl und drehte sich von Holzmeier weg. Der lief rot an, als bekäme er keine Luft mehr.

Im Saal redeten alle durcheinander. Der Richter gab es auf, die Hand zu heben. Er schob sich schnell etwas zu essen in den Mund.

Noch in das abebbende Gemurmel der Zuschauer sprach dann Holzmeier selbst. Er stand aufrecht und bewegte sich kaum. Sein Bericht war sachlich und schnörkellos. Er erklärte, wie er schon in der Carlsschule erkannt hätte, dass es mit Sebastian kein gutes Ende nehmen würde. Der sei renitent und aufsässig, schlampig und respektlos gewesen. Alle Besserungsmaßnahmen hätten nichts gefruchtet. Was als Keim angelegt war, hätte unter den Räubern den besten Nährboden zum Wachsen gehabt. Nun entspräche dieses Subjekt genau dem

* mich meiner Jungfernschaft beraubt hätten

Bild, das solche Halunken abgaben: nie um ein Wort verlegen, sie logen, dass sich die Balken bogen und gingen über Leichen.

Marie schüttelte immer wieder ganz leicht den Kopf, starrte aber sonst wie betäubt zu Boden. Danach wurde die Verhandlung unterbrochen.

Sebastian war es speiübel. Im Vorraum sprach keiner der Soldaten ein Wort mit ihm.

Als sie ihn wieder in den Saal führten, war Marie nicht mehr auf ihrem Platz. Das versetzte ihm einen Stich und machte die Übelkeit nicht besser. Auf einer Bank neben Holzmeier saß nun aber der Soldat, den Sebastian vom Pferd gerissen hatte.

Bewacht von zwei Beamten saß auf einem Stuhl außerdem Patro. Der hob den Kopf in den Nacken und schaute herausfordernd zurück, wenn Sebastian ihn ansah. Patros eine Gesichtshälfte war völlig entstellt. Ein langer Riss lief darüber, rot wie rohes Fleisch, und er versuchte offensichtlich, diese Seite mit seinen langen Haaren zu bedecken. Der Anblick war grauenhaft.

Der Richter gähnte kurz und las dann aus seitenlangen Kriminalakten von Patro vor. Allein die Auflistung der eingestandenen Diebstähle wollte schier nicht enden, etwa bei Mohnweiler dem Bauern Peter Bronner 56 Gulden, bei Reißkirchen dem Juden Abraham Kahn 856 Gulden und Schmuck im Wert von 77 Gulden, in Bischingen dem Baron von Liebenfeld 656 Gulden, 37 Kreuzer, in Hechingen dem Juden Bernstein 254 Gulden, zu Mittingen der Witwe Griesbaum 3 Gulden, 8 Kreuzer, insgesamt an barem Geld, Gold, Silber, Kleider, Tuch, Fleisch, Wurst, Enten, Hühnern über 2000 Gulden. Wenn die zugehörigen Fälle von Erpressung und Misshandlung zu brutal wurden, atmete der Richter durch, woraufhin Patro mühsam lächelte.

»Es wird nicht leichtfallen, Ihnen Glauben zu schenken«, sagte der Richter zu Patro und forderte ihn auf zu reden.

Der Räuber erhob sich und verbeugte sich einige Male. Er entschuldigte sich vor dem Gericht und seinen Opfern und der Menschheit und dem Heiland im Himmel für die vielen Schurkereien und Missetaten, die er begangen hatte.

»Komm Er zur Sache!«, sagte der Richter ungewohnt laut.

Patro wandte sich nun eher an Holzmeier als an den Richter, während er sprach. Er erzählte stockend, wie Sebastian in seiner Mordlust nicht zu bremsen gewesen sei. Es habe ihm nicht gelangt, den einen Soldaten vom Pferd zu reißen und mit der bloßen Faust niederzustrecken. Patro stockte und sah Holzmeier an, der ihm entschlossen zunickte.

Was ging da vor, fragte sich Sebastian. Der Richter selbst schien kaum zuzuhören, als würde er die Aussage schon kennen. Er schien eher dem Schreiber zuzusehen, dass der alles richtig protokollierte.

Patro erzählte weiter, wie Sebastian plötzlich nach der Pistole gegriffen und auf den Soldaten geschossen habe, diesen Müller, als der anders nicht vom Pferd zu kriegen war.

»Lügner!«, schrie Sebastian da, während ihn sofort ein Soldat am Arm festhielt. Er konnte sich nicht mehr halten. »Wie kannst du nur so dreist lügen? Was hast du davon?«

Da schrie plötzlich auch Holzmeier: »Da haben wir's! Ein Mordbube bezeichnet einen Spitzbuben als Lügner! Und er erwartet natürlich, dass man ihm glaubt!«

»Was habe ich Ihnen getan?«, rief Sebastian Holzmeier zu. »Was wollen Sie von mir?«

Holzmeier sah plötzlich zu der Seite, wo Marie gesessen hatte, und hielt nur noch den Mund offen.

Der Richter hob die Hand. Patro erklärte noch, dass der Soldat Müller mit seinem letzten Atemzug eigentlich den Angeklagten Sebastian treffen wollte, dass aber leider er selbst in die Schusslinie geraten sei.

Sebastian fasste sich an den Kopf und stöhnte nur auf. Er sah, wie Holzmeier Patro kurz zulächelte, und wusste Bescheid. Das war alles inszeniert! Wie kam er aus dieser Schlinge heraus?

Es überraschte ihn nicht mehr, dass auch der anwesende Soldat als Zeuge mehr oder weniger die Version von Patro bestätigte, auch er mit Blick auf Holzmeier.

Sebastian hatte endgültig verstanden. Alle Hoffnung verließ ihn, er konnte keinen klaren Gedanken mehr fassen. Er wollte nicht mal mehr schreien, dass er doch unschuldig sei. Allerdings war er das auch nicht, dachte er bitter, nur eben kein Mörder. Blieb da überhaupt noch ein Unterschied? Konnte Holzmeier denn wirklich so über ihn richten? Und wo war Marie? Warum ließ sie ihn im Stich? Am Ende der Verhandlung hörte Sebastian wie von ganz fern, dass beim nächsten Mal das Urteil verkündet würde.

Zurück in seiner Zelle lag Sebastian stundenlang nur auf dem Rücken und starrte an die Decke, von der es an manchen Stellen tropfte. Nun kam er sich wirklich pflanzengleich vor. Er hatte keinen eigenen Gedanken mehr.

Bei der Visite blieb er stumm, obwohl ihn sogar beide Wärter ansprachen.

»Was ist passiert?«

»Wir sollen dich verschärft bewachen!«

»Armer Teufel! Wollen sie dich doch einen Kopf kürzer machen!«

Sebastian hörte den letzten Satz ohne Regung. Er fürchtete sich nicht. Er hatte gesündigt, dachte er, aber nicht so, dass Gott ihm nicht verzeihen würde. Das Schafott würde nur seinem weiteren geistlosen Leben die Wurzeln abschneiden. Besser so!

Bei der nächsten Visite sprach ihn wieder ein Wärter an: »Sebastian heißt du, nicht wahr? Vermisst du nichts?«

Sebastian sah in das Gesicht des grinsenden Mannes und verzog keine Miene. Er spürte keinen Drang zu antworten.

»Schau mal, was ich habe!«

Sebastian bewegte nur die Augen, um zu ihm zu sehen.

»Wir haben das Buch für dich aufbewahrt«, sagte der andere Aufseher stolz. »Das von Lessing.«

»Die Zelle wurde ausgefegt und da hätten sie es entdeckt.«

»Das hätte Schwierigkeiten gegeben!«

»Wir haben darin gelesen. Es ist schön. Du kannst es wiederhaben.«

Auch als sie es ihm hinhielten, war er nicht in der Lage, sich zu regen. Sie legten es neben ihn und gingen. Sebastian murmelte: »Ich lebe am siebten Tage.«

Da öffnete einer der Wärter noch einmal die Tür und leuchtete nach ihm. Aber Sebastian hatte die Augen geschlossen und sagte nichts mehr. Ihm gefiel das quietschende Geräusch, wie die beiden Eisenstangen vor die Tür geschoben wurden. So hatte er völlige Ruhe.

Das Wetter wurde schlecht, es stürmte heftig. Sebastian merkte es daran, dass Wasser durch die Fugen in seine Zelle rann. Blitze zuckten und er sah Zeichen an der Decke. Der Donner klang wie ferne Posaunen.

Er magerte ab. Nicht mal mehr Appetit auf Brot hatte er und trank nur noch Wasser gegen den trockenen Mund. Er spürte, wie ihn die Kraft verließ. Sein Atem ging ganz langsam. Er atmete kaum noch tief ein. Arme und Beine wurden ihm schwer.

Immer wieder versuchte einer der Wärter mit ihm zu reden. Sie schüttelten den Pisspott, ob nicht endlich mal was drin wäre. Sie hielten ihm das Brot hin, wie einem Pferd in der Koppel.

Einer sagte sogar: »Komm, Sebastian, iss mal! Das Brot ist frisch. Ich hab es von daheim mitgebracht.«

Da lächelte er müde und ließ sich das Brot geben. Aber als wieder Visite war, lag es immer noch neben ihm. Derselbe Aufseher nahm es und legte es ihm in die Hand – wie in ein Grab, dachte Sebastian.

Er hörte nur wie von Ferne, wie sich wieder die Tür schloss. Nichts schien ihn mehr zu erreichen. Er mochte inzwischen den dämmerigen Zustand, in dem er sich befand. Es war ein Gefühl, als schützte der ihn vor den bösen Machenschaften der Welt, die nicht zu verstehen waren. Warum hatte er nicht das Recht haben dürfen, überlegte er, sich dem Terror von Holzmeier und dem der Carlsschule zu entziehen? Warum war er dann in die andere Welt geraten, die ebenfalls ungerecht war, ohne es zu wollen?

Plötzlich spürte er eine leichte Bewegung an der Hand, in der er noch immer das Brot hielt. Es dauerte eine Weile, dann war das Gefühl wieder da. Etwas zerrte dort ganz leicht und vorsichtig. Er bewegte sachte einen der Finger, mit denen er das Brot umschlossen hielt. Lange war nichts weiter zu spüren, ehe es doch wieder anfing: Erst ganz vorsichtig, dann ziemlich entschieden zerrte etwas an dem Stück Brot in seiner Hand. Wieder bewegte er einen Finger, und es dauerte nicht lange, ehe es abermals an dem Brot zog. Sebastian gefiel das. Er spürte bald weiches Fell und sogar das Tappen von Pfoten in seiner Hand. Immer mehr spürte er es, je kleiner das Stück Brot in seiner Hand wurde. Er ließ es geschehen und hatte am Ende sogar das Gefühl, viel Fell und viele Pfoten zu spüren. Dann war die Hand leer. Er legte sie in die andere, die kalt war, und schlief ein.

Es waren viele, unzählige Tage vergangen, da merkte Sebastian, dass die Wärter aufgeregt waren. Er spürte es an jeder ihrer Bewegungen, die er auswendig kannte: Dem schlurfenden Gang durch den Flur, dem Rasseln des Schlüsselbundes, dem Quietschen der Eisenstangen, dem Rucken der mächtigen Tür.

Einer der beiden stellte sich an die Wand, der andere beugte sich über Sebastian und fasste ihn naserümpfend unter den Rücken.

»Komm, sitz auf!«, sagte er und zog ihn hoch. »Es gibt einen achten Tag.«

Wieder hielt er ihm ein Stück Brot hin und drückte es ihm in die Hand.

»Brich es!«

Sebastian sah ihn nur an.

»Brich es! Verstanden?«

»Ja!«

Die beiden gingen und Sebastian starrte im fahlen Licht auf das Brot wie auf ein Zaubermittel. Es würde ihn am Leben halten, aber das wollte er nicht.

Zitternd nahm er es zwischen die Finger. Es kostete ihn Kraft, es zu brechen, wie es ihn Kraft kostete, nur die Hände zu heben. Er fühlte das weiche Innere. Der feine Geruch des frischen Brotes stieg ihm in die Nase. Dann spürte er in dem Weichen etwas Festes. Er hielt sich das Stück Brot vor die Augen und brach es weiter und zog einen eingerollten Zettel heraus.

Nun spannte er seine Muskeln an und setzte sich gerade hin. Es tat ihm weh. Er musste sich den Zettel ganz nah vor die Augen halten, um ihn lesen zu können. Darauf stand: ›*Tiens bon! Je vais venir à ton aide!** M.‹

Sebastian las den Zettel hundertmal, tausendmal. Er hielt ihn sich immer wieder vor Augen. Er roch daran, er schmeckte sogar daran. Es war der Pass für sein weiteres Leben, dachte er. Er würde durchhalten! M. würde ihm helfen! Es gab jemanden, der zu ihm hielt. Wie konnte er nur denken, dass ihn Marie im Stich gelassen hatte!

Er zog die Beine an und richtete sich auf seinem Strohlager auf. Dann streckte er sich zu dem Licht, das in die Zelle fiel. Von den beiden Brothälften aß er zunächst nur eine Ecke, um es sich aufzu-

* Halt durch! Ich werde dir helfen!

sparen. Es schmeckte wunderbar frisch, und er wusste, dass es für ihn eine komplette Mahlzeit wäre. Vorsichtig biss er weitere Stücke ab und hielt sich die Hand unter den Mund, um nicht einen Krümel zu verlieren. Es schmeckte so süß, als wäre es mit Zucker gebacken.

Anschließend nahm er das Büchlein von Lessing und schlug es auf, als hätte er nun noch ein Honiggebäck vor sich.

Als die Aufseher wieder nach ihm schauten, empfing er sie mit den Worten: *»Noch leb' ich, zauderndes Geschick!«*

Die beiden sahen sich an und schlugen sich in die Hand, als hätten sie einen Verschütteten gerettet.

Einer der beiden sagte lachend: »Ein räubergleiches Leben.«

Sebastian wollte wissen, wer ihnen das Brot gegeben hatte. Sie antworteten: Ein Kind hätte sie auf der Straße abgepasst, als sie zum Dienst kamen. Es hätte ihnen das Stück Brot gegeben und aufgeregt »Sebastian!« gesagt.

Auch nach den anderen Räubern fragte er, nach einem mit roten Haaren und einer grauhaarigen Frau, der die Nasenspitze fehlte, und nach einem feinen alten Herrn. Sie wussten nicht viel. Ein paar von ihnen hätte man auf die Festung Hohenasperg gebracht, einen mit Namen Ulli schnell abgeurteilt und auf die Galeeren verdammt, die Kinder irgendwohin zum Arbeiten gebracht. Diesem einen Herrn der Carlsschule, Holzmeier, komme es aber darauf an, *ihn* vor Gericht zu sehen.

»Von dem hört man überall sagen«, flüsterte ein Aufseher schnell, »dass er persönlich dazu beitragen werde, mit der Räuberei endgültig Schluss zu machen. Recht hat er. Aber vielleicht will er an dir ein Exempel statuieren.«

Er saß an Sebastians Füßen und überprüfte die Fußschellen.

»Wenn du weiter hungerst«, sagte er, »hast du dich selbst befreit. Deine Knöchelchen rutschen ja schon fast raus.«

Als er aufstand und ächzend den Rücken durchdrückte, griff er noch in seine Jacke, sah sich um und gab Sebastian ein Stück Brot.

»Das hat meine Frau erst gestern Abend frisch gebacken. Wenn die wüsste, wem ich es gebe!«

Die beiden Wärter gingen und schienen noch bessere Laune zu haben als Sebastian. Einer flüsterte noch in der Tür: »Und iss es und lass es nicht liegen! Sonst besuchen dich schnell die Ratten!«

Als Sebastian schon viele viele Gedichte von Lessing aus dem Gedächtnis aufsagen konnte, als sich die Tage wieder hinzogen und auch in der Nacht warme Luft in seine Zelle strömte, betrat eines Morgens wieder einer der Wärter seine Zelle und er war aufgeregt.

»Was gibt's?«, fragte Sebastian.

Der Mann grinste wie ein Kind, das etwas versteckt hatte, drückte ihm einen Zettel in die Hand und verschwand wieder.

Sebastian erkannte sofort die Handschrift und las: ›Ich bete für Dich, dass alles gut geht. Mehr konnte ich nicht tun. Alles andere liegt nicht in unserer Hand. Ich hoffe, ich sehe Dich wieder. *Bon courage!** M.‹

»Gute Nachrichten?«, fragte ihn später der Wärter.

»Ich weiß es nicht«, antwortete Sebastian. »Ich kenne mich nicht mehr aus.«

»Eine Dame in einem weißen Kleid hat mir den Zettel zugesteckt, eine sehr hübsche Dame, die ich schon irgendwo gesehen habe«, sagte der Wärter und machte eine Pause, ehe er lachend hinzufügte: »Na, dann kann ja wohl nichts mehr passieren.«

Sebastian versuchte zu lächeln.

Schon am nächsten Tag ging die Zellentür anders auf als sonst. So wie sie aufgezerrt wurde, steckte Ärger dahinter. Mit einem Naserümpfen betrat ein Oberst die Zelle und ließ herumleuchten.

* Nur Mut!

»Fertig machen!«, befahl er barsch und starrte plötzlich in das Stroh auf dem Boden.

Er zog sich die Handschuhe hoch und griff dort hinein.

»Was haben wir denn da?«, rief er und zeigte das Büchlein in die Runde.

Die anderen Soldaten, die gedrängt an der Wand standen, stießen Luft aus und grinsten.

»Was haben wir denn da?«, fragte er Sebastian direkt.

»Meine vergangenen sechs Tage«, antwortete er und sah den Oberst an, ohne den Blick zu senken.

»Wird Er frech? Dann schauen wir mal! Lessing! Aha, Lessing!«

»Jawohl!«

»Einer von denen, die aufklären wollen, nicht wahr?«

»Jawohl!«

»Einer von denen, die immer Fragen aufwerfen, nicht wahr?«

»Jawohl!«

»Werd Er nicht frech! Fertig machen! Jetzt werden wir sehen, was das Stündlein geschlagen hat!«

Er reichte das Büchlein einem von Sebastians Aufsehern, der sich an der Tür in die Ecke drängte, und sagte: »Hier! Melden Sie das! *Contrebande!*«

Der Aufseher verzog keine Miene und sagte: »Jawohl!«

Auf der Straße kam Sebastian schlecht voran. Er hatte kaum Kraft zu laufen und die Soldaten schoben ihn immer wieder an. Einer schlug ihm ein paarmal so auf den Rücken, dass ihm die Luft wegblieb.

Im Vorraum des Gerichts sank er auf die Bank und wurde fast ohnmächtig. Ein Gerichtsdiener, der ihn wiedererkannte, riss bei seinem Anblick die Augen auf und brachte ihm schnell einen Krug Wasser.

Sebastian spürte kaum seinen Puls. Er fühlte sich eigenartig leer.

Kämpfen wollte er, aber er wusste nicht wie. Alles kam ihm willkürlich vor, als ob das Schicksal würfelte. Immer wieder versuchte er sich vorzustellen, wie Marie aussah. Er freute sich auf sie, aber ihr Bild wollte vor ihm nicht entstehen.

In den Gerichtssaal ging er mit dem Blick auf den Boden. Er wollte nicht sofort wissen, wer anwesend war, ob Holzmeier, ob Patro, ob Marie … Erst als er zwischen den Soldaten saß, hob er den Kopf. Vorsichtig sah er sich im Saal um. Der Richter war derselbe wie zuvor. Er kaute auch schon wieder. Holzmeier saß auf seinem Platz, auch wie zuvor, in Uniform, mit akkurat frisierter Perücke, die Arme verschränkt. Aber Marie saß nicht neben ihm. Sebastian sah sich um und suchte sie. Marie war nicht da – aber Patro und neben ihm … Dennele!

Sebastian lief ein Schauer über den Rücken, als er sie erkannte. Sie trug ein weißes Kleid und war wunderschön. Sie hatte ihren Mund rot bemalt und trug die Haare offen, die in ihrer ganzen schwarzen Pracht wie ein Spiegel glänzten. Sie blickte lächelnd zu ihm. Er drehte den Kopf zur Seite. Dann war er doch geliefert, dachte er. Sie hatten also auch Dennele erwischt! Nun war es erst recht vorbei!

Er sah sich noch einmal um, aber Marie war nicht gekommen. Dennele blickte weiter zu ihm hin. Er starrte zu Boden. Plötzlich hatte er das Bild vor Augen, wie ein Galeerenhäftling irgendwann auch nicht mehr auf Peitschenhiebe reagierte, nichts mehr spürte, weil er keinen eigenen Gedanken mehr hatte.

Der Richter erhob sich und sprach so, als hätte ihn jemand beim Frühstück gestört: »Wollten wir hier heute eigentlich zusammenkommen, um ein Urteil in dem schrecklichen Casus des ermordeten treuen herzoglichen Soldaten Müller zu fällen, so haben wir einmal wieder zu konstatieren, dass die Wege unseres Herrn unergründlich sind. Er hat uns eine weitere, neue Zeugin zugeführt, die sich Dennele nennt und hier präsent ist. Sie möge aussagen.«

Dennele stand auf und suchte mit dem Blick Sebastian, der manchmal zu ihr hinstarrte, als wäre sie überirdisch. Er wunderte sich, warum sie so gut gekleidet war und gar nicht niedergeschlagen wirkte. Patro allerdings schaute die ganze Zeit böse zu ihr hin.

Sie erklärte, woher sie stamme und welches ihr richtiger Name sei. Sie wirkte gar nicht eingeschüchtert, während sie sprach. Ihr Bruder sei jener Herr Patro. Sie hätten dieselbe Mutter, aber wohl nicht denselben Vater. Ihren Vater habe sie nie kennengelernt. Ihre Mutter habe sie in Eile auf dem Feld geboren. Eine Bäuerin habe ihr geholfen und sie zunächst bei sich aufgenommen. Diese habe auch für die Taufe gesorgt. Sie sei dann mit ihrer Mutter herumgereist und auch mit ihrem Bruder, der später zur Welt kam. Nie hätten sie eine Schule besucht. Sie seien auch nie zur Kirche geschickt worden, wo vielleicht die vielen Worte von der Unsterblichkeit der Seele, von Gottes Allgegenwart und Allwissenheit, von einem künftigen allgemeinen Weltgericht, von Himmel und Hölle und so weiter ihr Herz hätten erschüttern können. Nein, sie seien aufgewachsen mit Flüchen und Schwüren, Lügen und Betrügereien, Diebstahl und …

Plötzlich rief Patro etwas dazwischen, was nicht zu verstehen war. Er war ganz rot vor Zorn. Die Narbe in seinem Gesicht schien zu glühen. Der Richter bat um Ruhe. Sebastian verstand nicht, was gerade vor sich ging. Der Richter ließ Dennele weitersprechen und sah sie immer wieder aufmunternd an. Er schien auf einmal aufgewacht zu sein. Manchmal leckte er sich über die Lippen, als hätte er etwas Gutes gegessen.

Dennele sollte weiter aus ihrem Leben erzählen. Der Richter half ihr, indem er etwa von bestimmten Diebstählen vorlas, wie um ihre Erinnerung aufzufrischen.

Die Leute hörten so gespannt zu, als wollten sie selbst lernen, wie man solche Schurkenstücke ausführte. Einmal ging es um den Fall, wie ein Priester auf einer Wallfahrt seinen geistlichen Brüdern offenbarte, nicht nur auf himmlischen Reichtum zu setzen: Er trug zehn Goldgulden in seiner Soutane, alle rechtmäßig in seinem Bistum erworben, und zwar als Ausdruck der tiefen Dankbarkeit ihm gegenüber.

Ausgerechnet nach dem Abendmahl, als in der Kirche viel Gedränge herrschte, fehlten ihm die zehn Stücke. Ein Fall von Beutelschneiderei, und das bei der Heiligen Messe! Der Priester setzte Himmel und Hölle in Bewegung, um den Täter zu finden. Dennele wurde damals dreimal verhört, von Kopf bis Fuß durchsucht, auch bespitzelt, aber die Gulden blieben verschwunden. Als der Priester auch alle Wallfahrer befragen wollte, gab man ihm zu verstehen, dass ihn niemand bei seiner Suche unterstützen würde.

Der Richter hatte den Fall genießerisch vorgelesen und sah Dennele nun herausfordernd an.

Sie sagte dazu: »Die Goldstücke sind nach und nach unter die Leute gewandert. Es ist nicht leicht, so viel Reichtum kleinzukriegen.«

Der Richter erwiderte streng, aber doch eher so, wie man ein kleines Kind ermahnte: »Schon in der Bibel steht: *Du sollst nicht stehlen*.«

»Die Bibel habe ich leider nie kennengelernt. Aber ich weiß, dass Jesus gesagt hat: Ihr sollt nicht Schätze sammeln auf Erden, wo sie die Motten und der Rost fressen und wo die Diebe einbrechen und stehlen.«

»Das ist eine zynische Exegese der Heiligen Schrift. Schluss!«

Im Publikum wurde gelacht. Der Richter wurde nun wirklich ernst und verzog das Gesicht, als wäre sein Wein zu Essig geworden.

Dennele fuhr fort: »Und er hat gesagt: Niemand kann zwei Herren dienen. Er wird entweder den einen hassen und den andern lieben oder er wird zu dem einen halten und den andern verachten. Ihr könnt nicht beiden dienen, Gott und dem Mammon.«

»Schluss, Schluss!«

»Eher geht ein Kamel durch ein Nadelöhr …«

»Schluss, Schluss, Schluss!«

Dennele schwieg und blickte zu Boden. Der Richter sah zur Decke und stöhnte auf. Er ermahnte scharf das Publikum, das sich nur langsam beruhigte.

Sebastian verstand weiterhin nicht, was da vorging. Er fragte sich, warum Dennele so viel von sich preisgab. Wollte sie so ihren Kopf retten? Und dabei ließ sie auch Patro nicht aus und nannte die Straftaten, die er begangen hatte. Einmal sprang Patro sogar auf und drohte ihr wild auf Jenisch. Allerdings waren auch seine Hände gefesselt. Die Soldaten neben ihm zwangen ihn zurück auf die Bank. Der Richter ermahnte ihn – und dass er deutsch zu sprechen habe.

Dennele sprach ungerührt weiter, auch als es um den Tod von Rollo ging. Sie machte sogar eine kurze Pause, wie um die Bedeutung ihrer Worte zu unterstreichen, und berichtete dann, was vorgefallen war: dass Patro mit einer Pistole zuerst auf Rollo, dann mit der anderen auf Johann geschossen habe. Sie erklärte sogar, wie sehr Patro Rollo gehasst habe, aus tiefster Seele, weil der ihn ständig gedemütigt hätte. Geplant und berechnend sei Patro vorgegangen. Rollo hätte keine Chance gehabt.

»Du Schlange!«, schrie Patro und seine Stimme überschlug sich. »Ich werde dich … das wirst du büßen!«

Dennele sah ihn kalt an, sie wirkte zufrieden. Der Richter forderte sie freundlich auf weiterzusprechen. Sebastian erwachte wie aus einem bösen Traum. Erst nach und nach begriff er, dass sie Patro gerade dem Henker auslieferte.

Dennele kam ohne große Umwege zu dem Überfall vor Tübingen. Sie ging gar nicht erst auf die Vorbereitungen ein und wurde auch nicht danach gefragt. Auch in diesem Fall schilderte sie ohne Umschweife, wer plötzlich auf den einen Reiter schoss.

Patro konnte sich auf seinem Platz nicht mehr beherrschen. Er schrie Dennele an und hörte nicht mehr auf, wobei ihn die Soldaten neben ihm jeder an einem Arm festhielten. Sebastian dachte plötzlich an ein Schwein, das man bei der Schlachtung ausbluten ließ. Der Richter und auch Dennele sahen ruhig und eigentlich eiskalt zu, wie Patro nach und nach die Stimme versagte.

Er wurde aber erst wieder still, als sich Holzmeier langsam erhob und skeptisch in die Runde sah.

Ohne Dennele anzusehen, sagte er zu ihr: »Ihr Herr Bruder behauptet genau das Gegenteil. Er hat ausgesagt, dieses Subjekt dort, dieser Sebastian, hätte den Soldaten Müller erschossen.«

Alle Blicke gingen auf Dennele. Sie schwieg und sah sich um, ehe ihr Blick Sebastian traf. Nickte sie ihm zu? Ihm lief eine Gänsehaut über den ganzen Körper. Im Saal war es still wie vor der Urteilsverkündung.

Dennele drückte den Rücken durch und schaute zwischen Holzmeier und Sebastian hin und her, als sie sagte: »Bei dem Überfall hatte Sebastian ja gerade den anderen Reiter vom Pferd gerissen. Wie soll er da eine Pistole fertig zum Schießen gehabt haben? Und Sie haben doch da Ihre Papiere, wo alles steht. Lesen Sie noch mal, was Patro bei all den Überfällen gemacht hat! Da wird von ihm bestimmt immer geschrieben, dass er eine Pistole dabeihatte. Ist es nicht so? Das ist doch wahr. Sebastian habe ich nie mit einer Pistole gesehen. Er ist höchstens ein Dieb, kein Räuber.«

Die Soldaten hielten Patro auf seinem Platz. Er raufte sich wild die Haare, die Augenklappe war ihm abgefallen und er gab seltsame stimmlose Laute von sich.

Sebastian wurde es plötzlich schwarz vor Augen.

»Na, das war wohl zu viel des Guten!«, sagte ein Soldat neben Sebastian. Er kam im Vorraum wieder zu sich. Wie im Nebel versuchte er sich zu orientieren.

Der Soldat hielt ihm einen Krug Wasser hin und er trank gierig.

»Gehen wir!«, sagte der Soldat.

Sebastian ließ sich führen wie eine Kuh zur Weide. Es ging die Straße entlang. Langsam kam er zu sich. Ein Soldat hielt ihn noch am Arm, aber sie hatten ihm nicht wieder die Hände hinter den Rücken gefesselt und führten ihn nicht an der Leine.

»Was ist passiert?«, fragte Sebastian und wankte voran.

»Das hast du alles dieser Frau zu verdanken«, antwortete ein Soldat fröhlich. »Wozu Weiber doch in der Lage sind! Wie die deine Sünden reingewaschen hat! Du bist ja ein ganz Unschuldiger, musste man denken. Und hat ihren eigenen Bruder in die Pfanne gehauen! Du hast nichts mehr zu befürchten, nehme ich an. Wir wissen ja nicht, was das Gericht noch alles verkündet hat. Nur muss nun deine Heldin büßen! Wie das Leben so spielt …«

»Was soll das heißen? Ich verstehe nicht.«

»Na, die haben sie dann ja selbst ausgequetscht. Wir haben das nur mit halbem Ohr gehört, weil du ja wieder zu dir kommen musstest. Aber dieser Holzmeier hat wohl plötzlich den Spieß umgedreht und dieses Denndele angeklagt. Da stand die dann plötzlich dumm da. Ihr Bruder hat auch noch gegen sie gesprochen. Jetzt haben sie die dabehalten!«

Da sackte Sebastian wieder zusammen. Er spürte noch das Kopfsteinpflaster an seine Knie schlagen.

Sebastian machte die Augen auf und sah sich um. Da war kein Licht, das störte. Er lag auf seinem Strohlager, das eigenartig weich war. Es roch frisch und da war kein Halm, der pikte. Wie er sich bewegte und eine Hand ausstreckte, merkte er, dass er auf einer Decke lag. Sie war aus Wolle. Er hätte sich kein bequemeres Bett vorstellen können. Viel frische Luft drang in seine Zelle.

Dann sah er, dass die Tür nur angelehnt war. Er stand auf und hielt sich vorsichtig auf seinen dünnen Beinen. Wieder wurde ihm schwindelig und er stützte sich mit einer Hand an der Wand ab. Er machte einen Schritt nach vorn und staunte, wie leicht das ging. Seine Füße steckten nicht mehr in Schellen!

Noch ein paar Schritte und er konnte in den Pisspott pinkeln, eine kleine Menge. Plötzlich machte aber sein Magen ein Geräusch, das laut in der Zelle widerhallte. Schon näherte sich jemand … Die Zellentür wurde aufgeschoben und vor ihm standen seine beiden Aufseher. Sie stellten eine Waschschüssel mit Wasser ab, legten sogar ein Handtuch dazu und stellten daneben noch ein kleines Tablett, das mit einem Tuch bedeckt war. Während der eine ihm frische Wäsche hinlegte, hielt ihm der andere sofort das Büchlein hin. Sebastian nahm es wie einen verlorenen Talisman und steckte es vorsichtig unter die Decke.

Die Wärter sahen sich an. Sebastian freute sich so, die beiden wiederzusehen. Sie kamen ihm vor wie seine besten Freunde. Er machte zwei Schritte vorwärts und sie umarmten sich.

»Uh!«, sagte der eine, »du stinkst wie …«

»… ein verendeter Hammel!«, antwortete Sebastian und räusperte sich, um Stimme zu haben.

»Besser hätte ich es nicht sagen können!«

Dann erzählten die beiden. Sie hätten die Aufgabe bekommen, ihm die Haftbedingungen zu erleichtern. Das sei eigentlich immer ein Zeichen dafür, dass ein Häftling bald freikomme. Sie könnten das gar nicht glauben: dass er nun plötzlich gar nichts mehr auf dem Kerbholz haben sollte!

Als Sebastian berichtete, wie es ihm in der letzten Verhandlung ergangen war, machten die beiden große Augen: dass wirklich ein solches Zigeunermädchen für ihn ihr Leben aufs Spiel setzen würde! Das hätten sie noch nie gehört und könnten es sich auch gar nicht vorstellen. Und dass die nun dafür büßen sollte! Das dürfte doch nicht sein! Da müsste doch jemand ein Einsehen haben!

Sie schüttelten immer wieder den Kopf und sagten: »Unglaublich!«

»Ich werde sie rausholen!«, rief Sebastian.

Da wurden beide Aufseher ganz ernst und einer sagte eindringlich: »Du holst hier keinen raus! So darfst du nicht reden! Wir sind die Wache. Willst du gegen uns kämpfen?«

»Nein, natürlich nicht, aber wisst ihr denn, wo sie gefangen …«

»Nein, aber dort, wo immer das ist, sind unsere Kollegen. Die knallen dich ab. Dafür sind wir da.«

Sebastian starrte den Wärter an. Er sah plötzlich wieder die Uniform an ihm und machte einen Schritt zurück.

»Komm, Junge!«, sagte der andere. »Denk anders von der Sache. Das Mädchen ist schließlich nur eine …«

»Nein!«, rief Sebastian, ohne nachzudenken. »Sie ist der beste Mensch. Sie ist Maria Magdalena.«

Der Wärter sah ihn entgeistert an.

Der andere sagte: »Denk noch einmal über alles nach!«

Dann gingen sie hinaus und verriegelten die Tür.

Sebastian maß die Zelle mit Schritten aus, fünf, höchstens sechs, immer wieder. Er versuchte, seine wirren Gedanken zu bändigen. Dann sah er auf dem Boden die Waschschüssel und daneben das Tablett. Er zog davon das Tuch zur Seite und sah ein großes Stück Brot, dazu Speck und Käse. Er probierte schnell und stellte auch fest, dass in dem kleinen Krug Wein war. Als er sich den Mund ganz vollgestopft hatte, bremste er sich und stellte sich die Waschschüssel zurecht. So war das richtige Leben, wusste er, so schön: dass man sich waschen konnte und etwas zu essen hatte! Er zog sich die frische Wäsche an und ließ die alte mit spitzen Fingern neben die Tür fallen. Danach machte er sich sein Strohlager zurecht, es war wie ein Himmelbett. Er schlief sofort ein.

Viele Stunden später wurde Sebastian schlagartig wach. Vor der Tür war Flüstern zu hören. Er sprang schnell auf. Die Tür ging einen Spalt auf und ein Aufseher sagte fast flüsternd: »Besuch! Mach dich fertig!«

Die Tür ging wieder zu und Sebastian stand da mit pochendem Herzen. Er pinkelte, wusch sich und spülte sich den Mund aus, ehe er seine neuen Kleider glatt strich.

Schon klopfte es an der Tür und Sebastian rief: »Fertig!«

Er wünschte sich nur einen Menschen, und sie war es: Marie. Wieder hatte sie eine Kapuze über den Kopf gezogen.

»Bonjour«, sagte sie nur.

Sebastian sagte nichts. Er war der glücklichste Mensch der Welt.

Er hatte aber das Gefühl, dass auch Marie so verlegen herumstand wie er. Da machte er zu dem grinsenden Aufseher eine Bewegung mit der Hand. Der ging und sagte: »Wir machen wieder auf, wenn es dreimal laut klopft, ja?«

Die beiden sahen zu, wie die Tür zuging, und sie horchten, wie sie verriegelt wurde.

Marie zog ihre Kapuze herunter und sah Sebastian an. Sie trug einfache Kleider, eine grüne Jacke, einen groben roten Rock. Er machte vorsichtig einen Schritt auf sie zu … und sie fielen sich in die Arme. Sebastian hielt Marie umschlungen, ach, sie fühlte sich so gut an, weich, warm, mit einem feinen Duft. Er konnte nicht glauben, dass sie sich sogar an ihn schmiegte.

Plötzlich machte sie sich von ihm los und er erschrak. Doch sie lächelte und sah ihn an, als wollte sie prüfen, ob er auch wirklich Sebastian sei.

»Dünn bist du geworden«, flüsterte sie und ließ sich wieder umarmen, wobei sie mit den Händen über seinen Rücken tastete.

Sebastian blickte ihr in die Augen. Und dann küssten sie sich … Er zitterte, so viel Gefühl war fast zu viel für ihn.

_»Du calme, mon cher!«_*, flüsterte Marie, die ganz volle Lippen hatte.

»Mein blöder Bart!«, sagte Sebastian.

* Ruhig, mein Lieber!

»Du calme!«

Sie küssten sich wieder. Marie strich ihm weiter über den Rücken und er machte es ihr nach, zog sie dabei sanft noch näher zu sich. Marie hielt ihn fest, als dürfte er sich nicht weiter bewegen. Aber dann fuhr sie mit den Händen unter sein Hemd und strich sanft auf seiner Haut entlang.

Wieder machte er es ihr nach. Nun wurde er fast verrückt vor Gefühl. Noch nie hatten seine Hände so weiche Haut gespürt, ein wenig feucht, auch heiß, unter den Achseln und weich und stramm und wundervoll ihr Busen. Sie entzog sich ihm nicht, im Gegenteil: Sie ließ ihn tun, was er wollte, hatte er das Gefühl. Er wollte alles von ihr, alles, das Glück der Welt, die Seligkeit. Es zählte nur der Augenblick.

Beide ertasteten den Körper des anderen, immer wieder von vorn, immer wieder neu. Er gelangte manchmal auch zwischen ihre Beine und konnte nicht glauben, was er dort fühlte – dass sie es zuließ, wenn auch immer nur für einen Moment, als dürfte er von einem Berg Zucker nur Krümelchen kosten.

Zog sie ihn, oder schob er sie, oder war es umgekehrt? Er hätte es nicht sagen können, aber dann lagen sie auf dem Strohlager, mit der weichen Decke unter sich, was eine bessere Unterlage nicht sein konnte. Gegenseitig öffneten sie sich Jacken und Hemden und berührten sich weiter, Marie seine nackte schmutzige Haut. Sie stöhnte leicht und küsste ihn dabei, wie um ihr Stöhnen zu unterdrücken. Eng aneinandergeschmiegt, gab es für ihn kein Halten mehr, er schob seine Hüfte vor und zurück, immer schneller. Plötzlich kam alles aus ihm heraus. Er wollte es nicht und wollte es doch. Marie strich noch da entlang und lachte leise und glücklich.

Sebastian war auf einmal ganz ruhig. Er ließ sich auf den Rücken fallen und hielt Marie nur fest, die sich an seinen nackten Oberkörper schmiegte.

Sie schnürten sich ihre Hemden wieder zu, Sebastian lehnte mit dem Rücken an der Wand und Marie hatte den Kopf auf seine Schulter gelegt.

»Wenn mein Vater mich hier erwischt, sind wir beide tot«, sagte sie sanft.

»Was hat er eigentlich gegen mich?«

»Er hasst alles, was der Ordnung widerspricht. Er hasst Fragen, auf die man erst eine Antwort finden muss. Er hasst Leute, die zwar die Regeln einhalten, bei denen er aber spürt, dass die innerlich rebellieren. Ich bin mir sicher: Du bist in seinen Augen so einer. Du verkörperst für ihn die Rebellion. Und jetzt brauchte er natürlich Genugtuung. Diese Entführung hat sein Selbstwertgefühl bis ins Mark erschüttert. Du musst da stellvertretend büßen.«

»Und jetzt hat Dennele zu meiner Verteidigung gesprochen. Unglaublich!«

»Ja, sie ist unglaublich. *C'est une femme formidable*[*]«, sagte Marie leise und wischte sich über die Augen. »Ungerührt hat sie ihre Aussage gemacht. Wie ein Pflock stand sie da und kein Sturm hätte sie auch nur einen Zoll weit ins Schwanken gebracht. Es war ihr wohl sogar ein Bedürfnis, ihren Bruder seiner gerechten Strafe zuzuführen. Der ist ja wohl unberechenbar! Vor dem hätte sie immer Angst haben müssen! Auf jeden Fall ist der Zweck erreicht, dass nicht ein Unschuldiger bestraft wird.«

»Aber ich bin auch schuldig!«, sagte Sebastian.

»Ich weiß. Aber wie Dennele sagte: Du bist ein Dieb. Und du wirst nun nicht am Galgen hängen, wie es sonst fast allen Räubern ergeht. Denn dazu hatte dich mein Vater bestimmt.«

»Und Patro?«

»Das Urteil ist wieder verschoben. Vielleicht kommt er nur auf die Galeere. Auf jeden Fall hatte ja mein Vater wohl irgendeine ge-

* Sie ist eine wunderbare Frau.

heime Abmachung mit ihm getroffen, und wohl nicht nur mit ihm. So wird er jetzt auch nicht hingerichtet, nehme ich an. Allerdings wollen die auf den Galeeren ja auch keine Verurteilten mehr haben, heißt es. Die könnten nicht alle Verbrecher Europas aufnehmen. Doch du kommst frei. *C'est sûr et certain.** Die Anklage gegen dich ist am Ende fallen gelassen worden. Auch dahinter steckt offensichtlich wieder mein Vater. Er hat einen Grund dafür, aber ich weiß noch nicht, welchen.«

»Und Dennele?«

»Mon Dieu!«

»Was ist mit ihr?«

»Sie ist tatsächlich festgenommen worden. Ich weiß nicht, wo sie ist. Anscheinend hat mein Vater *sie* dann zur Zielscheibe seiner Wut gemacht. Wiederum soll ihr der Richter wohlwollend gesinnt sein, habe ich gehört.«

Sebastian atmete tief durch und setzte sich auf. Marie sah ihn fragend an. Er konnte sich gerade nicht von dem Gedanken an Dennele lösen. Saß sie nun auch in so einer Zelle, fragte er sich. Wer würde denn für *sie* einspringen?

»Was ist, *mon cher*?«

Sebastian sprang auf und ging auf und ab. Er hätte gerade gern mehr Platz gehabt, zum Umhergehen und Grübeln.

»Dass Dennele überhaupt für mich ausgesagt hat!«, murmelte er und sagte dann laut: »Ich fass es nicht! War das ein Zufall? Hat sie sich hier rumgetrieben? Hat sie einer beim Klauen erwischt? Aber warum verteidigt sie mich?«

Marie setzte sich auf und richtete ihre Kleider.

»Was ist mit dir?«, sagte Sebastian fast wütend. »Wieso sagst du nichts dazu?«

»Ich habe sie geholt«, flüsterte Marie und sah zur Tür.

* Das ist sicher.

»Was?«

Sebastian warf sich neben sie, hielt sie fest und fragte noch einmal: »Was?«

Marie erzählte: »Ich habe *peu à peu* erfahren, wohin die einzelnen Gefangenen gebracht worden sind, nicht bei jedem genau, weil es mich auch nicht bei jedem genau interessierte. Ich wusste dann, dass dir hier in Stuttgart der Prozess gemacht werden sollte. Das erzählte schließlich mein Vater am Tisch. Es war ganz in seinem Sinne. Und er kennt sich damit aus, er war ja schon vorher in Gerichtsprozessen als Anwalt im Dienste des Herzogs aufgetreten. Da war er gern der Einpeitscher, wie er sagte. Und nun war er auch noch in eigener Sache Zeuge. Von dir hatte ich schon vorher gehört, *mauvais bougre*[*], sogar schon bevor du mit deinem Freund Johann geflohen bist. Diese Flucht war wie ein *affront personnel* für meinen Vater. Denn er hatte vorher auch am Essenstisch in der Familie immer wieder betont, wie wichtig Strafen für eine ordentliche Erziehung seien. Dabei müsse man manchmal eine harte Hand zeigen! Abel dagegen, sein großer Widersacher, dessen Namen er nur angewidert aussprach, hatte vor Karzerstrafen ausdrücklich gewarnt. Und dann seid ihr zwei Eleven geflohen und nicht gefasst worden und seid sogar bei den Räubern untergetaucht. Das bestätigte meinem Vater allerdings wieder: dass das Böse, wenn man es nicht beizeiten stutzt, weiter wuchert.«

Sebastian sah sie grinsend an.

»Das ist nicht lustig, *mon cher!*«

»Entschuldige, aber es tut mir noch im Nachhinein gut zu hören, wie dein werter Vater sich mit mir herumgeschlagen hat.«

Marie sah ihn herausfordernd an, als ob ihr seine Antwort insgeheim gefiel. Er hätte sie wieder küssen können, sagte aber: »Erzähl bitte weiter!«

[*] du schlimmer Finger

»Ich saß hier in Stuttgart sozusagen an der Quelle und hörte mit als Erste, wo du warst und was man mit dir vorhatte. Ich hörte dann von diesem Patro und wie er aussagte. Da wusste ich, dass du in Lebensgefahr warst. Mein Vater verkündete Patros Aussage wie eine Siegesnachricht. Ich stritt mit ihm: Er musste doch erkennen, mit was für einem Gauner sie es bei diesem Patro zu tun hatten! Aber für ihn zählte wirklich nur, dass er euch beide am Kragen hatte, den einen fester, den anderen nicht so. In meiner Not besuchte ich schließlich den Richter. Er musterte mich interessiert und aß fast alle der *petits chocolats,* die ich ihm mitgebracht hatte. Ich hatte das Gefühl, er würde mir kaum zuhören, obwohl er dann am Ende sagte: In der Sache könnte nur jemand helfen, der eindeutige Beweise für die Unschuld des Angeklagten hätte. Da schöpfte ich Hoffnung und ließ dir das Brot mit der geheimen Nachricht ins Gefängnis schmuggeln. Ich habe es selbst gebacken, was gar nicht so einfach war.«

Sebastian starrte Marie die ganze Zeit mit großen Augen an. Wie hatte er es verdient, dass sie sich so um ihn kümmerte, dachte er. Er kam sich schäbig und klein vor und streckte die Arme wie ein Bettler nach ihr aus. Marie setzte sich neben ihn und war ganz aufgeregt.

»Wie weiter?«, fragte Sebastian. »Erzähl bitte, schnell, alles!«

»Ich kaufte mir die Kleider, die ich gerade trage. Nicht schlecht, oder? *Le dernier cri de la mode allemande!*[*] Ich wollte nicht auffallen und fuhr an einem Morgen mit der Postkutsche aus der Stadt. Zu Hause sagte ich, ich ginge mit einer Freundin auf einen Maskenball. So etwas zu hören gefällt meinem Vater. Ich bin schließlich noch zu haben und *j'espère bien être un bon parti*[**]. Ich fuhr bis nach Freudental. Von dem Ort hatte ich bei euch immer wieder gehört. Irgendwo

* Die neuste deutsche Mode!

** hoffentlich eine gute Partie

musste ich anfangen zu suchen, dachte ich mir, und wen ich suchte, war eigentlich Johann. Wo hielt er sich nur auf? Es dauerte nicht lange, da hatte ich tatsächlich Kontakt zu Leuten, die vielleicht Bürger des Landes sind, aber die den Herzog und seinen Staat verachten. Sie kannten sich erstaunlich gut aus, wobei man von dem Überfall auf unsere Kutsche allerdings überall genau Bescheid wusste. Aber es machte auch die andere Geschichte die Runde: Wie von den Gefangenen eine Frau beim Wasserlassen floh und dabei sogar einen Jagdhund tot machte …«

»Johann, wie geht es Johann?«, fragte Sebastian aufgeregt.

»Da habe ich nicht viel erfahren. Er selbst war tatsächlich kurz in Freudental. Auch er hatte sich nach euch und eurem Schicksal erkundigt. Er meinte wohl, er würde sich zuerst weit weg in Sicherheit bringen, abwarten, was mit seinem Freund geschehe, und sonst und überhaupt nach Amerika ausreisen. Er muss einen starken Eindruck hinterlassen haben, auf seinem Pferd, mit seinem Holzbein.«

»Ich werde dich wiedersehen«, stöhnte Sebastian, und er rief kurz: »Johann!«, und ballte die Faust.

Marie erzählte schnell weiter: »Obwohl ich dann kaum noch Hoffnung hatte, fragte ich nach den anderen Räubern, nach dem schwarzen Bert und der Dennele. Von ihnen wusste jedoch keiner. Alle konnten vom schwarzen Bert nur wüste Geschichten erzählen und hegten nur Verachtung für ihn. Den wünschten sie wirklich an den Galgen. Dennele würden sie wenigstens die Daumen drücken, sagten manche. Sie solle vielleicht einen guten Mann finden und hoffentlich nicht wieder auf den schwarzen Bert stoßen. Aber sie zu finden, hielten sie für unmöglich, so vorsichtig und gerissen, wie sie sein soll. Ein Mann wusste ein wenig mehr über sie, dass sie einen schießwütigen Bruder hätte und eine Erzdiebin als Mutter, die beide auch gefangen genommen wurden. Es würde ihn nicht wundern, wenn sie in der Nähe wäre, um die beiden irgendwie rauszuhauen, wie er sagte. *Voilà une drôle de* *famille!*[*] Ich fuhr spät am Abend heim, nachdem ich überall von deinem Schicksal erzählt hatte. Von meinem Vater musste ich noch hören, so gehe es aber nicht, sich als junge Dame so lange herumzutreiben.«

Sie lachte, streckte sich nach dem Krug mit Wasser und nahm einen großen Schluck. Dann gab sie Sebastian plötzlich einen Kuss und noch einen. Er schloss die Augen und genoss es. Sie nahm seine Hand und führte sie unter ihr Hemd. Sebastian spürte die Spitze ihrer Brust groß zwischen seinen Fingern und konnte gar nicht anders, als daran zu reiben. Marie schloss die Augen und streckte sich über ihm aus und zeigte ihm ihre ganze Brust, die sich hob und senkte. Sebastian küsste sie dort und es gefiel ihm, wie ihre Haut von seiner Zunge feucht wurde.

Plötzlich hatte er Dennele vor Augen, wie er mit ihr im Regen am Baum gestanden hatte.

»Marie, bitte!«, sagte er. »Bitte! Was war weiter?«

Marie zog ihr Hemd langsam wieder herunter und fuhr fort.

»Zwei Tage später war ich in Stuttgart auf dem Markt, als mir plötzlich eine junge Frau meine Geldbörse hinhielt und fragte, ob es die meine sei. Es war Dennele. Sie hakte sich bei mir ein und wollte genau wissen, wem es wie ergangen war. Als sie von dir hörte, ging sie darauf aber gar nicht ein. Sie fragte plötzlich nach dem neusten Satin und zeigte auf eine Frau, was die für einen Hut aufhabe. Ich kaufte für sie Äpfel, damit sie die nicht stahl. *Quelle situation invraisemblable!*[**] Während sie einen nach dem anderen aß, fragte sie nach meinem Vater, nach dem Oberamtmann, nach dem Richter, wo der wohnte, nach den Gefängnissen und Kerkern, wo die liegen und wie die bewacht sind. Ich merkte, dass ich ihr Zeit lassen musste. Mit Dennele im Arm genoss ich es sogar, durch die Gassen zu

[*] Was für Leute!

[**] Was für eine verrückte Situation!

schlendern. *Elle est vraiment différente des autres.** Ich sah alles mit neuen Augen, wo man in eine Wohnung sehen konnte, wo es die neuste Mode zu kaufen gab, wo Gendarmen patrouillierten. Als wäre es nebensächlich, erzählte ich von Patro, dass der gegen dich ausgesagt hätte und dass man ihm glaubte. Ich sagte, dass du dir wohl keine Hoffnung mehr machen könntest, außer jemand würde für dich aussagen. Dennele fragte plötzlich, ob ich nicht mehr Geld dabeihätte. Sie hielt mir schon wieder meine Geldbörse hin. *Mon Dieu, quelle effrontée!*** Das war nicht zu glauben! Aber dass sie auch immer an Geld dachte! Da kam mir ein Gedanke. Ich ging an unserem Haus vorbei, freilich ohne es ihr zu zeigen. Als wir um die nächste Häuserecke gebogen waren, ließ ich sie warten und rannte in unser Haus, vorbei an unserer dicken Gouvernante, die mich nur anstarrte. Sie hatte mich wahrscheinlich noch nie rennen sehen. In Windeseile öffnete ich im ersten Stock an der richtigen Stelle eine Diele und nahm die dort versteckte Geldkassette heraus. Irgendwann würde mein Vater seinen Schatz wieder zählen, sagte ich mir, irgendwann! Ich nahm mir zehn Dukaten, ging noch ins Wohnzimmer, nahm ein kleines Tuch, an dem ich angefangen hatte zu häkeln, rannte an der Gouvernante vorbei wieder nach oben und wickelte die Goldstücke dort hinein …«

»Du Wahnwitzige!«, entfuhr es Sebastian.

»Still, hör zu! Dann lief ich zu Dennele zurück. Ich fragte sie nach ihrer Flucht und nach dem toten Hund, den sie wohl totgebissen hätte. ›Totgebissen?‹, wiederholte sie und bekam sich nicht mehr ein vor Lachen. Sie hatte den Hund in einen Stock beißen lassen und ihm mit einem Stein auf die Kehle gehauen. Ganz einfach! So möchte ich mich eigentlich auch wehren können! *Incroyable!**** Ich

* Sie ist so erfrischend anders.

** Mein Gott, ihr Geschick!

*** Unglaublich!

sagte, es wäre mir auch was wert, wenn jemand sich für Sebastian aussprechen würde. Wie viel, fragte sie, und ich hielt ihr das Tuch mit den Münzen hin. Sie sah sich die Dukaten an und sah sich auch das Tuch an. Sie fragte, was darauf gestickt sei und was die Buchstaben darauf hießen. Sie zog sie mit dem Finger nach: S-E-B-A … Das heißt ›Serenissimus‹ als Bezeichnung für den Herzog, erklärte ich.«

Marie sah Sebastian herausfordernd an. Er verstand erst nach einer Weile und lächelte geschmeichelt.

»Dann stieß sie einen Pfiff aus und sagte, das würde sie nicht für Geld machen. Das war eigentlich das Letzte, was ich von ihr hörte. Plötzlich war sie verschwunden, wie vom Erdboden verschluckt. Aber als ich nachsah, war auch das Tuch mit den Dukaten verschwunden.«

»Und weiter?«, fragte Sebastian.

»Weiter weißt du. Du hast es vor Gericht erlebt. Vielleicht hat sie sogar vorher auch den Richter aufgesucht. Das würde ich ihr zutrauen. Der hat sie immer so seltsam angesehen. *C'est une femme d'expérience.*[*]«

Sebastian fühlte sich wieder eigenartig. Er sah Dennele vor sich und hörte auf, Marie zu streicheln.

Sie rückte zur Seite und sagte plötzlich: »Ich weiß, das ist sehr viel auf einmal. Wer will das alles verstehen? Ich danke dir nicht nur für diese schöne Stunde, sondern auch für das, was mir nach eurem Überfall passiert ist oder nicht passiert ist. Sonst gehören wir in diesem Leben leider nicht zusammen. Du bist ein Eleve und Dieb, ich bin eine Dame und werde immer nur eine Dame sein. *Adieu. Je ne t'oublierai jamais.*[**]«

»Du kannst jetzt nicht gehen. Du darfst nicht gehen! Ich lasse dich nicht!«

* Sie ist eine sehr erfahrene Frau.

** Ich werde dich nie vergessen.

»Doch, bitte!«

Sie küssten sich und wieder war da dieses Gefühl, das alle Gedanken ausschaltete. Sebastian drängte, aber das tat nun auch Marie. Er sah ihre halb geschlossenen Augen, ihre roten Lippen, die immer wieder seine liebkosten, ihr Lächeln, ihr glückseliges Lächeln. Seine Hand fuhr unter ihren Rock, den sie selbst hochzog, und er glitt in so viel Feuchtigkeit hinein und wusste nicht, wie und wo und was.

Sie hielt ihm die Hand fest, aber nur, um ihn zu führen, wie er bald verstand, um sie so zu streicheln, wie es für sie richtig war. Plötzlich stöhnte sie lange mit ganz heller feiner Stimme und atmete heftig.

Danach strich sie ihm mit beiden Händen über die Haut und zog ihren Rock noch höher, als er sich auf sie legte.

Mit ängstlichem und doch entschlossenem Gesichtsausdruck sagte sie zärtlich: *»Lentement!«**, und: *»Fais attention!«***

Er stieß sachte nach vorn. Sie schrie ein wenig auf und es wurde alles nass und klebrig … und er verging vor Gefühl. Immer schneller musste er atmen, bis sie ihn plötzlich von sich schob – nur um ihn so anzufassen, dass auch er vor Wonne stöhnte.

Keuchend lagen sie zusammen und schauten sich tief in die Augen. Marie sah dann auf ihre feuchte Hand, die rot schimmerte.

Beide wussten, was geschehen war. Sie drehten die Decke mit dem Blut darauf um und versuchten, alle Spuren abzuwischen.

»Ich gehe jetzt«, sagte Marie. »Schöner kann es nicht mehr sein. *Adieu!* Wir werden uns wohl nie mehr sehen … oder, nein, *mon cher*, wir müssen uns wiedersehen! Aber woanders, jedenfalls nicht hier, besser nicht, nicht in dieser beschränkten Welt.«

Schon hatte sie dreimal an die Tür geklopft.

* Langsam!

** Pass auf!

»Nein!«, rief Sebastian.

Aber die Tür ging schnell auf. Im zitternden Licht der Laterne, die der eine Wärter grinsend in die Höhe hielt, strich sich Marie noch einmal die Kleider zurecht. Sie warf sich die Kapuze über und trat aus der Zelle, ohne noch ein Wort zu sagen. Der Wärter zog die Augenbrauen hoch.

Sebastian schlug die Hände vors Gesicht. Er hörte nur, wie die Tür wieder verschlossen wurde.

Schon früh am nächsten Morgen wurde Sebastian aus einem kurzen Schlaf gerissen. Wieder ging die Zellentür auf, seine beiden Aufseher kamen herein und stellten sich wie Kerzenständer mit einer Laterne an die Wand. Zwei Soldaten, ihre Gewehre nur geschultert, postierten sich neben der Tür. Dann trat ein Oberst ein, der sich mit angewidertem Gesichtsausdruck erst in der Zelle umsah.

Sebastian sprang auf. Er wusste, was bevorstand. Mit einem Mal fühlte er sich gut, nein, er fühlte sich so stark wie nie zuvor. Er war wie eine Knospe im Frühling, die aufbrach.

Der Oberst sagte etwas von Moral und Recht und Gesetz und Regeln und Vergebung und Sühne. Sebastian dachte an die Sonne, die draußen schien. Er dachte an ein warmes Essen und einen Schoppen Wein. Er dachte an ein weiches Federbett.

»Hat Er verstanden?«, fragte der Oberst.

»Jawohl!«

Sebastian sah seine beiden Aufseher an der Wand und unterdrückte ein Grinsen. Er hätte sich gern mit ihnen in der Wirtschaft verabredet.

»Dann mach Er sich fertig!«, sagte der Oberst. »Er ist entlassen!«

»Jawohl!«

»Macht Er sich lustig?«

»Nein, nie!«

»Ein bisschen schneller, wenn ich bitten darf!«

Sebastian hatte keinen Grund zur Eile. Er hätte gern in Ruhe Abschied genommen und auch noch mit seinen beiden Freunden gesprochen. Die sahen ihn fast traurig an. Während er sich seine Jacke anzog, machte plötzlich der eine von beiden ein paar Schritte und rückte die Decke am Strohlager zurecht.

»Was räumen Sie hier auf, Mann?«, ärgerte sich der Oberst. »Leuchten Sie!«

Plötzlich hatte Sebastian das Gefühl, *er* müsste den Wärtern Mut zusprechen. Doch es blieb keine Zeit. Der eine steckte ihm das Büchlein zu, Sebastian klemmte es sich hinter den Gürtel und zog die Jacke darüber. Dann nahm er den Kopf ganz hoch und folgte dem Oberst, zwischen den beiden Soldaten wie ein Fürst beim Galaempfang, zur Zellentür hinaus.

Nach dem Verlesen eines Schriftstücks und weiterer Erklärungen trat Sebastian durch das Gefängnistor und stand allein auf der Straße. Er machte ein paar Schritte und lehnte sich an eine Hauswand, um die Wärme der Sonnenstrahlen aufzunehmen, bis ihm zu heiß war.

Er ging weiter wie ein Schiffbrüchiger, der an die Küste eines unbekannten Landes gespült worden war. Es kam ihm so vor, als wäre er der Einzige, der durch die Straßen schlenderte: Alle anderen hetzten. Er sah sich die Gesichter der Menschen an, ob ihm einer bekannt vorkam. Dann beschränkte er sich darauf, nur die Frauen anzusehen, dann nur die jungen Frauen, aber er entdeckte nicht Marie. Bald machte es ihm fast Angst, so vielen Menschen zu begegnen, die er alle nicht kannte.

Als zum zweiten Mal ein Kind auf ihn zeigte, blieb er stehen und sah sich genau an: Er sah schäbig aus. Seine Kleidung zerschlissen, Jacke und Hose zu kurz, die Schuhe an den Seiten aufgerissen. Man hatte ihm zum Abschied gegeben, was von anderen Gefangenen liegen geblieben war. An der Scheibe eines Wirtshauses konnte er sich ein wenig gespiegelt sehen: Auch sein Gesicht sah wüst aus. Sein Bart war wieder gewachsen und hatte nichts mehr von einem Flaum. Er war ganz und gar Mann geworden.

Sebastian beschloss, zum Barbier zu gehen, sich neu einzukleiden und zu essen, richtig gut zu essen. Aber er hatte kein Geld. Ihm kam dieser Gedanke erst spät. Kein Wunder, unter den Räubern hatte er immer Geld besessen und im Gefängnis keins gebraucht.

Er fing an, die Leute zu taxieren, wie er es kannte: War jemand sehr gut gekleidet? Schwankte jemand, weil er zu viel Wein getrunken hatte? Schaute jemand zerstreut in die Luft? Als er sich einem jungen Mann näherte, der wohl Student war und noch im Gehen in einem Buch las und seine Reisetasche nachlässig umhängen hatte, schreckte er auf. Wollte er weitermachen, wo er aufgehört hatte, fragte er sich.

Er gab sich einen Ruck und ging in eine andere Richtung weiter. Aber wie konnte er zu Geld kommen, überlegte er. Seine Taschen waren leer, bis auf ein Büchlein darin.

Da hatte er die Lösung. Er fragte auf der Straße nach einem Trödler. Es wurde ihm einer genannt und noch einer und noch einer. Tatsächlich bot der im dritten Laden am meisten, ein alter Jude, der die Gedichte auch gern selbst lesen würde, wie er sagte. Es sei schade, dass Deutschland einen wie Lessing verloren habe. Es gebe wenige, die anderen ihre Meinung ließen und das noch propagierten.

Sebastian sagte sich, dass ihm Lessing nun auch noch dazu diente, ein neues Leben anzufangen. Der Jude hatte ihm immerhin fünfzig Kreuzer dafür gegeben. Der Barbier nahm drei Kreuzer, obwohl er ihn beim Rasieren so schnitt, dass sich das Blut kaum stillen ließ. Ein Schneider verkaufte ihm für sechzehn Kreuzer eine gebrauchte Jacke, die erst wenige Jahre getragen und noch gut in Schuss war. Für weitere fünf Kreuzer gab er ihm sogar einen Hut dazu, der eine breite Krempe hatte und gut für den Sommer geeignet war. Ein Schuster überließ ihm billig für achtzehn Kreuzer ein Paar Halbschuhe, die ein reicher Bürger bis zu seinem Tod nur ein paarmal angehabt hatte.

Überall fragte Sebastian nach Marie. Aber eigentlich wusste er, wo sie wohnte, wo ihr Vater wohnte: Holzmeier.

Als Nächstes steuerte er ein Wirtshaus an. Es war ein einfaches Lokal, passend zu dem wenigen Geld, das er noch übrig hatte. Es gab Fleischsuppe mit reichlich Brot, dazu einen Krug Wein, der schon nach Essig schmeckte. Aber er hatte noch Wirkung: Sebastian ergriff die Sehnsucht nach Marie wie ein Fieber.

Wie zur Sicherheit fragte er seinen Banknachbarn nach einem Holzmeier, und der fragte zurück: »Dia vu de Carlsschul? Wo sie mitgnomme hond? Wo des Zigeunermädli für on vu dene Lumpe eitrete ischt?«

Sebastian durchfuhr es: Er musste doch zuerst Dennele suchen! Er wechselte nur noch ein paar Sätze mit dem Mann neben ihm, der ihm lang und breit von der Unordnung in der Stadt erzählen wollte.

Ihn schwindelte, als er auf die Straße trat. Es war heiß und er hätte sich gern in den Schatten gesetzt. Aber nun trieb es ihn vorwärts. An einem Brunnen spülte er sich den Mund aus und kühlte sich ab.

Er fand schnell das Haus. Ohne lange zu überlegen, ließ er den schweren Türklopfer fallen. Er sagte sich, dass Holzmeier an der Carlsschule sein müsste. Die Tür ging einen Spalt auf und eine Frau wollte wissen, wer da sei.

Sebastian fragte nach Marie.

»Ist nicht da!«, hörte er, und die Tür fiel sofort wieder ins Schloss.

Sebastian ging einmal um den Häuserblock. Wahrscheinlich führte kein Weg an Holzmeier selbst vorbei, dachte er.

Wieder klopfte er an der Tür und wieder hieß es nur durch einen Spalt: »Das Fräulein ist nicht da.«

Bis spätabends lief er die Straße auf und ab und sah immer wieder nach dem Haus. Doch dort kam keiner heim. Und keiner kam heraus.

Als es dunkel war, suchte er sich in einem Gässlein einen Platz zum Schlafen. Die Nacht war warm. Einmal verscheuchte ihn der Nachtwächter und er suchte sich schlaftrunken ein neues Plätzchen.

Als die Stadt am Morgen zum Leben erwachte, klopfte Sebastian sofort wieder bei dem Haus. Diesmal ging die Tür wirklich auf. Eine dicke Frau stand vor ihm, die mit ihrem Rock fast den ganzen Türrahmen ausfüllte. Sie atmete zuerst tief ein, ehe sie kreischte: »Gehen Sie! Marie ist fort! Gehen Sie!«

Sebastian wusste, dass es keinen Sinn hatte, es noch länger zu versuchen. Plötzlich spannte sich in ihm alles an. Auf zur Carlsschule, dachte er.

Bei einem Bäcker kaufte er sich ein frisches Brot. An einem Brunnen trank er klares Wasser und wusch sich. Mehr brauchte er nicht, um den Tag anzufangen, dachte er. In der Hinsicht war er noch ganz Carlsschüler, außer dass er gerade nicht schweigen und seine Perücke pflegen musste – oder er war noch ganz Räuber, außer dass er gerade nicht singen und an einen Baum pinkeln wollte.

Die Sonne stand schon hoch, als er seine alte Schule vor sich sah. Sein Herz pochte. Er dachte an den Hofappell, dieses Symbol aller Erniedrigung. Er hatte das Gefühl, er müsste es noch einmal sehen, von außen, als Zuschauer, als freier Mann. Da könnte er dann auch feststellen, wo Holzmeier war.

Von der Stadtseite, wo er herkam, gelangte man zuerst an dem Gebäudeflügel mit den Lehrsälen an. Dort blieb er im Schatten der Kastanien verborgen und lief hin und her. Wie damals waren die

Fenster mit Taft bespannt, damit die Eleven nicht durch den Blick hinaus zerstreut würden. Er lehnte sich an die Mauer und konnte es nicht glauben: Er hörte einen Eleven ausgerechnet ein Gedicht von Lessing rezitieren! Und hörte er dann nicht auch Abel im Hintergrund? Das konnte er nicht feststellen, außer dass über das Gedicht diskutiert wurde, wie es eigentlich nur zu Abel passte.

Dann war es so weit: Der Unterricht war zu Ende und die Eleven strömten zum Appell. Das wollte Sebastian unbedingt sehen. Er hatte ein Ziel und dachte nicht weiter nach, was ihn auf dem Weg alles aufhalten könnte. Zunächst eine der Mauern vor dem neuen Schloss. Über die stieg er, als wäre das gar kein Hindernis. Über wie viele Mauern war er inzwischen gestiegen! Wie leicht es doch war, dachte er, in die Carlsschule *hinein*zukommen!

Es war Vormittag und alle waren beschäftigt. Niemand zu sehen, niemand hielt ihn auf. Schon lag der große Hof vor ihm. Er stellte sich am Ende eines der inneren Flügel im Schatten an die Wand.

Der Anblick des Hofes war in seine Seele eingebrannt. Geradeaus, links, rechts, diese Richtungsangaben waren für ihn verbunden mit dem Monument von Carl Eugen in der Mitte des Innenhofs. Man hatte es beim Exerzieren vor sich. Auf einem Sockel stand er, der »Vater«, ihm zu Füßen vier Figuren. Sie sollten die Stärke, die Sanftmut, das Genie der Künste und Wissenschaften personifizieren und natürlich die Dankbarkeit, die vor allen Dingen, dachte Sebastian: Dankbar sollte man ihm noch sein, dass er mit seinen Untertanen und ihren Kindern machte, was er wollte! Was für ein lächerliches Spektakel war dieser Appell! Aber er gliederte den Tag. Wenn man gut durch den Appell gekommen war, freute man sich auf das Mittagessen und die freie Zeit danach.

Nach und nach füllte sich der Hof mit den Eleven, die ihren Platz einnahmen. Sebastian zog sich den Hut tief ins Gesicht und tat nichts. Immer mal wieder warteten im Hof Händler oder Handwerker. Da fiel man nicht gleich auf. Er schaute immer wieder zum

Schloss, ob nicht der Herzog herbeistolziert käme. Aber der lag wohl noch bei seiner Mätresse, dachte er und grinste.

Da kam er schon. Nicht der Herzog, Oberst Holzmeier trat in den Hof. Die Eleven standen stramm. Sebastian erkannte viele von ihnen und sah schon von weitem, bei wem die Schläfenlocken nicht richtig saßen oder bei wem die Hosenbeine nicht auf gleicher Höhe waren.

Holzmeier redete das Übliche von Pflichten und Ordnung, aber Sebastian kam es so vor, als klänge seine Stimme dünn und kraftlos. Der Oberst schien auch nicht mehr so voller Spannung dazustehen wie früher, obwohl er einen besseren äußeren Eindruck machte: Sein Bauch hatte sich ordentlich verkleinert.

Sebastian dachte daran, hinter Holzmeiers Rücken den Hampelmann zu spielen. Die Eleven hätten sich vor Lachen gekrümmt. Aber er spürte auf einmal nicht mehr den Drang, Holzmeier zu demütigen. War er nicht der Vater von Marie, dachte er, seiner Marie?

Außerdem sah er, dass der Appell eher harmlos ablief. Holzmeier ging sogar achtlos an dem Eleven Moser vorbei, der aufsässig war und auch diesmal seine Perücke trug wie einen alten Hut im Regen. Er übersah sogar einen Schüler, der ein Billett im Knopfloch stecken hatte.

Als die Eleven auseinandergingen, um sich schnell zum Essen fertigzumachen, als er nachdenklich über den Hof schritt, trat Sebastian in sein Blickfeld.

Holzmeier blieb zuerst erstaunt stehen, ehe er energisch auf ihn zukam.

»Was machst du hier?«, zischte er, ohne aber damit zu drohen, ihn auf der Stelle verhaften zu lassen. Er sah sich hastig nach allen Seiten um.

»Ich muss mit Ihnen reden!«, sagte Sebastian ziemlich ruhig.

Wieder sah sich Holzmeier um und stellte sich vor ihn, wie um den Blick auf ihn abzuschirmen.

»Hör zu!«, sagte Holzmeier, dicht an ihm, mit gepresster Stimme. »Verschwinde von hier! Ich will dich nicht mehr sehen. Wir sind quitt.«

»Ich muss mit Ihnen reden!«

»Was willst du?«, fragte Holzmeier ganz aufgeregt und befühlte seine Uniformtaschen. »Geld? Geld brauchst du, nicht wahr? Einen Pass? Ja? Auch eine Empfehlung? Ein Empfehlungsschreiben?«

Sebastian hatte das Gefühl, als hätte Holzmeier geradezu Angst vor ihm. Er sagte leise und langsam, wie um ihn zu beruhigen: »Es geht um eine Frau. Da können Sie vielleicht …«

»Psst!«, zischte Holzmeier, als könnte Sebastian den Teufel beim Namen nennen. Dann fasste er ihn am Arm und sagte: »Komm mit!«

Wie ein Igel, Schutz suchend an der Wand entlangschleichend, eilte Holzmeier voran und öffnete eine Tür in einem der Seitenflügel. Sie liefen durch Gänge, die Sebastian nie betreten hatte. Ständig schaute sich Holzmeier um wie ein Soldat, der den Rückzug zu decken hatte.

Da kam plötzlich Abel auf sie zu. Holzmeier blieb stehen und breitete nach hinten die Arme aus, als ob Sebastian nicht an ihm vorbeigehen sollte.

»*Merde alors!*«[*], flüsterte er.

Abel kam auf sie zu und setzte ein strahlendes Lächeln auf.

»*Bonjour,* Herr Kollege! Wen bringen Sie denn da mit? Sebastian, mein Sohn! Wo gehst du hin? Du bist erwachsen geworden, habe ich gehört. Und ich sehe es.«

Abel lachte offensichtlich voller Freude.

Holzmeier stammelte: »Dieses Subjekt habe ich gerade aufgegriffen. Er kann sich wohl von unserer Schule nicht lösen.«

[*] Scheiße!

»Das musst du aber, Sebastian!«, sagte Abel plötzlich ziemlich ernst. »Wir sind schließlich zu eigenen Entscheidungen fähig und haben dazu den Verstand, der uns dazu bringen sollte, auch einen ganz neuen Weg einzuschlagen, wenn der nur in die richtige Richtung führt. Denn Hunde wollen wir doch nicht sein, die man abrichten und an der Leine führen muss, damit sie …«

»Herr Kollege, bitte, es ist jetzt gerade nicht die Zeit zum Disputieren!«

Holzmeier wippte auf den Zehenspitzen auf und ab.

Abel stellte sich auf die Seite, unter ein Fenster, durch das die Sonne schien. Ihre Strahlen trafen nur ihn. Er sagte noch: »Viel Glück, Sebastian! Ich werde an dich denken!«

Sebastian blickte Abel an und dachte an das Wort ›Vater‹. Er hätte ihn gern umarmt.

»Bitte weiter!«, sagte Holzmeier fast tonlos.

Er schloss eine Tür auf und ließ Sebastian eintreten. Holzmeier sah sich erst prüfend in dem Zimmer um, wie die Wärter im Gefängnis, dachte Sebastian, ehe er sich hinter den ausladenden Schreibtisch auf einen breiten Ledersessel setzte und auf der anderen Seite auf einen Stuhl zeigte.

Sebastian nahm Platz und sah sich nun auch um. In einem Bücherregal an der Wand standen mächtige Lederbände mit Titeln wie *Regularium*, *Kodex*, *Pflanzordnung*. In einem fast leeren Regal lehnten wie verschämt ein paar schmale Bücher aneinander. Sebastian entzifferte: *Rousseau*, *Lessing* und auf einem: *Schiller*.

An der Wand hing der Steckbrief des schwarzen Bert, darunter die Worte: ›100 Gulden Belohnung‹.

Auf dem Schreibtisch lagen ordentlich geschichtet zwei Stapel Papier. Ein einzelnes, zur Hälfte beschriebenes Blatt schloss genau mit der Schreibtischkante ab. Daneben standen Feder und Tintenfass. Auf der anderen Seite lag ein Medaillon. Es zog Sebastians Blick an. Marie war darauf abgebildet.

»Also, was willst du?«, fragte Holzmeier wieder und drehte das Medaillon um.

»Eine ganz bestimmte junge Frau liegt mir sehr am Herzen. Ich möchte …«, sagte Sebastian laut.

Da sprang Holzmeier so schnell auf, wie Sebastian es ihm nie zugetraut hätte. Er beugte sich so weit er konnte über den Schreibtisch und schrie mit erhobenem Finger: »Ich möchte nicht von einem wie dir von ihr hören, nicht aus deinem Mund, verstanden? Die befleckst du nicht, verstanden? Die hast du schon verrückt genug gemacht, verstanden?«

Sebastian verstand erst nicht, fragte dann aber schnell: »Wo ist sie?«

»Das geht dich nichts an, verstanden?«, schrie Holzmeier und stemmte die Hände in die Seiten. »Sie ist fort. Deswegen bist du frei. Reicht dir das nicht? So muss sie sich nicht um dich sorgen!«

Holzmeier starrte Sebastian an und seine Lippen zitterten. Als käme er aber plötzlich zur Besinnung, atmete er tief ein und ließ sich in seinen Sessel sinken.

»Was willst du noch?«, fragte er und zog eine Schublade auf.

Er holte eine Schatulle heraus, nahm einen Schlüssel und öffnete sie so, dass Sebastian nicht hineinsehen konnte. Mit einem angewiderten Gesichtsausdruck nahm er ein paar Münzen in die Hand und zählte Sebastian fünf hin.

»Reicht das? Dukaten, keine Ephraimiten, Friedrich d'or oder andere betrügerische Goldmünzen!«

Sebastian wusste nicht, was er sagen sollte. Er sah nur auf die Geldstücke und Holzmeier.

Der schaute ihn an und fragte wieder: »Reicht das? Reicht nicht? Ah, ich weiß. Ich weiß ja, was du noch willst. Hier, ich habe alles hier!«

Er stand auf, ging zum Bücherregal und zog etwas zwischen den schmalen Büchern hervor.

»Hier sind deine Papiere, Pass und, warte, deine Entlassungsurkunde! Deinen Anstaltsausweis habe ich nicht. Ich bestätige darin deinen Abschied, _avec les honneurs_*, ja? Das willst du!«

Holzmeier zog wieder eine Schublade auf, nahm ein großes vorgedrucktes Blatt Papier und prüfte es. Dann öffnete er mit zitternden Fingern das Tintenfass. Er tauchte die Feder viel zu tief ein und verlor ein paar Tropfen auf dem Schreibtisch. Hastig legte er ein Löschblatt darüber. Er richtete das Papier an der Tischkante aus, ehe er zu schreiben ansetzte. Zum Schluss murmelte er: »… entlassen wir hiermit in allen Ehren und mit besten Wünschen für das weitere Leben …«

Holzmeier hielt das Papier noch eine Weile zum Trocknen der Tinte hoch, mit einem Gesichtsausdruck, als hätte er gegen seinen Willen eine Begnadigung unterzeichnen müssen. Dann rollte er es sorgfältig ein und band eine Schnur drum herum, die ihm zweimal aus den Fingern rutschte. _»Et merde!«_, flüsterte er wieder.

Wie nach einer großen Anstrengung schob er Sebastian das Geld und alle Schreiben zu und ließ sich wieder stöhnend in den Sessel fallen.

»Das reicht!«

»Dennele!«

»Ach so? Natürlich, das passt zu dir! Der hast du wohl auch den Kopf …«

Der Oberst schwieg plötzlich und starrte zur Decke. Dann kniff er langsam die Augen zusammen und grinste so fein, als wäre ihm ein teuflischer Gedanke gekommen.

»Geh fort von hier und sie kommt frei«, sagte er in einem Ton wie bei seinen demütigenden Kommentaren beim Appell.

Sebastian sah ihn erstaunt an.

* ehrenvoll

Holzmeier machte sich groß und sagte leise, aber entschieden: »Ich habe Einfluss. Sie kommt frei. Versprochen!«

Sebastian sah sein seltsames Grinsen. Er hatte das Gefühl, als wäre die Temperatur im Raum plötzlich stark gefallen. Ohne weiter nachzudenken, nahm er das Geld und die Schreiben und stand auf. Auch Holzmeier stand sofort auf und kam um den Schreibtisch herum.

Er stellte sich so dicht vor Sebastian, dass sein schlechter Atem deutlich zu riechen war, und flüsterte tonlos: »Hau ab aus der Stadt und aus dem Land! Lass meine Marie in Ruh! Geh sonst wo hin! Du bist nicht dumm. Du wirst dein Leben machen. Dieser Schiller hat das schließlich auch geschafft. Ich sorge dann sogar dafür, dass auch Denneles Mutter freikommt. Schlag ein!«

Sebastian schaute ihn verächtlich an. So funktionierten also Macht und Einfluss, dachte er. Etwas ließ ihn zögern.

»Was ist?«, fragte Holzmeier ungeduldig. »Was ist denn noch?«

»Da ist noch ein Mann, der heißt Wieglaf!«

»Ich kenne ihn. War ein ordentlicher Kerl. Hat auf dem Rathaus gearbeitet. Wieglaf! Abgemacht, der auch! Also: Versprochen?«

»Ja, versprochen!«

»Hand drauf!«

Sebastian sah Holzmeiers Hand wie eine Guillotine, die ihm einen Teil seines Lebens abschlagen würde. Er dachte an Marie. Er musste sie wiedersehen! Wie hatte sie es gesagt? »*… woanders, jedenfalls nicht hier, besser nicht, nicht in dieser beschränkten Welt.*« Auch sie musste neu anfangen, wenn sie beide Hoffnung auf eine Liebe haben wollten.

Er hielt seine Hand hin.

»Arschloch!«, sagte Sebastian, als er losließ.

»Ich weiß, dass dir nicht zu trauen ist«, sagte Holzmeier, »aber du hast eingeschlagen. Hältst du dich nicht daran, wirst du nicht noch einmal davonkommen!«

Sebastian wandte sich zur Tür.

»Und um dir noch einmal vor Augen zu führen, wie unser System funktioniert, und zwar so, dass einer wie du nie dagegen ankommen wird: Diese Dennele einzusperren käme sowieso nicht in Frage. Es würde die Leute empören. Wer sein eigenes Leben zu opfern bereit ist, um anderen zu helfen, hat schnell etwas Heiliges. Ich habe längst mit dem Richter ausgemacht, dass sie freikommen wird, samt ihrer Mutter. Nur können wir als Staat nicht so tun, als würden wir solche kriminellen Subjekte ohne weiteres laufen lassen. Und nun geh! Auf Nimmerwiedersehen!«

Sebastian drehte sich wieder um, zog die Dukaten hervor und warf sie Holzmeier vor die Füße. Der bückte sich sofort danach und sammelte sie umständlich auf. Sebastian lächelte. Mehr konnte er nicht erreichen, dachte er.

Holzmeier führte ihn einen anderen Gang entlang, dann noch einen und noch einen. In einem der Quergebäude neben dem *Corps de Logis* schloss er eine Tür auf. Ehe Sebastian sichs versah, stand er schon im Freien.

Wortlos hob er die Hand und ging weiter. Er hörte die Tür nicht zufallen und wusste, dass Holzmeier ihm hinterhersah, zur Kontrolle. Aber er drehte sich nicht nach ihm um. Er wollte auch die Carlsschule nicht mehr sehen, auch wenn er noch eine Weile an den Mauern entlanggehen musste. Stattdessen blickte er die ganze Zeit auf das Medaillon in seiner Hand.

Er rieb vorsichtig daran und küsste es.

Über das aufregende Leben der Jeanne d'Arc

Ursula Flacke
JEANNE
Das kurze Leben der
Jungfrau von Orléans
368 Seiten
ISBN 978-3-414-82366-3

Mit gerade vierzehn Jahren hört Jeanne d'Arc zum ersten Mal Stimmen, hat sie Visionen. Engel und Heilige befehlen ihr, Frankreich von den Engländern zu befreien. Schon mit sechzehn Jahren verlässt sie daraufhin ihre Familie. Ihr Aufstieg ist legendär: Vom einfachen Bauernmädchen zur charismatischen Heeresführerin, bis zur zutiefst Gedemütigten, die schließlich mit kaum neunzehn Jahren als Hexe auf dem Scheiterhaufen verbrannt wird.
In diesem historischen Roman bleibt man ganz nah an der Protagonistin – ihre Kompromisslosigkeit und Entschlossenheit wird junge Leserinnen mitreißen.

MANNHEIM
ODENWALD
HEIDELBERG
NECKAR
FRANK-
REICH
FREUDENTAL
RHEIN
PFORZHEIM
ENZ
CALW
BADEN
STRASSBURG
TÜBINGEN
KINZIG
NECKAR
SCHWARZWALD
RHEIN